AF206243

Fritz Peter Heßberger

<u>Die Cherusker</u>

Erzählung

Der Autor:

Fritz Peter Heßberger, Jahrgang 1952, geboren in Großwelzheim, heute Karlstein am Main, studierte Physik an der Technischen Hochschule Darmstadt; 1985 Promotion zum Dr. rer. nat.; von 1979 bis zum Eintritt in den Ruhestand 2018 als wissenschaftlicher Angestellter in einer Großforschungsanlage tätig.

Inhaltsverzeichnis

Die Handlungen der Erzählungen, wie auch die Namen der in sie eingebunden Personen sind frei erfunden. Eventuelle Übereinstimmungen oder Ähnlichkeiten mit lebenden oder verstorbenen Personen oder Institutionen sind nicht beabsichtigt und wären rein zufällig. Ortsnamen haben mit eventuell existierenden Orten gleichen Namens nichts zu tun.

Bibliographische Information der Deutschen Nationalbibliothek:

Die Deutsche Nationalbibliothek verzeichnet diese Publikation in der Deutschen Nationalbibliographie; detaillierte bibliographische Daten sind im Internet über http://dnb.d-nb.de abrufbar

© 2019 Fritz Peter Heßberger
Herstellung und Verlag
BoD – Books on Demand, Norderstedt

ISBN 978-3-7481-5961-2

Die Frau aus der Südsee

Die neuen Provinzen

Der Vierte Sarmatische Krieg hatte dem Cheruskischen Reich den Gewinn zweier Provinzen gebracht. Zufrieden war man in der Regierung damit allerdings nicht so recht. Die Provinzen umfaßten insgesamt etwa neunzigtausend Quadratkilometer, waren eher dünn besiedelt. Die Grenzziehung war nach strategischen Erwägungen erfolgt. Die neuen Gebiete bildeten eine Pufferzone zum Schutz des Altreiches gegen die Sarmaten.

Die nördliche Provinz beseitigte eine Einbuchtung Sarmatiens und verkürzte die Grenzlinie um etwa vierhundert Kilometer. Sie erhielt den Namen 'Pruzzorasien' und grenzte an das Nordostmeer. Von Bedeutung für das Reich waren im Grunde nur die Hafenstädte Poldenburg, Morstadt und Königsburg, von denen letztere die wichtigste war und als Residenz des mittelalterlichen Kaisers Johannes II. eine symbolische Bedeutung besaß. Von hier aus hatte vor Jahrhunderten der Cheruskische Orden die Christianisierung und Erschließung der Ostgebiete begonnen. Nach zwei Jahrhunderten hatte das Awarische Reich dann das Territorium, abgesehen von dem Gebiet um Königsburg, unter seine Herrschaft gebracht. Die Stadt selbst ging hundert Jahre später während einer Schwächeperiode des Reiches an Sarmatien verloren. Der Versuch, sie wieder in das Reich zurückzuholen, führte vor fünfzig Jahren in den Dritten Sarmatischen Krieg. Nach verlustreichen Kämpfen schloß man schließlich aufgrund militärischer Erschöpfung Frieden auf der Grundlage des Status quo. Königsburg blieb unter der Herrschaft der Sarmaten. Durch die Kämpfe in jener Zeit war das Territorium der nunmehrigen Provinz Pruzzorasien größtenteils verwüstet und in der Folgezeit nicht wieder aufgebaut worden. Das Gebiet bestand überwiegend aus Wäldern und Sümpfen, war wirtschaftlich, von den Küstenstädten abgesehen, schon vorher nur wenig entwickelt gewesen, besaß kaum Industrie und war landwirtschaftlich nur zu einen kleinen Teil nutzbar. In der Region um Globowsk gab es allerdings reiche Erzvorkommen an Vanadium, Titan, Mangan und Chrom. Sie stammten von einem großen Meteoriten, welcher vor einigen hundert Millionen Jahren niedergegangen war. Die Stelle konnte man auch heute noch an dem flachen Einschlagkrater erkennen. Dieser besaß einen Durchmesser von etwa zwanzig Kilometern und war von einem ringförmigen Gebirgszug umgeben. Wegen ihrer unzugänglichen Lage in einem großen Sumpfgebiet ließ die Region keine größere Besiedlung zu. Daher wurde das Erz lediglich abgebaut, mittels einer eigens dafür gebauten Eisenbahnlinie abtransportiert und im Innern Sarmatiens verhüttet. Vor Beginn des Krieges lebten in der Provinz etwa zwei Millionen Menschen, etwa zwei Drittel davon an der Küste. Knapp fünfhunderttausend waren Sarmaten, überwiegend Militärangehörige und Verwaltungsbeamte, die nun nach Kriegsende nach Sarmatien zurück gebracht wurden. In den Städten gab es größere cheruskische Minderheiten, während im Landesinneren fast ausschließlich Angehörige kleinerer slawischer Völker lebten, die überwiegend den Cheruskern gegenüber seit Alters her ablehnend gesinnt waren. Lediglich die im Ostteil der Provinz, an der neuen Grenze zu Sarmatien lebenden Pruzzaner, seit Jahrhunderten mit den Sarmaten verfeindet und von ihnen unterdrückt, standen den Cheruskern freundlich gegenüber. Eine Entwicklung der Provinz auf den Standard des Reiches würde sehr viel Zeit in Anspruch nehmen und sehr viel Geld kosten. Es ist daher verständlich, daß man in der Regierung über diesen territorialen Zugewinn nicht sehr glücklich war.

Bei der südlichen Provinz, welche den Namen 'Gepidien' erhielt, handelte es sich im wesentlichen um den westlichen Teil der ehemaligen Awarischen Republik. Awaristan war nach der sozialistischen Revolution vor vierzig Jahren und der Machtübernahme der Kommunisten sehr rasch heruntergewirtschaftet worden, nachdem die meisten Betriebe und landwirtschaftlichen Güter enteignet worden waren. Das Land verarmte. Man hatte daher vor knapp fünfzehn Jahren eine sogenannte Wirtschaftsreform eingeleitet, gestattete wieder Privateigentum. Neue Betriebe entstanden, sie brachten aber nur wenigen Wohlstand. Die Masse des Volkes blieb arm. Das führte zu einer zunehmenden Radikalisierung im Land und auch zu einem politischen Umsturz. Der Haß richtete sich vornehmlich gegen die cheruskische Minderheit, welche dank ihrer Tüchtigkeit nach der Reform in der Wirtschaft dominierte. Diese Entwicklungen führten zu zunehmenden politischen Spannungen zwischen dem Cheruskischen Reich und der Awarischen Republik, welche von Sarmatien noch angeheizt wurden. Nachdem durch zahlreiche Grenzverletzungen und Terrorakte in den cheruskischen Grenzprovinzen die Spannungen ein unerträgliches Ausmaß angenommen hatten, war die cheruskische Armee schließlich einmarschiert, was ein Eingreifen Sarmatiens zugunsten der Awaren zur Folge hatte. Der sich daraus entwickelnde Vierte Sarmatische Krieg endete nach etwas mehr als dreieinhalb Jahren mit dem Friedensschluß von Tarunge, in dem die heutige Grenze festgelegt wurde. Sarmatien erhielt als Kompensation für die Abtretung Pruzzorasiens den östlichen, größeren Teil der Awarischen Republik. Die neue cheruskische Provinz 'Gepidien', welche aus Westawaristan und drei östlichen Grenzbezirken Cheruskiens gebildet wurde, umfaßte etwa zweiundfünfzigtausend Quadratkilometer und hatte eine Bevölkerung von etwa fünfeinhalb Millionen. Vier Millionen waren Awaren, etwa sechshunderttausend Cherusker, überwiegend in den westlichen Bezirken ansässig, der Rest verteilte sich auf kleinere Völkerschaften. Diese waren, wegen der Jahrhunderte langen Unterdrückung durch die Awaren, den Cheruskern gegenüber überwiegend positiv eingestellt, während die awarische Mehrheit eher als cheruskerfeindlich einzustufen war. Dieser Sachverhalt zeigte, daß man im Reich auch über die Gewinnung dieser Provinz nicht sehr glücklich war.

Es ist also durchaus richtig zu sagen, die territorialen Erweiterungen erfolgten eher aus militärstrategischen Gründen zur Bildung einer Pufferzone zu Sarmatien hin als mit der Absicht zusätzlichen Lebensraum oder neue Rohstoffquellen zu gewinnen.

Unter diesen Umständen mochte es befremdlich erscheinen, daß die Reichsregierung beschloß, die neuen Provinzen möglichst rasch infrastrukturell und wirtschaftlich auf Reichsniveau zu bringen. Man wollte aber damit die Entstehung eines Unruheherdes im Osten Cheruskiens vermeiden.

7

Die Asawanen

Im Laufe des letzten Jahrhunderts war die Rassenlehre des Professors Antrup im Cheruskischen Reich zu einer Art Staatsideologie geworden. Sie besagte, daß in alten Zeiten die Götter auf die Erde niedergestiegen seien und durch Verbindung mit Menschentöchtern eine neue Rasse, die Asawanen, hervorgebracht hätten. Der Name ergab sich aus den germanischen Göttergeschlechtern der Asen und der Wanen. Der Lehre entsprechend galt diese neue Rasse als die geistig höchstentwickelte und schöpferischste Rasse der Welt. Und die Cherusker bildeten der Lehre zufolge ihren Kern. Es seien damals aber nicht nur 'gute' Götter, wie Odin, Thor oder Balder auf die Erde niedergestiegen, sondern auch böse, hinterhältige wie Loki. Auch sie hätten neue Menschen gezeugt, die aber nun den schlechten, minderwertigen Teil der Asawanen, die Lokiristen, bildeten. Und deren Ziel sei es, das Gute zu bekämpfen und zu vernichten. Auf diese Weise wurde verständlich gemacht, daß die Cherusker aufgrund der daraus folgenden inneren Zwiste trotz ihrer rassischen Überlegenheit nie in Europa dominant werden konnten. Die Rassenlehre Professor Antrups wurde damals allerdings als unwissenschaftlich angesehen, blieb weitgehend unbeachtet, lediglich die vor achtzig Jahren entstandene Lankardtan-Bewegung nahm sie in ihr Programm auf. Nach deren Machtergreifung und der Errichtung einer totalitären Diktatur, des 'Asawanischen Asgardstaates' einige Jahre nach Ende des Dritten Samatischen Krieg wurde sie dann Staatsideologie. Die neue Staatsführung betrachtete es als ihr vornehmliches Ziel diesen Mißstand zu beseitigen, die Minderwertigen auszumerzen, ein edles Volk heranzuziehen und eine echte Volksgemeinschaft zu schaffen. Wirklich wissenschaftlich begründet war diese Lehre zwar nicht und auch die Ideologen der Bewegung konnten ihr keine wissenschaftlich fundierte Basis geben. Doch war es hier so, wie schon oft in der Geschichte, daß die Machthaber ihren ideologischen Vorstellungen Gesetzeskraft geben und sie im Staat als angeblich wahre Prinzipien durchsetzen konnten. Sie werden dann aber meist nur von eher kleineren, allerdings in der öffentlichen Wahrnehmung dominierenden Gruppen, getragen, während die Mehrheit des Volkes sie nicht in sich aufnimmt und auch nicht zur Richtschnur ihres Handeln macht. So war der Rassenpolitik der Lankardtan-Bewegung insgesamt kein nennenswerter Erfolg beschieden, was auch durch die geringe Anzahl fremdrassiger Menschen im Herrschaftsgebiet der Cherusker bedingt war. Rassische Diskriminierung betraf daher im wesentlichen Menschen aus den früheren Kolonien und deren Nachkommen, die sich in bescheidener Anzahl im Reich niedergelassen hatten. Auch war deren Behandlung nicht unumstritten, da ein Teil der Männer aus den Kolonien im Dritten Sarmatischen Krieg als Soldaten in der cheruskischen Armee gedient hatten. Und es widersprach dem Ehrgefühl der Militärangehörigen aller Dienstgrade zu akzeptieren, daß diese Kameraden, die mit ihnen Seite an Seite gekämpft hatten, nun als Menschen zweiter Klasse behandelt werden sollten. Hier mußte die Regierung Zugeständnisse machen und zahlreiche Sonderregelungen für ehemalige Soldaten erlassen, da sie auf ein gutes Verhältnis zur Militärführung angewiesen war. Dieser Aspekt der Rassenlehre wurde dann auch bereits nach wenigen Jahren nicht mehr mit der Intensität betrieben wie es in der ersten Zeit nach der Machtübernahme der Fall gewesen war. Sie hatte sich aber im Reich offiziell durchgesetzt und wenn sie auch im Alltag mittlerweile eine eher geringe Rolle spielte, bereitete sie doch in nicht wenigen Fällen einzelnen Menschen erhebliche Schwierigkeiten im täglichen Leben.

So konzentrierte sich die Rassenideologie der Staatsführung auf die Verfolgung der Lokiristen. Diese hatte bisher in der Lehre keine nennenswerte Rolle gespielt; es war lediglich nur der Name für die 'negative' Gruppe innerhalb der Asawanen, die auch nicht näher definiert war. Es gelang den Ideologen der Lankardtan-Bewegung nun auch nicht typische rassische Merkmale für die Lokiristen festzulegen und so konzentrierten sie sich auf charakterliche Eigenschaften und soziale Verhaltensweisen. Das war aber im Grunde genommen nur ein Manöver zur Verschleierung der wahren Absichten. In Wirklichkeit handelte es sich um eine gesellschaftliche Absonderung politisch unliebsamer Personen, beziehungsweise politischer Gegner. Hier spiegelten sich die verschiedenen ideologischen Facetten der Bewegung wieder, antikapitalistische Vorstellungen, insbesondere der Ablehnung global agierender Großkonzerne und

Banken, wie auch ihre antiliberalen, antisozialistischen und antiklerikalen Inhalte. Nach Übernahme und Festigung der Macht und einer propagandistischen Vorbereitung begann eine systematische Verfolgung und Liquidierung der Lokiristen, die schon vorher Zug um Zug aus Schlüsselpositionen in Staat und Gesellschaft entfernt worden waren. Etwa zwei Millionen Menschen wurden wohl im Zuge der Lokiristenverfolgung ermordet. Die genaue Anzahl der Opfer kennt man nicht. Der Umfang der Liquidationen wurde vor dem Volk so gut es ging vertuscht; sie ließen sich aber nicht völlig geheim halten. Allerdings wagte aus Angst vor Bestrafung niemand offen darüber zu reden.

Im Ausland wurden die Verfolgungen natürlich registriert, führten auch in zahlreichen Ländern zur Verabscheuung des cheruskischen Regimes. Man betrachtete sie aber andererseits auch als innercheruskische Angelegenheit, als Abrechnung einer Art Gangsterbande mit einer anderen, maß ihr daher keine übermäßige Bedeutung bei, zumal das Reich außenpolitisch ohnehin isoliert war, engere politische und wirtschaftliche Beziehungen nur zu kleineren oder international weniger bedeutenden Ländern unterhielt.

Waffenstillstand und Friedensschluß nach dem Dritten Sarmatischen Krieg erfolgten aufgrund militärischer Erschöpfung beider Parteien. Die neue Grenzziehung erfolgte auf der Basis des Frontverlaufs. Dies bedeutete für das Cheruskische Reich einen Gebietsverlust von tausend Quadratkilometern, da die Sarmaten einen schmalen Grenzstreifen besetzt hatten. Dieser Gebietsstreifen war dünn besiedelt. Die Bevölkerung betrug etwa fünfzigtausend, davon lebten etwa dreißigtausend in Karlshaven, der einzig größeren Stadt. Karlshaven besaß nur eine eher regionale Bedeutung als Fischereihafen. Ansonsten war das Gebiet fast ausschließlich landwirtschaftlich genutzt, es hatte allerdings keine ertragreichen Böden, so daß die Viehhaltung überwog. Die Bevölkerung wurde weitgehend ins Reich ausgesiedelt. Obwohl der Gebietsverlust wirtschaftlich wenig bedeutsam war, wog er psychologisch schwer, schuf er doch das Gefühl, den Krieg in Wirklichkeit verloren zu haben. Das Cheruskische Reich mußte die Abtretung anerkennen, da Sarmatien nicht bereit war das Gebiet zu räumen, denn umgekehrt sahen die Sarmaten den Gebietsgewinn als Zeichen des Sieges.

Zu diesem psychologischen Aspekt gesellte sich die desolate wirtschaftliche und finanzielle Lage nach dem Krieg. Auch wenn im Friedensvertrag dem Cheruskischen Reich keine Rüstungsbeschränkungen auferlegt worden waren, so verhinderte die prekäre finanzielle Situation eine militärische Wiederaufrüstung mit modernen Waffen. Die Streitkräfte wurden verkleinert, Luftwaffe und Marine wurden auf niedrigem Ausrüstungsniveau gehalten. Dies führte zu einer politischen Schwächung des Landes im Kreis der Großmächte. Die Westmächte nutzten die Lage aus um sich die cheruskischen Kolonien anzueignen, zwar nicht durch militärische Gewalt, sondern durch politische Erpressung. Offiziell hieß das dann so: das Reich habe sich aufgrund seiner schwierigen finanziellen Situation gezwungen gesehen die Kolonien zu verkaufen. Das wirkte allerdings schon aufgrund des lächerlich geringen Kaufpreises als unglaubwürdig.

Der Lankardtan-Regierung gelang es zur Überraschung vieler, innerhalb weniger Jahre dem nach dem Dritten Sarmatischen Krieg zerrütteten Land ein neues Selbstbewußtsein zu geben, die Wirtschaft anzukurbeln, die Staatsfinanzen zu sanieren, dem Reich wieder den Rang einer europäischen Großmacht zu verschaffen; die gesellschaftliche Spaltung in Adel, Bürgertum und Proletariat wurde überwunden, so daß nun Menschen niederer Herkunft bei entsprechender Tüchtigkeit in höchste Positionen aufsteigen konnten. Insgesamt hatte die Politik der Lankardtan-Bewegung zu einer wirtschaftlichen Blüte des Reiches und zu einem vorher nie dagewesenen Wohlstand aller geführt. Aus diesem Grunde sah die Masse des Volkes auch großzügig über die politischen Verfolgungen und die Untaten des Regimes hinweg.

Der Einfluß der Lankardtan-Bewegung auf die Staatsführung war allerdings nach der Absetzung des Asgardors, wie der offizielle Titel des Diktators lautete, durch eine Gruppe junger Offiziere der Elitetruppen aufgrund militärischer Mißerfolge, die zu einer katastrophalen Niederlage im Vierten Sarmatischen Krieg zu führen drohten, merklich zurückgegangen.

Nach Ende des Krieges galt es nun als dringendste Aufgabe, die fremden Völker in den neugewonnenen Provinzen auf irgendeine Weise in das Reich einzubinden. Die radikalen Kräfte innerhalb der noch immer mächtigen Lankardtan-Bewegung hatten für eine Vertreibung oder gar Eliminierung der Fremdvölker plädiert, sich aber nicht durchsetzen können, da die neue Regierung unter Führung eines 'Reichsvogtes' durch solche Maßnahmen nicht das mühsam erworbene Ansehen des Reiches in der Welt zerstören wollte. Es fanden nun, von der Öffentlichkeit nur wenig bemerkt, zahlreiche, eher geheime Konferenzen und Besprechungen statt, in denen nach einem Konzept für die politische und gesellschaftliche Entwicklung in den neuen Provinzen gesucht wurde. Hinsichtlich der Rassenlehre, die man zwar nicht nicht mehr wirklich anwenden wollte, aber auch noch nicht völlig aufgeben konnte, entwickelte Professor Seberg, in Rassenfragen die höchste Autorität im Reich, ein Konzept, das er in einem Vortrag der Regierung darlegte. Er führte an, daß ja selbst die Asawanen aufgrund des 'Lokiristen-Anteils', wie er es nannte, nie eine homogene Rasse dargestellt hätten. So gebe es zwar eine mittlere Rassenqualität, aber auch große Ausläufer zu höherer und niedrigerer Qualität, was eben durch die Beimischung von 'Loki-Genen', wie auch durch Mischung sonstiger verschiedener genetischer Elemente und Zufälligkeiten bei der Evolution bewirkt worden sei. Dadurch weise die rassische Qualität der Cherusker eine breite Verteilung auf, was sich sowohl in der Existenz einer kleinen Gruppe genialer Menschen, wie auch in der Existenz eines asozialen Bodensatzes innerhalb der Gesellschaft zeige. Bei anderen Rassen verhalte es sich ähnlich. Er verwies dabei auch auf die unbestreitbare Vermischung von Asawanen mit Ostvölkern hin. Das bedeute aber, daß auch innerhalb der Fremdrassen breite Verteilungen hinsichtlich der Rassenqualität vorhanden seien, so daß es auch in sogenannten minderwertigen Rassen Menschen gebe, die durchaus höherwertiger seien als die asozialen Elemente innerhalb der Asawanen, sogar auch einzelne, die höherwertiger seien als der Durchschnitt der Asawanen. Was nun die weitere Entwicklung im Osten betreffe, so gelte es, diesen hochwertigen Anteil zu erfassen und in die cheruskische Volksgemeinschaft aufzunehmen. Dies sei ein Gewinn für die Zukunft. Man dürfe dabei aber nicht nur an die rassische Qualität denken, sondern auch an die Einstellung der Individuen den Cheruskern gegenüber. Rassisch hochwertige Angehörige von Fremdvölkern seien eine   Gefahr, wenn sie den Cheruskern

12

gegenüber feindlich gesinnt sind.

Diese Thesen stießen insbesondere beim Reichsvogt, der seit der Entmachtung des Asgardors Ende des dritten Kriegsjahres die oberste Regierungsgewalt innehatte, auf offene Ohren. Er war ohnehin nie ein Anhänger der offiziellen Rassenlehre gewesen, sah in den Vorschlägen nun die Möglichkeit, die alte Lehre durch Uminterpretation de facto abzuschaffen ohne sie zunächst offiziell aufzuheben. Mochten auch noch die alten Vorstellungen in zahlreichen Köpfen im Lande herumgeistern, in den Schulen wurden sie nun nicht mehr gelehrt und die auf ihr basierenden Gesetze hatte er bereits teilweise aufgehoben. Darüber hinaus schienen die neuen Vorstellungen auch der Welt gegenüber vertretbar. Ein Minister äußerte sich dahingehend, man könne nun auch strenge Maßnahmen glaubhaft damit begründen, daß man eine friedliche Ordnung im Osten nur dann schaffen könne, wenn man die kooperativen Kräfte fördert, gleichzeitig aber die destruktiven Elemente eliminiert.

Es wurde daher der Beschluß gefaßt, eine strenge Überprüfung der fremdvölkischen Bewohner der Ostgebiete durchzuführen und sie in verschiedene Kategorien einzuteilen: die Kategorien 'A' und 'B' sollten die Wertvollsten umfassen, diejenigen, die in die Volks-gemeinschaft aufgenommen werden können; die Kategorien 'C' und 'D' sollten die Normalen sein, die man unbehelligt lassen sollte, sofern sie den Cheruskern gegenüber nicht feindlich auftreten würden, wobei in 'C' wesentlich Autochthone eingeordnet werden sollten, in 'D' Personen mit unklarer Herkunft beziehungsweise Menschen, die aufgrund negativer Einstellung gegenüber dem Cheruskertum nicht für die Kategorien 'A', 'B' und 'C' in Frage kamen, aber keine offene Feindseligkeit gegen das Cheruskertum an den Tag legten; die Kategorie 'E' sollte die eher unterentwickelten, die Kategorie 'F' die Minderwertigen, die Asozialen und die Feinde einschließen, die besonderer Behandlung bis hin zur Eliminierung bedurften.

Es wurde nun ein Programm erstellt, wie diese Prüfungen durchzuführen seien.

13

Maria Duschwili

Maria Duschwili war in der Firma von Hans Ehrenburg beschäftigt, einem Angehörigen der cheruskischen Minderheit in der Awarischen Republik. Er hatte nach der Wirtschaftsliberalisierung eine Firma gegründet und war zu Wohlstand gekommen. Während eines Urlaubs in der Südsee lernte er fünf Jahre vor Kriegsbeginn Maria kennen, die in der Rezeption des Hotels arbeitete, in dem er abgestiegen war. Maria galt als 'ehrlose' Frau; sie war von ihrer Familie ausgestoßen worden, da sie sich geweigert hatte, den Mann, den man für sie ausgesucht hatte, zu heiraten und sich statt dessen mit einem anderen verband. Diese Verbindung ging nach wenigen Jahren in die Brüche, Maria verließ ihre Heimat und fand schließlich auf einer entfernten Insel in einem Hotel Arbeit. Hans machte sie zu seiner Geliebten, holte sie dann bald zu sich nach Awaristan und beschäftigte sie dort in seiner Firma in der Buchhaltung. Mit der Zeit stieg sie zur Leiterin der Versandbuchhaltung auf. Hans war zwar verheiratet, hatte sich aber bereits bevor er Maria kennenlernte von seiner Frau Hanna getrennt. Scheiden ließ er sich nicht, da seine Frau Anteile an der Firma besaß. Hanna behandelte die Neue zunächst feindlich. Hanna war aber nicht nur berechnend und intelligent, sondern auch gefühlsbetont. Sie erkannte bald Marias Fähigkeiten und auch ihre Bescheidenheit. Nachdem sich nun die erste Eifersucht gelegt hatte, entwickelte sie sogar ein freundschaftliches, wenn auch distanziertes Verhältnis zu ihr. Sie drückte dies in ihrem Freundeskreis dahingehend aus, 'es sei besser, daß er sich mit einer bescheidenen Exotin vergnüge, als daß er mit einem Awarenflittchen das Vermögen der Firma verschleudere'. Maria rechnete ihr andererseits die Bezeichnung 'Exotin' hoch an, hielt sie für angebrachter und weniger diskriminierend als die Bezeichnung 'Negerin', die ihr andere gaben. Das Verhältnis zwischen ihr und Hans muß als gut bezeichnet werden. Hans empfand ehrliche Liebe zu ihr. Allerdings stieß sie in Hansens Bekanntenkreis weitgehend auf Distanzierung; so blieb sie allein. Das störte sie wenig, da sie es gewohnt war, Außenseiterin zu sein. Sie nutzte die Zeit zum Lesen und um sich mit der cheruskischen Kultur eingehend vertraut zu machen. Die Sprache erlernte sie schon als Kind. Das Reich hatte einst die Inselgruppe, auf der sie geboren war, als 'Schutzgebiet' gewonnen und ihr Großvater diente noch in der Schutztruppe. Er war voller Hochachtung gegenüber den Cheruskern und war auch mit ihrer Kultur, zumindest in Grundzügen, vertraut. Das Reich hatte dann nach Ende des Dritten Sarmatischen Krieges, als es geschwächt und in Finanznöten war, das Schutzgebiet gegen eine 'Entschädigungszahlung' an die Amerikanische Republik abgetreten. Aber viele Insulaner mochten die neuen Herren nicht, sehnten die Rückkehr der Cherusker herbei; viele benutzten, zum Unmut der Amerikaner, auch noch die cheruskische Sprache.

Selbstverständlich erlernte Maria in ihrer neuen Umgebung auch rasch die Sprache der Awaren, deren Kenntnis im Geschäft wie auch im täglichen Leben unumgänglich war.

Dann erfolgte der Umsturz in Awaristan, der auch eine drastische Verschlechterung der Beziehung zum Cheruskischen Reich mit sich brachte und schließlich in den Vierten Sarmatischen Krieg mündete. Dessen Beginn war mit gräßlichen Pogromen an der cheruskischen Minderheit verbunden. Hans wurde ermordet, Hanna floh, wie viele andere auch, nach Westen. Die Firma existierte praktisch nicht mehr. Maria, die unbehelligt blieb, hielt zunächst aus. Bald wurde ihr aber klar, daß ihre Lage immer unerträglicher wurde, sie hier keine Zukunft mehr hatte. Sie machte sich auch auf den Weg nach Westen. In einer Bäckerei in einem kleinen Städtchen nahe der Grenze zu Cheruskien fand sie schließlich Unterschlupf. Die Besitzerin, eine Angehörige der surdischen Minderheit in Awaristan, behandelte sie freundlich und Maria fühlte sich wohl. Unglücklicherweise starb die Bäckerin aber kurz nach dem Waffenstillstand und ihr Sohn, ein Nichtsnutz, der schon vorher ein Auge auf Maria geworfen hatte, aber abgeblitzt war, versuchte erneut sein Glück, wurde abermals abgewiesen. Er warf Maria hinaus. Obdachlos trieb sie sich nun mehrere Tage durch die Stadt. Durchnäßt, frierend und hungrig meldete sie sich schließlich bei den cheruskischen Behörden, die schon vor längerer Zeit die Verwaltung übernommen hatten. Sie wurde in ein Frauen – Flüchtlingslager nahe Plochricz, dem Verwaltungszentrum der Provinz Gepidien, gebracht. Die Bewohner waren ausschließlich Angehörige völkischer Minderheiten aus dem Ostteil der ehemaligen Awarischen Republik, die nicht unter der

15

Herrschaft der Sarmaten leben wollten. Unterbringung und Behandlung dort waren weder gut noch schlecht. Sie wurden mit den Nötigsten versorgt, mehr aber nicht. Nach einigem Wochen begann dann die rassische Begutachtung. Zunächst wurden Fragebögen verteilt, die auszufüllen waren, dann folgte eine medizinische Untersuchung. Einige Tage später begann dann die 'Rassenkontrolle', wie man sie nannte. Die Frauen wurden hierzu gruppenweise, etwa fünfzig pro Tag, morgens nach dem Appell zu einem Amtsgebäude gebracht. Bereits am Vorabend wies man sie an, ihre Habseligkeiten zusammenzupacken und in einem Raum im Verwaltungsgebäude gut leserlich beschriftet zu deponieren, da sie voraussichtlich nicht mehr ins Lager zurückkehren würden. Man riet ihnen jedoch, Wertsachen und persönliche Dokumente mit zur Begutachtung zu nehmen. Für Marias geringen Besitz reichte ein Rucksack mittlerer Größe, den sie mit sich führte als sie an die Reihe kam.

Im Amtsgebäude angelangt, mußten sie dann in einem größeren Raum Platz nehmen, sich ausziehen. Büstenhalter und Höschen durften sie anbehalten. Maria bündelte ihre Kleider, schnallte dann das Bündel auf ihren Rucksack, der ihre wenigen Habseligkeiten enthielt. Dann wurde eine nach der anderen aufgerufen und in das Nebenzimmer bestellt. Die meisten kehrten bald zurück, durften sich wieder anziehen, den Raum aber nicht verlassen, vielmehr angewiesen auf weitere Anordnungen zu warten. Es gab natürlich Fragen. Viel konnte Maria nicht erfahren, da die Frauen Dialekte der Minderheiten in Awaristan sprachen, die sie nicht verstand. Aus dem wenigen ergab sich lediglich, daß in dem Raum ein 'Rasseninspektor' an einem Schreibtisch sitze, der sie aufforderte sich völlig nackt auszuziehen. Dieser habe sie dann mehr oder weniger intensiv angeschaut, bei wenigen sei er sogar aufgestanden, zu ihnen gegangen und habe sie betastet und dann zurückgeschickt. Eine Dolmetscherin sei auch anwesend, da die meisten die cheruskische Sprache nicht verstanden. Einige hatten sich geweigert sich auszuziehen; der Rasseninspektor habe das gelassen hingenommen, sie aber ohne weitere Worte wieder zurückgeschickt. Was mit denen, die nicht wiedergekommen waren, geschehen war, wußte keine zu sagen. Endlich wurde auch Maria aufgerufen. Sie nahm ihren kleinen Rucksack, ging ins Zimmer. Es spielte sich so ab, wie berichtet worden war. Sie zögerte allerdings sich völlig auszuziehen, worauf der Rasseninspektor nur sagte, es sei ein schwerer Fehler sich zu weigern, sie würde sich damit nur selbst schaden. Er sagte dies nicht barsch, sondern freundlich, fast wohlwollend. Das verwirrte sie etwas, sie wurde unsicher. Und nicht zuletzt die freundlich gesprochenen Worte ließen sie schließen, daß es vielleicht doch besser sei die Anordnung zu befolgen. Sie legte Höschen und Büstenhalter ab. Zu ihrer Verwunderung blickte sie der Mann dann nur flüchtig an, lächelte wohlwollend, gebot ihr sich wieder anzuziehen und nach Zimmer 3 zu gehen, es sei die dritte Tür in dem Gang hinter der linken Eingangstür. Sie war durch die rechte Tür hereingekommen. Maria verließ den Raum, zog sich draußen wieder vollständig an und lief zu Zimmer 3. Auf das seltsame Verhalten des Inspektors konnte sie sich keinen Reim machen. Warum hatte sie sich ausziehen müssen, warum hatte er ihr sogar gesagt, es sei ein Fehler sich zu weigern, wenn er sie danach noch nicht einmal richtig angesehen hatte ? Und was hatte das wohlwollende Lächeln zu bedeuten ?

Sie klopfte an, trat ein, nachdem von drinnen ein Laut erschollen war, der nach 'Herein' geklungen hatte. Der Raum besaß etwa die Größe des Warteraums, war aber mit bequemen Sesseln und Sofas ausgestattet, während es im Warteraum nur harte Stühle gab. Es saßen hier so an die zehn Frauen herum; alle waren mit ihr zur Begutachtung gekommen, aber nicht mehr in den Warteraum zurückgekehrt. Eine fremde Frau, offenbar eine Art Wärterin begrüßte sie freundlich.

„Guten Tag. Sie müssen hier einige Zeit warten, bis Sie wieder aufgerufen werden. Machen Sie es sich mittlerweile bequem. Da drüben auf dem Tisch steht eine Kaffeemaschine, daneben ein Kühlschrank. Darin finden Sie Mineralwasser, verschiedene Säfte und belegte Brötchen. Bedienen Sie sich nach Belieben, sicher sind Sie hungrig und durstig. Die Tür rechts hinten führt in ein Badezimmer. Dort können Sie duschen. Körperpflegemittel und Handtücher finden sie in dem Schrank, ebenso auch frische Kleider."
Maria war etwas verwirrt über diese eher zuvorkommend wirkende Behandlung wie auch über die Anrede 'Sie'. Eine Dusche und frische Kleider hatte sie nötig. Die hygienischen Verhältnisse im Lager

17

waren nicht die besten gewesen; duschen konnte man nur einmal pro Woche, ansonsten stand nur kaltes Wasser zur Verfügung. Einen Wechsel der Unterwäsche gab es auch nur einmal in der Woche, der letzte lag fünf Tage zurück. Die Oberkleidung trug sie nunmehr seit drei Wochen. Sie duftete daher auch entsprechend. Aber das war im Lager bei allen der Fall. Also begab sie sich als erstes in das Badezimmer, nahm eine Körperreinigung vor, legte frische Kleider an. Es waren feine, hochwertige Sachen, keine Lagerkluft. Sie ging in das Zimmer zurück, nahm sich einen Kaffee und ein belegtes Brötchen, setzte sich in einen freien Sessel, aß und trank. Dann schaute sie sich im Raum um. In einem Wandregal standen mehrere Bücher. Sie ging hin, schaute sie sich an. Fast alle waren in cheruskischer Sprache geschrieben. Sie nahm sich eines, holte sich einen Saft aus dem Kühlschrank, ließ sich dann wieder in ihrem Sessel nieder und begann zu lesen. Die anderen Frauen unterhielten sich leise, in den örtlichen Minderheitendialekten, die sie nicht verstand. Cheruskisch sprachen nur wenige und auf Fragen in awarischer Sprache antworteten sie nicht, obwohl sie diese mit Sicherheit verstanden. Das war nicht neu. Diese Dialekte waren auch im Flüchtlingslager gesprochen worden. Sie hatte daher auch dort wenig Kontakt zu anderen Insassinnen gefunden, da kaum eine der cheruskischen Sprache mächtig war und fast alle sich weigerten awarisch zu sprechen. Gab es auch einen Grund sich mit den Frauen zu unterhalten ? Eigentlich nicht. Wahrscheinlich wußten sie auch nicht, was das alles zu bedeuten hatte. Und sie würde es vermutlich ohnehin bald erfahren, da die Wärterin gesagt hatte, sie würden wieder aufgerufen. Dann würde man ihnen sicherlich eine Erklärung geben. Ihr war nur aufgefallen, daß alle Frauen auffallend hübsch und gutaussehend waren. Pickte man also die Schönheiten heraus um sie dann in irgendwelche Bordelle zu verfrachten ? In diese Überlegung paßte allerdings nicht so ganz, daß einige zwar recht jung waren, mindestens die Hälfte aber älter als sie, größtenteils über vierzig. Und für Bordelle sucht man schließlich keine älteren Frauen aus. Das Warten und die Ungewißheit zehrten aber an den Nerven. Maria las daher recht unkonzentriert, gab das Lesen nach einiger Zeit wieder auf, blickte sich erneut um. Eine Tür führte nach draußen, vermutlich in einen Garten. Sie fragte die Wärterin, ob es erlaubt sei nach draußen zu gehen. Diese bejahte. Maria trat durch die Tür, gelangte tatsächlich in einen Garten. Die Sonne schien, es war angenehm warm. Sie durchstreifte ihn, gelangte dann an eine Tür, die zu einer Straße führte. Die Tür war nicht verschlossen. Maria öffnete sie, trat hinaus, schaute sich um.

„Prinzipiell", dachte sie, „könnte ich jetzt wohl davonlaufen. Aber, wo soll ich hin ?"

Doch dann erblickte sie nicht weit entfernt zwei cheruskische Soldaten, die auf einer Bank herumlümmelten und rauchten.

„Wachen !" schoß es ihr durch den Kopf.

Als sie Maria erblickten, rief ihr einer zu:

„Du willst wohl abhauen ?"

„Und wenn ?" fragte sie zurück.

„Wir hindern dich nicht", war die Antwort.

„Wieso ? Sollt ihr uns nicht bewachen ?"

„Nein, euch nicht."

„Ihr würdet mich also nicht aufhalten, wenn ich versuchte wegzulaufen ?"

„Nein", war die Antwort, „das ist uns nicht befohlen worden. Wir sind die Leibwächter des Vogtes. Außerdem haben wir frei solange unser Chef da drin ist. Das wäre auch die Sache des Amtssicherheitsdienstes. Aber da wärst du schön blöde. Zwei haben es heute schon getan. Das war ihr Pech. Sie haben sich alles versaut. Sie kommen nicht weit und kommen dann in ein Straflager. Das hat uns zumindest der Leutnant vom Amtssicherheitsdienst gesagt."

„Und was haben sie sich damit versaut ?"

„Na, ihre Zukunft."

„Ihre Zukunft in einem Bordell ?"

Die Soldaten lachten.

„Bordell ? Weib, du bist ganz schön doof. Du weißt wohl gar nicht, was hier abgeht ?"

„Nein, das weiß ich nicht. Aber ich will ja auch gar nicht weg. Ich weiß ja auch gar nicht, wo ich hin sollte."

„Ist auch besser so."

Maria ging in den Garten zurück, spazierte noch kurze Zeit umher, suchte dann wieder das Wartezimmer auf, setzte sich in ihren Sessel und versuchte weiterzulesen, konnte es aber nicht so richtig, da ihr

19

die Worte der Soldaten nachhingen. Offenbar erwartete sie nichts schlechtes. Aber was ? Unterdessen waren noch zwei weitere Frauen hereingekommen.

Nach gut zwei Stunden wurden sie aufgefordert sich in ein Besprechungszimmer zu begeben, das mit bequemen Sesseln ausgestattet war. Ein Mann mittleren Alters erwartete sie. Neben ihm saß die Dolmetscherin.
„Guten Tag, meine Damen", begann er, „ich begrüße Sie recht herzlich. Mein Name ist Peter Berger. Ich bin der Vogt für das 'Verkehrswesen in den Neuen Provinzen'."
Die Frauen blickten den Mann verdutzt an. Der 'Vogt für das Verkehrswesen in den Neuen Provinzen', was hatte dies zu bedeuten ? Berger bemerkte die verstörten Blicke, lächelte.
„Keine Sorge, Sie werden gleich alles erfahren. Zunächst möchte ich mich dafür entschuldigen, daß ich Sie so lange warten ließ. Nun, ich wollte Ihre Akten kurz überfliegen, bevor ich Sie empfing. Und dafür habe ich mir eine halbe Stunde Zeit genommen. Ursprünglich sollte ja auch der Oberbürgermeister Ihnen das Ergebnis Ihrer Begut-achtung mitteilen, doch leider wurde er durch ein dringendes Amtsgeschäft kurzfristig verhindert und so bat er mich, ich bin heute zufällig zu Besprechungen hier, ihn zu vertreten, da er die Angele-genheit nicht einem untergeordneten Beamten überlassen wollte."
Er pausierte kurz, gab der Dolmetscherin Gelegenheit zu übersetzen.
Maria wunderte sich. Was war an der Mitteilung so wichtig, daß man sie nicht einem rangniedrigen Beamten überlassen wollte ?
Als die Dolmetscherin geendet hatte, fuhr der Vogt fort.
„Meine Damen, ich kann Sie nur beglückwünschen. Ihre Begut-achtung ist hervorragend ausgefallen. Sie wurden alle in die Kategorie 'A' eingestuft. Was das genau bedeutet werden Sie morgen erfahren. Ich möchte Ihnen jetzt keine lange Erklärung zumuten, Sie sind sicherlich alle von dem langen Warten in Ungewißheit erschöpft, zumindest psychisch. Ich möchte Ihnen fürs erste daher lediglich mitteilen, daß Sie erhebliche Privilegien genießen werden. Von mir erhalten Sie jetzt nur Ihre Ausweise und einen Umschlag mit zweihundert Talern zum Bestreiten notwendiger, kurzfristiger Ausgaben. Dann wird Sie ein Bus zu Ihrer Unterkunft bringen. Ihr

20

Gepäck, soweit Sie es im Lager deponiert haben, werden Sie dort vorfinden. Sie werden dann morgen nach dem Frühstück alles weitere erfahren."

Er überreichte den Frauen nach und nach die Ausweise und einen Umschlag mit dem Geld. Sie verließen sie den dann Raum. Schließlich war nur noch Maria anwesend. Berger blickte sie freundlich an.

„Meine Hochachtung; Sie hatten die exzellenteste Begutachtung, besser geht es kaum. Ich möchte Ihnen daher auch ein besonderes Angebot unterbreiten. Das wird aber ein bißchen Zeit in Anspruch nehmen und ich will die anderen nicht zu lange warten lassen. Ich bitte Sie daher, sich um halb sieben an der Eingangstür ihrer Unterkunft bereit zu halten. Ich werde Sie dort abholen."

Er verabschiedete sich.

Der Bus brachte die Frauen zu einem recht nett wirkenden Hotel am Rande der Stadt. Dort erhielten sie ihre Zimmer zugewiesen. Es waren Einzelzimmer; sie wirkten sehr ordentlich, sauber, gut möbliert, verfügten über ein Bad und eine Toilette, sogar ein Fernsehapparat war vorhanden. Das war also die 'Unterkunft'. Maria wunderte sich über den Komfort. Welch ein Schritt vom Massenlager, in dem sie noch die letzte Nacht verbracht hatte, zu diesem hübschen Hotelzimmer !

Kurz vor halb sieben begab sie sich zum Hoteleingang. Berger fuhr in einem Wagen mit Chauffeur vor. Er hatte sich um etwa fünf Minuten verspätet, entschuldigte sich dafür und bat Maria einzusteigen.

„Wohin fahren wir ?" fragte sie.

„Ins Amt", war die Antwort.

Sie fuhren aus der Stadt hinaus zu einer weitläufigen Anlage, die vor dem Krieg wohl eine Feriensiedlung für Reiche gewesen war. Nach Passieren der Wachen am Zugangstor, fuhren sie weiter zum Hauptgebäude. Dort hielt der Wagen an, sie stiegen aus, traten in das Gebäude ein, begaben sich in den Keller, in dem sich ein Entspannungsbereich, bestehend aus Schwimmbad, einer Sporthalle, einer Sauna und verschiedenen mit Sportgeräten ausgestattete Räume befanden. Der Mann führte sie in einen Umkleideraum, begann dort sich zu entkleiden, bedeutete Maria das gleiche zu tun, was ihr etwas merkwürdig vorkam. Als sie zögerte meinte er nur:

„Stellen Sie sich nicht so an."

Sie fühlte sich dem Mann irgendwie ausgeliefert, gehorchte.

„Wir gehen erst einmal in die Sauna, ich brauche das heute besonders zur Entspannung am Abend", sprach er.

Maria folgte ihm; sie hatte zwar schon von Saunen gehört, in dem Hotel in der Südsee gab es auch eine, aber sie hatte noch nie eine aufgesucht.

„Ich hoffe, es bekommt Ihnen", meinte er.

Der Raum war leer, sie setzten sich.

„Wissen Sie, bei uns Cheruskern pflegen Frauen und Männer einen sehr ungezwungenen Umgang miteinander. Da gibt es keine falsche Scham. Halten Sie das aber bitte nicht für Zügellosigkeit. Im Gegenteil, wir achten einander. Niemand wird versuchen Ihnen zu nahe zu kommen, absichtlich körperlichen Kontakt suchen, Sie zu betatschen oder gar Ihnen zweideutige Angebote machen. Wir grüßen aber auch einander, sind oft bestrebt ein paar Worte zu wechseln. Halten Sie das bitte nicht für eine Belästigung. Und nehmen Sie es uns nicht für übel, daß Sie heute Nachmittag aufgefordert wurden, sich völlig auszuziehen. Das gehörte zum Test; um ihre Figur zu beurteilen, hätten Höschen und Büstenhalter nicht gestört."

„Welchem Test ?"

„Ich will das jetzt nicht im Detail ausführen, Sie erfahren das ohnehin alles noch. Aber wir wollten damit feststellen, ob Sie zu uns passen."

Maria schaute ihn fragend an.

„Ein merkwürdiger Test."

„Längere Geschichte, das erkläre ich Ihnen nachher beim Essen. Entspannen Sie sich erst einmal. Sie haben sicherlich einen recht verwirrenden Tag hinter sich."

Maria wunderte sich, stellte aber keine Fragen. Nach der Sauna suchten sie noch kurz das Schwimmbad auf; mehrere Männer und Frauen, alle nackt, tummelten sich dort. Badekleidung war hier offenbar nicht üblich. Sie verhielten sich so, wie Berger gesagt hatte; sie grüßten, einige sagten ein paar unverbindliche Worte, ansonsten kümmerten sie sich nicht um sie.

Nach etwa einer Stunde gingen sie in den Umkleideraum zurück zogen sich an, begaben sich in das Restaurant im Erdgeschoß des Baus, nahmen an einem freien Tisch Platz. Eine Bedienung brachte die Speisekarte, fragte nach den Getränkewünschen. Sie bestellten. Während sie aufs Essen warteten, begann Berger mit seinen Erklärungen.

„Zunächst möchte ich mich einmal vorstellen. Ich heiße Peter Berger, bin der Vogt für das Verkehrswesen in den Neuen Provinzen. Das wissen Sie ja bereits. Ich bin erst seit wenigen Wochen im Amt, habe die Aufgabe, die Straßen und die Eisenbahnlinien hier wieder auf Vordermann zu bringen, beziehungsweise, sie in einen Zustand zu versetzen, der dem Reichsstandard entspricht. Und dann sind auch noch neue Trassen zu planen und zu bauen. Von Beruf bin ich Straßenbauingenieur, war aber auch Kriegsteilnehmer, zuletzt im Rang eines Majors. Und jetzt zu Ihnen. Sie wurden, wie ich vorhin schon erwähnte, in die Kategorie 'A' eingestuft. Das bedeutet, daß Sie rechtlich den Reichsbürgern gleichgestellt sind, Sie gewisse Privilegien besitzen und in einem Jahr die volle Reichsbürgerschaft erhalten, wenn dann keine schwerwiegenden Einwände dagegen sprechen. Das wären zum Beispiel, wenn sie kriminell würden oder sich dem Reich gegenüber feindlich verhielten, das heißt, sich terroristischen oder umstürzlerischen Gruppierungen anschließen würden oder auf sonstige Art und Weise gegen das Reich, seine Institutionen, unsere Gesellschaftsordnung oder unsere Kultur hetzen oder agieren würden."

„Das habe ich nicht vor", entgegnete Maria, „ich möchte nur in Frieden leben."

„Das ist gut", antwortete der Vogt, „also, als in Kategorie 'A' Eingestufte haben Sie nach einem 'Bewährungsjahr' oder auch 'Pflichtjahr' nicht nur Anspruch auf die Reichsbürgerschaft, freien Wohnortswahl, freie Berufswahl und alle sozialen Leistungen, sondern auch auf eine Berufsausbildung oder ein Studium Ihrer Wahl, die natürlich vom Reich finanziert werden, falls Sie das wünschen. Üblicherweise unterteilt sich das 'Pflichtjahr' in zwei Abschnitte, ein halbes Jahr Intensivkurs zum Erlernen unserer Sprache und ein halbes Jahr 'Praktikum', wie ich das einmal nennen möchte. Bei Ihnen entfällt das erste, da sie cheruskisch perfekt in Wort und Schrift beherrschen, wie aus dem Fragebogen erkennbar war: Sie

23

verfügen aber auch sonst über eine überdurchschnittliche Bildung. Ich habe mich daher entschlossen, Ihnen die Stelle meiner Assistentin anzubieten. Das sogenannte Praktikum entfällt für Sie damit dann auch. Technische Detailkenntnisse brauchen Sie hierfür nicht, eher organisatorisches Talent. Aber das haben Sie ja. Die Verwaltungsstrukturen hier befinden sich noch im Aufbau, manches geht noch durcheinander, vielfach sind noch Kompetenzen und Verantwortlichkeiten unklar und nicht gegeneinander abgegrenzt. Hier muß noch Ordnung geschaffen werden. Keine leichte Aufgabe, aber ich traue es Ihnen zu. Sie brauchen aber nicht sofort zuzusagen. Und selbst wenn Sie ablehnen, bedeutet das für Sie keinen Nachteil. Dann finden wir etwas anderes."

Maria war vollkommen überrascht; das hatte sie am wenigsten erwartet, den unmittelbaren Aufstieg von einem namenlosen Flüchtling in die Führungsriege der Provinz. Was war der Preis hierfür? Der Vogt hatte keine Andeutungen gemacht, aus denen sich auf etwas schließen ließ.

„Morgen gebe ich Ihnen Antwort", sagte sie nur.

„Sie werden sich auch an gewisse Andersartigkeiten im Umgang der Cherusker untereinander gewöhnen müssen. Einen kleinen Einblick haben Sie ja vorhin schon bekommen. Bei uns gibt es keine künstliche Geschlechtertrennung; Männer und Frauen werden gleich behandelt, von wenigen Ausnahmen, dem Militärdienst, zum Beispiel, abgesehen. Es gibt daher auch keine Scheu der Geschlechter voreinander, wir verhüllen uns nicht, Nacktheit ist etwas natürliches; das war auch der Grund für die Aufforderung heute Nachmittag. Wir wollten lediglich sehen, wie Sie reagieren. Natürlich gibt es da auch Grenzen. Sie dürfen aber nicht denken, daß daraus Zügellosigkeit folgt. Die Achtung vor der anderen Person ist Grundsatz unserer Erziehung. Das heißt, selbst wenn wir uns nackt begegnen, so hat das keine sexuellen Anspielungen, 'Anmache' oder Belästigungen zur Folge, das widerspräche dem Prinzip der Achtung und des natürlichen Umgangs. Verfehlungen diesbezüglich werden bestraft. Kein Mann wird Sie daher im Schwimmbad oder sonst wo belästigen. Verhalten Sie sich daher auch 'natürlich'."

Das Essen wurde serviert, danach unterhielten sie sich noch eine Weile, Maria mußte hauptsächlich von 'sich' erzählen. Dann brachte sie der Chauffeur zum Hotel zurück, sagte ihr beim Abschied, er werde sie am nächsten Morgen um acht Uhr abholen.

Maria begab sich auf ihr Zimmer. Es fiel ihr schwer einzuschlafen. Zu viele Eindrücke waren an diesem Tag auf sie niedergeprasselt. Zu viele Gedanken bewegten sie. Am Ende entschloß sie sich die Stellung anzunehmen.

Erster Besuch im Amt

Kurz nach acht Uhr wurde sie von einem Chauffeur abgeholt und ins 'Amt' gebracht. Der Vogt erwartete sie schon. Er grüßte freundlich, bat sie sich zu setzen. Dann fragte er:

„Haben Sie sich entschieden ?"

„Ja", antwortete Maria, „ich nehme Ihr Angebot an."

„Das ist schön, es freut mich. Ehrlich gesagt, ich war mir nicht sicher ob Sie zusagen würden. Ich denke aber, wir werden gut zusammenarbeiten. Ihr Amtsantritt hat aber keine große Eile. Sie müssen sicher auch noch einige private Angelegenheiten erledigen und sich erst einmal einrichten. Wir werden Ihnen hier in der Anlage eine Zweizimmerwohnung zur Verfügung stellen. Das ist aber kein Zwang. Später können Sie sich natürlich auch eine andere Wohnung nehmen. Allerdings muß ich Ihnen sagen, Wohnraum ist hier in der Stadt knapp und es wird noch einige Zeit dauern bis sich die Situation verbessert. Außerdem sind einige Stadtteile im Moment noch unsicher. Die Anlage hier ist geschützt. Es ist also besser, wenn Sie vorerst hier wohnen."

Maria bedankte sich.

„Zunächst müssen wir natürlich Ihre Personalien aufnehmen und einen Arbeitsvertrag ausstellen. Sie haben hier den Rang einer leitenden Angestellten. Ich habe schon alles in die Wege geleitet. Gehen Sie daher zunächst einmal in die Personalabteilung Zimmer sieben zu Frau Rachor. Sie ist bereits informiert, erwartet Sie schon. Ihr Dienstantritt ist nächsten Montag. Bis dahin haben sie weitgehend frei. Sie müssen sich lediglich für eventuelle Rückfragen zur Verfügung halten. Sie haben doch sicher auch eine kleine Erholung nötig."

Maria verabschiedete sich, suchte die Personalabteilung auf. Die Sachbearbeiterin, Frau Rachor, empfing sie freundlich.

„Guten Morgen", grüßte Maria beim Eintreten. Frau Rachor erwiderte den Gruß.

„Im Groben wissen Sie sicherlich schon, was ansteht. Zunächst müssen Sie einen Personalbogen ausfüllen. Ich helfe Ihnen dabei falls notwendig. Auch sonst stehe ich Ihnen zur Verfügung. Kommen Sie daher ruhig vorbei, wenn Sie noch Fragen oder Schwierigkeiten haben."

Frau Rachor reichte ihr das Formular. Name, Vorname, Geburtsdatum, Wohnort.

„Letzteres trage ich ein. Ich kenne Ihre neue Adresse bereits. Die Wohnung ist schon bereitgestellt."

Letzter Wohnort. Maria trug die Adresse der Bäckerin ein.

Nationalität.

„Warum sind Sie eigentlich nicht in Ihre Heimat zurückgekehrt?" fragte Frau Rachor.

„Heimat? Das ist ein fremdes Wort für mich. Für mein Volk bin ich eine ehrlose Frau. Nicht, daß ich etwas Schlimmes getan hätte. Ich habe mich lediglich geweigert, den Mann zu heiraten, der für mich bestimmt war, da ich einen anderen liebte. Das war ein schwerer Verstoß gegen die Gepflogenheiten. Meine Familie hat mich daher verstoßen. Ich zog mit dem Mann zusammen. Anfangs waren wir auch ganz glücklich. Aber nach zwei Jahren ging die Verbindung in die Brüche. Dann gab es für mich kein Bleiben mehr. Ich ging in die Fremde, arbeitete in der Rezeption eines Hotels, lernte dort Hans kennen, der mich zu sich in die Awarische Republik holte. Als die Unruhen begannen dachte ich nicht daran wegzugehen. Hans war auch der Meinung, das würde sich bald wieder legen. Leider hatte er Unrecht. Als er ermordet wurde, war der Krieg schon im Gange. Ich hatte zwar noch meinen Paß, aber eine Ausreise war nicht möglich. Es gab keine regulären Flugverbindungen ins Ausland mehr. Außerdem hatte ich auch kein Geld, denn mein Konto war schon gesperrt; ich hatte zwar noch den Schmuck, den ich hätte verkaufen können. Aber was nutzt das, wenn man nicht mehr wegkommt?"

„Aber die Ausländer in Awaristan wurden doch evakuiert."

„Tja, das hört sich gut an, die Praxis sah jedoch anders aus. Die

Italiener, Iberer und Türken hatte ihre diplomatischen Vertretungen, die sich für sie einsetzten und die Evakuierung organisierten. Ich hatte niemanden. Vor dem Krieg gab es zwar einen Konsul, der hatte sich aber bald nach Beginn der Kampfhandlungen abgesetzt. Und die anderen nahmen mich nicht mit. Sie hätten kaum Platz für ihre eigenen Leute, sagten sie. Ich schlug mich nach Westen durch. Nach Sarmatien wollte ich nicht. Es hieß, sie würden die Flüchtlinge in ein Arbeitslager stecken. Davor hatte ich Angst. Die Grenze zum Cheruskischen Reich war geschlossen. Dieser Weg war also versperrt. Ich versuchte nach Süden nach Madjarien zu gelangen. Doch die ließen mich nicht ins Land. Ich übertrat die Grenze illegal. Sie griffen mich auf, brachten mich nach Awaristan zurück, drohten, mich zu erschießen, wenn sie mich ein zweites Mal erwischten. Ich schlug mich dann durch die Linien, schließlich fand ich bei einer Bäckerin Unterschlupf. Die Stadt war bereits von den Cheruskern eingenommen und stand unter Militärverwaltung. Es war ruhig dort, keine Kämpfe. Und so beschloß ich, das Ende des Krieges in dem Ort abzuwarten."

Die Sachbearbeiterin hatte geduldig zugehört.

„So ausführlich hätten Sie mir das gar nicht erzählen müssen. Es war ja auch nur eine persönliche Frage, pure Neugier, kein Verhör. Es spielt jetzt ohnehin keine Rolle mehr."

Krankenversicherung, Rentenversicherung.

„Ich habe noch meine Ausweise."

Maria kramte sie aus ihrer Brieftasche hervor, zeigte sie Frau Rachor.

„Die gelten hier zwar nicht mehr, aber gut, daß sie diese noch haben. Sie werden umgeschrieben, Sie erhalten neue Ausweise. Ihre Rentenversicherungsnummer brauche ich allerdings. Die Zeit wird Ihnen gutgeschrieben."

Zeugnisse. Maria hatte keine.

„Das macht nichts", meinte die Sachbearbeiterin, „es spielt auch keine Rolle. Sie sind ja Kategorie 'A'."

Dann fragte sie nach Marias Vermögensverhältnissen.

„Ich wohnte bei meinem Freund, hatte daher keine eigenen Möbel, keinen Hausrat. Ein Auto hatte ich auch nicht, ich habe auch gar keinen Führerschein. Es bleiben also nur noch die Kleider, der Schmuck und das Bankkonto. Den Schmuck nahm ich mit, mußte allerdings einen Teil davon verkaufen. Den Rest habe ich noch. An Kleidern besitze ich nur das, was ich auf dem Leib trage. Ich hatte aber einiges gespart, ein Bankkonto und ein Sparbuch."

„Haben Sie darüber Unterlagen?"

„Ja", antwortete Maria, „soll ich sie Ihnen zeigen?"

„Gerne."

Maria kramte ihre Bankkarte und ihr Sparbuch hervor, reichte sie der Sachbearbeiterin. Die schaute sie an, lächelte.

„Das ist gut", meinte sie, „Awarische Genossenschaftsbank, die ist jetzt unter unserer Verwaltung. Das können wir nachprüfen. Ich brauche nur die Kontonummern, Bankkarte und Sparbuch können Sie behalten. Übrigens, unsere Regierung hat beschlossen, na ja, um ihr Ansehen in der Welt zu fördern, die Konten der Ausländer in Awaristan freizugeben und das Geld auszubezahlen. Und noch sind Sie ja Ausländerin, offiziell jedenfalls. Sie werden ihr Geld bekommen, es wird allerdings ein bißchen dauern."

Maria freute sich. Sie hatte immerhin an die 100 000 awarische Dinar zusammengespart, vor dem Krieg. Das waren ungefähr 30 000 cheruskische Taler.

„Und in der Zwischenzeit müssen Sie sich auch keine Sorgen machen", fuhr Frau Rachor fort, „als Angehörige der Kategorie 'A' erhalten sie ohnehin ein Startgeld von 10 000 Talern. Das Geld wird Ihnen gutgeschrieben, sobald Sie hier ein Konto eröffnet haben. Gehen sie zur Cheruskischen Volksbank, dann geht es am schnellsten."

„Wird das mit meinen Ersparnissen verrechnet?" fragte Maria vorsichtig.

„Nein, da brauchen sie keine Bedenken zu haben. Wir sind doch nicht kleinlich. Die Cheruskische Volksbank hat übrigens eine Geschäftsstelle im Erdgeschoß. Gehen Sie nachher am besten gleich dort hin. Das Geld ist im Prinzip angewiesen und wird Ihnen, wie schon gesagt, sofort nach Eröffnung des Kontos gutgeschrieben. Heute Nachmittag können Sie bereits darüber verfügen."

Sie schwieg kurz, machte einige Notizen. Dann fuhr sie fort:

„Sie sagten, Sie hätten keinen Führerschein. Den brauchen Sie natürlich. Sie müssen allerdings zu einen Fahrschule ins Altreich gehen. Hier gibt es noch keine geeigneten. Ich werde das veran-

28

lassen, gebe Ihnen dann Bescheid. So, und hier sind die Schlüssel zu Ihrer Wohnung. Quittieren Sie bitte den Empfang. Sie liegt im Heinrichsweg; ich gebe Ihnen einen Plan, damit Sie sich zurechtfinden. Haben Sie sonst noch Fragen?"

„Im Moment nicht."

„Gut, dann wäre es das für heute. Ihr Arbeitsvertrag ist morgen, spätestens übermorgen fertig. Kommen Sie bitte am Freitag Vormittag zum Unterschreiben vorbei. Und sollten Sie doch noch Fragen haben, so stehe ich Ihnen jederzeit zur Verfügung, außer am Wochenende natürlich."

Maria bedankte sich, wollte schon gehen, doch die Sachbearbeiterin hielt sie zurück.

„Ach, eines habe ich noch vergessen. Hier in der Anlage, ganz in der Nähe gibt es ein Einkaufszentrum. Dort erhalten Sie, was Sie brauchen. Die Auswahl an Kleidung ist allerdings dürftig. Fahren Sie zum Kleiderkauf daher am besten nach Waldenberg. Das ist nur zwanzig Kilometer entfernt und es gibt eine regelmäßige Busverbindung. Ich drucke Ihnen noch schnell einen Fahrplan aus."

Maria nahm den Fahrplan in Empfang, bedankte sich noch einmal herzlich und verließ das Büro. Sie ging anschließend zur Bank. Die Kontoeröffnungsformalitäten waren rasch erledigt und nach kurzer Wartezeit erhielt sie eine Bankkarte mit Geheimnummer. Dann reichte ihr der Angestellte ein Schreiben.

„Das ist die Bestätigung über die Gutschrift des Startgeldes. Quittieren Sie bitte den Empfang."

Maria tat es. Dann verließ sie die Bankgeschäftsstelle. Sie fühlte sich wohl: eine Wohnung, Startgeld, eine Anstellung. Was wollte sie mehr?

Sie ging ins Einkaufzentrum, kaufte ein paar Lebensmittel zum Mittagessen, begab sich anschließend zu ihrer neuen Wohnung. Sie lag im ersten Stock, verfügte über einen Balkon, von dem aus sie weit in die Landschaft blicken konnte. Sie war vollständig möbliert, bestand aus einem Schlafzimmer, einem Wohn – Eßzimmer, einer gut ausgestatteten Küche, einem Badezimmer. Eine Waschmaschine war vorhanden, ein Bügelbrett, ein Bügeleisen, Reinigungsutensilien, Bettwäsche, Handtücher, auch ein Fernsehapparat und ein Telefon. Maria ruhte sich erst einmal ein bißchen aus, bereitete sich dann ein

Mittagessen zu, aß.

Dann begab sie sich zu einem Bankautomaten, überprüfte ihr Konto. Das Geld war tatsächlich bereits gutgeschrieben. Anschließend suchte sie noch einmal das Einkaufszentrum auf, kaufte Lebensmittel, Getränke, Hygieneartikel, einige Handtücher, Unterwäsche, einen neuen, dunkelblauen Rucksack, denn der alte war schon ziemlich zerschlissen, fand schließlich auch noch eine hübsche, beige Jacke. Die Auswahl an sonstiger Kleidung war in der Tat nicht allzu groß, sie kaufte daher nur das Nötigste, eine Bluse, eine Hose, da sie sich erst einmal am nächsten Tag in Waldenberg umschauen wollte. Das Bargeld reichte natürlich nicht aus, aber sie konnte mit der neuen Bankkarte bezahlen. Am Nachmittag unternahm sie einen längeren Spaziergang, blieb aber in der Nähe der Anlage.

Am Abend suchte sie die Sauna und das Schwimmbad auf; sie hatte heute weniger Scheu als am Vortag, genoß den Aufenthalt. Obwohl mehr Betrieb war als gestern, man grüßte, aber niemand sprach sie näher an, abgesehen von einer Frau, die ein paar Worte mit ihr wechselte. Niemand unternahm Anstalten sie zu belästigen. Und sie hatte auch nicht den Eindruck, als würde man über sie tuscheln. Man nahm, sozusagen, ihren Besuch als selbstverständlich hin. Den Vogt traf sie nicht an, sie sah ihn auch nicht später im Restaurant, wo sie zu Abend aß.

Anschließend kehrte sie in ihre Wohnung zurück, setzte sich in einen Sessel, blätterte in der Zeitschrift, die sie aus dem Einkaufszentrum mitgenommen hatte, trank dabei zwei Gläser Wein, legte sich dann schlafen. Es war die erste Nacht in der neuen Wohnung, der neuen Heimat. Sie schlief gut.

Der erste Besuch in Waldenberg

Maria nahm den Neun-Uhr-Bus nach Waldenberg. Es war ein sonniger Morgen, ein milder Tag kündigte sich an, ideal zum Flanieren und Einkaufen. Obwohl die Entfernung nur ungefähr zwanzig Kilometer betrug, dauerte die Fahrt wegen der schlechten Straßenverhältnisse in der neuen Provinz und eines kurzen Aufenthaltes an der ehemaligen Reichsgrenze fast eine dreiviertel

Stunde. Der Bus hielt auf dem Bahnhofsvorplatz an, man stieg aus. Maria wußte nicht, wo sich geeignete Geschäfte befanden, lief daher aufs Geradewohl in Richtung Zentrum. An einer Straßenkreuzung, wurde sie von hinten angesprochen als sie an einer roten Ampel wartete.

„Ausweiskontrolle", tönte es barsch.

Maria drehte sich um, erblickte einen Polizisten. Sie zog ihren Ausweis hervor, reichte ihn dem Mann. Der musterte ihn mißtrauisch.

„Komm mit aufs Revier", sagte er unfreundlich.

„Warum ?" fragte sie zurück.

„Wir müssen da etwas klären", war die Antwort.

„Was denn ?"

„Das wird sich zeigen."

Notgedrungen folgte Maria dem Mann.

„Die Negerin hat einen Ausweis der Kategorie 'A'. Das ist nicht nur verdächtig, das ist bereits suspekt", erklärte die Streifenpolizist dem Wachhabenden mit wichtiger Miene.

„Ich bin keine Negerin", protestierte Maria.

„Halt den Mund", fuhr sie der Streifenpolizist an.

Der Wachhabende erwies sich als freundlicher.

„Geben Sie mir bitte den Ausweis", meinte er.

Maria reichte ihn dem Mann. Der nahm ihn, steckte ihn in ein Kartenlesegerät, tippte etwas auf der Tastatur ein, wartete einen Moment. Dann blickte er abwechselt auf den Bildschirm vor sich und auf Maria, runzelte dabei die Stirn.

„Ich brauche noch Ihre Fingerabdrücke. Legen Sie bitte die Zeigefinger in die vorgesehenen Öffnungen im Lesegerät hier auf dem Pult."

Maria gehorchte. Der Wachhabende wartete einen Augenblick, tippte dann wieder etwas ein, meinte schließlich.

„Kein Zweifel, sie ist es; das gleiche Gesicht. Und die Fingerabdrücke sind auch identisch."

„Was ist los ?" fragte der Streifenpolizist verunsichert.

„Maria Duschwili, Kategorie 'A'", war die Antwort, „die Klassifizierung ist sogar vom Vogt für das Verkehrswesen in den Neuen Provinzen unterzeichnet und vom Gauvogt, unserem Provinz-

gouverneur, beglaubigt; nicht bloß von kleinen Beamten."
Er gab Maria den Ausweis zurück.
„Entschuldigen Sie, aber die Zeiten sind unsicher; es war lange Krieg und die Region ist noch nicht völlig befriedet. Da muß man vorsichtig sein. Und unsere Streifenbeamten sind da oft etwas zu diensteifrig", meinte er freundlich. Maria aber hatte den Eindruck, daß er anders sprach als er dachte.
„Möchten Sie einen Kaffee?" sagte er dann noch freundlicher; es klang aber so, als wolle er ihr Wohlwollen gewinnen. Maria hatte eigentlich kein Verlangen nach einem Kaffee, aber eine innere Stimme sagte ihr, daß sie das Angebot annehmen solle. Sie setzte sich dann auf die Bank in der Ecke, begann zu trinken. Nach kurzer Zeit nahm der Wachhabende ein Mikrophon in die Hand und sprach mit gedämpfter Stimme. Maria konnte ihn aber trotzdem verstehen.
„An alle Streifen; betrifft eine dunkelhäutige Frau, Größe etwa ein Meter fünfundsechzig, hübsch, schlank, lockiges schwarzes Haar, Alter etwa dreißig. Sie trägt eine blaue Jeanshose, eine hellblaue Bluse und eine beige Jacke. Außerdem hat sie einen dunkelblauen Rucksack bei sich. Sie heißt Maria Duschwili und besitzt einen Ausweis der Kategorie 'A'. Wir haben das überprüft und die Sache ist in Ordnung. Bitte die Frau nicht kontrollieren. Das könnte sonst vielleicht Ärger geben."
Maria mußte unwillkürlich lachen. Der Wachhabende wurde verlegen.
„Na ja", sagte er dann, „Sie sind eben eine ungewöhnliche Erscheinung."
„Sie meinen wohl eher, daß es für Sie kaum zu verstehen ist, daß eine 'Negerin' über einen Ausweis der Kategorie 'A' verfügt und dies auch noch von höchster Stelle beglaubigt ist", gab Maria leicht spöttisch zurück.
Der Streifenpolizist wollte etwas bemerken, doch der Wachhabende gebot ihm zu schweigen.
„Wir wollen doch keinen Ärger bekommen."
Maria trank aus, verließ dann das Revier; sie ließ sich Zeit, schlenderte fast drei Stunden durch die Stadt, suchte zwischendurch ein Café auf, bevor sie mir den Einkäufen begann. Man behelligte sie nicht mehr. Die Passanten grüßten überwiegend freundlich,

32

beachteten sie sonst nicht weiter, kaum jemand drehte sich nach ihr um und starrte ihr nach, so wie man einer exotischen Erscheinung nachstarrt. Einige Männer schauten ihr zwar nach; sie machten aber eher den Eindruck, daß Maria ihnen gefiel. So außergewöhnlich konnte also ihre Erscheinung doch nicht sein. Auch in den Geschäften hatte sie den Eindruck, daß es niemand verwunderte, daß eine dunkelhäutige Frau Kleidung kaufte. Es gab viel anzuprobieren und auszusuchen. Allmählich füllte sich der Rucksack, er wurde bald zu klein. Voll bepackt, mit mehren Einkaufstüten in den Händen und prallem Rucksack begab sie sich schließlich zum Bahnhofsvorplatz und fuhr mit den Sechs-Uhr-Bus zurück. Sie legte die Tüten und den Rucksack im Wohnzimmer ab, hatte keine Lust zum Auspacken. Sie war zu müde um noch ins Restaurant zu gehen, aß eine Kleinigkeit aus dem Kühlschrank, las hinterher noch etwa eine Stunde bei einem Glas Wein, legte sich dann schlafen.

Wochenende

Am Freitag Morgen, kurz nach neun Uhr, suchte sie die Personalsachbearbeiterin auf.
„Es gibt Neuigkeiten", erklärte Frau Rachor, „Ihre Konten bei der Awarischen Genossenschaftsbank wurden überprüft. Es ist alles in Ordnung. Ihr Geld wird in den nächsten Tagen auf Ihr neues Konto überwiesen. Der Arbeitsvertrag liegt auch vor. Sie können unterschreiben."
Maria las ihn vorher kurz durch. Ihr Gehalt betrug fünftausend Taler. Sie hatte sich bei den Einkäufen der letzten beiden Tage die Preise eingehend angeschaut, stellte daher nun fest, daß der aufgeführte Betrag sehr gut war. Er war mehr als dreimal so hoch wie das Gehalt, das sie zuletzt in Hansens Firma erhalten hatte. Sie unterschrieb und erhielt dann eine Zweitausfertigung.
„Das wäre es dann für heute", sagte die Sachbearbeiterin, „das Wochenende ist frei; melden Sie sich bitte am Montag Morgen so gegen neun Uhr bei mir. Ich bringe Sie dann zum Chef. Dort erfahren Sie alles weitere. Machen sie sich ein paar schöne Tage. Meiden Sie aber die Awarenviertel, dort ist es noch nicht sicher. Fahren Sie lieber

nach Waldenberg und schauen sich die Stadt an, nicht nur die Geschäfte. Es lohnt sich, die Stadt ist sehr schön."
Maria verabschiedete sich, kehrte in ihre Wohnung zurück. Sie fühlte sich nun ruhiger. Alles nahm soweit eine gute Wendung.
Sie begann die am Vortag gekauften Sachen auszupacken und einzuräumen. Da kurz nach Mittag längerer Regen einsetzte blieb sie zuhause, las.

Den Samstag verbrachte Maria damit ihre Wohnung einzurichten. Obwohl sie gut ausgestattet war, fehlten einige Dekorationen, die eine Wohnung zu einem Heim machen. Sie bummelte lange durch das Einkaufzentrum, fand einiges, was ihr gefiel und verbrachte den Rest des Tages, von einem längeren Spaziergang am Nachmittag abgesehen, damit das Gekaufte aufzustellen oder aufzuhängen. Am Ende war sie zufrieden, suchte am Abend noch die Sauna und das Schwimmbad auf, blieb insgesamt drei Stunden.

Am Sonntag Vormittag fuhr sie mit dem Elf-Uhr-Bus nach Waldenberg. Es war ein schöner, sonniger Tag; sie schlenderte durch die Stadt, besuchte zahlreiche Kirchen, bestaunte die alten Häuser und das Renaissance-Rathaus.
„Ich glaube, ich werde mir demnächst einen Photoapparat kaufen um all die schönen Eindrücke festzuhalten", sagte sie sich.
Gegen drei Uhr suchte sie ein Straßencafé auf. Es war gut besetzt, aber sie fand noch einen freien Tisch, bestellte Kaffee und ein Stück Torte. Sie bemerkte zunächst nicht den jungen Mann, der hinzukam, sich nach einem freien Tisch umsah, jedoch keinen fand. Sie wurde erst auf ihn aufmerksam als er zu ihr herantrat, höflich grüßte und fragte, ob noch ein Platz frei sei. Sie bejahte. Der Mann war offenbar in ihrem Alter, etwa Anfang dreißig, groß und schlank, hatte kurzes, blondes Haar. Er setzte sich, schwieg. Nach einiger Zeit zog er ein kleines Büchlein aus seiner Jackentasche hervor und fragte dann Maria, ob es sie störe, wenn er lese. Maria wunderte sich etwas über diese Frage und antwortete:
„Nein, nicht im Geringsten."
„Wissen Sie", bemerkte der Mann nun, „im Grunde ist es ja unhöflich, sich zu einer Fremden an den Tisch zu setzen und zu lesen."

Dann schlug er das Büchlein auf. Er hielt es so, daß sie Titel und Autor lesen konnte. Es stammte von Arthur Bollen, einem eher unbekannten Schriftsteller und hieß 'Das andere Leben'. Maria kannte das Buch. Sie hatte es vor dem Krieg einmal in einer Bücherei ausgeliehen. Es handelte von einem Mann, der sich zu einem Zeitpunkt als es ihm eher mittelmäßig ging, er unzufrieden mit sich selbst war und sich daher fragte, wie wohl sein Leben verlaufen wäre, besser oder schlechter, das sei dahingestellt, wenn er sich irgendwann in der Vergangenheit in gewissen Situationen anders entschieden hätte. Sie war damals beim Stöbern auf dieses Buch gestoßen, hatte es ausgewählt, weil der Titel interessant klang und fragte sich nun, warum der junge Mann es lese. War es nur Zufall oder steckte ein tieferer Grund dahinter ? Der junge Mann spürte nach einiger Zeit, daß Maria ihn aufmerksam anblickte.

„Kennen Sie diese Geschichte ?“ fragte er schließlich.

„Ja“, antwortete sie, „ich habe sie vor einigen Jahren einmal gelesen.“

„Und was halten Sie davon ?“

„Tja, es ist schon interessant sich solche Gedanken zu machen, aber mit den Schlußfolgerungen des Autors stimme ich nicht so recht überein.“

„Warum das ?“

„Es ist so: der Autor geht bei seinen Überlegungen von seinem jetzigen Zustand aus, von dem Wissen, das er zum Zeitpunkt seiner Betrachtungen hat. Vieles, vielleicht alles, was er jetzt weiß, wußte er zum Zeitpunkt seiner früheren Entscheidungen allerdings nicht. Ich denke daher, er hätte sich damals gar nicht viel anders entscheiden können, weil er nicht wußte, was die Zukunft bringen würde. Sein Alternativleben, wenn ich es einmal so nennen kann, das er dann ausführt, ist aber durch das spätere Wissen geprägt, und das erscheint mir irgendwie unlogisch; es ist eher eine Idealisierung, die nicht unbedingt die Wirklichkeit widerspiegelt.“

„Das heißt, Sie halten das, was er schreibt für Unsinn ?“

„Nicht unbedingt, denn zuletzt kommt er immer wieder an dem Punkt an, an dem er sich dann befand.“

Der junge Mann überlegte kurz,

„In letzter Konsequenz bedeutet das aber, daß wir zu jedem

Zeitpunkt von unserem bisherigen Leben geprägt sind, irgendwie nicht anders handeln können wie wir handeln und daher, unabhängig, wie wir uns in einer bestimmten Situation entscheiden, am Ende immer wieder am gleichen Punkt ankommen."

„Das ist schwierig zu beurteilen", entgegnete Maria, „aber so könnte es sein; die Wege sind sozusagen leicht unterschiedlich, die Richtung aber, ist durch unsere bisherige Lebenserfahrung vorgegeben und letztlich die gleiche. So meint er das wahrscheinlich. Aber ganz so ist es möglicherweise nun doch nicht. Es gibt Zufälle und es gibt auch Situationen, in denen Ereignisse auf uns einwirken und die weitere Lebensrichtung bestimmen, die nicht unserer Kontrolle unterworfen sind und die je nachdem, wie und wann sie auf unser Leben einwirken unterschiedliche Auswirkungen haben können."

„Sie meinen also, es liegt nicht nur an uns, welche Richtung unser Leben nimmt."

„So scheint es mir, vermutlich ist es auch so. Zumindest entspricht es meiner Erfahrung der letzten Tage."

Der junge Mann klappte das Buch zu. Maria hatte seine Aufmerksamkeit erregt und er offenbar ihre. Er lächelte. Sie war ihm bereits vorhin aufgefallen, er hatte Gefallen an ihr gefunden und sich zu ihr gesetzt in der Hoffnung irgendwie Kontakt zu ihr aufzunehmen. Er wußte nur nicht wie. Einfach nur eine Plauderei über das Wetter zu beginnen oder zu fragen, 'ob sie von hier sei' erschien ihm als Einstieg zu plump. Er hatte, da er nicht so recht wußte, wie er es nun anfangen sollte, eher aus Verlegenheit das Buch aus der Tasche genommen, und nun stellte sich heraus, daß sie dieses so ziemlich vergessene Buch gelesen und sich daraus eine interessante Unterhaltung ergeben hatte. Das konnte er vorher natürlich nicht ahnen. Aber nun war das Eis gebrochen.

„Waldenberg ist hübsches, angenehmes Städtchen, ich komme fast jeden Sonntag hierher. Hier ist es wesentlich angenehmer als in dem tristen Plochricz. Und Sie ? Wohnen Sie hier ?" fragte er.

„So, aus Plochricz sind Sie ? Leben Sie schon lange dort ?"

„Nein", entgegnete der Mann, „erst seit sechs Wochen. Ich arbeite dort in der Provinzverwaltung, in der Abteilung 'Technische Infrastruktur'."

„Welch ein Zufall", meinte Maria, „ich wohne auch in Plochricz, aber erst seit fünf Tagen. Und ich arbeite auch quasi in der Provinzverwaltung, das heißt, morgen trete ich meine Stellung an."

„Und wo ?"

„Im 'Amt für das Verkehrswesen in den Neuen Provinzen'."

Der Mann schaute sie erstaunt an.

„Sie sind doch nicht etwa die neue Assistentin des Vogtes ?"

„Doch", lächelte sie, „wieso wissen Sie schon davon ?"

„Nun, das hat wie ein Lauffeuer die Runde gemacht."

Maria konnte sich den Grund denken: der Vogt hat eine dunkelhäutige Assistentin; das mußte natürlich eine Sensation sein. Sie sagte aber nichts. Der junge Mann ging auch nicht weiter auf die Sache ein, fuhr dann fort:

„Heute bin ich eigentlich wegen eines Konzertes hierher gekommen, das um sieben Uhr in der Jakobskirche stattfindet. Aufgrund des schönen Wetters bin ich allerdings schon früher losgefahren um in der Stadt den herrlichen Nachmittag zu genießen. Es wird sicherlich ein schönes Konzert werden. Kompositionen von Bach, Vivaldi, Corelli und anderen stehen auf dem Programm."

„Sie mögen Barockmusik ?"

„Ja, sehr gerne."

„Ich auch."

„Dann kommen Sie doch mit. Ich lade Sie ein. Es gibt sicherlich noch Karten."

„Das geht leider nicht", erwiderte Maria, „der letzte Bus fährt um acht Uhr. Bis dahin ist das Konzert bestimmt noch nicht zu Ende."

„Wenn es sonst kein Problem gibt", wandte der junge Mann ein, „ich muß ja auch zurück. Ich habe übrigens ein Auto."

Maria überlegte kurz. Der junge Mann wirkte Vertrauen erweckend, schien nicht zu der Sorte Männer zu gehören, die auf ein schnelles Abenteuer aus sind, keiner von der Sorte, welche solch eine Situation ausnutzen wollen.

Sie sagte zu.

„Das freut mich nun wirklich. Trinken wir noch einen Kaffee ?"

Maria war einverstanden.

„Ich habe mich noch gar nicht vorgestellt. Ich heiße Fritz Holdenberger."

„Und ich heiße Maria Duschwili."

37

Sie verbrachten den restlichen Nachmittag zusammen. Fritz zeigte ihr noch einige Sehenswürdigkeiten der Stadt, einige Kirchen, das Rathaus, die alte Festung. Gegen halb sieben begaben sie sich zur Jakobskirche. Es gab in der Tat noch Karten. Das Konzert war sehr schön, dauerte etwa zwei Stunden. Anschließend suchten sie noch ein Lokal auf; gegen elf Uhr fuhren sie zurück.

Im Amt

Maria trat ihre Stelle am Montag an; sie begab sich zu Frau Rachor; zunächst mußten doch noch einige Formalitäten erledigt werden; das zog sich über den Vormittag hin. Am Nachmittag bestellte der Vogt sie dann zu sich.

„Ihre vornehmliche Arbeit wird darin bestehen, die Planungen der unterschiedlichen Abteilungen hier im Amt und der Behörden zu koordinieren. Sie müssen verstehen, selbst wenn man eine Trasse auf der Landkarte eingezeichnet hat, kann man nicht einfach drauflos bauen. Da reden sehr viele Leute rein, die Eigentumsrechte müssen geklärt werden, jeder Dorfbürgermeister, durch dessen Gemeinde die Straße oder Bahnlinie führt, will mitreden, macht sich wichtig. Und dann gibt es noch die diversen Behörden, Gewässerschutz, Naturschutz, Wildtierschutz und so weiter. Da denkt man, hier in den neuen Provinzen geht alles glatt, aber diese Wichtigtuer verbreiten sich schneller als die Pest. Sie werden da sehr diplomatisch und einfühlsam vorgehen und auf die unterschiedlichsten Charaktere Rücksicht nehmen müssen. Aber ich habe Vertrauen zu Ihnen. Sie haben natürlich auch in gewissem Umfang Vollmachten, offiziell muß natürlich alles mit mir abgesprochen sein. Aber vor Ort müssen Sie schon eigene Entscheidungen treffen. Sie müssen aber stets erklären, daß Sie lediglich meine Weisungen befolgen. Und das ist der entscheidende Punkt. Ich muß Ihnen vertrauen, denn selbstverständlich wird es Rückfragen geben. Und ich muß dann Ihre Entscheidungen im Nachhinein bestätigen. Verstehen Sie, worauf ich hinaus will ? Sie haben freie Hand, aber müssen sich genau überlegen, was Sie tun. Ich vertraue Ihnen. Ich sollte vielleicht noch erwähnen, wenn Sie den Eindruck erwecken, eigene Entscheidungen

38

zu treffen, dann wird Ihnen das Schwierigkeiten einbringen."

Maria nahm sich diese Ratschläge zu Herzen. Sie war ja auch intelligent genug, zu erkennen, daß man ihr oft mißtrauisch und ablehnend entgegen kam. Sie merkte natürlich recht schnell, daß es sehr große Unterschiede im Verhalten der Personen gab, mit denen sie zu tun hatte. Man konnte die Leute grob in zwei Gruppen unterteilen. Die eine bestand aus Angehörigen der cheruskischen Minderheit in den ehemals awarischen Provinzen und aus ehemaligen Offizieren und Soldaten, die im Krieg an der Front gekämpft hatten. Die andere Gruppe setzte sich aus Leuten zusammen, die aus dem Altreich kamen. Das waren, von wenigen Ausnahmen abgesehen, fast ausschließlich mittelmäßige Existenzen, die es in der Heimat zu nichts gebracht hatten und nun in den Osten gegangen waren um doch noch Karriere zu machen. Die erste Gruppe war umgänglich, freundlich, kooperativ und mit ihr entwickelte sich recht schnell eine konstruktive Zusammenarbeit. Diese Leute verfügten über fachliche Kompetenz, gaben fundierte Ratschläge, nahmen vernünftige Ratschläge an und man erreichte sehr bald positive Ergebnisse und Entscheidungen, welche die Projekte voranbrachten. Die Angehörigen der zweiten Gruppe waren überwiegend verbohrt, geistig dumpf, zogen sich, wo immer möglich, auf Vorschriften und Verordnungen zurück, typische Bürokraten also. Sie hielten sich aber dennoch für die Überlegenen und die Bewohner der Ostprovinzen für minderwertig. Und sie als Dunkelhäutige galt bei den meisten ohnehin nicht als richtiger Mensch, und viele hielten es für eine unverschämte Zumutung, daß sie sich überhaupt mit ihr abgeben und sogar Anweisungen von ihr entgegennehmen mußten. Maria lernte sehr schnell damit umzugehen. Sie ließ sich nicht von den Beleidigungen provozieren, blieb stets sachlich. Hinzu kam ihr unkompliziertes und doch sicheres Auftreten. Das brachte ihr die Zuneigung der ersten Gruppe und nach und nach auch den Respekt und die Achtung der meisten Angehörigen der zweiten Gruppe. Es zeigte sich hier wieder einmal, daß viele verblendete und durch Vorurteile geprägte Menschen sich durch gute Beispiele beeinflussen lassen und ihre Meinung schließlich ändern, wenn sie erkennen müssen, daß ihre Vorurteile falsch sind. Eine Reihe uneinsichtiger Feinde behielt sie natürlich; es gelang aber mit Hilfe des Vogtes diese Leute aus führenden Stellungen zu entfernen, so daß sie nicht weiterhin querschießen und ihre Arbeit sabotieren konnten.

Die Vorplanungen für den Bau der wichtigsten Verkehrswege gingen allmählich zu Ende. Die Detailplanung und die Organisation des Baues begann. Dies hatte zur Folge, daß man das Ressort 'Verkehrswege' in ein Amt für 'Eisenbahnbau' und ein Amt für 'Straßenbau' aufteilte. Der Vogt war mit ihrer Arbeit äußerst zufrieden und so bot er ihr die Leitung einer der beiden Ämter an, die Wahl blieb ihr überlassen. Sie entschied sich für den Straßenbau, der ihr mehr zusagte.

Maria schlug vor, zur Durchführung der Arbeiten soweit wie möglich einheimische Kräfte anzuwerben. Sie begründete dies damit, daß man diesen Leuten zum einen weniger bezahlen müsse als Arbeitskräften aus dem Reich und zum anderen damit auch die Einheimischen in den Staat einband.

„Wenn wir sie an dem Aufbau der Provinz beteiligen, dann werden sie sich auch eher mit ihr identifizieren, als wenn es fremde Leute bewerkstelligen und sie nur Zuschauer sind."

Auf diese Art und Weise, argumentierte sie ferner, könne man auch noch existierende Feindbilder abbauen. Und das sei wichtig für die Zukunft.

Ein weiterer Grund für sie war, aber das sagte sie nicht offen, die schlechte Erfahrung mit den Zugezogenen aus dem Reich. Wie schon bei den Behörden und Planungsgruppen würden auch für die Bauarbeiten eher die weniger qualifizierten und nicht unbedingt leistungsorientierten kommen. Wirklich gute Leute wären nur unter erheblichen finanziellen Zusagen bereit in den Osten zu gehen. Ihr Vorschlag stieß zunächst auf Skepsis und es kostete sie einige Mühe, die anfängliche Ablehnung aus dem Weg zu räumen. Es zeigte sich aber dann, daß ihr Vorschlag ausgezeichnet gewesen war. Es gelang qualifiziertes und motiviertes einheimisches Personal anzuwerben, während es sehr schwierig und auch teuer wurde, den fehlenden Bedarf mit geeigneten Leuten aus dem Reich zu decken.

Die Arbeiten begannen und gingen zügig voran.

Die Geschichte des Vogtes

Sie arbeiteten jetzt bereits einige Monate zusammen. Zwischen Maria und dem Vogt entwickelte sich ein freundschaftliches Verhältnis, jedoch keine nähere persönliche Beziehung, wovon Maria anfangs ausging. Daher hatte sie sich gegenüber Fritz bisher zurückgehalten, da sie glaubte, der Vogt hätte ein näheres Interesse an ihr und wäre verärgert, wenn er von einer derartigen Freundschaft erfahren würde. Sie hatte sich mit Fritz des öfteren eher unverbindlich getroffen, allerdings festgestellt, daß der Vogt, obwohl er davon Kenntnis erhalten haben mußte, dies nicht zu mißbilligen schien. Das wunderte sie etwas. Andererseits fiel ihr irgendwann auf, daß er einen Ehering trug. Das hatte sie zu Anfang ihrer Bekanntschaft nicht bemerkt, war sich aber nicht sicher, ob sie dies einfach nur übersehen hatte. Verwunderlich war dieser Umstand insofern, weil der Vogt hier alleine lebte, nie eine Ehefrau erwähnte, auch nie übers Wochenende zu seiner Familie fuhr. Es war auch noch etwas anderes, das ihr allmählich zu Bewußtsein kam. Der Vogt wirkte trotz seiner Freundlichkeit im allgemeinen irgendwie düster, so, als schleppe er ein Geheimnis mit sich herum. Sie hütete sich aber ihn diesbezüglich anzusprechen, da sie fürchtete, einen wunden Punkt zu berühren, was ihn verletzen oder sogar verärgern konnte. Denn sonst hätte er ja von sich aus darüber geredet. Eines Abends, sie war zu einer Besprechung bei ihm im Büro, verließ er kurz den Raum um Unterlagen zu holen. Neugierig schaute sie sich ein bißchen im Zimmer um und ihr Blick fiel auf eine Photographie, welche auf seinem Schreibtisch stand. Das Photo war ihr schon früher aufgefallen, sie hatte bisher aber immer nur die Rückseite gesehen. Nun erblickte sie eine Frau und zwei Kinder. Die Frau wirkte leicht dunkelhäutig, hatte nicht die Gesichtszüge einer Cheruskerin, eher die einer Südseeinsulanerin, und sie bemerkte eine gewisse Ähnlichkeit mit ihr. Sie nahm das Bild aber nicht näher in Augenschein, da der Vogt jeden Augenblick zurückkommen konnte und es wäre ihr peinlich gewesen beim Spionieren ertappt zu werden. Sie setzte sich daher wieder auf ihren Stuhl und tat so als würde sie Akten studieren. Die Neugierde blieb. Sie hatte mittlerweile mit der Sekretärin eine freundschaftliche Beziehung aufgebaut und ging davon aus sie ins

Vertrauen ziehen zu können, da sie natürlich unbedingt in Erfahrung bringen wollte, was es sich mit der Photographie auf sich hatte. Eine günstige Gelegenheit zu fragen ergab sich einige Tage später als sie beim Kaffee zusammensaßen.

„Der Vogt war verheiratet", begann die Sekretärin, „hatte zwei Kinder. Die Frau war die jüngste Tochter eines Offiziers der Schutztruppe in der Südsee, der eine Eingeborene geheiratet hatte. Das war nichts Ungewöhnliches, kam damals des öfteren vor, denn vor der Machtübernahme der Lankardtan-Bewegung gab es keine Rassenvorschriften. Während des Dritten Sarmatischen Krieges kämpfte der Offizier an der Ostfront, zeichnete sich durch außergewöhnliche Tapferkeit aus, besonders bei der erfolgreichen Verteidigung der Festung Ortlenberg und in der siegreichen Schlacht von Winniczew. Er erhielt sogar das Ritterkreuz Erster Klasse. Nach dem Krieg, als die Lankardtan-Bewegung an die Macht gelangt war, die Rassengesetze erlassen wurden und zur Anwendung kamen, sah man ihm trotzdem diese Verbindung nach. Die neuen Machthaber wollten die alte militärische Elite, auf deren Unterstützung sie angewiesen waren, nicht verärgern. Mit der Vermählung mit der Tochter hatte der Vogt, damals noch ein junger Straßenbauingenieur, dann allerdings Schwierigkeiten, da sie als Mischling galt. Der Vogt war aber schon damals sehr hartnäckig und setzte schließlich seinen Kopf durch. Sie verlebten einige glückliche Jahre; ich gehe davon aus, daß sie glücklich waren; doch dann, kurz vor Beginn des letzten Krieges, fiel seine Familie einem Terroranschlag der Awaren zum Opfer. Er meldete sich dann, obwohl schon nicht mehr so ganz jung, freiwillig zum Kriegsdienst, diente bei dem 'Schwarzen Pionierbataillon', das hinter den feindlichen Linien Kommando-unternehmungen durchführte, Zerstörung von Brücken, Eisenbahn-abschnitten, Nachschubdepots, Nachrichtenzentralen und so weiter. Sogar Divisionsgefechtsstände wurden von ihm vernichtet. Ich lernte ihn damals während meiner Tätigkeit als Sekretärin in der Bataillonszentrale kennen. Er war der waghalsigste Kommando-führer, man könnte sagen ein Experte für Himmelfahrtskommandos. Er arbeitete erfolgreich, wurde ausgezeichnet, stieg schließlich zum Major auf. Obwohl er nun Gelegenheit gehabt hätte in die Kommandozentrale versetzt zu werden, nahm er ein entsprechendes

Angebot nicht an, sondern blieb trotz seines Ranges Stoßtrupp-
führer, was eigentlich eher eine Position für einen Leutnant oder
Oberleutnant war. Dann, als der Waffenstillstand geschlossen wurde,
quittierte er den Militärdienst. Er sagte, er habe nun seine Aufgabe
erfüllt und es gebe keinen Grund noch länger Soldat zu bleiben. Er
erhielt dann wegen seiner fachlichen Kompetenz, seiner Orts-
kenntnisse und nicht zuletzt auch wegen seiner Verdienste das Amt
des 'Vogtes für das Verkehrswesen in den Neuen Provinzen' und zog
hierher. Mich nahm er mit. Dann kamst du. Es ist wahr, er liebt dich.
Man merkte es, aber er spricht nicht darüber. Vor einigen Wochen, es
war schon spät am Abend, ging ich zu ihm ins Büro, da ich noch
einige Unterschriften brauchte. Er saß in einem Sessel, las. Ich
merkte, daß er einiges getrunken hatte, leicht beschwipst, aber nicht
wirklich betrunken war. Er wirkte gelöster als üblich. Ich kannte
diesen Zustand, wußte auch, daß er dann eher aus sich herausging,
mehr redete als sonst. Da ich auch neugierig bin, sprach ich ihn nach
einigen unverbindlichen Vorreden auf dich an. Er meinte, daß du ihn
sehr an seine Frau erinnerst. Er hätte auch anfangs mit dem
Gedanken gespielt, eine nähere Verbindung mit dir einzugehen, sei
allerdings nach einiger Zeit zu der Überzeugung gekommen, daß dies
nicht gut sei. Er liebe seine Frau über den Tod hinaus und würde in
dir niemals dich, sondern immer nur seine tote Frau sehen. Das sei
aber keine gute Voraussetzung für eine Verbindung. Du würdest
immer in ihrem Schatten stehen, es auch bald merken. Es würde dich
kränken und schließlich auch die Beziehung zerstören. Zwei oder
drei Tage später trug er dann auch wieder seinen Ehering, den er kurz
nach Beginn eurer Bekanntschaft abgelegt hatte. So, nun weißt du alles. Sprich aber bitte in keinem Fall mit ihm darüber. Das würde ihn
zutiefst kränken und mit Sicherheit das Ende eurer Freundschaft bedeuten. Rede auch mit niemand anderem darüber. Versprich es mir !"
„Vielen Dank für deine offenen Worte. Ich werde deine Mahnung
beherzigen. Ich verspreche es."
Maria war über die Erzählung der Sekretärin einerseits erschüttert,
andererseits aber auch sehr erleichtert. Sie sah nun klarer, die Zweifel waren beseitigt. Sie konnte nun unbefangen eine nähere Beziehung zu Fritz aufbauen. Selbstverständlich hielt sie ihr Versprechen.

43

Der Reichsvogt

Der Aufbau der neuen Provinzen schnitt rasch voran, was von der Reichsregierung äußerst positiv gewürdigt wurde. Es muß hier gesagt werden, daß nicht nur beim Straßenbau, sondern in fast allen Bereichen erfolgreiche Arbeit geleistet wurde. Der Reichsvogt entschloß sich daher zu einem ausgedehnten Besuch, einmal um die wichtigsten Projekte in Augenschein zu nehmen, zum anderen um auch die Personen kennenzulernen, die dieses Werk geplant und in Gang gesetzt hatten und es nun an verantwortlicher Stelle tatkräftig durchführten.

Der Reichsvogt war der mächtigste Mann im Land, besaß praktisch diktatorische Vollmacht. Er war noch recht jung, noch keine vierzig Jahre alt.

Er entstammte dem Offizierskorps der Asgardisten. Diese waren ursprünglich vom Asgardor als eine Art Leibwache aufgestellt worden, übernahmen aber schon bald auch die Funktion einer Geheimpolizei. Ihr Kommandeur hatte darüber hinaus noch weitergehende Ambitionen. Er wollte sie auch zu einer militärischen Elitetruppe aufbauen, mußte die Pläne aber zurückstellen, da sie auf Widerstand seitens der Militärführer stießen, die keine Konkurrenzarmee haben wollten. Und da der Asgardor auf ein gutes Verhältnis zu den Militärs angewiesen war, unterstützte er die Vorstellungen des Kommandeurs zunächst nicht.

Die Situation änderte sich nach Beginn des Krieges als es zu ersten Zerwürfnissen zwischen der Armeeführung und dem Asgardor kam. Es erfolgte dann die Gründung eines 'militärischen Zweiges', während die bisherigen Aufgaben, von dem 'innenpolitischen Zweig' wahrgenommen wurden. Die 'Elitetruppe', wie man sie bald allgemein nannte um sie auch namentlich von den Asgardisten abzugrenzen, die als Unterdrückungsapparat galten, wuchs sehr rasch an; sie war besser bewaffnet als die konventionellen Streitkräfte, Mannschaften und Offiziere waren besser ausgebildet. Die Vorstellung, eine wirkliche Elitetruppe aufzubauen, hatte zwangsläufig zur Folge, daß man am Ende keine Truppe purer Befehlsempfänger aufgestellt hatte. Die Offiziere waren durchwegs intelligent, gebildet und selbstbewußt und betrachteten daher zahlreiche Entscheidungen

44

des Generalstabs und des Asgardors mit Mißtrauen und Ablehnung, zumal ihre Einheiten bei Fehlentscheidungen den höchsten Blutzoll zu entrichten hatten. Die Situation spitzte sich im dritten Kriegsjahr nach der verheerenden Niederlage in der Schlacht bei Nemersdorf zu, die nicht nur zum Verlust der im ersten Kriegsjahr gewonnenen Gebiete um Königsburg führte, sondern auch zum Überschreiten der Reichsgrenze und zur von zahlreichen Gräueln begleiteten Besetzung einer Reihe von Grenzdörfern und Grenzstädten durch die Sarmaten. Es drohte nun bei einer zu erwartenden Offensive ein Vorstoß der Feinde tief ins Reich. In dieser Lage verweigerte der Asgardor den Wunsch der Heeresleitung, sich aus den östlichen Gebieten Awaristans zurückzuziehen und die freigewordenen Truppen an die Nordfront zu werfen.

„Es wird kein fußbreit Boden freiwillig preisgegeben", lautete seine Entscheidung.

Während die Militärführung den Befehl des Asgardors akzeptierte, kam es innerhalb der Elitetruppe zur Revolte. Sie nahm bei den Kommandeuren der an der Südfront eingesetzten Divisionen ihren Anfang. Hier gab es kaum Kampftätigkeiten, drohte kaum Gefahr einer Offensive, da die Sarmaten ihren Schwerpunkt an die Nordfront verlegt hatten. Sollten nun die Truppen an der Südfront tatenlos zusehen wie der Feind ins Reich eindrang, Dörfer und Städte zerstörte, Frauen und Kinder abschlachtete ? Nachdem eine diesbezügliche Eingabe beim Asgardor nur eine Bekräftigung des Haltebefehls erbracht hatte, schritt eine Gruppe von Offizieren zur Tat. Unter ihrer Führung besetzte ein in der Hauptstadt Magodaburg stationiertes Fallschirmjägerbataillon die Reichskanzlei; der Asgardor wurde gezwungen, eine Erklärung zu unterzeichnen, daß er aufgrund gesundheitlicher Probleme und physischer Erschöpfung die politische und militärische Führung 'vorübergehend' einem Stellvertreter, der den Titel 'Reichsvogt' führen solle, übertrug. Den Asgardor verbrachte man dann zur Genesung auf Schloß Waischenstein, wo er seitdem praktisch als Gefangener lebte. Offiziell blieb er zwar das Staatsoberhaupt, durfte auch zu Neujahr oder hohen nationalen Feiertagen oder Gedenktagen Grußworte an das Volk richten, eine Machtfunktion übte er aber nicht mehr aus. Großen Widerstand gegen den Putsch hatte es nicht gegeben, die

45

Militärführung war erleichtert, begrüßte die Entwicklung. Man hatte schließlich auch hier Pläne zu einem Sturz des Asgardors geschmiedet, aber nicht den Mut aufgebracht sie durchzuführen. Es gab natürlich Kräfte innerhalb der Lankardtan-Bewegung, die sich gegen die Entmachtung des Asgardors wandten; deren Widerstand wurde jedoch sehr rasch gebrochen.

Die militärischen Umgruppierungen wurden sofort durchgeführt. Den Sarmaten blieben diese Maßnahmen natürlich nicht verborgen, sie verstärkten ihre Kräfte an der Nordfront, doch der Aufmarsch der Cherusker erfolgte schneller und bereits vier Wochen nach dem Umsturz traten sie zur Offensive an. Die Sarmaten wurden geschlagen und innerhalb eines Monats mehrere hundert Kilometer nach Osten zurückgedrängt. Dieser glanzvolle Sieg konnte aber nicht verbergen, daß die cheruskischen Kräfte sich allmählich erschöpften. Die Verluste in der ersten Schlacht von Nemersdorf wogen zu schwer. Man begann daher über die helvetische Botschaft Kontakte zu knüpfen. Auch die Sarmaten litten unter den Verlusten, waren kriegsmüde geworden und so wurde nach mehreren Verhandlungsrunden, die sich über einige Monate hinzogen, in denen es zu keinen größeren Schlachten mehr kam, ein Waffenstillstandsabkommen unterzeichnet und schließlich der 'Frieden von Tarunge' geschlossen.

Die militärischen Erfolge hatten die Position des Reichsvogtes gestärkt. Er hatte nach der Machtübernahme nur wenige Mitglieder der Regierung und der obersten Behörden ausgetauscht, im Grunde nur solche Personen, denen er absolut mißtraute. Mit zunehmender Festigung seiner Stellung begann er nun mit dem Umbau, musterte die altgedienten, in ihrer Ideologie verhafteten Lankardtan-Leute aus, ersetzte sie durch junge, politisch praktisch und nicht ideologisch denkende Männer. Das innenpolitisch vornehmliche Ziel mußte sein, das durch den Krieg mitgenommene Land baldmöglichst wieder zu wirtschaftlicher Blüte zu führen, da soziale Not eine der wesentlichen Ursachen für politische Unruhen ist. Zum anderen schienen auch politische und gesellschaftliche Reformen angebracht; hier hielt er neben der weitgehenden Aufhebung der Rassengesetze langfristig die Gewährung von mehr Freiheitsrechten geboten; an die Einführung einer Demokratie im Sinne der westlichen Staaten dachte er allerdings nicht.

Unter diesen Gesichtspunkten erschienen ihm die rasch vorangehenden Aufbauleistungen im Osten als erfreuliche Zeichen, was dann zu dem Entschluß führte, diesen Gebieten einen längeren Besuch abzustatten.

Maria lernte ihn anläßlich einer Besprechung zu dem Thema 'Aufbau der Ostprovinzen' kennen, zu der nicht nur die Verantwortlichen für die Verkehrswege, sondern auch die für andere Bereiche wie 'Stadtentwicklung', 'Bildungswesen', 'Technische Infrastruktur' und auch 'Industrieaufbau' beordert waren. Jeder mußte einen Rechenschaftsbericht über die bisher geleistete Arbeit und die in den nächsten Monaten zu erwartenden Fortschritte abgeben.

Maria stellte den Stand der Straßenbaumaßnahmen dar. Das Projekt umfaßte den Bau vier großer Fernstraßen, zahlreicher Verbindungen zwischen den Städten der neuen Provinzen Gepidien und Pruzzorasien, sowie einige Verbindungen aus dem Altreich in die neuen Provinzen. Die erste Fernstraße (OS1) war eine Verbindung zwischen Luidgersburg, der Hauptstadt Gepidiens, und Königsburg, die zweite (OS2) begann an der südwestlichen Grenze Gepidiens als Fortsetzung der in Waldenberg endenden Autobahn, führte über Plochricz nach Globowsk und von dort aus weiter nach Königsburg. Die dritte Straße (OS3) führte von der alten Reichsgrenze die Küste entlang über Poldenburg, Morstadt und Königsburg zur östlichen Grenzstadt Lieberau. Die vierte Straße (OS4) schließlich war eine West − Ost − Verbindung durch Gepidien, von Plochricz über Luidgersburg zur Grenzstadt Lembor. Dies waren Neubaumaßnahmen, während die innergepidischen und innerprozzorasischen Straßenbauten im wesentlichen ein Ausbau bereits vorhandener Verbindungen waren, notwendig, um den zu erwartenden Erfordernissen zu genügen, da die existierenden Straßen sich in einem äußerst schlechten Zustand befanden. Hier herrschte noch ein gewisser Kompetenzwirrwarr, da nicht in jedem Falle klar war, ob nun für die Baumaßnahmen das Amt für das Verkehrswesen in den Neuen Provinzen oder die Ämter für das Verkehrswesen in den Gauvogteien Gepidiens und Pruzzorasiens zuständig waren.

Die Arbeiten an den Trassen von OS3 und OS4 gingen zügig voran, ebenso die an OS1, da die Streckenführung so ausgelegt war, daß sie die Sumpfgebiete westlich umging. OS2 mußte allerdings in Pruzzorasien über weite Strecken durch die Sumpfgebiete geführt werden und dort auf Betonstelzen verlaufen, die teilweise bis zu vierzig Meter tief in den Boden eingelassen werden mußten um die erforderliche Tragkraft zu erreichen. Das war natürlich sehr aufwendig.

Während ansonsten die Trassen recht schnell angelegt werden konnten, bildete der Brückenbau ein Flaschenhals hinsichtlich der Fertigstellung, da insbesondere die größeren Brücken längere Bauzeiten erforderten. Dies betraf die OS1, die OS2 und die OS3, da hier zwei größere Flüsse, der Boros und der Nemendor überquert werden mußten. Der Bau einer Brücke erfordere hier eineinhalb bis zwei Jahre. Das sei nicht abzukürzen. Entlang der OS3 könne man dabei als Zwischenlösung auf Brücken der alten Küstenstraße zurückgreifen, die allerdings nur für Personenwagen und leichte Lastkraftwagen geeignet seien. Für den Schwertransport sei während der Bauzeit, wie auch bei der OS1, ein Fährbetrieb vorgesehen; entsprechend geeignete Pontonfähren werden, sobald Bedarf besteht, von den Pioniertruppen bereitgestellt. Entsprechende Verträge seien bereits unterschrieben. Mit diesen Einschränkungen könnten beide Straßen in sechs bis neun Monaten dem Verkehr übergeben werden. Für die OS2 habe man dagegen keine besonderen Maßnahmen ins Auge gefaßt, da der Trassenbau durch die Sümpfe ohnehin nur langsam vorangehe. Eine Eröffnung der Straße werde etwa in zwei Jahren erfolgen, einzelne Abschnitte könnten natürlich schon eher dem Verkehr übergeben werden. Entlang der OS4 schließlich, müßten nur kleinere Flüsse beziehungsweise der Oberlauf des Nemendor überquert werden. Der Brückenbau dauere hier nur drei bis fünf Monate und es sei zu erwarten, daß die gesamte Straße innerhalb der nächsten sechs Monate fertiggestellt werden kann. Bei den Verbindungsstraßen innerhalb Gepidiens gebe es keine technischen Schwierigkeiten, lediglich die erwähnten Unklarheiten in den Zuständigkeiten. Sie würden dennoch nach und nach und abschnittsweise in Betrieb genommen. Mittlerweile habe man bereits mit den Vorplanungen weiterer Fernstraßen begonnen, deren Bau nach Abschluß der Arbeiten an OS1 bis OS4 in Angriff genommen werden soll. Hierzu würden derzeit Verhandlungen mit diversen

Verbänden, Behörden, zum Beispiel dem Amt für Industrieaufbau, sowie dem Reichsministerium für das Verkehrswesen geführt, um die prinzipielle Notwendigkeit der Trassen, die Streckenführungen, sowie eine Priorisierung einzelner Projekte hinsichtlich des Baus festzulegen.

Der Reichsvogt nahm Marias Ausführungen äußerst positiv auf, lobte die bisher geleistete Arbeit. Die Berichte der anderen waren allerdings auch durchwegs Erfolgsmeldungen und so zeigte sich der Reichsvogt am Ende der Veranstaltung äußerst zufrieden, was er im Verlaufe der Tischgespräche beim gemeinsamen Abendbankett auch des öfteren darlegte.

Später, beim Aufbruch, während der Verabschiedung, sprach der Reichsvogt Maria an.

„Sie sind also die Frau, von der man so viel spricht", meinte er lächelnd, „ich habe mit Ihnen noch einiges zu bereden, was nicht in die heutige Sitzung paßte, kommen Sie daher morgen Nachmittag um drei Uhr in mein Büro im Palais des Provinzgouverneurs, des Gauvogtes, wie er offiziell heißt."

Es sollte hier erwähnt werden, daß man die Provinzverwaltung wenige Wochen zuvor von Plochricz in die zentraler gelegene Stadt Luidgersburg verlegt hatte, die nun auch den Titel 'Hauptstadt' führte. Einige Ämter, darunter auch das 'Amt für das Verkehrswesen in den Neuen Provinzen', beließ man aber vorläufig in Plochricz, da ein Umzug nach Meinung der Verantwortlichen eine erhebliche Störung der laufenden Projekte mit sich gebracht hätte.

Maria fühlte sich einerseits hinsichtlich der Einbestellung geehrt, sah dem Besuch allerdings auch mit gemischten Gefühlen entgegen. Er konnte ja auch Unangenehmes bedeuten.

Etwas ängstlich betrat sie daher am nächsten Tag das Büro. Der Reichsvogt begrüßte sie allerdings sehr freundlich, was sie beruhigte, bat sie sich zu setzen, bot ihr Kaffee oder Tee an. Sie entschied sich für Kaffee.

„Es ist nun so, Frau Duschwili", begann er, „daß ich nicht nur mit den Ergebnissen Ihrer Arbeit äußerst zufrieden bin, sondern auch mit der Art, wie Sie Ihre Aufgaben bisher erledigt haben."

„Wie soll ich das verstehen, Herr Reichsvogt?"

„Die offizielle Anrede ist 'Reichsvogt', ohne Herr. Männer müssen

49

bei der Begrüßung auch salutieren, Damen natürlich nicht", entgegnete der Mann, „ja, ich meine, daß Sie sich in Ihrer Stellung als Frau und insbesondere als 'Dunkelhäutige', als Angehörige einer fremden Rasse, die in der lange bei uns herrschenden Ideologie nur einen geringen Stellenwert besaß, bewährt haben. Verstehen Sie das bitte nicht falsch, aber Sie kennen ja sicherlich auch die Rassenlehre der Lankardtan - Bewegung und deren praktische Handhabung während der Herrschaft des Asgardors. Das entsprach nicht meinen Vorstellungen und denen vieler meiner Kameraden. Daher haben wir auch Änderungen in die Wege geleitet, die innerhalb der Führung des Reiches, die Lankardtan - Bewegung hat noch immer eine starke Stellung, umstritten waren, zum Teil es auch heute noch sind. Sie wissen ja selbst, daß Ihnen zahlreiche Widerstände entgegengebracht wurden. Schon Ihre Einstellung als Assistentin des 'Vogtes für das Verkehrswesen in den Neuen Provinzen' war umstritten, ebenso Ihre Ernennung zur Amtsleiterin. Es gab viele, die wünschten und hofften, daß Sie scheitern würden. Es gab heftige Proteste und Beschwerden, ich wurde von einigen hochrangigen Leuten gebeten, persönlich einzugreifen und den Vogt anzuweisen, Sie aus Ihrer Stellung zu entfernen. Das habe ich natürlich nicht getan. Sie waren vielmehr für mich der Präzedenzfall; entschuldigen Sie, wenn ich mich jetzt flapsig ausdrücke, Sie waren sozusagen mein Versuchs- kaninchen zum Test meiner Vorstellung, daß es sinnvoller ist, Menschen nach ihren Fähigkeiten zu beurteilen als nach ihrem Geschlecht oder nach ohnehin willkürlich definierten Rassen- merkmalen. Sie haben sich in Ihrer Position bestens bewährt und mir damit beste Argumente geliefert, meinen politischen Kurs als erfolgreich und zukunftsorientiert darzustellen. Mittlerweile geben mir selbst ehemals heftige Kritiker Recht. Dafür bin ich Ihnen nicht nur dankbar, sondern muß Ihnen auch meine Hochachtung zollen. Aufgrund Ihrer Verdienste werden Sie in die 'erweiterte Reichs- führung' aufgenommen. Das mag etwas hochtrabend klingen, ich nenne es aber so. Es damit auch keine besondere Stellung verbunden. Sie haben dadurch aber das Anrecht, jederzeit einen Termin zu einer Audienz bei mir zu beantragen, der dann kurzfristig gewährt wird. Andererseits gehören Sie auch zu jenen Personen, die ich jederzeit kontaktieren werde, wenn ich deren Rat und Hilfe benötige. Anders ausgedrückt, Sie gehören zu jenen Volksgenossen und Volksgenossinnen mit denen ich engeren Kontakt pflegen möchte, da sie mir als Gesprächspartner zum Gedankenaustausch, Ratgeber, aber auch als Mahner wertvoll sind. Ich möchte Sie daher auch fragen, ob Sie bereit sind, in ein paar Monaten, wenn der bisherige Minister ausscheidet, die Leitung des Reichsministerium für das Verkehrswesen zu übernehmen."

Maria errötete, mußte sich erst einmal fassen.

„Ich weiß gar nicht, ob ich all diese Ehre verdient habe. Ich habe doch nur meine Arbeit getan und ich besitze noch nicht einmal die cheruskische Staatsbürgerschaft. Und was Ihr Angebot betrifft, so muß ich ehrlich sagen, daß ich nur ungern begonnene Arbeiten aufgebe bevor sie beendet sind. Die vier großen Straßenbauprojekte sind meiner Ansicht nach entscheidend für die Zukunft der Provinzen und müssen rasch und erfolgreich abgeschlossen werden. Ich denke daher, es ist wichtiger hier zu bleiben und meine Arbeit fortzusetzen, anstatt jetzt eine andere Aufgabe zu übernehmen. Nehmen Sie es mir daher nicht übel, Reichsvogt, wenn ich Ihr Angebot gegenwärtig nicht annehmen möchte. Nach Abschluß der laufenden Projekte bin ich schon eher bereit neue Aufgaben zu übernehmen. Aber der Vogt wäre doch sicherlich eine gute Wahl. Langfristig ist es doch auch sinnvoll das Amt in das Reichsministerium zu integrieren."

„Seien Sie nicht so bescheiden, was die Verdienste betrifft. Unauffällig seine Arbeit tun ist weitaus besser als große Reden zu führen, denen nur kleine Taten folgen."

Der Reichsvogt schwieg eine Weile. Marias Ansichten waren durchaus begründet. Der Vogt für das 'Verkehrswesen in den Neuen Provinzen' war sicherlich ein guter Kandidat für das Ministeramt, wenn auch Marias Berufung eine größere symbolische Bedeutung gehabt hätte. Andererseits war es in der Tat nicht sinnvoll, die Projekte jetzt einer anderen Person, die sich erst einarbeiten mußte, zu übertragen, was zwangsläufig zu einer Verzögerung führte. Das hätte er vorher bedenken sollen.

„Sie haben völlig Recht. Aber bedenken Sie, sie sollten nicht in der Provinz versauern. Langfristig werden sie in der Hauptstadt dringender gebraucht und bis zu einer Amtsübernahme sind es ja noch einige Monate hin. Ich mache Ihnen daher einen Vorschlag: Sie übernehmen das Ministeramt offiziell, konzentrieren sich aber auf die laufenden Projekte im Osten bis sie weitgehend abgeschlossen sind. Das Tagesgeschäft übernimmt so lange ein Staatssekretär. Und ich mache Ihnen noch ein anderes Angebot: wenden Sie sich direkt an mich, falls doch noch Schwierigkeiten auftreten, zusätzliches Personal oder zusätzliche Mittel gebraucht werden, weil am Ende immer alles teurer wird als geplant, wenn Material knapp werden sollte. Sie haben meine Zusicherung, daß Sie meine volle Unterstützung erhalten werden. Sie haben es verdient."

„Vielen Dank, Reichsvogt, ich werde immer daran denken."

„So sei es", war die Antwort, „schließlich gehören Sie jetzt zu uns."
Er lächelte.

„Na ja, ab morgen. Das mit der Staatsbürgerschaft regele ich umgehend."

Der Reichsvogt lud Maria zum Abendessen ein, zu einem einfachen Essen zu zweit, wie er betonte, nicht zu einem Galadinner.

Er hatte allerdings zuvor noch einige kleinere Angelegenheiten zu erledigen, bat sie im Vorzimmer zu warten.

Eine halbe Stunde später brachen sie auf, begaben sich in ein kleines Lokal am Rande des Stadtzentrums, das für seine landesübliche Kost bekannt war.

„Ich mag so etwas lieber als die vornehmen Bankette. Ich würde mich gerne auch manchmal in so einem Restaurant unter das Volk mischen, aber das geht leider nicht. Vielleicht haben Sie es bisher nicht bemerkt, aber die anderen Gäste gehören alle meiner Leibgarde an."

Sie unterhielten sich über die verschiedensten Dinge des Lebens, Maria wunderte sich über das zwanglose Gespräch, das der Regierungschef einer europäischen Großmacht beim Abendessen mit ihr führte. Daher faßte sie sich schließlich ein Herz.

„Sie haben heute Nachmittag im Amt zu mir gesagt, 'schließlich gehören Sie jetzt zu uns'. Wer ist nun genau 'uns' ?"

Der Reichsvogt lächelte.

„Das Volk, die Cherusker, die 'Asawanen', wenn Ihnen der Begriff gefällt. Wissen Sie, es hat auf der Welt immer gewisse Wanderungsbewegungen gegeben, auch wenn Stämme ihre Gebiete mit Grenzen und Befestigungen umgaben. Es kommen immer ein paar ins Land und es gehen immer welche weg. Wer aber in ein fremdes Land kommt, zum Beispiel in unser Reich, der muß sich natürlich den Gepflogenheiten dort anpassen, in die Gesellschaft einordnen, wie man heute sagt, selbst wenn dies eine völlige Umstellung der Lebensweise und Lebenseinstellung mit sich bringt. Niemand sollte dazu gezwungen werden, aber wer sich nicht einfügt, paßt eben nicht in unsere Gesellschaft, ist im Reich nicht willkommen; es ist daher für ihn keine neue Heimat und er sollte wieder gehen. Wer sich aber einordnet, der muß auch als gleichberechtigter Volksgenosse oder gleichberechtigte Volksgenossin aufgenommen werden. Zugehörigkeit zu einem Volk ist eine Sache der inneren Einstellung, der Annahme seiner Lebensweise, seiner Traditionen, seiner Sprache und seiner kulturellen Werte. Das ist keine Wertung, wir erkennen durchaus andere zivilisatorische, kulturelle und religiöse Werte an. Aber Völker, denen unterschiedliche Werte eigen sind, gehören nicht in einen gemeinsamen Staat; dies führt nur zu Bildung von Parallelgesellschaften, die im Grunde genommen untereinander verfeindet sind oder sich zu einem kulturellen Einheitsbrei auf niedrigstem gemeinsamen Niveau vermischen wie es in Amerika der Fall ist. Nein, Nationen unterschiedlicher Kultur können koexistieren, sie müssen nur stark sein und bereit ihre Werte zu erhalten. Und dann können sie auch voneinander lernen."

Sie schwiegen eine Weile. Während der Erzählungen des Reichsvogtes war Maria ein Umstand aufgefallen, der ihr zu bedenken gab, sie beschäftigte, sie aber unschlüssig blieb, ob sie ihn darauf ansprechen dürfe. Schließlich rang sie sich durch.

„Verzeihen Sie mir die Frage, vielleicht ist sie Ihnen unangenehm, zürnen Sie mir daher bitte nicht. Aber ich bin nun einmal ein Mensch, der Klarheit braucht und sich nicht mit Phrasen begnügt. Sie sagten, Sie und Ihre Kameraden hätten damals den Asgardor abgesetzt. Aber es gibt doch einen Fahneneid, habe ich gehört. Haben Sie den nicht gebrochen als Sie den Asgardor absetzten?"

Der Reichsvogt lächelte.

„Nein, ich bin Ihnen deswegen keineswegs böse, im Gegenteil, ich bin sogar froh, daß Sie diese Frage gestellt haben, zumal wir diesem Vorwurf ausgesetzt waren, er auch heute noch ab und zu anklingt und

53

die Legitimität meiner Herrschaft in Frage stellt. Sie sind jetzt Mitglied 'der erweiterten Reichsführung' und als solches können Sie Ihre Funktion, wenn ich es einmal so bezeichnen darf, nicht ausüben, wenn Sie von der Legitimität der Regierung nicht überzeugt sind, es sei denn Sie sind ein Heuchler. Aber mein Eindruck von Ihnen ist, daß Sie nicht diesem Kreaturenbereich angehören. Allerdings dürfen Sie zwei Aspekte nicht nicht vermischen. Der Fahneneid an und für sich ist ein Schwur, dem Reich treu und tapfer zu dienen, es unter Einsatz des eigenen Lebens gegen alle äußeren und inneren Feinde zu verteidigen um dem cheruskischen Volk die Freiheit zu erhalten. Diesen Eid haben wir nicht gebrochen. Doch hatte der Asgardor diesen Fahneneid mit einem Treueeid ihm gegenüber verbunden. Verstehen Sie, was ich meine ?"

Maria blickte ihn skeptisch an.

„Nicht so ganz. Wurde damit etwa die Treue gegenüber dem Reich mit der Treue gegenüber dem Asgardor gleichgesetzt ?"

Der Reichsvogt nickte ihr zu.

„Sie haben das ganz genau verstanden. Einen solchen Treueid gegenüber dem Asgardor stand ich schon als Offiziersanwärter skeptisch gegenüber; ich habe ihn aber dennoch geleistet, schon deshalb, weil ich ansonsten gar nicht Offizier hätte werden können. Bei einer Eidesverweigerung hätte ich vielmehr meinen Militärdienst in einem Strafbataillon ableisten müssen. Der Punkt ist doch der: ein Treueeid gegenüber einer Person, mag sie sich Asgardor, Führer, Kaiser, König, Fürst, Feldherr, Präsident oder wie auch immer nennen, ist eine Art Unterwerfung; man gelobt sein Leben für diese Person einzusetzen, erhält aber keine Gegenleistung, das heißt, diese Person verpflichtet sich gegenüber demjenigen, der den Eid leistet, zu nichts. Ein solcher Eid mag dennoch sinnvoll sein, solange der Asgardor für das Wohlergehen des Reiches steht. Wenn aber seine Entscheidungen Handlungen zur Erhaltung und Darstellung der eigenen Macht, zur Unterdrückung des Volkes oder zum Schaden des Reiches verfolgen, wird der Treueschwur obsolet", er grinste, „er wird sozusagen zum Reueschwur. Nach der militärischen Katastrophe bei Nemersdorf trat genau dieser Fall ein. Die Anordnungen und Befehle des Asgardors dienten nicht dem Wohl des Reiches, sondern drohten seinen Untergang herbeizuführen. Wir standen nun vor der Entscheidung, was uns wichtiger war, die Treue zum Asgardor oder die Treue zum Reich. Die älteren Befehlshaber schwankten da. Für sie war ein Eid ein Eid und ein Eidbruch kam für sie nicht in Frage. Meine Kameraden und ich sahen das anders. Mit seinen militärischen Anweisungen, die zum Untergang des Reiches führen konnten, hatte der Asgardor seine Legitimation verloren. Und damit war der Treueeid ihm gegenüber hinfällig."

„Haben Sie sich damals nicht die Sache zu einfach gemacht?" wandte Maria nun ein, „wer bestimmte denn, daß der Asgardor seine Legitimation verloren hatte. Eine kleine Gruppe noch recht junger Offiziere, die mit den militärischen Entscheidungen des Asgardors nicht einverstanden war?"

„Sie sind spitzfindig, aber ich bleibe Ihnen keine keine Antwort schuldig. Wissen Sie, der Asgardor war kein Monarch, der seine Stellung aufgrund seiner Geburt oder etwa auch durch 'Gottes Gnaden' erhalten hatte; auch wurde er nicht demokratisch vom Volk gewählt, was letzten Endes nur dazu führt, daß Blender, Schwätzer und Schönredner an die Macht gelangen, was sich insbesondere in der Amerikanischen Republik und im Fränkischen Reich so deutlich zeigt. Nein, die Legitimation des Asgardors beruht darin, daß er der Beste ist."

„Der 'Beste'?" unterbrach ihn Maria, „wie soll ich das verstehen? Dann müßte er doch ein Genie sein!"

Der Reichsvogt schüttelte den Kopf.

„Nein, so ist das nicht. Sie wissen, es gibt eine Sportart, Zehnkampf genannt. Der beste Zehnkämpfer ist aber nicht unbedingt der beste Läufer, der beste Weitspringer oder der beste Speerwerfer. Nein, es gibt bessere, weitaus bessere in diesen Sportarten. Aber er beherrscht eben alle Disziplinen, während dies bei den anderen nicht der Fall sein muß. Der beste Weitspringer, zum Beispiel, kann durchaus ein miserabler Läufer oder ein miserabler Speerwerfer sein. Er ist lediglich in seiner Disziplin der Beste, während er in allen anderen Disziplinen durchaus ein Versager sein kann. Der beste Zehnkämpfer muß aber alle Disziplinen beherrschen. Und so ist es auch mit dem Asgardor. Er muß kein Genie sein, aber die Summe aller seiner Fähigkeiten und Eigenschaften muß die aller anderen übertreffen. Das befähigt ihn zur Führung und legitimiert sie. Und wenn er

55

versagt, dann ist er nicht mehr der Beste und verliert seine Legitimation."

„Das erscheint mir recht kritisch, denn hier kommt der Begriff 'versagen' ins Spiel. Wer bestimmt den, daß ein Versagen vorliegt. Ich bin kein Soldat und auch in Regierungsangelegenheiten unerfahren. Aber bereits aufgrund der wenigen Erfahrungen, die ich in meiner Position gesammelt habe, kann ich doch sagen, ein Asgardor kann sich nicht um alles persönlich kümmern und eine militärische Niederlage muß nicht unbedingt die Schuld oder die Folge eines Versagens des Asgardors sein, sondern kann auch die Folge des Versagens der kommandierenden Generale oder einfach durch die Stärke des Gegners bedingt sein."

„Das zogen wir natürlich alles in Erwägung. Die Entscheidung, ob ein Versagen vorlag, wäre auch Sache des Reichsrates gewesen, aber der konnte keinen Entschluß fassen. Und es war auch nicht die Niederlage in der Schlacht bei Nemersdorf selbst, die uns veranlaßte den Asgardor zu stürzen, sondern die militärischen Konsequenzen, die er daraus zog. Er weigerte sich Truppen aus Awaristan abzuziehen und an die Nordfront zu werfen, erließ statt dessen einen Befehl an die verbliebenen Soldaten zu fanatischem Widerstand, absolutem Halten der Front, der aufgrund der Stärke und Bewaffnung der Auffangeinheiten und der Reste der beiden zerschlagenen Armeen sinnlos und auch gar nicht notwendig war, denn die Männer an der Nordfront wußten genau, worum es ging und leisteten ohnehin erbittertsten Widerstand. Aber sie und alle anderen wußten auch genau, daß die Sarmaten eine neue Offensive vorbereiteten, welche die noch vorhandenen Verteidiger hinwegfegen mußte und dem Feind den Weg ins Innere des Reiches öffnete. Und der Asgardor weigerte sich in seiner Verblendung diese Realitäten anzuerkennen. Da gab es kein Zögern mehr. Das Unternehmen war riskant. Viele hielten dem Asgardor noch die Treue, blieben dann allerdings weitgehend passiv, so daß es nicht zu den befürchten Auseinandersetzungen mit asagardortreuen Verbänden der Elitetruppen und den Asgardisten kam; wir haben es dann ja auch propagandistisch so dargestellt, als habe der Asgardor freiwillig die Verteidigung des Reiches in andere Hände gelegt. Und wir hatten natürlich auch das Glück der Tüchtigen. Wären wir gescheitert, so hätte man uns als

Rebellen wegen Hochverrats hingerichtet. Dieses Risiko mußten wir in Kauf nehmen. Es ging uns allerdings um das Reich, das mußte gerettet werden. Es besteht seit mehr als tausend Jahren und soll auch noch mehr als tausend Jahre weiter bestehen. Und dafür trugen wir die Verantwortung. Und dieser Verantwortung mußten wir gerecht werden. Verstehen Sie, was ich meine? Es ging nicht darum, Macht zu erhalten oder Macht zu gewinnen, sondern um die Rettung des Reiches."

Er pausierte kurz.

„Ich halte es für grundsätzlich falsch, einer Person den Treueeid zu schwören, ich habe diese Eidesformel abgeschafft. Heute heißt es nur noch 'Ich gelobe, dem Cheruskischen Reich treu zu dienen und die Freiheit des cheruskischen Volkes tapfer zu verteidigen'. Ich habe das ja schon gesagt, ein Treueeid auf eine Person ist nichts weiter als ein Zeichen von Unterwürfigkeit unter einen Herren. In früheren Zeiten verlangten dies die Herren von den Unterworfenen. Mir scheint, das war notwendig, weil die Herrschenden und die Untergebenen nichts verband. Aber für mich gibt es das Reich, das Volk, unsere Traditionen, unsere Kultur. Das müssen wir verteidigen, das müssen wir erhalten."

„Verzeihen Sie, wenn ich nun einwende", unterbrach ihn Maria, „ist hierzu ein Eid notwendig? Was Sie da verlangen, das erfordert doch ein entsprechendes Bewußtsein und eine Verbundenheit mit all dem, was Sie da aufgeführt haben. Und entweder besitzt man dies oder man man besitzt es nicht. Im ersten Fall braucht man gar keinen Eid, im zweiten Fall nutzt er meiner Einschätzung nach nichts, da er eine Leerformel, ein Lippenbekenntnis bleiben wird, an das man sich ohnehin nicht mehr gebunden fühlt wenn es kritisch wird. In diesem Fall wird das Reich zerfallen, mit oder ohne Treueeid."

„Da haben Sie völlig Recht", pflichtete ihr der Reichsvogt bei, „im Grunde könnte man ihn abschaffen, es schadet aber auch nicht ihn als Tradition beizubehalten."

„Mir fällt dabei noch ein weiterer Punkt ein", begann Maria nach kurzem Schweigen, „wenn Sie das Reich und seine Erhaltung so in den Vordergrund stellen, ist das nicht auch eine Denkvorgabe, ein Dogma, eine Art Ideologie?"

„Da haben Sie völlig Recht. Aber es ist doch so, zumindest ich bin dieser Ansicht: die Menschen brauchen zumindest **eine** geistige Lebensbasis. Ist es nicht besser, etwas natürliches, historisch gewachsenes hierfür zu nehmen, die eigene Sprache, die Traditionen, die kulturellen und wissenschaftlichen Errungenschaften der Gemeinschaft, des Volkes, alles vereint im gemeinsamen Staat, dem Reich ? Ich halte das für eine bessere Grundlage als unausgegorene Ideen, Wunschbilder, entsprungen den Hirnen eher weniger intelligenter Leute, die sich an ihren Schreibtischen eine Märchenwelt zusammenbasteln, nichts können außer Luftschlösser bauen. Oder soll man etwa einen Gott nehmen, dessen Existenz mehr als fraglich ist. Ist es nicht so, daß der Glaube an seine Existenz oft mit Gewalt erzwungen wird ? Ich habe allerdings gar nicht vor, den Glauben an das Reich zu erzwingen. Denn wenn das Volk nicht aus eigener Überzeugung an das Reich glaubt, dann wird es zu einem Hohlkörper, einem Gebilde, das vielleicht durch einige gemeinsame Interessen, in der Regel möglichst viele Wohltaten vom Staat zu erhalten oder die staatliche Ordnung zur Verfolgung der eigenen Interessen zu nutzen, zusammengehalten wird. Dies würde ein Schönwetterstaat sein, der unter einer vielleicht glänzenden Oberfläche verfault. Es lohnt nicht, für einen solchen Staat Opfer zu bringen. Und ich hätte auch gar kein Interesse ihn gewaltsam zusammenzuhalten."

Maria lächelte.

„Seien Sie mir nicht böse, wenn ich noch einen Schritt weitergehe. Wenn ich das alles so richtig verstanden habe, dann sind Sie Reichsvogt geworden, weil Sie der Beste sind. Aber Dinge sind wandelbar. Irgendwann wird jemand kommen und behaupten, er sei besser. Was machen Sie dann ?"

Der Reichsvogt lächelte ebenfalls.

„Das ist sicher ein Punkt. Doch um genau zu sein muß ich allerdings sagen, daß ich als Bester unter denen, die Macht besaßen, auserwählt wurde. Vielleicht gibt es Männer oder auch Frauen im Volk, die besser sind als ich, die aber keiner kennt, die völlig unbeachtet sind."

Er blickte Maria fest in die Augen. Sie verstand. Noch vor einem dreiviertel Jahr war sie doch auch nur eine unbedeutende Flüchtlingsfrau gewesen.

„Aber sehen Sie", fuhr er dann fort, „gerade die Verantwortung für das Reich und seine Zukunft gebieten es mir, nach diesen Ausschau zu halten. Irgendwann werde ich alt sein und die Führung abgeben müssen. Dann brauche ich einen geeigneten Nachfolger. Es wäre fatal, wenn sich dann mittelmäßige Existenzen um die Macht streiten würden. Solche Kämpfe haben schon oft zum Untergang eines Reiches geführt. Jeder Kandidat für das Amt muß natürlich seine Führungsqualitäten beweisen und ich werde nur dem die Nachfolge übertragen, von dem ich sicher bin, daß er sein Amt auch verantwortungsvoll führen wird. Wissen Sie, ich bin mir bewußt, daß ich nicht alles weiß, daher habe ich mir auch Berater zugelegt, die 'erweiterte Reichsführung' geschaffen. Auch ein Reichsvogt braucht Ratgeber, auf die er hören muß, wenn es erforderlich ist. Ein Herrscher, der glaubt, seine Vorstellungen und seine Ansichten seien alternativlos, der ist schlechter Herrscher."

Ein nahm einen großen Schluck Wein, meinte dann eher beiläufig.

„Unser Gespräch hat mir gezeigt, daß ich mit Ihnen eine gute Wahl getroffen habe."

Maria blickte ihn groß an, fragte nur:

„Wieso ?"

Der Reichsvogt lächelte.

„Sie durchschauen die Zusammenhänge sehr rasch, denken zielgerichtet und kritisch, scheuen sich auch nicht unangenehme und fragliche Dinge ohne Umschweife anzusprechen. Solche Menschen brauchen wir in der Staatsführung. Schwätzer, Ja-Sager sind überflüssig und Kreaturen, die mir nur nach dem Munde reden, sind unnütz."

Gegen zehn Uhr verabschiedeten sie sich. Der Reichsvogt wünschte ihr beim Abschied noch einmal allen Erfolg für ihre Arbeit.

Von ihrem Hotelzimmer aus rief Maria Fritz an, obwohl es schon auf elf Uhr zuging.

„Ich glaube, ich habe dich in letzter Zeit etwas vernachlässigt, aber morgen komme ich nach Plochricz. Können wir uns am Abend treffen ?"

„Sicher", lautete die Antwort.

Agathe und der Gauvogt

Der Besuch

Die Frauen standen in Zweierreihen im Hof des Lagers vor den Baracken und warteten gespannt auf die Ankunft des Gauvogtes. Von seinem Besuch erhofften sie Auskünfte über ihr weiteres Schicksal. Sie alle waren Angehörige der cheruskischen Minderheit in Sarmatien gewesen, alleinstehend, überwiegend jung. Ihre Vorfahren waren vor etwa zweihundert Jahren dem Ruf des sarmatischen Zaren gefolgt, der ihnen großzügige Ländereien in seinem Reich versprochen hatte. Durch Können und Fleiß wandelten sie öde Steppe in ertragreiches Ackerland um und kamen zu Wohlstand. Obwohl ihre neue Heimat fast zweitausend Kilometer vom Cheruskischen Reich entfernt lag, so blieben sie trotzdem stolz auf ihre Herkunft und der Sprache, den Gebräuchen und Traditionen ihrer Väter treu. Sie genossen die Achtung ihrer sarmatischen Nachbarn, aber in die Bewunderung mischte sich auch Neid, denn die Sarmaten blieben wegen ihrer geringeren Tüchtigkeit und auch wegen der hohen Abgaben, die sie ihren Herren zu leisten hatten, arm. Die cheruskischen Siedler dagegen waren gemäß eines Erlasses des Zaren freie Bauern, die Sarmaten aber Leibeigene. Die Lage der cheruskischen Minderheit verschlechterte sich nach der großen Revolution vor zwei Generationen. Der Zar wurde gestürzt und ermordet, eine Gruppe radikaler Sozialisten, die sich 'Rawjater' nannten übernahm die Macht. Die Cherusker durften zwar ihre Ländereien behalten, mußten aber so hohe Abgaben entrichten, daß ihnen nicht mehr viel zum Leben übrig blieb. Hinzu kam einige Jahre später der wachsende Haß der Sarmaten gegen sie, eine Folgeerscheinung des Dritten Sarmatischen Krieges. Sie wurden in zunehmendem Maße daran gehindert in der Öffentlichkeit ihre

61

Sprache zu gebrauchen und ihren Sitten und Gebräuchen entsprechend zu leben. Doch das wirkliche Elend setzte erst nach Beginn des Vierten Sarmatischen Krieges ein. Sie wurden als 'unzuverlässige Elemente und Kollaborateure mit dem Feind' von ihrem Land vertrieben, in Lager gepfercht und sollten in die unwirtlichen Provinzen weit im Osten deportiert werden. Den meisten blieb dieses Schicksal allerdings erspart, da mangels an Transportmöglichkeiten aufgrund der Kriegsereignisse die Deportationen nur in geringem Umfang durchgeführt wurden. Die meisten Inhaftierten konnten dann auch die innersarmatischen Wirren nach dem Zusammenbruch der sarmatischen Abwehrfront in der zweiten Schlacht von Nemersdorf nutzen, aus den Lagern entfliehen und sich zu den cheruskischen Linien durchschlagen. Daran gehindert wurden sie praktisch nicht, da die Sarmaten viel zu sehr damit beschäftigt waren eine neue Verteidigungslinie aufzubauen. Die Cherusker brachten die Ankömmlinge, die sie als Volksangehörige betrachteten, in Auffanglagern unter.

Von dem gut dreieinhalbjährigen Krieg erschöpft, schlossen beide Länder schließlich Frieden. Im Vertrag von Tarunge erhielt das Cheruskische Reich einige westliche Gebiete Sarmatiens, welche nun den Namen Provinz 'Pruzzorasien' trugen. Das zwischen beiden Ländern liegende Awarische Reich, das letztlich den Anlaß zum Ausbruch des Krieges gegeben hatte, teilte man unter sich auf. Sarmatien erhielt als Kompensation für die Abtretung der pruzzanischen Gebiete den östlichen, größeren Teil, das Cheruskische Reich den westlichen, im Norden an Pruzzorasien grenzenden Teil, der nun als Provinz 'Gepidien' bezeichnet wurde. Man versprach den Flüchtlingen, die offiziell allerdings als 'Rückkehrer' bezeichnet wurden, sie in den neugewonnenen Provinzen anzusiedeln. Mehr als ein halbes Jahr lag das nun bereits zurück, aber nur wenige hatten in der Zwischenzeit eine feste Arbeit und eine Wohnung gefunden, also das Lager verlassen können. So lebten nun die meisten mehr oder weniger in den Tag hinein, ohne irgendwelche Perspektiven bezüglich ihrer Zukunft zu haben, verloren allmählich den Glauben an die Versprechungen der cheruskischen Führung. Es muß allerdings betont werden, daß die Frauen weitgehend zu Arbeiten außerhalb des Lagers herangezogen wurden, wofür sie auch einen gerechten Lohn erhielten und sie sich innerhalb und außerhalb des Lagers frei bewegen konnten. Es war ihnen allerdings nicht gestattet, außerhalb des Lagers eine Wohnung nehmen; die Wohnverhältnisse waren daher beengt, jede hatte zwar ihr eigenes Schlafzimmer, sie mußten sich aber mit drei oder vier anderen eine gemeinsame Küche und ein Badezimmer teilen, einen Aufenthaltsraum gab es für jeweils ein Dutzend Personen. Auch die Arbeitsstätten wechselten häufig. Insgesamt war dies eine unbefriedigende Situation und daher ist es verständlich, daß sie über die Sicherung ihrer täglichen Lebensbedürfnisse hinaus keine Zukunftsperspektive besaßen.

Ulrich Hartenbach, der Gauvogt der Provinz Gepidien, erschien in Begleitung des Lagerverwalters und einiger Herren, die wohl zu seiner Umgebung gehörten. Er war ein gutaussehender, großer, schlanker Mann von etwa vierzig Jahren. Er hatte im Krieg zuletzt eine Panzergrenadierdivision befehligt, war mehrfach ausgezeichnet worden. Nach dem Waffenstillstand, noch vor dem Friedensschluß war ihm die Verwaltung des Territoriums übertragen worden und nach dessen Eingliederung in das Reich als Provinz 'Gepidien' waren ihm Amt und Titel eines 'Gauvogtes' verliehen worden. In dieser Position unterstanden ihm die Zivilverwaltung und die Polizei, während die in den Provinzen Gepidien und Pruzzorasien stationierten Militäreinheiten dem 'Militärgouverneur der Neuen Provinzen', einen General Hausinger, untergeordnet waren.
Der Gauvogt begrüßte die Anwesenden freundlich, sprach sein Bedauern darüber aus, daß sie noch immer in einer Gemeinschaftsunterkunft, er vermied das Wort Lager, leben müßten. Er gab dann allerdings zu bedenken, daß der Wohnraum in der Provinz knapp sei, da der Krieg einerseits zahlreiche Verwüstungen mit sich gebracht habe und man andererseits nicht beabsichtige die autochthone Bevölkerung der Provinz zu vertreiben, die nicht aus Sarmaten, sondern aus Awaren und kleineren Volksgruppen bestand. Hinzu komme eine große Anzahl von Flüchtlingen aus Ost-Awaristan, die nicht in ihre nun zu Sarmatien gehörende Heimat zurückkehren wollten, denn dort hätten Unterdrückung und Unfreiheit nach Ende des Krieges ein bedenkliches Ausmaß

angenommen, da die Rawjater nun mit allen Mitteln bestrebt seien, ihre durch den Krieg erschütterte Machtposition wieder zu festigen um einem möglichen Umsturz vorzubeugen. Auch sei es nicht die Absicht der cheruskischen Regierung nun einen Unruheherd im Osten entstehen zu lassen. Aus diesem Grunde habe man auch darauf verzichtet, einen Teil der autochthonen Bevölkerung aus ihren Wohnungen zu vertreiben und den cheruskischen Flüchtlingen zur Verfügung zu stellen, was von einem Großteil der Amtsträger aus der Lankardtan – Bewegung im Westen gefordert worden sei. Diese Leute seien allerdings dumpfhirnige Ideologen, die kein Wissen über die Zustände in den neuen Provinzen hätten. Doch vernünftiger Weise habe sich der Reichsvogt den Ansichten der beiden Gauvögte und des Militärgouverneurs angeschlossen, keine Gewaltmaßnahmen zu ergreifen. „Denn was nützen euch schöne Wohnungen", sagte er wörtlich, „wenn ihr dem Terror aufständischer Banden ausgesetzt seid ?" Es habe zwar eine nennenswerte Anzahl Sarmaten in der neuen Provinz Pruzzorasien gelebt, die nun in ihr Land zurückgekehrt seien, bei der Mehrzahl habe es sich aber Militärangehörige gehandelt, die in Kasernen untergebracht waren, deren Wohnqualität jedoch so schlecht sei, daß man sie bestenfalls als Straflager verwenden könne. Der Wohnstandard der Häuser und Wohnungen der verbliebenen sarmatischen Zivilisten in Pruzzorasien andererseits sei schlechter als der Wohnstandard in den Gemeinschaftsunterkünften. Auch hätten viele Sarmaten darum gebeten nicht ausgesiedelt zu werden, da sie nicht unter der Terrorherrschaft der Rawjater leben wollten. Es müsse daher verständlich sein, daß man angesichts des knappen Wohnraums bisher Familien und älteren Menschen den Vorzug gegeben habe. Doch Besserung sei in Sicht, es gehe schließlich um nicht mehr als etwa dreißigtausend Wohnungen, deren Bau zügig vorangehe. Er erwarte daher, daß sie innerhalb der nächsten drei Monate alle eine eigene Wohnung erhalten würden, wenn es am Anfang auch nur ein oder zwei Zimmer mit Kochnische, Bad und Toilette seien. Aber dann hätten sie zumindest eine Intimsphäre. Sie müßten auch bedenken, daß es der Beschluß der Regierung sei, die Volksgenossen aus Sarmatien in den Ostprovinzen anzusiedeln. Deshalb werden auch vorerst keine Aufenthaltserlaubnisse für den Westen des Reiches erteilt, obwohl dort

Arbeitsplätze und Wohnungen zur Verfügung stehen. Man fürchte nämlich, daß kaum noch jemand von denen, die sich im Westen niedergelassen hätten, bereit sei, wieder in den Osten zurückzukehren. Eine starke cheruskische Volksgruppe sei aber notwendig um aus diesem unterentwickelten ehemaligen awarischen Territorium ein blühendes Land zu machen. Er fügte dann noch hinzu, er sei aber nicht gekommen nur um große Versprechungen zu machen oder Ausreden vorzubringen, sondern auch um mitzuteilen, daß in einem neu angesiedelten Unternehmen in Landsbach noch etwa einhundert weibliche Arbeitskräfte benötigt werden. Sie erhielten dort auch eigene Wohnungen. Die Unterkunftsverwaltung, er vermied das Wort Lagerverwaltung, habe bereits anhand der geforderten Qualifikationen eine Liste zusammengestellt und die ausgewählten Frauen würden im Anschluß an seinen Besuch zu einem Gespräch geladen. Es stehe ihnen aber frei die angebotenen Arbeitsstellen anzunehmen.
Ein gedämpftes Raunen ging durch die Anwesenden. Hundert ! Das war ein gutes Viertel der Anwesenden. Wer würden die Glücklichen sein ?

Zum Abschluß seines Besuches ließ er dann alle Frauen einzeln an sich vorüber marschieren und reichte jeder zum Abschied die Hand zum Gruß,
Plötzlich geschah etwas unerwartetes. Nachdem er einer nicht mehr ganz jungen, hübschen, schwarzhaarigen Frau die Hand geschüttelt hatte, wies er sie an, nicht wegzugehen, sondern in seiner Nähe Platz zu nehmen. Als die Parade ihr Ende genommen hatte, wandte er sich zu ihr hin und meinte freundlich.
„Sie gefallen mir. Wie heißen Sie ?"
„Agathe Kalinko, Herr Gauvogt", lautete die Antwort.
„Haben Sie gehört ?" wandte er sich nun an den neben ihm stehenden Lagerverwalter, „Agathe Kalinko heißt sie. Bringen Sie mir bitte ihre Akte in mein Büro."
Dann wandte er sich wieder zu Agathe hin.
„Und Sie kommen bitte mit mir."

65

Das Angebot

Sie begaben sich in ein größeres Zimmer im Verwaltungsbau, das dem Gauvogt während seines Aufenthaltes als Büro zur Verfügung gestellt worden war. Er bat Agathe an einem kleinen Tisch Platz zu nehmen, setzte sich neben sie. Er begann dann ein kleines Gespräch, stellte einige Fragen bezüglich ihrer Herkunft, ihrer persönlichen Verhältnisse, ihrer Bildung, ihrer beruflichen Qualifikation. Schließlich fragte er.

„Sind Sie eigentlich prüde ?"

Agathe blickte ihn erstaunt an.

„Ich verstehe nicht ganz, Herr Gauvogt."

Der lächelte.

„Man könnte es auch schamhaft nennen."

„Ich weiß nicht", antwortete Agathe verdutzt; und es war nicht so klar, ob sie damit ausdrücken wollte, daß sie nicht wisse, ob sie prüde sei oder ob sie seine Frage nicht richtig verstand.

„Na, dann ziehen Sie sich doch bitte einmal aus", meinte er nun lächelnd.

Sie zögerte.

„Tun Sie, was ich Ihnen gesagt habe. Es ist besser für Sie."

Die Worte klangen drohend, obwohl sie freundlich ausgesprochen worden waren. Agathe verspürte eine leichte Angst. Da sie es aber nicht wagte, dem Gauvogt gegenüber ungehorsam zu sein, begann sie sich langsam zu entkleiden. Unterdessen klopfte es an der Tür.

„Warten Sie einen Moment", rief der Gauvogt.

Er wandte sich wieder zu Agathe hin, die gerade dabei war ihren Büstenhalter zu öffnen.

„Das genügt. Sie brauchen sich nicht weiter auszuziehen."

Er betrachtete nun Agathe intensiv, von allen Seiten. Sie war nicht ganz schlank, aber noch weit davon entfernt als mollig zu gelten. Der Gauvogt nickte befriedigt.

„Sie gefallen mir", sagte er schließlich, „ziehen Sie sich bitte wieder an."

Er wartete bis Agathe ihre Kleidung angelegt hatte, rief dann.

„Sie können hereinkommen."

Ein älterer Bediensteter trat ein.

„Die Akte von Frau Kalinko, Gauvogt."

„Legen Sie sie auf den Schreibtisch. Und bringen Sie dann eine Kanne Kaffee und eine Zeitschrift für Frau Kalinko", und fuhr dann, zu Agathe hingewandt, fort, „möchten Sie auch etwas zu essen ?"

„Nein, danke."

„Aber Kaffee nehmen Sie doch ?"

„Ja, gerne."

Er wandte sich wieder dem Bediensteten zu.

„Also bringen Sie Kaffee und eine Zeitschrift. Und vergessen Sie die Tassen nicht !"

Der Bedienstete verließ den Raum.

„Entschuldigen Sie, Herr Gauvogt, aber was bedeutet die Zeitschrift ?"

Der lächelte.

„Damit Sie sich nicht langweilen, während ich Ihre Akte lese. Und übrigens, warum reden Sie mich mit 'Herr Gauvogt' an, die korrekte Anrede ist 'Gauvogt', ohne 'Herr'."

Der Bedienstete brachte nach kürzester Zeit den Kaffee und die Zeitschrift. Der Gauvogt goß nun in beide Tassen ein, reichte eine von ihnen Agathe, die sich mittlerweile wieder gesetzt hatte, nahm dann die andere, begab sich zum Schreibtisch, nahm die Akte in die Hand, begann darin zu lesen. Das Studium nahm etwa eine halbe Stunde in Anspruch.

„Das liest sich alles sehr gut und Sie haben ehrliche Augen. Ich denke, ich kann Ihnen trauen."

„Mir trauen ?" dachte Agathe, „ich habe mich bisher gefragt, ob ich ihm trauen kann."

Sie schwieg aber, blickte ihn erwartungsvoll an. Er erhob sich, kam wieder zum Tischchen, setzte sich.

„Sie gefallen mir", sagte er erneut, „und ich denke, Sie sind auch eine gute Wahl. Aber zustimmen müssen Sie schon."

„Ich verstehe nicht", antwortete Agathe.

Er lächelte.

„Wissen Sie, die Sache ist ganz einfach. Meine persönliche Referentin wurde schwanger und ist seit einer Woche in Mutter-schutz. Nun brauche ich eine neue. Und als ich Sie heute Morgen zum ersten Mal sah, sagte ich mir spontan, sie könnte die Richtige

67

sein. Und Ihr Verhalten, unser Gespräch und Ihre Akten zeigen, daß dies offensichtlich auch der Fall ist. Sie müssen natürlich zustimmen. Aber keine Angst, wenn Sie ablehnen ergeben sich daraus für Sie keine Nachteile."

„Ich kann mir unter dieser Position nichts vorstellen", entgegnete Agathe nun.

„Das bedeutet nichts anderes, als daß Sie meine Vertraute, meine engste Vertraute sein werden. Alles, was ich weiß, in Erfahrung bringe, was ich plane, das erfahren Sie auch. Ebenso müssen Sie auch Informationen, Nachrichten, Berichte, die ich erhalte, für mich aufarbeiten, mir dann die entscheidenden Punkte vermitteln. Ich kann ja schließlich nicht alles, was ich auf den Schreibtisch bekomme, gründlich lesen. Ebenso werden Sie mir auch helfen müssen, Entscheidungen vorzubereiten und zu fällen, natürlich auch bei deren Formulierung mitwirken, mir Rat geben und notfalls müssen Sie auch einmal einen anderen Standpunkt als ich vertreten können, wenn Sie der Überzeugung sind, daß ich falsch liege. Sie sehen, wir werden keine Geheimnisse voreinander haben."

„Und das trauen Sie mir alles zu?"

„Wie gesagt, ich halte Sie für ehrlich und aufrichtig. Sie sind intelligent und gebildet und nicht nur fähig selbständig zu denken, sondern Sie tun es auch. Vielleicht fehlt Ihnen noch das sichere Auftreten und eine Portion Selbstbewußtsein. Aber, niemand ist vollkommen. Das kriegen wir schon hin."

Agathe lächelte.

„Daß Sie soviel Vertrauen in mich setzen ehrt mich. Ich hoffe, ich werde Sie nicht enttäuschen."

„Davon gehe ich aus. Allerdings, das muß ich Ihnen auch sagen, wir werden sehr eng zusammenleben, so wie es eben der Dienst erfordert. Und Sie werden kaum Freizeit, kein wirklich eigenständiges Leben haben. Ihr Leben wird der Dienst für unser Reich und unsere Provinz sein. Bei mir ist das auch nicht anders."

Agathe lächelte.

„Aber so schlimm kann es doch nicht sein. Ihre vorige Referentin konnte doch auch schwanger werden."

Kaum hatte sie diese Worte ausgesprochen, da bereute sie ihre Rede schon, fürchtete, sie könnte den Gauvogt damit verärgert haben.

Doch der lachte nur.

„Sie fangen an selbstbewußt zu werden. Das gefällt mir. Nein, sie war bereits schwanger als sie ihren Dienst bei mir antrat. Ich bin daran nicht schuld. Und Sie brauchen auch keine derartigen Befürchtungen zu haben. Es gehört nicht zu Ihren Dienstpflichten mit mir zu schlafen. Und verzeihen Sie mir die Aufforderung sich auszuziehen. Das war nur ein Test. Ich habe Ihnen doch gesagt, daß wir sehr eng zusammenleben werden. Da müssen wir ungezwungen miteinander umgehen. Da ist jede falsche Scham und Scheu fehl am Platz. Aber es gibt natürlich auch Grenzen."

Sie schaute ihn etwas verwirrt an.

„Deswegen ?"

„Na ja", lächelte er, „es gab natürlich noch einen Grund: ich wollte auch wissen, ob Sie gehorchen können."

„Das verstehe ich jetzt nicht so richtig."

„Wissen Sie, manchmal muß man gehorchen, auch wenn man den Grund der Anordnung nicht versteht. Wissen Sie, manchmal ist man selbst unsicher, ob die Anordnung richtig ist, auch wenn man von ihrer Notwendigkeit überzeugt ist; manchmal steckt auch eine geheime Absicht dahinter, die man nicht verraten möchte, weil die Gefahr besteht, daß sie irgendwie durchsickert und der Falsche Kenntnis davon erhält. Das verlangt Vertrauen; der Befehlsempfänger muß dem Befehlenden vertrauen, sonst funktioniert das nicht."

„Und was hat es jetzt damit zu tun, daß ich mich vor Ihnen ausziehen sollte ?"

„Das wird Ihnen vielleicht sehr bald klar werden."

Er pausierte kurz, fuhr dann fort:

„Die Sache hat allerdings zwei Seiten: Ich muß Ihnen vertrauen, da ich Sie des öfteren in geheime Dinge einweihen werde. Aber Sie müssen auch mir vertrauen."

„Ihnen vertrauen ? Was meinen Sie damit ?"

„Sie müssen mir insoweit vertrauen, daß Sie nicht das Gefühl haben, von mir für gesetzeswidrige oder verbrecherische Vorhaben mißbraucht zu werden, wenn Sie den Sinn oder den Hintergrund der Anordnung nicht verstehen."

„Das haben Sie jetzt sehr offen gesagt."

„Offenheit zwischen uns ist die Grundlage unserer Zusammenarbeit;

von den erwähnten Fällen abgesehen."

Er schaute sie fragend an.

„Und wie steht es mit Ihnen ? Nehmen Sie das Angebot an ?"

„Es klingt gut", antwortete sie, „und ich werde es versuchen."

Der Gauvogt atmete auf.

„Das ist gut. Die Formalitäten erledigen wir dann morgen, wenn wir in der Gauvogtei sind. Es ist allerdings am besten, wenn Sie gleich mitkommen. Wann können wir aufbrechen ? Sie müssen doch sicherlich noch packen ?"

„Ich besitze nicht viel, ein paar Kleider, einige Bücher und noch etliche Kleinigkeiten. Aber eine Stunde werde ich schon noch brauchen. Vielleicht auch ein bißchen länger."

„Lassen Sie sich ruhig Zeit. Ich habe in der Stadt noch ein Treffen mit dem Oberbürgermeister. Das kann sich schon zwei Stunden hinziehen. Und der Verwalter soll Ihnen dann einen Bediensteten schicken, der Ihre Sachen hierher trägt. Ich werde Sie dann hier abholen."

„Aber ich brauche nicht unbedingt einen Lastenträger. Ich habe doch nur einen Koffer mittlerer Größe und einen Rucksack. Die sind nicht so schwer."

Der Gauvogt lächelte.

„Das habe ich auch nicht behauptet. Aber es ist so, daß meine Referentin keine Koffer schleppen muß. Verstehen Sie, was ich meine."

Agathe brauchte nicht lange zu überlegen.

„Natürlich", antwortete sie.

Der Gauvogt verabschiedete sich.

Agathe lief zu ihrer Unterkunft zurück, packte ihre Habseligkeiten zusammen. Das nahm nicht allzu viel Zeit in Anspruch. Dann begab sie sich zum Büro des Lagerverwalters. Der empfing sie freundlich.

„Ich weiß schon. Der Gauvogt hat Ihnen die Stelle seiner persönlichen Referentin angeboten und will Sie auch gleich mitnehmen. Sie haben spontan zugesagt und kommen jetzt um zu fragen, ob Sie das überhaupt dürfen."

Er lachte, wartete gar nicht auf Agathes Antwort.

„Das geht schon in Ordnung. Zum einen sind Sie ja ein freier", er grinste, „na ja, sagen wir ein fast freier Mensch, zum anderen sind die Entscheidungen des Gauvogtes für mich bindend. Und ehrlich gesagt, ich freue mich für jede, die etwas Besseres findet und hier rauskommt. Ich wünsche Ihnen viel Glück. Und Ihre Sachen lasse ich dann gleich an die Pforte bringen. Sie haben doch bereits gepackt?"

Agathe nickte, verabschiedete sich, suchte anschließend die Cafeteria auf, die jetzt, am späten Vormittag, fast leer war. Sie nahm sich einen Espresso, suchte sich dann einen Platz, setzte sich, begann nachzudenken.

„Oh Gott", sagte sie nach einer Weile leise vor sich hin, „auf was habe ich mich da eingelassen ? Der Kerl hat mich doch glatt überfahren, mir gar keine Zeit gelassen die Angelegenheit zu überdenken. Er wollte nur meine sofortige Zusage. Aber warum ?"

Sie trank ihre Tasse leer, holte sich einen zweiten Espresso.

„Eigentlich ist die Sache doch ziemlich verrückt, fast absurd", sagte sie sich, „seine Referentin ist schwanger, trat vor einer Woche in den Mutterschutz. Das passierte doch nicht überraschend. Er wußte doch schon seit längerer Zeit, daß er eine neue Referentin braucht. Der hat doch sicher schon einige Kandidatinnen begutachtet, womöglich schon eine ausgewählt. Und dann sah er heute Morgen mich. Ich gefiel ihm, wie er sich mehrfach ausgedrückt hat. Und dann hat er mich so ganz spontan engagiert. Das ist doch nicht normal. Was ist denn schon an mir Besonderes ? Und dann diese merkwürdige Aufforderung mich auszuziehen um meinen Gehorsam zu testen. Auf solch eine Idee wäre ich nie gekommen. Und dann redete er noch so ein Zeug von gegenseitigem Vertrauen. Was sollte das ?"

Sie seufzte kurz.

„Aber jetzt ist es zu spät. Ich habe zugesagt. Und einen Rückzieher mache ich nicht. Aber ich bin gespannt, was nun passiert."

Die Besprechung mit dem Oberbürgermeister zog sich dann doch offensichtlich etwas länger hin. Erst am Nachmittag gegen halb drei wurde sie abgeholt.

In der Gauvogtei

Kurz nach vier Uhr erreichten sie die Gauvogtei. Sie war in einem ehemaligen Schloß der Gepidenherzöge in Luidgersburg untergebracht. Es war ein prächtiges, an drei Seiten von einem See umgebenes Bauwerk. In der Zeit der Awarenherrschaft hatte die Anlage allerdings mangels Interesse an der Unterhaltung größere Schäden erlitten. Kurz nach Eroberung der Stadt beschloß die cheruskische Regierung den Schloßkomplex als zukünftiges Verwaltungszentrum zu nutzen. Dieser Entscheidung kam natürlich auch eine gewisse symbolische Bedeutung zu, man sah darin ein Zeichen der Befreiung Ost-Gepidiens und somit der Wiedergewinnung der Ostgebiete schlechthin. Aus diesem Grunde wurden trotz der Belastungen durch den noch andauernden Krieg umfangreiche Sanierungsmaßnahmen begonnen. Um die Stadt wurden mehrere mit modernsten Luftabwehrwaffen ausgerüstete Einheiten stationiert, da man annahm, der Feind würde alles unternehmen um diese symbolträchtige Stätte zu vernichten. In der Tat unternahm die sarmatische Luftwaffe mehrere heftige Angriffe, verlor dabei über hundert Flugzeuge, ohne jedoch größere Schäden anzurichten. Angesichts dieser Lage hatte man während des Krieges allerdings die Verwaltungsbehörde der besetzten awarischen Gebiete in dem nahe der Grenze zu Cheruskien liegenden Plochricz angesiedelt und auch nach dem Friedensschluß noch für einige Monate dort belassen. Die Gauvogtei war erst zwei Wochen zuvor in die neue Provinzhauptstadt Luidgersburg umgezogen; einige Ämter verlieben aber vorerst noch in Plochricz.

Die Renovierungsarbeiten waren auch bei weitem noch nicht abgeschlossen und so glich die Schloßanlage einer riesigen Baustelle als sie ankamen.

„Es sieht schlimmer aus als es in Wirklichkeit ist. Der Ost- und der Südflügel, in denen sich die Amtsstuben befinden, sind schon fast fertig gestellt, lediglich im obersten Geschoß, im Keller und in einigen Treppenhäusern werden noch Arbeiten durchgeführt. Die Renovierung des Westflügels, in dem sich die Wohnungen der führenden Regierungsmitglieder befinden, ist bereits abgeschlossen. Umfangreichere Arbeiten sind noch im Nordflügel notwendig. Wir sind auch erst kurze Zeit hier, vorher war die Gauvervaltung in Plochricz."

Die Gemächer des Gauvogtes nahmen das gesamte Obergeschoß des Westflügels in Anspruch. Es befand sich dort auch noch eine kleinere, aus drei Zimmern, einer kleinen Küche, Bad und Toilette bestehende Wohnung, die sowohl von einem der Treppenhäuser als auch von den Räumen des Gauvogtes betreten werden konnte.

„Das ist Ihr neues Zuhause", erklärte der Gauvogt Agathe, „stören Sie sich nicht an der Einrichtung. Sie stammt noch von Ihrer Vorgängerin. Sie können Sie nach eigenem Belieben verändern. Die hierzu erforderlichen Mittel werden Ihnen zur Verfügung gestellt."

„Das ist ja großartig", schwärmte Agathe als sie die Räume durchschritt, „und das ist alles für mich allein?"

„Selbstverständlich, ich habe ja meine eigenen Gemächer. Und übrigens", er führte sie aus der Wohnung heraus auf einen Flur, zeigte auf eine Treppe, „sie führt zu einem Dachbalkon. Kommen Sie mit."

„Hier oben", meinte er dann als sie ins Freie getreten waren, „können Sie ungestört sonnen, lesen, entspannen oder auch in die weite Landschaft blicken. Nur wir beide haben Zugang hierher."

Agathe lächelte, alles gefiel ihr.

„Ich lasse Sie dann erst einmal alleine, damit Sie sich schon ein bißchen einrichten können", sagte er als sie wieder unter waren.

Ein Bediensteter hatte inzwischen Agathes Koffer und Rucksack im Treppenhaus vor der Eingangstür zu den Gemächern abgestellt.

„Es ist heute sehr warm", fuhr er dann fort, „ich werde daher am Abend gegen sechs Uhr hinunter an den See zum Schwimmen gehen. Es wäre mir ein Vergnügen, wenn Sie mitkämen. Sie können doch schwimmen?"

„Ja schon, aber ich habe keine Badesachen", antwortete Agathe.

„Darüber brauchen Sie sich keine Sorgen zu machen, ein größeres Handtuch genügt. Und dieses werden Sie sicher im Badezimmer finden."

Agathe überlegte kurz.

„Gut, ich gehe mit."

„Schön, dann kommen Sie einfach gegen sechs Uhr zu mir. Es kommt nicht auf die Minute an."

73

Die Struktur der Vogtei

Agathe suchte zu der angegebenen Zeit den Gauvogt auf. Er führte sie zum See, zu einem abgeschirmten Ufer. Sie entledigten sich ihrer Kleider und stiegen ins Wasser. Ulrich bedeutete Agathe ihm zu einer kleinen Insel etwa in der Mitte des Sees zu folgen. Sie verließen das Wasser, legten sich ein Stück vom Strand entfernt auf einer kleinen Wiese in die Sonne.

„Hier sind wir ungestört, können uns ungezwungen unterhalten; das heißt, ich möchte keine seichte Plauderei beginnen, sondern Sie ein bißchen über die Struktur der Gauvogtei unterrichten, damit Sie schon einmal einen Eindruck von Ihrem zukünftigen Arbeitsfeld erhalten."

Er pausierte kurz, fuhr dann fort.

„Sie dürfen sich unter dem Amt eines Gauvogts nicht zu viel vorstellen. Natürlich habe ich eine gewisse Macht, aber die hat ihre Grenzen. Ich bin kein Diktator, ganz im Gegenteil. Ich bin eher ein Verwaltungsbeamter. In einigen Dingen habe ich zwar Entscheidungsfreiheit, aber in vielem muß ich die Anordnungen der Reichsregierung ausführen beziehungsweise durchsetzen. Entsprechend ist auch die Gauvogtei organisiert. Es gibt Ämter mit größeren und mit geringen Kompetenzen. Die Ämter 'Innere Verwaltung', 'Sicherheit', das umschließt die Polizei und die Lager, 'Finanzen', 'Familie und Soziales', 'Bauwesen' und 'Verkehrswesen' sind die mit weitgehender Eigenständigkeit und Entscheidungsfreiheit; sie werden von Amtsvögten geleitet, die weitreichende Befugnisse haben. Das 'Verkehrswesen' spielt da eine gewisse Sonderrolle, denn es gibt einen Vogt für das 'Verkehrswesen in den Neuen Provinzen', der ist für die überregionale Infrastruktur, also Straßen und Eisenbahnlinien zum Altreich hin und zwischen Pruzzorasien und Gepidien zuständig. Hier haben der Amtsvogt und ich nur ein beschränktes Mitspracherecht. Unser Amt 'Verkehrswesen' ist im Grunde nur für die regionale Infrastruktur innerhalb der Provinz zuständig. Die Ämter 'Justiz', 'Wirtschaft und Industrie', 'Bildung, Forschung und Kultur' und 'Gesundheit' sind eher Ausführungsorgane der Reichsregierung. Ihre Leiter heißen 'Amtmänner' und haben nur beschränkte Befugnisse."

Er lächelte.

74

„Sie haben sich wohl unter dem gemeinsamen Schwimmen am Abend etwas anderes vorgestellt als von mir die Struktur der Gauvogtei erklärt zu bekommen. Aber ich denke, in entspannter Atmosphäre diskutiert sich darüber leichter. Haben Sie Fragen dazu?"

„Entschuldigen Sie wenn ich direkt losplatze, aber diese Struktur scheint mir doch eine gehörige Portion Kompetenzwirrwarr zu beinhalten. Ich sollte doch direkte Fragen stellen?"

„Das ist auch in der Tat der Fall, da muß ich Sie schon vorwarnen. Wir befinden uns noch in der Übergangsphase vom Krieg zum Frieden. Die Strukturen aus dem Krieg und der Zeit der Militärverwaltung sind erst zum Teil abgebaut und die Friedensstrukturen haben sich noch nicht entfaltet. Die werden noch einige Zeit parallel laufen. Am ärgerlichsten ist das mit den Lagern; offiziell unterstehen sie zwar alle dem Amt für 'Sicherheit', Verwaltung und Wachmannschaften kommen aber überwiegend aus dem Militär oder auch dem Reichssicherheitsdienst, der Asgarde. Und das gilt auch nur für die Straflager; die für Personen der Kategorie 'D' unterstehen ohnehin dem Militärgouverneur. Da läuft vieles noch nicht so, wie ich das gerne hätte. Ansonsten gibt es keine großen Reibereien, aber es ist oft gehöriges Fingerspitzengefühl von Nöten. Gerade die Herren und Damen aus den Reichsministerien fühlen sich leicht auf den Schlips getreten und machen dann Ärger wegen Nichtigkeiten. Einerseits kennen sie die Verhältnisse hier nicht und es handelt sich bei ihnen auch nicht immer um die Kompetentesten, doch gerade solche Leute wollen stets ihre Wichtigkeit demonstrieren. Aber ich denke, damit beenden wir das Thema für heute."

Sie lagen noch eine Weile nebeneinander ohne eine größere Unterhaltung zu führen. Agathe dachte über die Schilderungen des Gauvogtes nach. Einiges erschien ihr noch recht dunkel, insbesondere fragte sie sich, was es mit den Lagern für Personen der Kategorie 'D' auf sich habe, die noch unter der Verwaltung des Militärs standen. Sie hatte davon noch nie gehört. Was mochten das für Personen sein? Kriegsgefangene etwa? Aber warum nannte er sie dann nicht einfach Kriegsgefangenenlager? Es war aber an diesem Tag so vieles auf sie eingestürzt; sie fühlte sich nun erschöpft, wollte daher nicht nachfragen. Als die Sonne sich dem Horizont näherte schwammen sie zurück, kleideten sich wieder an. Der Gauvogt begab sich dann mit Agathe zum Abendessen ein kleines Restaurant nahe des Schlosses. Sie führten dabei eine zwanglose Unterhaltung über ihre Interessen und Vorlieben, Dienstliches oder auch Politisches kam nicht zur Sprache. Gegen zehn Uhr kehrten sie in ihre Wohnungen zurück. Agathe war zwar müde, spürte aber, daß sie nicht in der Lage war sofort einzuschlafen. Sie brauchte noch etwas Entspannung. Im Kühlschrank fand sie eine Flasche Wein. Sie war noch verschlossen. Sie fragte sich, ob ihre Vorgängerin sie hinterlassen habe, da sie wegen ihrer Schwangerschaft keine alkoholischen Getränke mehr genoß, oder ob der Gauvogt sie ihr zur Begrüßung habe zukommen lassen.

„Es mag sein wie es will, ich habe noch Lust auf ein Glas", sagte sie schließlich zu sich selbst und öffnete die Flasche. Sie holte sich dann ein Buch aus ihrem Rucksack hervor, ließ sich in einem Sessel nieder und las noch etwa eine Stunde.

Gespräch mit Maria Duschwili

Am nächsten Vormittag erledigte Agathe mit Hilfe einer der Sekretärinnen die erforderlichen Amtsantrittsformalitäten. Sie erhielt auch eine großzügige Dienstantritts – Sonderzahlung zur Bestreitung kurzfristig notwendiger Ausgaben. Kurz nach Mittag konnte sie dann ihr Büro beziehen. Eine gute Stunde später später bestellte sie der Gauvogt zu einem längeren Gespräch zu sich. Er schilderte ihr die aktuellen Anliegen und wies sie in die in nächster Zeit zu erledigenden Aufgaben ein.

„Den Vogt für das 'Verkehrswesen in den Neuen Provinzen' werden Sie schon übermorgen kennenlernen", meinte er schließlich, „Sie werden ihn in Zukunft recht häufig zu Gesicht bekommen. Wir treffen uns fast jede Woche zu einem längeren Gespräch. Das ist schon notwendig wegen der Anbindung der lokalen Straßen an das entstehende Fernstraßennetz. Die würden sonst glatt an den Dörfern vorbei Straßen und Eisenbahnlinien zwischen den größeren Städten bauen. Er hat seinen Sitz übrigens nicht hier, sondern noch in Plochricz. Kennen Sie das Nest ?"
„Nein."

„Da haben Sie auch nichts versäumt. Es ist eine ziemlich herunter-
gekommene Stadt nahe der Westgrenze."

„Und warum war die Gauverwaltung dann dort ?"

„Ganz einfach, Plochricz war die erste größere Stadt Awaristans, die
wir eingenommen haben. Und darum hat sich die Militärverwaltung
dort eingerichtet. Das war aber nur eine Zwischenlösung."

„Und warum ist der Vogt nicht mit umgezogen ?"

„Er ist schon ein seltsamer Mensch. Er wollte nicht, begründete das
damit, daß ein Umzug die Arbeit seines Amtes mindestens zwei
Wochen auf äußerste beeinträchtigen und damit die Bauprogramme
verzögern würden. Ansonsten ist er aber recht umgänglich. Er hat
übrigens eine sehr hübsche und tüchtige Assistentin, eine Exotin aus
der Südsee. Das heißt, sie war für einige Monate seine Assistentin.
Seit kurzem ist für das Straßenwesen zuständig, als Amtsleiterin. Sie
heißt Maria Duschwili. Sie werden sie auch übermorgen kennenlernen. Keiner weiß so recht, wie er auf sie kam. Man sagt aber, sie soll
seiner verstorbenen Frau, sie war die Tochter eines ehemaligen
Kolonialoffiziers, ähnlich sehen. Na ja, wie dem auch sei, sie ist eine
äußerst fähige Person und er hat mit ihr eine exzellente Wahl
getroffen."

Er grinste.

„Aber das bleibt unter uns. Erwähnen Sie das niemals in seiner
Gegenwart und schon gar nicht gegenüber Frau Duschwili. Sie wird
ihn allerdings vermutlich schon bald verlassen, denn sie ist als neue
Reichsministerin für das Verkehrswesen im Gespräch. Aber das ist
noch vertraulich."

Agathe blickte ihn leicht spitzbübisch an.

„Was soll ich nicht erwähnen ? Daß sie fähig ist und eine exzellente
Wahl war ?"

Ulrich lachte laut.

„Sie gefallen mir immer mehr ! Tun Sie doch nicht so. Sie wissen
ganz genau, was ich meinte."

Zwei Tage später; es war kurz nach neun Uhr, Agathe las gerade die
seit dem Vorabend eingegangenen Meldungen durch, als jemand an
die Bürotür klopfte. Auf ihr 'Herein' wurde die Tür geöffnet, ein
Untersekretär erschien.

77

„Die Gäste, der Vogt für das 'Verkehrswesen in den Neuen Provinzen' und die Leiterin des Amtes für das Straßenwesen sind eingetroffen."

„Führen Sie die beiden herein."

Agathe erhob sich, trat den Ankömmlingen entgegen, reichte Ihnen nacheinander die Hand.

„Guten Morgen, Frau Duschwili, guten Morgen, Herr Berger. Es freut mich Sie kennenzulernen. Ich bin die neue persönliche Referentin des Gauvogtes. Mein Name ist Agathe Kalinko."

„Guten Morgen, Frau Kalinko", erwiderte Berger, „auch wir sind erfreut Sie kennenzulernen. Ich hoffe, die Zusammenarbeit mit Ihnen klappt genau so gut wie mit Ihrer Vorgängerin."

„Davon gehe ich aus", lautete die Antwort, „ich werde Sie gleich melden."

Sie begab sich in das Büro des Gauvogtes; nach kurzer Zeit erschien sie wieder.

„Der Gauvogt erwartet Sie, Herr Berger; er möchte Sie allerdings zunächst unter vier Augen sprechen. Frau Duschwili kann ja so lange hier im Büro bei mir warten, falls es ihr Recht ist."

Berger begab sich zum Gauvogt.

„Während die Herren miteinander verhandeln haben wir Zeit uns etwas näher kennenzulernen", meinte Maria als er die Tür hinter sich verschlossen hatte.

„Ja, das ist sicherlich eine gute Idee. Möchten Sie etwas zu trinken ? Kaffee vielleicht ?" fragte Agathe.

„Dafür bin ich immer zu haben", lautete die Antwort.

Agathe klingelte der Sekretärin, gab ihr die entsprechende Anweisung. Diese verschwand, kehrte bald mit Kaffee, Milch, Zucker, Tassen und Löffelchen zurück, stellte alles auf Agathes Schreibtisch.

„Bedienen Sie sich bitte", meinte Agathe zu Maria.

Die schenkte sich ein, begann dann.

„Sie sind also die neue persönliche Referentin des Gauvogtes. Seit wann sind Sie schon im Amt ? Lange kann es nicht sein, denn bei unserem letzten Besuch war noch Anita anwesend."

„Anita ?"

„Na ja, Ihre Vorgängerin."

Agathe lächelte.

„Ich weiß noch gar nicht, wie sie hieß. Wissen Sie, ich bin auch erst den dritten Tag hier."

„Den dritten Tag ? So, so. Und was haben Sie vorher gemacht ?"

„Dies und das. Wissen Sie, ich lebte in einem Flüchtlingslager, oder in einer 'Gemeinschaftsunterkunft', wie es offiziell hieß. Und wir erhielten Arbeit, je nachdem, wo Leute gebraucht wurden, in einer Fabrik, in der Landwirtschaft, in einem Büro. Das wechselte oft. Zuletzt war ich in einer Buchhaltungsabteilung als Rechnungsprüferin beschäftigt. Ich hatte dort sogar Aussicht auf eine feste Anstellung und eine eigene Wohnung. Ich hätte das auch angenommen. Die Bezahlung war auch nicht schlecht."

Maria schaute sie etwas verdutzt an.

„Sie konnten außerhalb des Lagers arbeiten und wurden dafür gut bezahlt ?"

Agathe lachte.

„Ich glaube, Sie haben da etwas mißverstanden, Ich möchte Ihnen aber nicht zu nahe treten, Sie nicht verletzen."

Agathe spielte damit auf Marias Lage vor der Begutachtung an.

„Da bin ich jetzt neugierig. Keine Angst, Sie verletzen mich nicht."

„Wissen Sie, das war kein Lager im eigentlichen Sinne, sie nannten es ja auch nicht so. Ich wurde zwar in Sarmatien geboren und bin dort aufgewachsen, gehörte aber der cheruskischen Minderheit an. Meine Vorfahren sind vor etwa zweihundert Jahren dorthin ausgewandert, haben aber ihr Volkstum und ihre Sprache bewahrt, sich nie assimiliert. Nach Kriegsbeginn wurden wir interniert, aber in den Wirren der letzten Kriegsmonate konnten viele fliehen. Und wer über die notwendigen Papiere verfügte und cheruskische Abstammung nachweisen konnte wie ich, dem wurde gleich die Staatsbürgerschaft in Aussicht gestellt und wir wurden schon fast wie Staatsbürger behandelt, denn offiziell galten wir gar nicht als Flüchtlinge, sondern als Rückkehrer. Ich sagte 'fast wie Staatsbürger', denn wir waren verpflichtet in einer Gemeinschaftsunterkunft zu wohnen, konnten uns aber ansonsten frei bewegen, frei im Land umherreisen. Wir besaßen lediglich kein Niederlassungsrecht im Altreich."

„Das war sicher eine Vorsichtsmaßnahme. Sie wollten euch erst einmal überprüfen. Es ist nicht schwer Papiere zu fälschen. Und die

Behörden mußten ja auch damit rechnen, daß Sarmatien auf diese Weise Agenten und Saboteure ins Land einzuschleusen versuchte. Und wie kamen Sie dann in den Dienst des Gauvogtes ?"

„Er war vor vier Tagen zu einem Besuch bei uns", Agathe lachte, „ich gefiel ihm. Und da machte er mir gleich ein Angebot."

„Ein schneller Entschluß ! Na ja, er war Soldat, Divisionskommandeur, daher gewohnt rasche Entscheidungen zu treffen."

Sie fügte dann leise hinzu.

„Ich habe den Eindruck, die Verwaltungsarbeit hier behagt ihm ganz und gar nicht. Aber das bleibt unter uns."

„Ja, und nun bin ich gespannt wie sich mein Dienst hier anläßt", meinte Agathe daraufhin, „um ehrlich zu sein, ich bin etwas überrascht und verwirrt."

„Ja, worüber ?"

„Über den freundlichen, ungezwungenen Umgangston. Ich hatte ihn mir rauher, formaler, ja militärischer vorgestellt, so eine Art Kasernenhofton, verstehen Sie, was ich meine ? Wissen Sie, ich hatte Anweisungen in Form kurzer, scharfer Befehle erwartet, Distanz zwischen Vorgesetzten und Untergebenen, keine Freundlichkeit. Irgendwie ist das Verhalten der Menschen hier auch ganz anders als ich es aus meiner Heimat gewohnt bin."

Maria lächelte.

„Ich will Sie nicht erschrecken, aber ein bißchen vorwarnen muß ich Sie schon. Sie sind noch neu. Das Verhalten der führenden Männer hier hat auch auf ihre Untergebenen abgefärbt und bestimmt auch den Geist und den Umgangston, der auf den Ämtern herrscht. Aber das ist nicht typisch für das gesamte Reich. Diese Leute sind allesamt alte Frontsoldaten. Die haben auch als Offiziere jahrelang mit ihren Untergebenen zusammen im Dreck gelegen. Die waren voneinander abhängig, einer mußte für den anderen oft sein Leben riskieren. Dadurch verwischten sich die Rangunterschiede. Aber glauben Sie mir, es gibt auch andere. Die alten Beamtenböcke aus dem Westen, welche das nie erlebt haben, sind da ganz anders. Die bestehen auf Formalien. Da fällt mir eine ganz lustige Geschichte ein. Ich wurde vor einigen Wochen Zeuge wie ein, man könnte sagen, kleiner Amtsleiter, zu einem Bonzen aus dem Altreich sagte, wer kein Fronterlebnis habe, der sei kein richtiger Mann. Der Bonze, er war auch noch Mitglied der Lankardtan-Bewegung, geriet natürlich außer sich vor Wut, verlangte von meinem Chef, dem Vogt, daß er den Mann schärfstens maßregele. Der Vogt lächelte aber bloß und sagte 'wieso ? Er hat doch Recht'. So prallen eben sie Gegensätze aufeinander."

„Ja, das ist angenehm, auch wenn es merkwürdig klingt. Der Umgang ist zwar freundschaftlich, aber korrekt, nicht anbiedernd, nicht plump kumpelhaft. Ich meine jetzt, das ist so im Dienst, nicht privat. Da habe ich noch keine Erfahrung. Ich drücke mich jetzt vielleicht ein bißchen komisch aus, aber irgendwie habe ich das Gefühl, man macht hier auch keinen Punkt daraus, daß ich eine Frau bin. Mit einem Mann würde man meiner Einschätzung nach genauso umgehen. Das ist zumindest meine Erfahrung aus den ersten drei Tagen."

Maria lächelte.

„Sie drücken damit wohl ein unbestimmtes Gefühl aus, eine mögliche Beobachtung, die Sie erstaunt, die Sie etwas merkwürdig finden. Aber Ihr Gefühl trügt Sie nicht. Es ist in der Tat so. Die Erfahrung habe ich auch gemacht. Das ist ihr Ausdruck, ihr Verständnis von Gleichberechtigung. Ein Mann behandelt dich wie einen Mann. Man schaut nur auf deine Fähigkeiten und dein Können und wenn du besser als alle Mitbewerber bist und seist du die einzige Frau unter hundert Männern, dann wirst du genommen. Große Frauenförderungsprogramme und Frauenquoten, wie sie in anderen Ländern diskutiert und praktiziert werden, das alles brauchen sie hier nicht. Die Qualifikation und die Einsatzbereitschaft sind entscheidend. Und sie können sehr genau die Fähigen von den Schwätzern unterscheiden. Und sie werden Sie im Dienst auch niemals als Frau behandeln, weder im positiven noch im negativen Sinne."

„Positiv ? Negativ ? Was bedeutet das ?"

„Nun ja, Sie werden Sie nicht wie eine 'Dame' behandeln, Sie sozusagen mit Glacéhandschuhen anfassen, aber sie werden Sie auch nicht belästigen. Das wäre unter ihrer Würde. Im einfachen Volk mag das noch anders sein, aber Sie bewegen sich hier innerhalb der Elite und keiner aus dem einfachen Volk wird es wagen Ihnen zu nahe zu treten."

Agathe lächelte.

81

„Eine ungewöhnliche Situation ist das schon."

„Am Anfang, ja. Aber Sie werden das bald als normal empfinden. Nur über eines müssen Sie sich im Klaren sein: der lockere Umgangston bedeutet nicht, daß hier Disziplinlosigkeit herrscht. Jeder kennt seine Aufgaben und es wird erwartet, daß er sie nach besten Kräften durchführt. Trägheit, Nachlässigkeit und Schlamperei werden nicht geduldet. Wenn es hierfür Anzeichen gibt, dann ist die Freundlichkeit schnell zu Ende. Und eines müssen Sie sich auch merken: Bei allem lockeren Umgang mit den Vorgesetzten. Sie müssen Ihnen immer die Gewißheit geben, daß Sie sie als Vorgesetzte anerkennen und respektieren. Das bedeutet nicht, daß Sie Vorgesetzten nicht widersprechen dürfen, wenn Sie ein begründete andere Meinung haben. Das dürfen Sie schon, aber nicht in despektierlicher Form."

„Wenn ich das alles so recht überlege, dann erscheint es mir fast, daß sie hier einen neuen Menschentyp heranziehen wollen."

„Da denken Sie richtig. Heranziehen ist allerdings nicht das richtige Wort; es ist nicht die Absicht die Menschen zu manipulieren. Wissen Sie, ich hatte vor kurzem ein Gespräch mit dem Reichsvogt. Er will den noch herrschenden Untertanengeist austreiben. Sein Ziel ist ein Volk geradliniger, freier, selbständig denkender und handelnder Menschen, die sich mit dem Reich identifizieren, ihm daher ohne äußeren Zwang dienen und sich nach besten Kräften für sein Wohlergehen einsetzen. Das ist eine Frage des Bewußtseins. Die politische Korrektheit, die in den westlichen Demokratien Staatsdoktrin ist, ist ihm widerwärtig, ein Zeichen von Meinungsterror, Gehirnwäsche und Totalitarismus, unter dem das Reich so lange gelitten hat. Denn wer bestimmte Begriffe und Formulierungen verbietet, will nur eine kritische Auseinandersetzung mit den Inhalten unterbinden und seiner Interpretation, seiner Meinung den Status einer absoluten Wahrheit geben. Wir haben solche Denkverbote lange genug hinnehmen müssen. Sie passen nicht zu unserem neuen Menschenbild. Und diese Denkverbote will der Reichsvogt abschaffen. Er will auch alle sozialen Schranken zwischen den Volksangehörigen abbauen, ebenso wie diese leidigen Rassenverordnungen. 'Die gehören alle in den Papierkorb', sagte er mir, 'aber das kann ich nicht so einfach tun, die Lankardtan-Bewegung ist noch immer mächtig und ich kann nicht gegen sie regieren. Aber nach und nach werde ich das schon tun. Schließlich habe ich ja auch noch Sie.' Daher hat er auch nicht vor, die 'Fremdvölker' in den neuen Provinzen zu assimilieren, zu cheruskerisieren. Sie dürfen ihre Sprache und Lebensgewohnheiten behalten soweit das möglich ist. Es wird von ihnen lediglich erwartet, daß sie das Reich und seine Struktur anerkennen und respektieren."

„Das heißt aber doch, daß sie sich unterwerfen müssen."

„Das kann man so nicht sagen. Es wird nicht erwartet, daß sie die Cherusker als 'Herren' anerkennen. Es bedeutet lediglich: wenn im öffentlichen Leben ihre Lebensnormen, gesellschaftlicher, religiöser oder sonstiger Art, den cheruskischen Normen widersprechen, dann haben die cheruskischen Normen Vorrang, ohne wenn und aber. Ich sehe das übrigens auch so. Ein Reich muß eine Einheit darstellen; Vielfalt ist die Keimzelle des Zerfalls."

Sie schwiegen eine Weile, tranken Kaffee.

„Entschuldigen Sie", begann dann Agathe, „wenn ich Sie auf diese Rassenverordnungen anspreche, die Sie erwähnt haben. Was hat es eigentlich damit auf sich. Wissen Sie, in der Schule in Sarmatien hat man uns nur beigebracht, daß diese bloße Teufeleien seien, aber nicht, was wirklich dahinter steckt. Und hier habe ich bisher auch nicht viel darüber erfahren. Ich hatte auch gar nicht den Eindruck, daß es solche Verordnungen überhaupt gibt. Allerdings hat das nichts zu sagen, da ich bisher praktisch keinen Einblick in das gesellschaftliche und politische Leben hier hatte. Können Sie mir das erklären?"

„Oh, Gott", stöhnte Maria, „seien Sie mit bitte jetzt nicht böse, aber Sie fragen das so naiv als könnte man die Rassenlehre in drei Sätzen darstellen. Um es kurz zu machen: die Rassenverordnungen basieren auf der Lehre eines Professors Antrup, der vor etwa hundert Jahren lebte. Nach ihm bilden die von den Göttern abstammenden Asawanen, zu denen sich die Cherusker rechnen, die edelste, wertvollste, kulturschaffende und schöpferischste Rasse. Die Asawanen stehen daher für alles Wertvolle, das je auf der Erde geschaffen wurde und sind daher zur Herrschaft über alle anderen Rassen und die Welt insgesamt bestimmt."

Agathe blickte Maria etwas skeptisch an.

„Von den Göttern abstammend ? Das muß doch schon sehr lange her sein, mehrere tausend Jahre mindestens. Und wenn das so ist, warum haben die Asawanen nicht schon längst die Weltherrschaft errungen?"

„Das liegt daran", erklärte nun Maria, „daß es nach der Lehre Antrups auch eine von den bösen Göttern abstammende Gegenrasse, die Lokiristen, gibt, die schlechten Asawanen, sozusagen Geschöpfe des Teufels, die seit Alters gegen die guten Asawanen konspirieren, Zwietracht unter sie säen und bestrebt sind die Werke der guten Asawanen zu zerstören. Die Lankardtan – Bewegung übernahm diese Lehre, machte sie zur Staatsideologie, erließ dann eine Vielzahl von Rassenvorschriften, die zwar bombastisch klangen, aber im täglichen Leben insgesamt eine eher untergeordnete Rolle spielten, so diskriminierend und furchtbar sie für die Betroffenen auch waren. Denn im Reich gab es nur verschwindend kleine ethnische Minderheiten und so trafen die Vorschriften fast ausschließlich Menschen aus den ehemaligen Kolonien, die ins Reich gekommen waren und deren Nachkommen, sowie die Abkömmlinge aus Verbindungen zwischen Cheruskern und Angehörigen der Kolonialvölker. Es handelte sich aber um keine allzu große Anzahl, etwa um hunderttausend Personen. Anders verhielt es sich mit den Lokiristen. Sie wurden aufs grausamste verfolgt und fast völlig liquidiert, man spricht von etwa zwei Millionen Toten. Wobei natürlich, das hört man immer wieder, die Zuordnung von Menschen zur Gruppe der Lokiristen oft recht willkürlich war."

„Das war in Sarmatien ähnlich", fügte nun Agathe hinzu, „es ist doch so, jede Ideologie, die vorgibt, das Gute zu vertreten, braucht einen absoluten Feind, der das Schlechte repräsentiert. Bei uns in Sarmatien hießen diese absoluten Feinde der menschlichen Gesell-schaft Gospadinen. Sie wurden gnadenlos verfolgt und dabei wurden viele persönliche Feindschaften ausgetragen und alte Rechnungen beglichen, wie wir uns ausdrückten. Und oft ging es nur darum, andere ins Verderben zu stürzen um sich deren Besitz anzueignen."

„Ich denke, das war hier ähnlich. Und was die Rassenvorschriften betrifft, da habe ich Ihnen ja schon gesagt, daß der Reichsvogt sie abschaffen will, aber da gibt es noch Widerstände. Das hat sich vor ein paar Monaten gezeigt, als hier in den neuen Provinzen eine rassische Begutachtung aller Autochthoner und aller, die im Verlaufe des Krieges aus dem Osten ins Land gekommen waren, durchgeführt wurde. Sie wurden dann in die Kategorien 'A', das waren die wertvollsten bis 'F', das war der Abschaum, die Asozialen, die Kriminellen, eingestuft."

„Vielen Dank für die Erklärung. Der Gauvogt hat mir gegenüber diesbezüglich Andeutungen gemacht, aber nichts Konkretes gesagt. Ich selbst habe keine Begutachtung über mich ergehen lassen müssen. Der Vogt erwähnte lediglich einmal eine Kategorie 'D'. Das war am ersten Abend. Ich war aber zu müde und zu abgespannt um nachzufragen. Es scheint mir, daß es mit diesen Leuten Probleme gibt. Wissen Sie darüber Bescheid ?"

Maria runzelte die Stirn, nahm erst einmal einen Schluck Kaffee.

„Ja, gut, als cheruskische Volksangehörige aus Sarmatien betraf Sie das ja auch gar nicht. Und mit denen aus Kategorie 'D' ist das so eine Sache. Die Kategorien 'A' und 'B' erhielten ohnehin eine bevorzugte Behandlung; ihre 'Lager' sind komfortable Hotels in schönster Lage, wo sie erst einmal die cheruskische Sprache erlernen. Hinterher müssen sie dann ein halbjähriges Praktikum ableisten; dann können sie frei wählen: eine Arbeitsstätte, eine Ausbildung, ein Studium, je nach Wunsch; finanziert wird das vom Reich."

Maria lachte.

„Bei mir war das ein bißchen anders. Da ich perfekt cheruskisch spreche, hat mich der Vogt, er hat uns damals das Ergebnis der Begutachtung mitgeteilt, gleich als Assistentin eingestellt. Die Kategorie 'C' bildete die größte Gruppe. Sie umfaßte diejenigen, welche weder für 'A' oder 'B' noch für 'E' oder 'F' in Frage kamen, also ganz normale Personen, die körperlich nicht sonderlich wohlgestaltet sind und über kein hohes Bildungsniveau verfügen. Das waren überwiegend in den neuen Provinzen ansässige Nicht-cherusker, sowie Awaren oder Angehörige ethnischer Minderheiten aus Ostawaristan und geflüchtete Sarmaten, Personen, die gültige Papiere hatten. Da die Autochthonen in ihren Häusern oder Wohnungen bleiben konnten, existierten nur wenige Lager für Personen der Kategorie 'C'. Sie sind inzwischen alle aufgelöst worden, das heißt, sie wurden in 'Gemeinschaftswohnanlagen' umgewandelt. Konkret heißt das, sie sind ähnlich untergebracht wie Sie es waren, allerdings mit weniger Komfort, auch stehen sie bei der Vergabe von Wohnungen hinter den cheruskischen Rückkehrern aus Ostawaristan und Sarmatien zurück. Sie sollen so nach und nach in den Staat eingegliedert werden. Man wird aber versuchen, im Gegensatz zu den Autochthonen, sie zu assimilieren. Die Kategorie 'D', das sind die Unerwünschten, die man nicht so einfach irgendwohin abschieben kann, die man nicht los wird, es sei denn ein anderer Staat nimmt sie auf, was aber bisher nur in geringem Umfang geschehen ist. Bei diesen Menschen handelt sich zum einen um Flüchtlinge mit nicht geklärter Herkunft, also um Ausländer, die geduldet in Awaristan lebten, aber keine gültigen Papiere hatten oder staatenlos waren; zum anderen sind es Personen, die nicht für würdig befunden wurden, in die cheruskische Volksgemeinschaft aufgenommen zu werden, dies aber nicht aufgrund körperlicher Rassenmerkmale oder geistigen Unzulänglichkeiten, sondern weil ihnen eine ablehnende oder feindliche Haltung gegenüber dem cheruskischen Volk, seiner politischen Ordnung, seiner Lebensweise und seiner Kultur attestiert wurde. Wohlgemerkt, es handelte sich nicht um Menschen, die aktiven Widerstand gegen die cheruskischen Besatzer leisteten oder anticheruskische politische Agitation betrieben, ihnen wurde lediglich eine innere Ablehnung des Cheruskertums zugeordnet."

„Aber das klingt doch ein bißchen seltsam. Ich kann mir vorstellen, daß die Mehrheit der Bevölkerung eine solche Einstellung teilt, Awaren und Sarmaten waren den Cheruskern noch nie wohlgesonnen."

„Das ist wahr, aber bei den Autochthonen nahm man das nicht so genau wie bei den Flüchtlingen aus Ostawaristan, denn man begann eine Politik der Eingliederung der Autochthonen, zwar nicht in die cheruskische Volksgemeinschaft, sondern ins Reich zu betreiben, deshalb wurde auf sie mehr Rücksicht genommen. Die Flüchtlinge dagegen galten als Freiwild, mit denen, insbesondere die ideologisch verbohrten Kreise und die Asgardisten glaubten anfangen zu können, was ihnen beliebte. Sie müssen wissen, viele der aus dem Altreich hierhergekommen Verwaltungsbeamte sind Anhänger der Lankardtan-Bewegung. Sie können sich leicht vorstellen, was ich damit meine: Mißhandlungen, Vergewaltigungen, Arbeit bis zu Erschöpfung, Hungerverpflegung, willkürliche Strafen bis hin zu

Tötung. Der Gauvogt sah diese Gefahr, ihm war aber auch klar, daß er nicht die Machtmittel besaß Exzesse gegen die Menschen der Kategorie 'D' zu verhindern, und so setzte er durch, daß die Lager dem Militärgouverneur unterstellt wurden."

Sie pausierte kurz.

„Der Militärgouverneur, General Hausinger, ist ein aufrechter Mann. Ich bin ihm ein paarmal begegnet. Er hegt Mitgefühl für diese Menschen, die einen Status einnehmen und sich in einer Lage befinden, die sie eigentlich nicht verdient haben, wie er sich mir gegenüber einmal ausdrückte. Er akzeptierte nicht, daß Menschen aufgrund verschrobener Geisteshaltungen unnötig gequält, verletzt oder erniedrigt werden."

„Sie wissen da ja gut Bescheid."

„Das hängt mit meiner Tätigkeit zusammen. Wir rekrutieren ja viele Arbeitskräfte für den Straßen- und Bahnbau aus diesen Lagern. Daher der enge Kontakt. Es gibt aber noch Zustände, die mir nicht gefallen, zum Beispiel, daß noch immer Frauen zu körperlicher Schwerstarbeit herangezogen werden. Ich habe bereits beim Reichsvogt eine Eingabe gemacht mit dem Antrag dies zu verbieten."

Sie schwiegen kurz, tranken Kaffee.

„Nun, der Herren verhandeln aber lange alleine. Ist das üblich so ?"

Maria zuckte mit den Schultern, lachte dann leicht.

„Mal so, mal so. Wissen Sie, diese Gespräche unter vier Augen haben meist nichts dienstliches an sich. Die Herren plaudern doch nur über ihre Kriegserlebnisse und wollen uns daher nicht dabei haben."

„Na, schön, dann brauchen wir ja auch kein schlechtes Gewissen zu haben, wenn wir miteinander plaudern."

Agathe schwieg kurz, sie überlegte. Maria merkte, daß ihr eine Frage auf der Zunge lag, sie sich aber nicht traute sie auszusprechen."

„Sie wollen doch sicher brennend wissen, wie das bei mir war. Ich sehe ja schließlich nicht aus wie eine Angehörige der Ostvölker. Ich will Ihnen jetzt nicht meine Lebensgeschichte erzählen, das sollten wir auf ein andermal verschieben. Ich hatte einen Freund, einen Cherusker, der in Awaristan lebte. Er wurde zu Beginn des Krieges von Awaren ermordet. Mich verschlug dann der Krieg hierher, ich landete in einem Lager. Ich mußte dann diese Rassenbegutachtung

über mich ergehen lassen und wurde in die Kategorie 'A' ein-
gruppiert, obwohl ich nicht gerade dem Idealtyp einer 'Asawanin'
entspreche. Das hat aber letztlich auch die Lächerlichkeit ihrer
Kategorisierung offengelegt und daher ist der Umschwung des
Denkens in der Rassenfrage in den letzten Monaten nicht so schwer
zu verstehen, glaube ich. Mein Chef, der Vogt, hat mir da auch sehr
den Rücken gestärkt; wissen Sie, ich sehe seiner von den Awaren
ermordeten Frau, die er über alles geliebt hat, ähnlich. Aber das muß
unter uns bleiben; erwähnen Sie das unter keinen Umständen in
seiner Gegenwart."
Das Gespräch wurde nun unterbrochen, da der Gauvogt seine Bürotür öffnete und die Damen zur Besprechung ins Zimmer bat.
Das Thema der heutigen Sitzung war das gleiche wie in den voran-
gegangen Wochen. Für Agathe war es allerdings neu. Es ging um die
Zuordnung der Verantwortlichkeit für Instandhaltung und Ausbau der
Straßen innerhalb Gepidiens. Der Reichsvogt hatte bei seinem kurz
zurückliegenden Besuch in den neuen Provinzen von Maria erfahren,
daß hier noch ein beträchtlicher Kompetenzwirrwarr herrschte,
worauf er das Reichsministerium für das Verkehrswesen einschaltete
und dieses nun eine Klassifizierung der Verkehrswege in Kommunal-
straßen, Bezirksstraßen und Provinzstraßen anordnete. Für die beiden
ersten Klassen sollte die Provinzverwaltung verantwortlich sein, für
letztere das Amt für das Verkehrswesen in den Neuen Provinzen. Das
Ministerium nahm allerdings diese Klassifizierung nicht selbst vor,
sondern gewährte den beiden Parteien hierfür eine Dreimonatsfrist.
Ziel der Besprechungen war es festzulegen, welche Straßen nun als
Provinzstraßen zu klassifizieren seien. Es herrschten diesbezüglich
natürlich unterschiedliche Vorstellungen, der Gauvogt gab allerdings
zu bedenken, falls keine Einigung zustande komme, werde in knapp
drei Monaten das Reichsministerium die Klassifizierung vornehmen, was man dann allerdings den zuständigen Vögten als einen
Mangel in der Befähigung ihr Amt auszuführen auslegen werde.
Maria drängte daher auf eine rasche Einigung, überredete Berger
auch in einigen Fällen nachzugeben, zumal es sich sowieso nur um
eine Zwischenlösung handele, da das Amt für das Verkehrswesen in
den Neuen Provinzen nach Abschluß der gegenwärtig laufenden
Großprojekte in etwa zwei bis drei Jahren aufgelöst werde und die

88

Unterhaltung aller Straßen mit Ausnahme der Fernverbindungen der Kategorie OS dann ohnehin den Gauvogteien obliegen werde.

Agathe folgte der Diskussion, die sich bis zum späten Abend hinzog, nur unkonzentriert. Zu sehr hatte sie das Gespräch mit Maria am Nachmittag eingenommen. Sie war daher froh als sich die Runde endlich auflöste, schlug dann auch mit der Begründung, sie sei erschöpft und wolle sich baldmöglichst schlafen legen, die Einladung des Gauvogtes zum Abendessen aus.

Kurz nach neun Uhr am nächsten Morgen erschien Maria in Agathes Büro.

„Eigentlich möchte ich mich nur verabschieden. Es war gestern Abend zu spät um nach Plochricz zurückzufahren und so haben wir in den Gästezimmern der Gauvogtei übernachtet."

Sie lachte.

„Jeder hatte natürlich sein eigenes Zimmer. Wissen Sie, wir lassen uns vorsorglich jedes Mal Gästezimmer reservieren, nutzen sie dann aber nur, wenn sich die Besprechungen extrem lange hinziehen."

„Und wann fahren Sie zurück?" fragte nun Agathe.

„In etwa einer Stunde, denke ich. Der Vogt hat noch eine Besprechung mit dem örtlichen Bauleiter der Eisenbahnlinie von Plochricz nach Luidgersburg. Da werde ich nicht gebraucht."

Agathe erstaunte.

„Eine Eisenbahnlinie wird gebaut? Gab es denn bisher keine?"

„Doch, schon. Aber die alte Strecke war in einem derart desolaten Zustand, daß sich eine Sanierung nicht mehr lohnte. Daher haben wir uns für einen Neubau auf der alten Trasse entschieden."

„Ich verstehe; aber wenn sich das noch eine Stunde hinzieht, dann haben Sie doch sicherlich Zeit für eine Tasse Kaffee."

„Dafür habe ich immer Zeit."

„Aber wir sollten heute eher über alltägliche Dinge sprechen, keine großen politischen Themen anschneiden wie gestern. Ich muß das alles erst einmal verarbeiten."

„Da haben Sie Recht."

Es folgte eine zwanglose Unterhaltung. Nach einer guten Stunde holte der Vogt Maria ab.

Die Schulleiterin

Einige Tage später meldete am frühen Nachmittag die Sekretärin den Besuch einer Dame, die unbedingt den Gauvogt sprechen wolle. Agathe erklärte ihr, daß der Gauvogt heute nicht zu sprechen sei, bat sie daher, die Dame zu ihr zu bringen. Wenig später betrat eine etwa fünfzigjährige, vollschlanke, resolut wirkende Frau das Zimmer. Sie schien leicht aufgebracht.

„Guten Tag", grüßte sie eher unfreundlich, „mein Name ist Angelika Rothenbach. Ich bin die Leiterin des Cheruskischen Gymnasiums hier in Luidgersburg und möchte den Gauvogt sprechen!"

Agathe erwiderte den Gruß, allerdings wesentlich freundlicher.

„Haben Sie einen Termin?"

„Nein", antwortete die Frau giftig.

„Dann kann ich Sie auch nicht vorlassen", entgegnete Agathe ruhig.

„Es ist aber dringend!"

„Das kann ich erst beurteilen, wenn ich Ihr Anliegen kenne. Mein Name ist übrigens Agathe Kalinko und ich bin die persönliche Referentin des Gauvogtes. Also, was führt Sie hierher?"

Frau Rothenbach kam gleich zur Sache.

„Ich muß mich beschweren. Ich habe noch immer nicht die mir vor drei Monaten vom Gauvogt zugesicherten Mittel erhalten."

Agathe wiegte den Kopf.

„Drei Monate ist eine lange Zeit. Da ist sicher etwas schiefgelaufen ..."

„Schiefgelaufen?" unterbrach sie Frau Rothenbach erregt, „da ist gar nichts schiefgelaufen, das ist Sabotage, da steckt ohne Zweifel dieser Hund von Riemstinger dahinter, der haßt mich und agiert gegen mich, wo er kann."

„Der Amtmann für Bildung, Forschung und Kultur? Wieso das? Haben Sie dafür Belege?"

Sie schwieg kurz.

„Am besten, Sie erzählen mir erst einmal worum es überhaupt geht. Und ich denke, das wird ein längeres Gespräch. Setzen Sie sich also bitte. Möchten Sie einen Kaffee?"

Die ruhige und freundliche Art mit der Agathe auf ihre Ereiferungen reagierte, verwirrte Angelika Rothenbach. Sie nahm Platz, sagte nur:

90

„Ja, bitte, einen Kaffee."

Etwas ruhiger geworden, begann sie dann nach kurzem Schweigen.

„Also, wir haben vor fünf Monaten das Gymnasium eröffnet. Es ist noch eine recht kleine Schule mit gegenwärtig ungefähr zweihundert Schülern. Uns wurde ein Gebäude auf dem Gelände einer ehemaligen awarischen Kaserne zur Verfügung gestellt. Das ist nicht ideal. Allerdings unterstützte uns der Amtsvogt für das Bauwesen nach besten Kräften, er ließ einige Umbaumaßnahmen und Renovierungen vornehmen; es wurden zahlreiche Wände durchbrochen, so daß aus je drei bis vier Soldatenzimmern ein Klassenzimmer wurde; auch ließ er die sanitären Anlagen erneuern. Darüber kann ich mich nicht beschweren. Ärger gibt es nur mit dem Amt für 'Bildung, Forschung und Kultur'. Es mangelt an der Ausstattung, Möbeln, Lehrmaterial, Büchern und so weiter. Dafür ist dieses Amt zuständig. Aber aus der Richtung kam nichts. Ich stellte daher beim Gauvogt einen Antrag auf Mittel für eine Erstausstattung über hunderttausend Taler, der wurde auch umgehend bewilligt, aber das Amt hat bisher nichts ausbezahlt. Auf Anfragen oder Beschwerden erhielt ich bisher entweder keine oder nichtssagende, oft sogar herablassende Antworten. Wissen Sie, was mir dieser Riemstinger sagte, als ich ihn um Geld für Bücher bat ? Es sagte 'sollen doch die Eltern Bücher kaufen'. Das ist doch eine Frechheit ! Im gesamten Altreich gibt es Lehrmittelfreiheit. Und hier sollen die Eltern bezahlen ? Die meisten sind doch Flüchtlinge aus Sarmatien und haben ohnehin kein Geld. So geht das nicht weiter ! Der Gauvogt muß da ein Machtwort sprechen !"

„Das ist kein Grund zur Aufregung", versuchte Agathe sie zu beruhigen, „das werde ich abklären. Haben Sie den Bewilligungsbescheid dabei ?"

Angelika zog ein Schreiben aus ihrer Tasche, überreichte es Agathe. Die überflog es kurz, wandte sich dann ihrem Computerbildschirm zu.

„Ja, das ist in Ordnung, der Bescheid ist gültig", meinte sie nach kurzer Zeit, „gedulden Sie sich bitte ein bißchen."

Sie griff zum Telefon.

„Guten Tag, Herr Riemstinger. Hier ist Agathe Kalinko. Sie wissen wer ich bin ? Natürlich, der Gauvogt hat mich Ihnen ja bereits vorgestellt. Es geht um einen Bewilligungsbescheid für das Cheruskische Gymnasium in Luidgersburg, Aktenzeichen GVD 18-32, ausgestellt vor knapp drei Monaten."

„Guten Tag, Frau Kalinko", antwortete der Amtmann, „was ist damit? Gab es Beschwerden?"

„Beschwerden?" schwindelte Agathe, „nein, von Beschwerden weiß ich nichts. Es ist nur so: ich bin ja noch neu und verschaffe mir erst einmal einen Überblick über alle Verordnungen, Erlasse, Bewilligungen des Gauvogtes. Und dabei ist mir aufgefallen, daß für diesen Vorgang noch keine Vollzugsmeldung vorliegt."

„Vollzugsmeldung?"

„Nun, es gibt keine Bestätigung von Ihnen, daß die Mittel an das Gymnasium ausbezahlt wurden. Es handelt sich dabei immerhin um eine größere Summe. Was ist der Grund hierfür? Der Bewilligungsbescheid ist doch bereits drei Monate alt."

„Ich habe nicht gewußt, daß eine Vollzugsmeldung notwendig ist."
Agathe gab ihrer Stimme einen möglichst freundlichen Ton.

„Sie wissen doch, Herr Riemstinger, Ordnung muß sein. Können Sie bestätigen, daß das Geld ausbezahlt wurde?"

„Einen Moment bitte, Frau Kalinko, ich muß das nachprüfen."
Agathe hörte nun für etwa eine Minute Gemurmel, dann meldete sich der Amtmann wieder.

„Nein, das Geld ist noch nicht ausbezahlt", seine Stimme klang etwas unsicher, „ja, das ist so, es fehlt noch die Auszahlungsanweisung."

„Auszahlungsanweisung?"

„Ja, der Bewilligungsbescheid ist eine Sache, die Auszahlung des Geldes eine andere. Die erfolgt erst nach Anweisung durch den Gauvogt. Aber eine solche liegt mir bisher nicht vor."

„Das verstehe ich nicht. Sie haben doch einen Etat, über den Sie verfügen können. Warten Sie bitte einen Moment."
Sie wandte sich wieder ihrem Computerbildschirm zu.

„Und so wie ich das sehe, haben Sie auch noch genügend Mittel zur Verfügung. Wo ist also das Problem?"

„Ja, schon", die Stimme des Amtmanns klang noch immer unsicher, „aber bei solchen Summen muß der Gauvogt eine Auszahlungsanweisung erteilen, da darf ich nicht selbständig handeln. Außerdem, ich sehe gerade die Bemerkung, daß uns auch noch keine Kontonummer des Gymnasiums vorliegt. Wir wissen daher gar nicht, wohin wir das Geld überweisen sollen."

„Vielen Dank für die Auskunft, Herr Riemstinger, ich werde das umgehend erledigen. Ich wünsche Ihnen noch einen schönen Tag."
Sie legte den Hörer auf.

„Das ist doch gelogen", fauchte Angelika, „die haben unsere Kontonummer, hundertprozentig!"

„Sie müssen sich nicht aufregen", beruhigte sie Agathe, „ich glaube auch nicht, daß er eine Auszahlungsanweisung braucht. Das war doch nur eine Ausrede. Aber das bekommen wir hin. Sie haben doch etwas Zeit? Ich möchte mich nämlich, wenn diese Sache erledigt ist, noch gerne mit Ihnen über verschiedene Dinge unterhalten."

Dann wandte sie sich erneut ihrem Computerbildschirm zu, druckte nach kurzer Zeit ein Schreiben aus.

„Das ist die Auszahlungsanweisung, sogar in doppelter Ausführung. Ich lasse sie jetzt nur noch schnell vom Gauvogt unterschreiben. Die Kontonummer wissen Sie auswendig?"

Angelika schüttelte den Kopf.

„Dann klären Sie das bitte gleich ab, während ich beim Gauvogt bin. Sie können über mein Telefon verfügen."

Sie verließ den Raum, kehrte knapp zehn Minuten später zurück.

„Der Gauvogt hat sich über dieses Anliegen gewundert und nur gesagt 'diese elenden Bürokraten erlassen hinter meinem Rücken ständig irgendwelche unnützen Vorschriften und informieren mich nicht einmal darüber'. Sie haben die Kontonummer mittlerweile erfahren? Gut, dann setze ich noch ein zweites Schreiben auf, diese Mitteilung muß ja nicht unbedingt vom Gauvogt unterschrieben werden."

Wenig später rief sie dann die Sekretärin ins Zimmer, befahl ihr die Schreiben dem Amtmann persönlich zu überreichen.

„Lassen Sie sich nicht abwimmeln. Sagen Sie, Sie handeln im Auftrag des Gauvogtes und verlangen Sie eine Bestätigung des Empfangs auf der zweiten Ausfertigung der Auszahlungsanweisung."
Sie lächelte verschmitzt.

„Sagen Sie, alles muß seine Ordnung haben. Ansonsten könnten wir ihm auch die Anweisung mit der Hauspost zuschicken."

„Nun, so wie ich den Amtmann einschätze", fuhr sie an Angelika gewandt fort, nachdem die Sekretärin den Raum verlassen hatte, „ohne Empfangsbestätigung behauptet er am Ende noch, er hätte die Auszahlungsanweisung gar nicht erhalten, sondern irgendjemand habe sie wohl auf dem Dienstwege verschlampt."

Agathe goß sich nun Kaffee ein, nahm einen kräftigen Schluck.

„So, nachdem das Dienstliche erledigt ist, haben wir sicher Zeit zu einem kleinen Plausch. Sie haben sich da vorhin ziemlich über den Amtmann ereifert. Wissen Sie ich bin neu, noch unwissend in vielen Dingen, möchte daher möglichst viel erfahren. Was sind eigentlich die Hintergründe für Ihre Vorwürfe gegen ihn ? Sie brauchen aber nichts zu sagen, wenn es sich persönliche Angelegenheiten handelt und es Ihnen peinlich ist darüber zu sprechen."

„Das ist mir keineswegs peinlich, im Gegenteil; ich sollte Sie über diesen Riemstinger aufklären, damit Sie wissen, mit wem Sie es zu tun haben."

„Das freut mich nun, daß Sie das so sehen. Aber ich denke, wir sollten es uns in der Besucherecke bequem machen. Da plaudert es sich ungezwungener als am Schreibtisch."

Sie nahmen Platz.

„Ich denke, ich sollte etwas weiter ausholen", begann Angelika, „Sie haben doch Zeit ?"

„Sicher."

„Sie wissen über die Lankardtan-Bewegung Bescheid ?"

„Sagen wir es so, ich habe bisher nur einen eher groben Eindruck über sie bekommen, insbesondere nur über die Rassenverordnungen."

„Die werden heute zwar gerne in den Vordergrund gestellt, für die Menschen im Reich waren sie damals aber nicht das Entscheidende. Die Lankardtan-Bewegung erstarkte nach dem Dritten Sarmatischen Krieg, der für das Cheruskische Reich mit einer Niederlage endete, auch wenn man sich das nicht so recht eingestehen wollte. Ich würde aber eher sagen, wissen Sie, ich bin Lehrerin für Cheruskisch und Geschichte, es war weniger eine militärisch – politische Niederlage, sondern vielmehr eine psychologische Niederlage. Man war mit großer Euphorie in den Krieg gezogen, hatte nach jahrelangem hohen Blutzoll das Kriegsziel nicht erreicht, sondern sogar Gebietsverluste, wenn auch nur unbedeutende, hinnehmen müssen. Das reichte aber um eine nationale Demütigung zu empfinden. Verschwörungstheorien entstanden, es wurden die verschiedensten Gruppen für die Niederlage verantwortlich gemacht. Böse Mächte, die bereits vor dem Krieg eine Politik der Zersetzung des Volkskörpers betrieben, die gesellschaftlichen Stände, Adel, Bürgertum, Proletariat gegeneinander aufhetzten, damit die Volksgemeinschaft schwächten, was schließlich einem gesunden Volk die Katastrophe brachte, wurden erfunden. Aber all dies half nichts in der damaligen Situation. Die Folgen des verlorenen Krieges waren überall im Land zu spüren und das Gefühl der Demütigung grub sich tief in die Volksseele ein. Hinzu kam die desolate Wirtschaftslage nach dem Krieg, die hohe Arbeitslosigkeit, die Zerrüttung der Staatsfinanzen. Millionen Menschen litten Not, fühlten sich minderwertig. Das war der Sturz eines stolzen Volkes zu einem Haufen elender Kreaturen. Und die Lankardtan-Bewegung schaffte es, das Volk aus seiner Depression herauszuführen. Und dazu waren nicht einmal große politische Lehren notwendig. Es genügten eine handvoll Schlagworte um den Menschen Mut zu machen, ihnen eine Vorstellung ihrer Größe zu geben, die sie erreichen könnten, durch Fleiß, Disziplin, Zusammenhalt und erbitterten Kampf gegen die Volksfeinde, die Verräter, die destruktiven Elemente, die Schmarotzer, die nun unter dem Sammelnamen 'Lokiristen' zusammengefaßt wurden. Es war nicht schwer, den Menschen einzureden, die Asawanen repräsentierten die edelste Rasse und nur durch eine Verkettung übelster Zusammenwirkungen, eine degenerierte Führung, verräterische Kreise, böse Mächte und so weiter, seien Volk und Reich in das Unglück gestürzt worden. Es besitze aber noch die Kraft zu einem Wiederaufstieg. Es bedürfe lediglich einer Volksgesinnung, welche die besten schöpferischen Eigenschaften, Kreativität, Fleiß, Einsatzwillen, Disziplin und so weiter, die mit der Rasse verknüpft wurden, und nicht Gelderwerb, Schwätzerei und sozialistische Gleichmacherei zu Gunsten der Untüchtigen und Arbeitsscheuen am höchsten wertschätze. Und dann bedürfe es natürlich einer Regierung, welche konsequent den Weg zu einer Volksgesundung hin einschlägt und das Reich aus der internationalen Geringschätzung und Ächtung herausführt, dem Land wieder

Ansehen in der Welt verschafft. Und tatsächlich ging es nach der Machtübernahme der Lankardtan-Bewegung aufwärts, die Menschen kamen rasch zu bescheidenem Wohlstand, gewannen wieder Selbstbewußtsein. Und so nahmen sie die Einschränkung der Freiheit als notwendige, zeitweilige Begleiterscheinung des Wiederaufstiegs in Kauf. Und was die Verfolgung der Lokiristen betrifft, die waren ja die Schuldigen an allem Übel. Daß sie nun zur Rechenschaft gezogen wurden, erregte nur bei wenigen Mitleid, bei viel mehr Leuten eher klammheimliche Freude. Und da die Definition, was eigentlich die Lokiristen genau waren, schwammig blieb, sie über das ganze Land verstreut lebten und es keine Pogrome in den Straßen gab, man sie vielmehr nach und nach konsequent aber so unauffällig wie möglich irgendwohin abtransportierte um sie zu liquidieren, blieb auch das Ausmaß der Verfolgungen verborgen. Man merkte lediglich, daß Menschen aus der Nachbarschaft verschwanden. Zum Teil wußte man auch gar nicht, daß es sich bei den betreffenden um Lokiristen handelte. Und so glaubten viele, die Leute seien ausgewandert oder in eine andere Gegend des Reiches umgezogen. Ein Glaube, der auch von der Regierung genährt wurde."

Angelika nahm einen großen Schluck Kaffee.

„Aber das war jetzt nicht der Punkt, auf den ich hinaus wollte. Wie ich schon angedeutet hatte, in der Anfangszeit genügten Schlagworte um das Volk zu mobilisieren. Nachdem aber die erste Begeisterung über die positive wirtschaftliche Entwicklung verflogen war und Grenzen sichtbar wurden, begannen zahlreiche gebildete Menschen, die der Lankardtan-Bewegung anhingen, sich Gedanken über die Zukunft des Reiches zu machen. Es wurde ihnen rasch klar, daß das 'hohe Ziel' der Weltherrschaft der Asawaren über die geringeren Völker nichts weiter als ein unrealistisches Phantasiegebilde war. Die 'nationale Größe' erschien ihnen ebenso als ein Luftschloß. Das Reich konnte wieder zu einer Großmacht aufsteigen, aber angesichts der beschränkten wirtschaftlichen Ressourcen mit Sicherheit nicht zur dominierenden Weltmacht. Sie sahen daher nur zwei Möglich-keiten: zum einen das Reich in einen Krieg um die Weltherrschaft zu stürzen, der unbedingt mit dem Untergang des Reiches enden und daher unter allen Umständen vermieden werden mußte. Zum anderen kamen sie zur Überzeugung, daß eine lange Friedenszeit zu einer

Erstarrung der Bewegung, begleitet von einem Verlust der Bindung zum Volk führen werde, da man keine wirkliche geistige Grundlage, keine Lehre zur Verfügung hatte um die Menschen langfristig zu einem Einsatz für das Reich und die Volksgemeinschaft zu begeistern. Die Rassenlehre reichte dazu nicht aus und die übrigen politischen Vorstellungen waren derart diffus, daß man dem Volk keine einheitliche Ideologie präsentieren konnte. Ich habe mich jetzt vielleicht ein bißchen unpräzise ausgedrückt. Ich hoffe, Sie verstehen, was ich meine."

Agathe nickte.

„Ich vermute es. Ihr Weltbild bestand aus einer Reihe von Schlagwörtern und Dogmen, die keinen wirklichen inneren Zusammenhalt besaßen, nicht in sich geschlossen war."

„Ja, so könnte man es auch ausdrücken. Letztlich aber führe dieser Weg in eine Diktatur, so der Schluß jener Leute, die lediglich bestrebt sein würde, sich selbst zu erhalten, ohne Rückhalt im Volk. In ruhigen Zeiten mochte so etwas ja noch angehen, argumentierten sie, aber in Krisen wird solch ein Regime mangels einer soliden Basis recht schnell zusammenbrechen, ohne daß eine politische Alternative vorhanden ist. Dies führe unweigerlich zu einem Machtvakuum, zur Anarchie, welche die Existenz des Reiches bedrohen könnte oder auch unberechenbare Kräfte freisetzen, die unerträgliche Zustände herbeiführen könnten. Offen durfte es zwar nicht diskutiert werden, aber schon bald war klar, daß man nicht nur von einer fernen Zukunft sprach, sondern auch auf die Liquidierung der Lokiristen anspielte, die als Ausdruck von willkürlichem Staatsterror angesehen wurde, als Zeichen einer angeblichen Dynamik der Bewegung, die in Wahrheit einen gewissen Stillstand erreicht hatte und daher einen Drang zu einer permanenten, ziellosen Umgestaltung besaß. Und man erachtete deswegen die Ereignisse als Vorboten eines drohenden Chaos. Heute redet man natürlich offener darüber, nennt Verbrechen Verbrechen, aber noch immer scheut man sich, die Verantwortlichen zur Rechenschaft zu ziehen, man ist sogar überhaupt nicht daran interessiert die Hauptschuldigen zu identifizieren. Aber ich schweife jetzt wieder ein bißchen ab. Jedoch, man muß das verstehen, denn gerade die Liquidierung der Lokiristen spaltete die Bewegung, auch wenn die Führer alles unternahmen dies zu vertuschen und nach außen hin Einheit demonstrieren. Es bildete sich also innerhalb der Lankardtan-Bewegung eine Gruppe, welche sich zum Ziel setzte, ihr eine feste geistige Grundlage zu geben. Und die fand Unterstützung bis hin zu der obersten Führungsebene. Sie war bestrebt, eine Verbindung zwischen unserem kulturellen Erbe, unseren Traditionen und der Bewegung herzustellen. Natürlich gab es da zahlreiche Widersprüche und Unverträglichkeiten zwischen unserem geistigen Erbe und den ideologischen Vorstellungen der Lankardtan-Bewegung, die nicht durch Umdeutung der Werke unserer großen Dichter und Denker aufgelöst werden konnten, sondern es mußten auch Dogmen und Parolen, die von vielen als wesentlich für die Bewegung angesehen wurden, aufgegeben werden. Diese Gruppe erhielt die Bezeichnung 'Fortschrittliche', während diejenigen, die sich gegen jede Änderung der Denkrichtung sperrte, 'Konservative' genannt wurden. Ich war damals eine junge Lehrerin und schloß mich den Fortschrittlichen an. Wir sahen es als unsere Aufgabe an, den Schülern die Werke und das Denken unserer geistigen Größen und somit unsere Kultur in ihrer vollen Breite nahe zu bringen, sie zu geradlinigen, offenen und selbständig denkenden Menschen zu erziehen, ihnen aber auch darzulegen, daß unsere kulturellen Errungenschaften erhaltenswert sind, was nur ein starkes Reich und ein selbstbewußtes Volk bewerkstelligen können. Wir wollten ihnen aber auch nicht nur die Heldenmomente unserer Geschichte darlegen, sondern die Geschichte in allen Facetten, mit all ihren Höhen und Tiefen, Freuden und Schrecken, ihren positiven und ihren negativen Seiten. Dies paßte den Konservativen natürlich überhaupt nicht, sie wollten nur eine Darstellung der Heldentaten und eine bedingungslose Heldenverehrung, eine unkritische Glorifizierung unserer Geschichte. Die Reichsführung griff in diesen Streit nicht weiter ein, vielleicht, weil sie selbst gespalten war, überließ es vielmehr den Schulen hier den Schwerpunkt zu setzen. Unsere Schule war eine der wenigen, an der die Fortschrittlichen die Oberhand gewannen, doch die Konservativen gaben sich nicht gleich geschlagen. Es folgte ein monatelanger Streit innerhalb des Lehrerkollegiums über die Lehrinhalte. Überwiegend beteiligten sich daran die Vertreter der geisteswissenschaftlichen Fächer, also der Sprachen, Philosophie, politischer Bildung, Geschichte, während sich die Vertreter der Naturwissenschaften, Physiker, Chemiker, sowie Mathematiker nicht betroffen fühlten und sich heraushielten. Eine Ausnahme bildeten einige Biologen, die sich für Experten auf dem Gebiet der Rassenfrage hielten. Riemstinger und ich gerieten in der Zeit oft hart aneinander. Schließlich verließen die Konservativen die Schule. Er hat sein Denken bis heute nicht geändert und trägt mir noch immer diese Niederlage nach."

Agathe blickte zur Uhr.

„Oh, es ist spät geworden, schon fast sechs Uhr. Und wir sind noch lange nicht fertig. Seien Sie mir nicht böse, aber es herrlich warm draußen und ich möchte noch eine Runde im See schwimmen. Etwas Bewegung tut gut, wenn man so den ganzen Tag im Büro sitzt. Sie können aber gerne mitkommen, wenn Sie möchten."

Angelika zögerte nicht lange, sagte zu. Die beiden Frauen begaben sich dann zum Seeufer, dem Abschnitt, den ihr am ersten Abend der Gauvogt gezeigt hatte, entledigten sich ihrer Kleider, stiegen ins Wasser.

„Schwimmen wir hinüber zur Insel. Dort können wir uns in die Sonne legen und weiter unterhalten", schlug Agathe vor.

„Die heutige Führung denkt da ganz anders", knüpfte Angelika dann an das Gespräch im Büro an, „sie kommen ja auch fast alle aus dem Militär. Kaum einer von ihnen hatte sich in der Lankardtan-Bewegung engagiert. Ja, die Zeiten haben sich gewandelt. Der Wiederaufstieg erfolgte. Und wenn auch der letzte Krieg nicht mit einem vollkommenen Sieg endete, so brachte er doch eine ungeheure Anhebung des nationalen Selbstbewußtseins und eine endgültige Rückkehr des Reiches in die Reihen der Großmächte. Wieder stark und bedeutend zu sein, aus sich selbst heraus, durch eigenes Wissen, eigenes Können, eigene Tüchtigkeit, eigene Tapferkeit und eigenen Mut, das hat diese Menschen selbstbewußt gemacht. Sie müssen nun nicht mehr nach oben blicken und haben daher auch keinen Grund nach unten zu blicken. Sie verstehen, was ich meine ? Wer unten steht, der braucht immer einen, der noch tiefer steht."

„Das heißt, die Soldaten, die den Krieg geführt und gewonnen haben, brauchen sich nicht mehr einzureden, einer überlegenen Rasse anzugehören, sie haben sich selbst ihre Überlegenheit bewiesen."

Angelika wiegte den Kopf hin und her.

„Ja, man könnte es auch so ausdrücken. Sie haben als Individuen bewiesen, daß sie überlegen sind, aufgrund ihrer persönlichen Fähigkeiten, sie brauchen keine metaphysischen Rassenmerkmale als Grund hierfür anführen, sich nicht einzureden, daß sie einer wertvolleren Rasse angehören. Ich darf das nicht zu sehr verallgemeinern. Es sind nicht alle tapfer gewesen, viele haben sich gedrückt so gut es ging. Auch hat die politische Führung zum Teil jämmerlich versagt und zahlreiche Bonzen haben sich als Schwätzer erwiesen, die den Schwanz einzogen, wenn es hart herging. Das Selbstbewußtsein der Offiziere der Elitetruppe führte dann ja auch nach der Katastrophe bei Nemersdorf zum Sturz des Regimes. Und die neue Führung brauchte sich nicht mehr einzureden, daß sie die überlegene Rasse vertritt. Ja, es ist ihnen sogar schon fast peinlich daran erinnert zu werden. Denn, was ist Rasse? Wodurch drückt sie sich aus? Aussehen? Hautfarbe? Bestimmte charakterliche Eigenschaften? Schöpfergeist? Das alles brauchen sie sich nicht mehr einzureden. Sie haben der Welt gezeigt, wer sie sind. Und so sehen sie, was vor einer Generation noch entscheidend war, nun viel gelassener. Und glauben Sie mir, eine intelligente, schlanke, dunkelhäutige Schönheit ist den Herren allemal lieber als eine dumme Dicke oder eine einfältige Häßliche mit heller Haut und blonden Haaren."

Angelika pausierte kurz. Agathe lächelte, sie verstand die Anspielung.

„Das heißt aber nicht unbedingt, daß sie ihre Einstellung nun völlig verändert haben, vielleicht sind sie tief in ihrem Inneren doch noch ein bißchen kleine Rassisten", fuhr Angelika dann fort, „es besteht nur keine Notwendigkeit mehr sie offen zur Schau zu stellen, sie ständig hervorzuheben um Minderwertigkeitskomplexe zu kompensieren. Und dadurch wird das Verhältnis zu anderen Völkern nun unverkrampfter."

„Sie meinen", bemerkte jetzt Agathe, „diejenigen, welche Rassenlehre nicht so richtig in sich verinnerlicht hatten, sind nun die Vorreiter, geben den Anstoß zu einem wirklichen Umdenken."

„Im Prinzip haben Sie Recht, aber die Sache ist komplizierten. Sehen

Sie, Wir brauchen gerade, klare Menschen. Hauptziel der Bildungspolitik muß es sein, die jungen Menschen zum eigenständigen, selbständigen und kritischen Denken zu erziehen. Selbständiges Denken ist der beste Schutz gegen Manipulation. Ich rede hier nicht nur von politischer Manipulation, sondern auch von gesellschaftlicher, man kann auch sagen, von wirtschaftlicher Manipulation. Die Masche ist die gleiche wie in der Politik: man versucht den Menschen durch fortwährende Propaganda eine bestimmte Denkrichtung einzuflößen um ihr Konsumverhalten zu steuern und ihnen das Geld aus der Tasche zu ziehen. Aber dem muß man entgegensteuern. Den jungen Leuten muß man klar machen, daß sie nicht alles glauben dürfen, was man ihnen oft schön verpackt, in den westlichen Demokratien meist noch in ein Mäntelchen namens Humanität gehüllt, so alles vorsetzt. Vielmehr müssen sie lernen, kritisch zu sein, zu hinterfragen, aufgrund von Fakten zu urteilen und nicht aufgrund von Gefühlen, die durch Schönrednerei geweckt und genährt werden."

„Das heißt also, man muß die jungen Menschen so erziehen, daß sie diese Manipulationen erkennen und sich nicht verführen lassen."

„Ja, das ist ein Aspekt. Man muß ihnen Vielfalt präsentieren um sie zu selbständigem, kritischen Denken zu befähigen. Unterschiede machen kann man doch nur, wenn man verschiedene Ansichten oder Aspekte kennt, ihr Vorzüge, ihre Stärken, ihre Nachteile, ihre Fehler. Und selbständiges, kritisches Denken bedeutet dann, eine entsprechende Auswahl treffen, beziehungsweise ein Urteil zu fällen. Denn Vielfalt präsentieren bedeutet ja nicht zu verlangen, daß sie die Vielfalt als solche akzeptieren, alles als gleichwertig ansehen müssen. Sie sollen vielmehr lernen, das Gute vom Schlechten, das Positive vom Negativen, das Wertvolle vom Minderwertigen zu unterscheiden und dann eine entsprechende Auswahl treffen. Akzeptanz von Vielfalt als solche bedeutet niemals eine Hinwendung zu Größe, zu kultureller und geistiger Höhe, zu Spitzenleistungen, sondern eine Einigung auf ein Mittelmaß, dessen Niveau umso niedriger ausfällt, je breiter die eingeschlossene Vielfalt ist."

„Bestreiten Sie da nicht, daß sich Kulturen gegenseitig befruchtet haben ? Das ist doch eine historische Tatsache."

„Keinesfalls. Aber es war doch unbestreitbar so, daß sich Kulturen meist nicht einfach vermischt haben, sondern daß jede aus der anderen das auswählte, was sie für wertvoll hielt und dies dann in ihre eigene Kultur adaptierte, also in abgewandelter Form in ihre eigene Kultur aufnahm. Der Germanen übernahmen viel von den Römern, letztlich auch das Christentum, wenn auch nicht immer freiwillig, aber ihre blutigen Zirkusspiele und die Sklaverei übernahmen sie nicht."

„Die wurden aber auch von den Christen abgelehnt."

„Das ist zwar richtig, aber es gab schon bevor sich das Christentum durchsetzte jahrhundertelangen Kontakt zwischen Römern und Germanen; sie hätten das ja schon viel früher übernehmen können. Aber ein gegenseitiges Abschlachten zur Belustigung der Zuschauer entsprach eben nicht ihrer Natur, ihrer Wesensart."

Sie schwiegen ein Weile.

„Einer unserer großen Philosophen hat das einmal so ausgedrückt", fuhr dann Angelika fort, „er sagte, man solle lernen sich seines Verstandes zu bedienen. Ich halte es allerdings für äußerst schwierig, dies in den heutigen Gesellschaften ohne Hilfe zu lernen. Ich habe jetzt bewußt den Plural benutzt, denn es besteht hier kein prinzipieller Unterschied zwischen unserer Gesellschaft, den sogenannten demokratischen Gesellschaften in den westlichen Ländern und sozialistisch totalitären Gesellschaften in Sarmatien und China. Alle versuchen, die Menschen in ihrem Sinn zu manipulieren. Die angestrebten Ziele sind zwar verschieden, die Methoden aber die gleichen. Man muß die Menschen daher dahingehend erziehen, diese Manipulationen zu erkennen."

Agathe wiegte den Kopf.

„Aber widerspricht sich das nicht selbst ? Das Erziehungssystem unterliegt doch in jedem Land der Kontrolle des Staates. Und wenn es im Interesse des Staates ist die Menschen zu manipulieren, da die Führer ein geistig träges Volk bevorzugen, das ihnen willig folgt und sich leicht lenken läßt, dann wird er ja wohl kaum seine Bildungspolitik darauf ausrichten selbständig denkende Menschen heranzuziehen."

„Das ist genau das Problem. Und das war auch schon damals ein Kernpunkt im Streit zwischen den Konservativen und den Fortschrittlichen und deswegen war auch die Staatsführung gespalten."

Agathe schaute Angelika lächelnd an.

„Jetzt wird mir die Sache völlig klar. Die Konservativen wollten die Kinder ganz im Geist der Lankardtan-Ideologie erziehen, also beliebig manipulierbare Menschen heranzüchten. Die Fortschrittlichen dagegen argumentierten wohl, die Asawanen seien die vollkommenste und edelste Rasse und die kann ja wohl kaum aus unselbständigen, dumpfen Wesen bestehen, die sich nach Lust und Liebe manipulieren lassen. Das wäre ein Widerspruch in sich selbst. 'Edel' und 'dumpf', das paßt nicht zusammen. Die edelste Rasse muß unbedingt aus selbständig denkenden und eigenverantwortlich handelnden Menschen bestehen. Aber mit denen hat die Führung dann ein Problem. Denen kann man nicht jede Lehre unterjubeln. Die schlucken nicht jeden ideologischen Blödsinn ohne Widerspruch. Die beleuchten alles kritisch und folgen der Führung nicht blind."

„Das war auch genau der Grund für den Umsturz. Als der Krieg in eine Katastrophe zu münden drohte und der Asgardor nicht bereit war, die nach Ansicht der Militärführung notwendigen Maßnahmen zu ergreifen, glaubten die jungen Offiziere der Elitetruppe nicht mehr an das Feldherrngenie des Asgardors und zogen die Konsequenzen, handelten und erteilten dann auch dem alten Denkschema eine Absage. Sie setzen nun auf gebildete, geradlinige, offene, selbständig denkende, ehrliche Menschen; Herkunft, Rasse und Geschlecht spielten für sie keine Rolle mehr, eher ihr Charakter, ihre Aufrichtigkeit, ihre Integrität. Doch auch das birgt Gefahren, nicht so sehr, weil die Konservativen noch immer eine gewisse Machtposition inne haben, sondern weil nun diese neue Elite eine innere oder auch geistige Klammer braucht, die sie zusammenhält."

„Und diese Klammer ist das Reich, unsere Kultur, unsere Lebensweise und unsere Traditionen ? Und damit kommen Sie auf die alten Vorstellungen der Fortschrittlichen zurück."

„Ja, genau, ihre Umsetzung ist heute notwendiger denn je. Sie bilden sozusagen ein gemeinsames Bekenntnis. Ohne dieses führt eigenständiges Denken zu einem Individualismus, zu eigenen Lebensschwerpunkten, die es zu verfolgen gilt, führt also genau zu der Vielfalt, welche die Keimzelle des Zerfalls ist. Deshalb möchte ich meine Schule auch entsprechend ausrichten. Riemstinger kennt mich; ich denke, er hat erraten, was ich vorhabe. Dumm ist er ja nicht. Und daher boykottiert er mich auch. Er will, daß ich scheitere."

„Da brauchen Sie jetzt keine Befürchtungen mehr zu haben. Mir scheint nur, gemessen an dem Umfang des Projektes ist Ihre finanzielle Forderung recht bescheiden. Ich werde das dem Gauvogt vortragen. Mit meiner Unterstützung können Sie rechnen. Aber nun sollten wir zurückschwimmen. Die Sonne geht bald unter. Haben Sie Lust, hinterher mit mir noch Essen zu gehen ?"

„Ja", lautete die Antwort, „aber dann führen wir keine politischen Gespräche mehr. Ich habe genug für heute. Erzählen Sie mir lieber ein bißchen von Ihrem Leben in Sarmatien oder auch über das Land. Ich kenne es nur aus Büchern."

„Gerne."

Sie suchten das kleine Restaurant auf, in dem Agathe und der Gauvogt am ersten Abend gespeist hatten. Kurz nach zehn Uhr verabschiedeten sie sich.

Angelika fuhr zufrieden in ihre Wohnung zurück. Der Tag war besser gelaufen als sie erwartet hatte. Sie war bereits ziemlich aufgebracht gewesen als sie das Schloß betrat; ihr Ärger steigerte sich dann noch als sie nicht vom Gauvogt selbst empfangen, sondern mit seiner Referentin abgespeist wurde. Doch das hatte sich letztlich als Glücksfall erwiesen. Die beiden Frauen verstanden sich auf Anhieb und Agathe hatte sich prompt für ihre Belange eingesetzt und am Ende auch noch weitergehende Unterstützung angeboten. So hatte sie das Gefühl eine gute Freundin gefunden zu haben.

Der 'Viertelneger'

Der Gauvogt belastete Agathe in den ersten Wochen nicht so sehr mit Aufgaben, ließ ihr vielmehr Zeit, sich in ihre Position einzuarbeiten. Nach und nach stellte er ihr dann, wie schon kurz erwähnt, auch die Amtsvögte und die Amtsmänner vor, soweit sie bereits in Luidgersburg residierten und nicht auf Dienstreisen in der Provinz unterwegs waren.

Sie trafen sich fast täglich zu einer Besprechung. Agathe berichtete ihm dann auch am folgenden Nachmittag über ihr Gespräch mit Angelika. Ulrich stand deren Plänen sehr aufgeschlossen gegenüber,

104

meinte dann bloß.

„Ich lasse Ihnen da freie Hand. Klären Sie mit Frau Rothenbach ab, was sie für das laufende Jahr noch alles braucht. Ich werde notfalls an anderer Stelle Einsparungen vornehmen."

Am Abend trafen sie sich zum Essen.

„Ich muß Sie doch einmal etwas fragen", begann sie während sie zusammensaßen, „woher kommt eigentlich die Amtsbezeichnung 'Gauvogt' für den Leiter der Provinzverwaltung ?"

Ulrich lachte.

„Das ist eine lustige Geschichte. Einige Jahre nach der Macht-übernahme der Lankardtan-Bewegung beschloß die Regierung eine innere Neugliederung des Reiches durchzuführen. Die noch aus der Zeit der Monarchie stammende Einteilung in Herzogtümer, Fürstentümer, Grafschaften, Reichsstädte war nach Ausrufung der Republik nach der Revolution vor hundert Jahren obsolet geworden, zumal sich die Gebiete in Größe und wirtschaftlicher Leistungs-fähigkeit beträchtlich unterschieden. Eine Neugliederung des Reiches war zwar schon damals diskutiert, aber nie durchgeführt worden. Die neugeschaffenen Territorien nannte man nun 'Reichsgaue'. Nach einigen Jahren interpretierte dann ein Humorist den Namen 'Gau' als die Abkürzung für 'größter anzunehmender Unfall'. Der damalige Innenminister war etwas dünnhäutig, fühlte sich verspottet, konnte aber beim Asgardor. der hier einen seltenen Anfall von Humor erkennen ließ, die Verhaftung des Humoristen nicht durchsetzen und ordnete daher die Umbenennung in 'Provinzen' an. Die Gauvögte waren allerdings weniger empfindlich, lehnten mehrheitlich die Amtsbezeichnung 'Provinzvogt' ab und so blieb bei den Titeln alles beim alten."

Drei Tage nach dem Besuch der Schulleiterin saß Agathe vormittags an ihrem Schreibtisch als es an der Türe klopfte. Auf ihr 'Herein' trat ein Mann, etwa im gleichen Alter wie der Gauvogt, ein.

„Guten Morgen, Frau Kalinko", begann er höflich, „mein Name ist Christian Mersinger. Ich bin der Leiter des Amtes für das Bauwesen, also der 'Amtsvogt', wie mein offizieller Titel lautet. Ich bin gekommen um mich vorzustellen und um Sie kennenzulernen.

105

Schriftlichen Kontakt mittels Computernachrichten hatten wir ja schon. Es tut mir leid, daß ich Sie nicht früher aufgesucht habe, aber ich war in den beiden letzten Wochen in der Provinz unterwegs um die wichtigsten Projekte zu inspizieren. Ich bin zufrieden, wir machen gute Fortschritte."

„Guten Morgen, Herr Mersinger", entgegnete Agathe lächelnd, „ich freue mich auch Sie kennenzulernen. Sie sind übrigens der erste, der sozusagen einen Antrittsbesuch bei mir macht, alle anderen haben bisher darauf gewartet, daß der Gauvogt mich ihnen vorstellt."

„Da kann ich nichts machen. Ich habe es eben als ein Gebot der Höflichkeit angesehen, bei der ersten Gelegenheit einmal bei Ihnen vorbeizukommen."

„Es freut mich sehr, daß Sie so denken und ich danke Ihnen auch von ganzem Herzen. Aber es ist eben so, daß die Menschen sehr unterschiedliche Vorstellungen von Höflichkeit haben. Aber setzen Sie sich doch bitte. Möchten Sie Kaffee?"

„Gerne."

Agathe holte eine Tasse aus einem Seitenschrank, goß aus der neben ihr stehenden Kanne ein, reichte sie dann Mersinger.

„Bitte schön, er ist auch ganz frisch zubereitet."

Sie pausierte kurz, nahm einen Schluck aus ihrer Tasse, fuhr dann fort.

„Ich hoffe, Sie haben ein bißchen Zeit um mich zu informieren. Um welche Projekte handelt es sich eigentlich?"

„Wie Sie vielleicht schon wissen ist unser Amt für den Wohnungs-bau, die Errichtung, beziehungsweise den Wiederaufbau öffentlicher Gebäude, seien es Verwaltungsbauten, Schulen, Kindergärten, Theater, Krankenhäuser, Versorgungseinrichtungen, wie Wasser-werke und so weiter zuständig. Darüber hinaus leisten wir auch dem Amt für das Verkehrswesen in den Neuen Provinzen bei Bedarf Amtshilfe, speziell, wenn es sich um Brücken handelt. Aber da halte ich mich so gut es geht zurück. Wir haben genügend andere Baustellen. Wissen Sie, vorrangig liegen mir der Wohnungsbau und die Krankenhäuser am Herzen. Es sind im Moment noch zu viele Menschen provisorisch oder in Lagern, die man oft etwas beschönigend Gemeinschaftswohnanlagen nennt, untergebracht. Das erzeugt Unzufriedenheit und damit auch Unruhe."

„Ich kenne das", unterbrach ihn Agathe.

„Ja, und dann ist mir die Gesundheitsfürsorge wichtig. Alles andere hat meiner Ansicht nach Zeit. Man kann auch für einige Zeit in einem ein bißchen verwahrlost aussehenden Klassenzimmer unterrichten, da sollen sich die Schulleiter nicht so aufführen. Die Hauptsache ist doch, man hat gute Lehrer und gutes Lehrmaterial. Aber es ist nicht meine Aufgabe dafür zu sorgen. Und wir brauchen auch nicht gleich zu Beginn prächtige Amtsgebäude, Theater, Sporthallen, Gemeinschaftshäuser und so weiter. Der Krieg ist erst ein knappes dreiviertel Jahr zu Ende. Es ist doch Unsinn zu glauben, daß man eine ganze Provinz innerhalb weniger Monate aufbauen kann. Das geht nicht, selbst wenn wir die dazu nötigen finanziellen Mittel hätten."

„Das ist mir völlig klar", entgegnete nun Agathe, „und das habe ich in der kurzen Zeit, die ich jetzt hier bin, auch schon erfahren müssen. Jeder hält seine Aufgaben für die wichtigsten. Dabei halten die meisten lediglich sich selbst für wichtig. Das ist aber jetzt keine Kritik an Ihnen. Ich stimme mit Ihnen vollkommen überein. Es ist doch wichtiger, daß die Menschen ein ordentliches Dach über dem Kopf haben und auch eine Intimsphäre, als daß alle Gehsteige gepflastert sind und selbst die letzte Dorfgasse keine Schlaglöcher mehr aufweist."

„Das sehe ich genau so; es wäre daher auch besser, wenn wir erst einmal Wohnungen und Arbeitsplätze für alle schaffen würden und uns nicht gleich auf großangelegten Straßen- und Eisenbahnbauprojekte stürzen würden."

„Das dürfen Sie aber nicht laut sagen", gab Agathe nun zu bedenken, „es handelt sich dabei um verkehrsstrategische Maßnahmen und die sind im zentralen Reichsinteresse."

Mersinger lachte.

„Da haben Sie sich jetzt sehr geschickt ausgedrückt. Aber in Magodaburg treffen sie oft Entscheidungen im zentralen Reichsinteresse, die für die Menschen und die Verantwortlichen in den Provinzen keineswegs so zentral sind. Und das betrifft nicht nur die neuen Provinzen im Osten. Das hatten wir vor dem Krieg auch schon. Ich habe schließlich lange genug dort gearbeitet."

„Sie kommen aus der Hauptstadt?"

„Ja, ich war zehn Jahre lang im Bauministerium; vorher arbeitete ich in einem Bauunternehmen. Das ging pleite; es war aber nicht meine Schuld. Im Ministerium war ich nur ein kleiner Gruppenleiter. Wissen Sie, ich gehörte zu den Leuten, die aus politischen Gründen nicht in Führungspositionen aufsteigen konnten. Deshalb bin ich auch bei der ersten sich bietenden Gelegenheit in den Osten gegangen."

Agathe schaute den Mann leicht fragend an. Was hatte dieser kryptische Satz zu bedeuten? Ihr fiel nun bei näherem Hinsehen auf, daß Mersinger einen recht dunklen Teint und leicht gekräuselte Haare hatte. Ihr wurde nun klar, was er damit meinte, hielt es daher für unangebracht und auch unnötig weiter nachzufragen. Christian verstand wohl den Grund für ihre Zurückhaltung, fuhr nun fort.

„Ach, damit habe ich kein Problem. Mein Großvater war Verwaltungsbeamter in Cheruskisch Afrika und hatte eine Einheimische geheiratet. Nach dem Verkauf der Kolonie an die Angelsachsen kehrte er ins Reich zurück. Und damit unterlag ich dann den Rassengesetzen. Aufgrund einer schwarzen Großmutter, wurde ich als Viertelneger eingestuft."

Er grinste.

„Mittlerweile mag man das alles für lächerlich halten, aber es hatte für mich Konsequenzen. Ich durfte nicht aufs Gymnasium, absolvierte daher die Mittelschule, lernte anschließend den Beruf eines Zimmermanns."

Er schaute Agathe noch immer grinsend an.

„Und es ergab sich, daß so während meiner Lehrzeit die Regierung feststellte, daß im Reich ein erheblicher Mangel an Bauingenieuren herrschte. Und daher durfte ich dann, trotz meines Makels, eine Ingenieurakademie besuchen. Und vom Militärdienst wurde ich übrigens auch nicht ausgeschlossen. Sie waren wohl der Meinung, daß auch Viertelneger ein gutes Kanonenfutter abgeben."

Er nahm einen großen Schluck Kaffee.

„Wissen Sie, wenn wirklicher Mangel herrscht, dann spielen solche rassischen Vorstellungen keine große Rolle mehr, dann nimmt man jeden, den man brauchen kann, solange man nur als minderwertig gilt und nicht der ideologische Todfeind ist, wie es die Lokiristen waren. Denen gegenüber kannte man kein Pardon."

„Ich weiß", entgegnete nun Agathe, „jede Ideologie braucht einen Feind, der das Böse verkörpert und das Heil, das die Ideologie bringen will, zu vernichten versucht. Das war bei uns in Sarmatien auch nicht anders. Sie hießen nur nicht Lokiristen, sondern Gospadinen. Aber ihr Schicksal war das gleiche."

„Ja, ja. Aber halten Sie mich jetzt nicht für defätistisch. Ich stehe mittlerweile über der Sache. Ihre ganze Rassenideologie ist doch nur noch ein geistiger Scherbenhaufen, auch wenn sich noch Zahlreiche daran klammern und man in der Hauptstadt das noch spürt, aber vermutlich auch nicht mehr lange. Dann landet ihre Rassenlehre auf dem Müllhaufen der Geschichte. Aber so lange wollte ich doch nicht warten. Ich bin daher noch während des Krieges hierher gekommen. Sie wissen sicher schon, daß bereits damals mit der Restaurierung des Schlosses begonnen wurde."

Christians offene Art zu reden ohne ein Blatt vor den Mund zu nehmen imponierte Agathe. Und er schien auch frei von jeder Falschheit. Er gewann daher rasch ihre Sympathie und sie fühlte eine gewisse Vertrautheit ihm gegenüber, dergestalt, daß man mit ihm offensichtlich über alles reden konnte, ohne befürchten zu müssen, daß er die Dinge, die ihm im Vertrauen mitgeteilt wurden, ausplaudern oder an anderer Stelle gegen sie verwenden würde. Das bewog sie ohne Scheu zu fragen:

„Ich will ja nicht indiskret sein, aber wie sind Sie denn zu ihrem Posten als Amtsvogt gekommen ?"

Christian hatte wohl bereits auf diese Frage gewartet. Er lächelte.

„Das ist keine Indiskretion. Ich kenne Ulrich schon sehr lange. Ich diente während meiner Militärzeit einige Monate in seinem Zug. Er war damals noch ein junger Leutnant. Es war in der Zeit des Barcsilo – Konfliktes und ich habe auch bei der Brückenaktion mitgemacht."

„Barosilo – Konflikt ?"

„Der liegt zwanzig Jahre zurück. Sie wissen nichts darüber ?"

„Meinen Sie diesen kurzen Krieg zwischen dem Cheruskischen Reich und Madjarien ? Mir ist aber jetzt nicht bewußt, worum es da ging. Wir haben in Sarmatien nicht viel darüber gelernt."

„Also, Barosilo ist ein recht kleiner Bezirk mit gleichnamiger Hauptstadt im Südosten des Reiches, der an Madjarien grenzt. Dort finden sich reichhaltige Eisenerzvorkommen. Die Madjaren nutzten die Schwäche des Reiches nach Ende des Dritten Sarmatischen Krieges um das Gebiet an sich zu reißen. Das Reich erkannte diese illegale Annexion nie an, aber die Rückgabeforderungen erhielten keine politische Unterstützung in Europa, konnte sie damals nicht durchsetzen. So ruhte der Konflikt lange Zeit. Doch knapp dreißig Jahre später, nach der militärischen Wiedererstarkung, fühlte sich das Reich mächtig genug, den Bezirk notfalls gewaltsam zurückzugewinnen. Die Regierung bot Madjarien zunächst Verhandlungen an, sicherte den Madjaren großzügige wirtschaftliche Privilegien in dem Gebiet zu, doch diese schlugen das Angebot aus. Daraufhin marschierten cheruskische Truppen ein, es folgte ein kurzer, zehntägiger Krieg. Dann baten die Madjaren um einen Waffenstillstand, nachdem sich ihre Hoffnungen auf ein Eingreifen Awaristans oder Sarmatiens zu ihren Gunsten zerschlagen hatten und Barosilo kehrte ins Reich zurück."

„Und was war das für eine Brückenaktion?" wollte Agathe jetzt wissen.

„Es handelte sich um die große Eisenbahn- und Straßenbrücke über den Tyran. Sie bildete das Herzstück der wichtigsten Nachschubverbindung der Madjaren nach Barosilo. Die Madjaren wußten das natürlich und die Brücke war entsprechend gesichert. Wir hatten den Auftrag sie in die Luft zu jagen. Es war ein Himmelfahrtskommando. Aber wir haben es geschafft. Wir verloren allerdings die Hälfte unserer Leute. Ulrich führte das Kommando an. Ich war zwar nur Obergefreiter, aber er nahm mich mit, weil ich eine Sprengausbildung hatte, außerdem Ingenieur war und wußte, wo man die Sprengladungen anbringen mußte um die Brücke mit möglichst geringem Aufwand hochgehen zu lassen. Wir mußten das ganze Zeug ja mitschleppen. Ulrich bekam dafür dann das Eiserne Kreuz Erster Klasse. Ich bekam auch ein Eisernes Kreuz, allerdings nur das Dritter Klasse. Der Bataillonskommandeur sagte zu mir bei der Verleihung, ich könne stolz darauf sein, das sei schon eine große Auszeichnung für einen Viertelneger."

„Das war aber beleidigend!" empörte sich Agathe nun.

Christian schüttelte den Kopf.

„Ach nein, das habe ich nicht so empfunden, schon wegen des jovialen Tonfalls, in dem es das sagte. Und Sie müssen auch die

Zeitumstände berücksichtigen. Da hatte ich mir im Leben schon viel heftigere Dinge anhören müssen. Aber ich bin nun ein bißchen abgewichen. Man übertrug mir hier nach einem Jahr die Leitung der Restaurierungsarbeiten. Ich traf dann Ulrich wieder als er kurz nach seinem Amtsantritt zu Besuch kam um sich über den Stand der Arbeiten unterrichten zu lassen. Er war damals gerade dabei seine Vogtei aufzubauen und bot mir gleich die Stelle als Amtsvogt für das Bauwesen an. Er sagte, er brauche jemanden, der kompetent ist und dem er trauen könne. Er ist da manchmal in seinen Entscheidungen sehr spontan."

„Ich weiß", warf Agathe nun ein, „mich hat er ja auch sozusagen auf den ersten Blick engagiert. Aber wir sind nun wirklich vom Thema abgewichen. Eigentlich wollte ich ja wissen, welche Projekte Sie auf ihrer Reise begutachtet haben und wie Sie den Stand der Arbeiten beurteilen."

„Wenn Sie soviel Zeit haben, kann ich das gerne gleich tun."

„Bitte", entgegnete Agathe, „soll ich noch Kaffee ordern.

„Das wäre nicht verkehrt."

Christian erstattete dann einen ausführlichen Bericht, was sich über mehr als zwei Stunden hinzog. Dann verabschiedete er sich.

Unterhaltungen mit Achim

Dank der Unterstützung des Gauvogtes arbeitete sich Agathe recht schnell in ihre Position ein. Sie gewann die Achtung und den Respekt der meisten Amtsvögte und Amtmänner. Einige blieben ihr gegenüber allerdings reserviert, aus Gründen, die ihr nicht so richtig klar wurden. Vielleicht lag es daran, daß sie aus Sarmatien stammte und bei manchen daher als Cheruskerin zweiter Klasse galt. Ein entsprechendes Getuschel war nicht zu überhören. Das betrübte sie. Doch Maria, die mittlerweile offiziell als Reichsministerin für das Verkehrswesen im Gespräch war, stärkte ihr den Rücken, meinte, das sei doch gar nichts im Vergleich zu dem, was über sie geredet werde. Und so lernte sie bald damit umzugehen und über das Getuschel hinweg zu hören.

Ein Rätsel bereitete ihr mit der Zeit allerdings das Verhalten Ulrichs. Anfänglich schien es, als suche er eine nähere persönliche Beziehung zu ihr; er bemühte sich ständig um privaten Kontakt außerhalb des Dienstes, lud sie zum Essen ein, zu Ausflügen am Wochenende und er überreichte ihr fast täglich kleinere Geschenke. Er vermied es allerdings den Eindruck zu erwecken zudringlich zu sein. Eher schien es als wolle er ihre Reaktion prüfen. Agathe empfand Sympathie für den Mann, hatte prinzipiell auch Interesse an einer näheren Beziehung, blieb aber mißtrauisch. Sie wollte unbedingt prüfen, ob seine Absichten ehrenhaft seien oder ob er nur eine flüchtige Affäre suche. Sie kam ihm daher schrittweise entgegen, blieb aber reserviert.

Nach ungefähr zwei Monaten begann Ulrich sein Verhalten zu ändern. Während des Dienstes blieb er zwar freundlich und zuvorkommend, die privaten Kontakte schränkte er jedoch nach und nach ein, vermied sie schließlich völlig. Agathe fürchtete, sie habe ihn mit ihrer Reserviertheit verärgert und er habe wie ein abgewiesener, nun beleidigter Freier reagiert. Ihren Überlegungen zufolge mußte sich das auch auf den dienstlichen Umgang auswirken, aber hier konnte sie keine negativen Auswirkungen feststellen. Er blieb ein Freund, schien lediglich an ihr als Frau kein Interesse mehr zu haben. Es kam ihr allerdings so vor, als verdüstere sich seine Miene von Tag zu Tag, obwohl er das vor ihr zu verbergen suchte auch weiterhin sehr freundlich blieb.

Einmal ergab sich eine Gelegenheit ihn unverfänglich in dieser Sache anzusprechen und zu ihrer Verwunderung antwortete er bloß: „Man muß mit sich selbst im Reinen sein, bevor man eine Bindung zu einem anderen Menschen sucht."

Agathe blieben diese Worte rätselhaft.

In Begleitung des Vogtes für das 'Verkehrswesen in den Neuen Provinzen' erschien nun des öfteren anstelle Marias ein noch recht jung wirkender, gut aussehender Mann, der ihr als Achim Wäger vorgestellt wurde. Er war Ingenieur, leitete das Amt für Tiefbau in Plochricz. Und er war als Nachfolger Marias für die Position des Leiters des Amtes für Straßenwesen in den Neuen Provinzen im Gespräch. Wäger war stets höflich, hatte gute Manieren, verfügte auch offensichtlich über ein hohes Allgemeinwissen und eine ausgezeichnete Bildung. Bald suchte sie eine nähere Bekanntschaft zu ihm, doch trotz seiner Freundlichkeit wich er ihr stets aus. Den Erzählungen Marias über das Verhalten und die Einstellung der cheruskischen Führungsschicht in den neuen Provinzen gegenüber den Angehörigen der Fremdvölker wie auch ihre Ansichten zu dem Verhältnis zwischen Frauen und Männern hatte sie mit großem Interesse gelauscht. Doch sie hatte auch bemerkt, daß Maria als Fremde, die erst relativ kurze Zeit im Land lebte, oft nicht so recht Bescheid wußte, manche Zusammenhänge wohl auch nicht so richtig verstand. Von Achim erhoffte sie detailliertere Auskünfte. Eine gute Gelegenheit ergab sich, als wieder einmal die beiden Vögte eine längere Unterhaltung führten. Sie bat Achim in ihr Büro, kam dann auch gleich ohne Umschweife auf den Punkt.

„Um Ihnen die Haltung der cheruskischen Führung in den neuen Provinzen zu verdeutlichen, möchte ich Ihnen folgende Geschichte erzählen", begann Achim, „vielleicht handelt es sich um einen Einzelfall, vielleicht aber auch nicht. Er scheint mir aber typisch für die Geisteshaltung vieler cheruskischer Führungsleute zu sein. Der Landrat des Kreises Plochricz besuchte vor wenigen Monaten eines der Lager. Die Frauen mußten zur Begrüßung Aufstellung nehmen und dann an ihm vorbeimarschieren. Er schaute durch die Reihen, erblickte eine Frau, sie hieß Beata, die ihm gefiel. Sie war groß, kräftig gebaut, aber nicht dick, hübsch. Nach der Inspektion beorderte er sie zu sich in einen Raum, der üblicherweise hochrangigen Besuchern als Büro diente. Ohne große Umschweife zu machen erklärte er ihr, daß sie ihm gefiel und er mit ihr schlafen wolle. Im Gegenzug werde sie auch aus dem Lager entlassen, erhalte eine Arbeitsstelle und eine Wohnung. Beata war recht selbstbewußt und sagte zu ihm: 'Der Preis der Freiheit ist also, daß ich mich an Sie verkaufe'. Der Landrat lächelte, meinte dann: 'Das kann man so sehen. Und ich verstehe Ihren Standpunkt, nehme Ihnen Ihre Worte auch gar nicht übel. Aber es ist nicht so, daß ich an Ihnen nur meine Lust befriedigen will. Sie gefallen mir wirklich und ich erhoffe mir, daß sich vielleicht aus unserer Zusammenkunft eine längerfristige Beziehung entwickelt.' 'Das sehe ich nicht ganz so', entgegnete ihm Beata, 'zuvörderst kommt es Ihnen doch darauf an, an mir Ihren Spaß zu haben. Und dann entscheiden Sie, wenn ich lieb und fügsam bin, ob Sie mich als Mätresse halten wollen oder nicht. Sie wollen also über mich verfügen und ich habe mich Ihnen unterzuordnen. Und wenn ich das zu Ihrer Zufriedenheit tue, dann behalten Sie mich. Ansonsten schicken Sie mich weg.' 'Sie sehen das zu kompliziert. Es ist ein Geschäft. Sie geben etwas und erhalten auch etwas dafür. Und aus Geschäftspartnern können irgendwann auch Freunde werden, insbesondere dann, wenn einer den anderen nicht betrügt.' 'Nein, das sehe ich nicht so. Das ist kein ehrliches Geschäft. Ich muß Ihnen etwas von mir geben, aber Sie geben mir nichts von sich. Oder geben Sie einen Teil Ihrer Freiheit ab, wenn Sie mir meine Freiheit schenken? Und ist es ein Zeichen von Zuneigung oder Liebe, einfach nach Belieben über eine Frau zu verfügen? Sie haben vielleicht die Vorstellung, daß dies so ist. Ich bin doch nur eine arme Flüchtlingsfrau, eine Ausländerin, die in einem Lager gestrandet ist. Für die muß es doch eine Wohltat sein, sich frei bewegen zu können, ein menschenwürdiges Leben zu führen. Und das bieten Sie mir an. Der Preis scheint Ihnen nicht hoch. Sie wollen nur über meinen Körper verfügen. Aber letztlich bin ich für Sie doch kein gleichwertiger Mensch, sondern nur eine Beute. Wenn Sie dies für Zuneigung halten, dann ist das Ihre Sache. Für mich ist es das nicht. Ich sehe bloß, daß ich mich verkaufen soll, für Sie nur eine Ware bin. In meinen Augen entehre ich mich, wenn ich mich Ihren Wünschen freiwillig füge. Gut, ich bin in Ihrer Gewalt. Und wenn Sie mich mißbrauchen wollen, dann tun Sie es. Aber hängen Sie doch nicht Ihrer Untat ein Mäntelchen der Tugend um.' Der Landrat lächelte. 'Ich hatte niemals die Absicht Ihnen Gewalt anzutun. Es war ein Vorschlag, ein Geschäft, das ich für fair hielt. Aber wenn Sie das nicht so sehen und es Ihrem Ehrgefühl widerspricht, dann ist das eben so.' Er entließ sie dann. Der Landrat begab sich anschließend zum Lagerleiter. 'Sie hatten wohl keinen Erfolg', witzelte der. Der Landrat blieb gelassen. 'Das war nur ein Nebenkriegsschauplatz. Deswegen bin auch gar nicht hierhergekommen. Es ist vielmehr so, daß wir für unser Landratsamt eine Reihe, etwa fünfzehn, zusätzliche Sachbearbeiterinnen suchen, für die unterschiedlichsten Abteilungen. Aus dem Altreich will niemand hierher, daher will ich mich hier nach passenden Frauen umschauen. Na ja, umschauen ist vielleicht nicht der richtige Ausdruck. Ich wollte darüber sozusagen mit Ihnen von Angesicht zu Angesicht reden, nicht übers Telefon. Das mag ich nicht. Sie haben doch sicherlich Akten über die Frauen hier angelegt. Sie sollten einigermaßen gebildet sein, unsere Sprache sprechen, auch einigermaßen schriftlich beherrschen, es wäre auch gut, wenn sie mit Büroarbeiten vertraut wären. Über sonstige spezielle Qualifikationen müssen Sie nicht unbedingt verfügen. Treffen Sie also eine entsprechende Auswahl und lassen Sie die Frauen morgen früh ins Amt bringen. Diese Beata sollte auch mit dabei sein.' Nach kurzer, weiterer Unterhaltung verabschiedete sich der Landrat. Der Lagerleiter machte sich an seine Arbeit. Am nächsten Morgen wurden die Frauen dann ins Amt gebracht. Der Personalchef prüfte sie, war mit der Auswahl des Lagerleiters höchst zufrieden, stellte sie alle ein, wies ihnen ihre Arbeitsplätze zu."

„Was war eigentlich mit der Rassenprüfung ? Spielte sie bei der Auswahl eine Rolle ?"

Achim schüttelte den Kopf.

„Ich glaube nicht. Diese war eine Anordnung der Reichsregierung. Manche nahmen sie ernst, viele nicht. Sie wurde auch nicht überall konsequent durchgeführt. Bei der Kategorisierung wurde auch viel gemauschelt. Bei den Frauen handelte es sich wohl um Personen der Kategorie 'C'. Sie erhielten ihre Arbeitsverträge, ein Handgeld von tausend cheruskischen Talern. Dann brachte man sie ins Lager zurück, wo sie ihre Habseligkeiten abholten. Dort wurden ihnen auch ihre Entlassungspapiere ausgehändigt. Anschließend erhielt jede eine kleine Wohnung in einem umgebauten ehemaligen Hotel. Am nächsten Tag nahmen sie dann ihre Tätigkeit auf. Beata wurde übrigens der Kindergeldabteilung zugewiesen."

Er pausierte kurz.

„War es nun Zufall oder Absicht, ich vermute letzteres, aber nach etwa zwei Wochen ergab es sich, daß Beata und der Landrat sich beim Mittagessen in der Kantine am gleichen Tisch niedergelassen hatten. Er sprach sie unverbindlich an, fragte, wie sie sich in der Freiheit fühle, wie ihr die Arbeitsstelle gefalle, ob sie bereits Bekannte oder Freunde gefunden habe. Beata witterte Gefahr, blieb reserviert, doch der Landrat kam auf die Begegnung im Lager und seinen Wunsch mit ihr zu schlafen nicht zu sprechen. Er verabschiedete sich schließlich freundlich, bedankte sich für die nette Unterhaltung und sprach den Wunsch aus, sich demnächst wieder einmal mit ihr am Mittagstisch zu unterhalten. Beata war dem nicht abgeneigt. Sie trafen sich dann auch am übernächsten Tag wieder und dann erneut am darauffolgenden Montag. Und schließlich lud er sie zu einem Theaterbesuch ein; sie sagte zu."

„Und welche Moral folgt aus der Geschichte ?" wollte Agathe nun wissen.

Achim lächelte.

„Man sieht sie mittlerweile sehr häufig zusammen."

Agathe sah ihn an.

„Na, schön; aber was wollen Sie mir damit sagen ?"

„Ach, wissen Sie, der Landrat ist ein alter Freund von mir. Wir waren zusammen an der Front. Ich kenne ihn gut und denke nicht, daß er mich angelogen hat. Er hätte mir die Geschichte auch gar nicht erzählen müssen. Er hatte eben einen Denkfehler begangen, geglaubt, Beata mit ein paar materiellen Verlockungen für sich gewinnen zu können. Sie stand weit unter ihm, war arm, unfrei, hatte keine wirklichen Zukunftshoffnungen. Aber er hatte nicht in Erwägung gezogen, daß sie trotz ihrer elenden Lage noch soviel Selbstachtung besaß, daß sie nicht bereit war sich zu verkaufen. Er war darüber nicht erzürnt, denn er hatte das gleich verstanden und es hatte ihm imponiert. Ja, es hatte sein Interesse an ihr verstärkt. Deshalb hat er sie dann auch aus dem Lager herausgeholt. Beim zweiten Mal vermied er diesen Fehler, näherte sich ihr auf gleicher Augenhöhe, achtete ihre Würde. Und das hatte dann sozusagen ja auch Erfolg. Wissen Sie, Beata fand den Landrat im Grunde von Beginn an sympathisch, trotz seines Ansinnens. Aber auf die Art und Weise wie er vorging, wollte sie sich nicht von ihm nehmen lassen. Sie wollte, daß er sie zuvörderst als Mensch und Frau achtet."

Agatha grinste.

„Eine schöne Geschichte. Aber trotzdem verstehe ich noch immer nicht, warum Sie sie mir erzählt haben."

„Sie wollten doch einiges über den Umgang der Männer hier mit Frauen beziehungsweise mit Angehörigen der Fremdvölker erfahren. Ich wollte Ihnen damit klar machen, daß sie schon Fehler begehen, intelligente und gebildete Männer ihre Fehler aber auch rasch einsehen und versuchen sie auszumerzen."

Achim trank seine Tasse leer, verabschiedete sich dann.

Agathe blieb nachdenklich zurück.

„Was wollte er damit sagen?" fragte sie sich, „handelte es eine Anspielung auf den Gauvogt?"

Es war natürlich schon sehr auffallend, daß beide hier im Schloß quasi zusammen wohnten. Er hatte ihr damals nicht so richtig die Wahrheit gesagt, sie allerdings auch nicht angelogen. Sie hatte mittlerweile herausgefunden, daß Anita die Wohnung nur gelegentlich genutzt hatte, in der Regel nur dann, wenn sich Sitzungen bis weit nach Mitternacht ausdehnten und sie zu müde war in ihre eigene etwa zwanzig Kilometer entfernte Wohnung, die sie mit ihrem Freund teilte, zurückzufahren oder es nicht wollte, da die Straßen spät nachts unsicher waren, weil sich noch Banden in der Gegend herumtrieben. Nun munkelte man bereits über ein angebliches Liebesverhältnis zwischen ihr und dem Gauvogt.

Agathe lächelte.

„Wenn es so wäre?"

Es war zwar unverkennbar, daß der Gauvogt große Sympathien für sie hegte, ja vielleicht sogar in sie verliebt war. Aber möglicherweise war es gerade seine Stellung, die ihn zur Zurückhaltung veranlaßte. Auch wenn sie eine bedeutende Position innehatte, so blieb er doch ihr Vorgesetzter. Und hatte er sie nicht auch aus einem Lager geholt? Wollte er vermeiden, daß sie nun dachte, er verlange hierfür eine bestimmte Gegenleistung? Das wäre natürlich Unsinn, aber vielleicht lag es in seiner Denkweise, daß er nun glaubte, sie würde annehmen, er habe sich bisher nur verstellt und ließe seine Maske fallen, wenn er eine nähere Bekanntschaft mit ihr wünschte? Nun, eine solche lag auch in ihrem Interesse; der Mann war ihr lieb geworden. Und es wäre sicherlich ein Fehler, die unausgesprochene Liebe zwischen ihnen auf Dauer zu ignorieren. Dann würde sie zweifelsohne zum Unglück beider in nicht allzu ferner Zeit erlöschen. Das war für sie nicht wünschenswert, für ihn sicherlich auch nicht. Also blieb ihr wohl nichts anderes übrig als den ersten Schritt zu tun. Und sie begann zu überlegen, wie sie das am besten bewerkstelligen könnte. Der Haken war nur die Änderung seines Verhaltens. Er schien gar nicht mehr an einer näheren Bindung

117

interessiert zu sein.

Agathe blieb dieses Verhalten absolut rätselhaft. Auf der anderen Seite war es allerdings auch so, daß sie praktisch nichts über Ulrich wußte. In den Unterhaltungen hatte er sie zwar sehr oft nach ihren persönlichen Verhältnissen, ihren Freundschaften während ihrer Zeit in Sarmatien, ihren Vorlieben, nach Begebenheiten aus ihrer Jugend und so weiter gefragt. Sie hatte es anfangs nicht gewagt, entsprechende Fragen an ihn zu richten, aber natürlich gehofft, daß er aus eigenem Antrieb einiges über sich erzählen würde. Doch darin wurde sie enttäuscht. Nach einiger Zeit faßte sie dann den Mut solche Fragen an ihn zu richten. Er nahm sie lächelnd auf, gab ihr aber nur sehr ausweichende Antworten. Sie erfuhr lediglich, daß er nach Abschluß der Schule in den Militärdienst trat, nach und nach in der Hierarchie aufstieg und gegen Ende des Vierten Sarmatischen Krieges Kommandeur einer Panzergrenadierdivision wurde. Nach dem Waffenstillstand bot man ihm dann die Stellung als Gauvogt der Provinz Gepidien an. Verheiratet war er nicht, aber sie erfuhr auch nicht, ob er jemals eine nähere Beziehung zu einer Frau unterhalten hatte.

„Er ist schon ein recht verschlossener Mensch", begann sie daher, als Achim wieder einmal zu Besprechungen anwesend war und sich eine Gelegenheit zu einem Gespräch unter vier Augen bot, „er wirkt irgendwie geheimnisvoll, läßt niemanden in sein Inneres blicken."

„Ich habe mir auch schon Gedanken über ihn gemacht", antwortete Achim, „weiß aber auch nicht viel über ihn, lediglich, ich rechne mit Ihrer Verschwiegenheit, daß er sich in seiner Position nicht wohlfühlt. Das ist aber Gemunkel."

„Und wieso das ? Ich hatte bisher nicht den Eindruck, daß er sein Amt unwillig ausführt, auch wenn er in letzter Zeit immer verschlossener wirkt. Er ist aber in allem äußerst sorgfältig und korrekt, hat auch in meiner Gegenwart nie irgendwelche diesbezüglichen Andeutungen gemacht."

„Vielleicht ist auch gar nichts Wahres daran. Es ist, wie gesagt Gemunkel, Gerüchte, die in Plochricz kursieren. Ich habe mir aber überlegt, das ist allerdings meine Theorie und die muß nicht stimmen, vielleicht liegt es daran, daß er über zwanzig Jahre Soldat

und immer Kommandeur einer Kampftruppe war, vom Kompanie-
chef bis zum Divisionskommandeur. Und jetzt ist er doch mehr oder
weniger nichts weiter als ein Verwaltungsbeamter. Das schmeckt ihm
vermutlich ganz und gar nicht."

„Und warum hat er die Position dann überhaupt übernommen?"

„Das geschah auf Betreiben seines Chefs General Hausinger, der
jetzt Militärgouverneur ist. Es heißt, Hausinger wollte für die
Position jemanden, den er kennt und dem er trauen kann und keinen
Lankardtan-Funktionär aus dem Altreich. Er hat das dann auch
gegenüber der Reichsregierung durchgesetzt."

„Und sonst wissen Sie nichts über ihn?"

Achim schüttelte den Kopf.

„Nein, er war eben Soldat, ein Draufgänger; seine erste Auszeichnung erhielt er als junger Leutnant in einem kurzen Krieg, der kaum
Möglichkeiten für Auszeichnungen bot."

Agathe blickte ihn erstaunt an.

„Sie meinen den Barosilo – Konflikt."

„Ja, genau. Sie wissen davon?"

„Ja, der Amtsvogt Mersinger hat mir einmal davon erzählt. Er diente
damals im Zug des Gauvogtes."

„Na, dann wissen Sie ja mehr als ich. Aber jetzt wird mir auch klar,
warum gerade Mersinger den Posten bekommen hat. Er war nämlich
umstritten, wie man so schön sagt. Sie erraten sicher, warum."

Agathe lächelte.

„Sicher."

„Die Lankardtanisten hätten lieber einen ihrer Leute als Amtsvogt
gehabt, schon aus ideologischen Gründen."

„Das verstehe ich jetzt nicht so recht. Was hat denn das Bauwesen
mit Ideologie zu tun?"

Achim grinste.

„Das ist doch nicht schwer zu verstehen. Denken Sie einmal nach.
Sie kommen doch aus Sarmatien."

Agathe dachte kurz nach.

„Prachtbauten zur Demonstration der Größe und der Überlegenheit
der Asawanen, meinen Sie das?"

„Exakt! Prachtbauten! Das beeindruckt! Prächtige Verwaltungsbauten, prächtige Theater, ein Prachtboulevard hier in der Haupt-

stadt ! Pracht ! Das wirkt, das kommt bei der Masse des Volkes an. Wissen Sie, Ideologien unterwerfen sich nur stupide Menschen ohne eigenes Denkvermögen, ohne Selbstbewußtsein. Den geistigen Inhalt der Ideologie verstehen die meisten ohnehin nicht, auch wenn er noch so dünn ist. Ihnen genügen Parolen und vor allen Dingen sichtbare Zeichen der Größe. Und wenn die Propaganda dies ihnen lange genug einhämmert, halten sie solche Prachtbauten für wichtiger als menschenwürdige Wohnungen für sich selbst."

„Gut, das mag schon sein", wandte jetzt Agathe ein, „aber daß nur stupide Menschen Ideologien verinnerlichen bezweifele ich stark. Es gibt doch auch die Ideologen selbst und dann auch die Führer, welche die Ideologie zur Richtschnur ihrer Politik machen."

„Ja, da habe ich mich jetzt ein bißchen falsch ausgedrückt; die Ideologen sind doch meistens irgendwelche Stubengelehrte, Katheterschwätzer, oft Universitätsprofessoren, die im Leben noch nichts Gescheites geleistet haben und sich an ihrem Schreibtisch irgendwelche politischen Lehren, moralische Leitsätze, politische Theorien, Lebensphilosophien und so weiter ausdenken, die mit der Lebenswirklichkeit gar nichts zu tun haben, die aber dennoch das glauben, was sie da zusammengefaselt haben. Deren Lehren rufen vielleicht anfänglich Begeisterung hervor, scheitern aber unweigerlich, auch wenn man sie dem Volk auf Dauer aufzwingt. Das sind allerdings nur wenige Personen, die zähle ich gar nicht. Und meisten erleben ohnehin nicht, daß sich ihre Lehren in irgendeinem Land in der Politik durchsetzen. Und dann gibt es diejenigen, welche eine vorhandene Ideologie nutzen um die Massen hinter sich zu bringen und Macht zu erlangen. Sie nutzen die Ideologie für ihre Zwecke aus ohne so recht an sie zu glauben, wie ich vermute. Denn ihr Lebensstil weicht oft von dem ab, was sie propagieren. Aber sie brauchen natürlich sichtbare Zeichen um die Überlegenheit ihrer Ideologie, die sie verkünden zu demonstrieren. Und da eignen sich großartige Bauwerke bestens. Daß sie sich selbst damit auch ein Denkmals setzen, das kommt hinzu. Der Gauvogt hat das natürlich von Anfang an durchschaut, er setzt lieber auf eine gesunde Entwicklung der Provinz. Und mit einem Lankardtanisten hätte er nur Schwierigkeiten gehabt, insbesondere mit einem mit guten Beziehungen zur Reichsführung. Der hätte dann meistens seine

Vorstellungen auch gegen den Willen des Gauvogtes durchgesetzt. Aber ich denke, ich muß mich doch nun langsam verabschieden. Ich habe heute Abend noch einen Termin in Plochricz."

Das 'Geheimnis' des Gauvogtes

In der Tat war sich der Gauvogt unschlüssig darüber, ob er trotz der tiefen Sympathie, die er für Agathe empfand, eine nähere Beziehung mit ihr beginnen solle. Alte Erinnerungen und Schuldgefühle quälten ihn.
Die Euphorie der ersten Tage war verflogen, die Vergangenheit holte ihn wieder ein. Und er fürchtete, er könnte eines Tages wieder in eine ähnliche Situation kommen wie damals und ähnlich handeln.
Als junger Offiziersanwärter, vor mehr als zwanzig Jahren, hatte er Susanne kennengelernt. Sie war seine große Liebe, für sie allerdings war er nur ein netter Freund, gut für eine kurzfristige Affäre. Sie verließ ihn bald wieder wegen eines anderen Mannes. Dies hatte nachhaltigen Haß auf diesen in ihm entfacht. Zufälligerweise wurde der Rivale zwei Jahre später zur Zeit des Barosilo - Konflikts Ulrichs Einheit zugeordnet, er war damals Zugführer im Rang eines Leutnants.
Ulrich sann nun auf eine Gelegenheit ihn aus dem Weg zu räumen. Und die ergab sich bald. Er teilte ihn zu einem Stoßtrupp-unternehmen ein, das er selbst anführte. Sie hatten die Aufgabe eine strategisch wichtige Brücke, die stark bewacht war, im feindlichen Hinterland zu zerstören. Das Unternehmen war im Grunde ein Himmelfahrtskommando, es glückte allerdings, wenn auch unter schweren Verlusten. Auch der Rivale fiel. Ulrich sah dies nun als Gottesurteil an, denn genau so gut hätte es auch ihn treffen können. Er machte sich Hoffnung auf eine Wiederbelebung der Beziehung zu Susanne und sie willigte auch tatsächlich zu einem Schäferstündchen ein, allerdings nicht aus Liebe, sondern aus Haß. Sie versuchte ihn beim Zusammensein zu ermorden, was aber mißlang. Sie verletzte ihn zwar, aber nicht schwer. Susanne wurde verhaftet und zum Tode verurteilt. Sie führte natürlich an, Ulrich habe ihren Freund bewußt in der Hoffnung er werde fallen für das Kommando ausgewählt.

121

Ulrich spürte nun Reue, versuchte sie zu retten und zeigte Verständnis für ihren Glauben, daß er ihren Freund bewußt in den Tod geschickt habe, sie daher nun seelisch verwirrt sei und mildernde Umstände verdient habe.

Es kam zu einer militärgerichtlichen Verhandlung. Den Militärrichtern war natürlich bekannt, daß es keineswegs ungewöhnlich ist, daß Vorgesetzte mißliebige Untergebene, meist Nebenbuhler oder Ehemänner begehrter Frauen für gefährliche Unternehmungen auswählen. So schickte ja bereits König David Urias, den Gatten der von ihm begehrten Batseba in den Tod. Man überging aber üblicherweise solche Vorfälle um die Disziplin nicht zu untergraben. Denn man fürchtete, es könnte sich bei den Soldaten die allgemeine Ansicht durchsetzen, die Vorgesetzten würden sie für gefährliche Aufgaben auswählen um sie bewußt in den Tod zu schicken. Da man sich in einem, wenn auch nur kurzen, Krieg befunden hatte, wären solche Ansichten im Hinblick auf mögliche zukünftige Konflikte für das Reich gefährlich geworden. Daher waren die Richter froh, diesen Fall anders beurteilen zu können. Der Auftrag war militärisch zwingend gewesen und Leutnant Hartenbach hatte den Stoßtrupp persönlich angeführt. Er nahm also auch seinen Tod in Kauf und so konnte man ihm keinen Vorwurf machen, da er von einem Soldaten nur das verlangt hatte, was er selbst auf sich nahm. Damit entfielen alle Gründe zu einer auch nur minimalen Entschuldigung für Susannes Tat. Sie wurde hingerichtet. So sahen es jedenfalls die Richter, denen wichtige Details unbekannt waren und es auch blieben.

Ulrich wurde mit einer leichten Disziplinarstrafe belegt, da er, wenn auch aus subjektiv ehrenhaften Absichten, versucht habe, durch sein Eintreten für Susanne die Militärgerichtsbarkeit zu untergraben. Zum anderen wurde er aber wegen seiner Leistung und seines Mutes mit dem Eisernen Kreuz Erster Klasse ausgezeichnet und zum Oberleutnant befördert.

Doch die Schuldgefühle quälten ihn noch lange, verebbten nur langsam. Er stieg in der militärischen Hierarchie auf, wurde gegen Ende des Vierten Sarmatischen Krieges Divisionskommandeur im Rang eines Generals.

Das Geschehene belastete ihn jedoch nachhaltig und so hatte er seitdem keinerlei Versuch mehr unternommen mit einer Frau eine nähere Beziehung aufzunehmen.

Doch dann sah er beim Besuch des Lagers Agathe, die ihm auf Anhieb faszinierte und er hatte sich in sie verliebt. Sie erinnerte ihn aber aufgrund ihres Aussehens keineswegs an Susanne, wie man vielleicht annehmen könnte. Er spürte, daß Agathe seine Gefühle offensichtlich erwiderte. Er blieb allerdings skeptisch, wollte sichergehen, da ihm die verhängnisvolle Liebschaft zu Susanne noch im Gedächtnis war. Es waren zwiespältige Gefühle, einerseits erfaßte ihn eine gewisse Hochstimmung, andererseits blieben Zweifel. Es war für ihn in gewissem Sinn nicht vorstellbar, nun unvermittelt die Lebenskameradin gefunden zu haben, nach der er sich schon so lange sehnte. In den darauffolgenden Wochen verdüsterte sich das Bild, er sah immer deutlicher Susanne vor sich und schließlich überwog die Furcht, eine neue Liebschaft könnte ähnlich böse enden wie die in seiner Jugend. So sehr sich der Verstand auch bemühte ihn zu überzeugen, daß eine solche Vorstellung nichts weiter als Unsinn sei, das Gefühl einer Katastrophe entgegenzusteuern erfaßte ihn immer stärker und begann ihn zu lähmen. Hinzu kam, daß die alten, lange verdrängten Schuldgefühle wieder hervorbrachen. Dieser Gefühlswirrwarr schränkte seine Denk- und Handlungsfähigkeit ein und er spürte bald, daß ihm die Leitung der Provinz allmählich aus den Händen glitt und es unerläßlich wurde, das Amt niederzulegen.

Die Amtsniederlegung

Er reichte, ohne die Gründe zu nennen, aus persönlichen Erwägungen, wie er es ausdrückte, etwa neun Monate nach der ersten Begegnung mit Agathe seinen Rücktritt ein. Selbst seinen engsten Mitarbeitern und Bekannten verweigerte er jede Auskunft über die Motive, die zu seiner Entscheidung geführt hatten.

Er gab dann eine kleine Abschiedsfeier, erklärte, er wolle sich irgendwohin an einen einsamen Ort zurückziehen, bat darum, ihn nicht zu suchen oder gar aufzusuchen. Falls er es eines Tages für richtig und sinnvoll halte, werde er zurückkehren.

Am nächsten Tag verließ er Luidgersburg.

123

Da Agathe die Entwicklung des Gauvogtes peinlichst verfolgt hatte, erfolgte dieser Schritt zwar nicht überraschend, die Gründe hierfür blieben ihr aber im Dunkeln.

Sein Nachfolger wurde Erich von Eichern, der Vogt des Amtes 'Innere Verwaltung'. Er entstammte einer alten Adelsfamilie, legte daher stets großen Wert auf äußere Formen und Distanz gegenüber seinen Untergebenen. Er gehörte zu jenen Menschen, die sich nicht durch Geradlinigkeit auszeichnen, sondern sich stets den Erwartungen der Vorgesetzten anpassen. Auf diese Art und Weise versuchte er sich nach oben zu dienen, was ihm aber nicht so recht gelang. Aufgrund eines unbedeutenden körperlichen Gebrechens mußte er dank des Einflusses seines Vaters keinen Militärdienst leisten. Er hatte etliche Jahre zuvor als Dissertation eine Abhandlung zur Rassenfrage verfaßt, die selbst dem Chefideologen der Lankardtan-Bewegung zu radikal erschien, so daß er nicht, wie er sich das gewünscht hatte, in das, mittlerweile aufgelöste, 'Ministerium für Rassenangelegenheiten' aufgenommen wurde, sondern in den allgemeinen Verwaltungsdienst eintreten mußte. Er war kein Musterbeispiel an Tüchtigkeit, stieg im Altreich beruflich nicht auf, meldete sich daher freiwillig zum Dienst in den 'Neuen Provinzen'. Allerdings zeichnete er sich dort in seinem Amt nicht sonderlich aus und auch sonst gibt es nicht viel über ihn zu berichten, außer, daß er sich von den in Dissertation niedergelegten Thesen zu Rassenfragen öffentlich distanzierte, nachdem er festgestellt hatte, daß seine Ansichten in dieser Richtung in der Gauvogtei nicht gefragt waren. Da allerdings niemand eine derartige Erklärung von ihm verlangt hatte, hielt man sie für Heuchelei. Nun wunderte man sich natürlich über seine Ernennung: manche munkelten über mögliche Protektion seitens einflußreicher Regierungsmitglieder, schließlich war der Außenminister ein entfernter Vetter; andere mutmaßten, er sei lediglich eine Zwischenlösung, da der Rücktritt des Gauvogtes überraschend kam. Das entsprach wohl auch der Wahrheit, da es damals noch keine Nachfolgeregelung gab und es daher wohl naheliegend war, daß die Reichsregierung den Amtsvogt für die 'Innere Verwaltung' zum kommissarischen Nachfolger ernannte. Bereits nach knapp vier Monaten wurde er allerdings schon wieder abgelöst.

Von Eichern mochte Agathe nicht als persönliche Referentin behalten. Ihm mißfiel ihre aufrichtige Haltung; er hätte sie am liebsten völlig aus der Gauvogtei entfernt. Zu seinem Ärger erhielt sie schließlich infolge massiver Einflußnahme des Militärgouverneurs und der mittlerweile zur Reichsministerin für das Verkehrswesen aufgestiegenen Maria Duschwili das nun verwaiste Amt des Vogtes für die 'Innere Verwaltung'. Zugrunde lag hierbei der Argwohn, von Eichern könne sein Amt benutzen um seine rassistischen Vorstellungen, denen er heuchlerisch entsagt hatte, nun in die Tat umsetzen und damit Unruhe in der Provinz zu erzeugen. Agathe sahen sie als Gegenpol zu ihm an, aufgrund ihrer bisher gezeigten Tüchtigkeit als geeignete Person, die zu erwartenden Umtriebe einzudämmen.

In der Tat blieb das Verhältnis zwischen beiden äußerst frostig. Es gelang ihr stets die Durchführung von Anordnungen in dieser Richtung auf dem Verwaltungswege zu unterlaufen. Zu Hilfe kam ihr dabei auch die gute Verbindung zu Christian. Auch ihn wollte von Eichern gerne loswerden, schon weil er keinen Viertelneger in einer Führungsposition dulden mochte. Unvorsichtigerweise hatte er dies allerdings einmal in Gegenwart des Militärgouverneurs verlauten lassen und sich damit dessen Zorn zugezogen. Hausinger setzte schließlich beim Reichsvogt die Abberufung von Eicherns durch, der dann die gerade vakante Gauvogtstelle in der kleinen Provinz Suebien, weit weg im Südwesten des Reiches erhielt.

Christian Mersinger wurde an seiner Stelle zum Gauvogt von Gepidien ernannt.

Mutmaßungen

Agathe und Christian hatten mittlerweile auch privat engeren Kontakt geknüpft, jedoch keine Liebesbeziehung, hatten allerdings keinerlei Geheimnisse mehr voreinander.

„Ulrichs Rücktritt als Gauvogt kam für mich wirklich überraschend", begann Christian als sie eines Abends bei einem Glas Wein zusammensaßen, „und der Grund hierfür war sicherlich nicht, daß ihm als altem Soldaten dieser Verwaltungsposten nicht paßte. Es stimmt natürlich, daß ihm diese Arbeit im Grunde genommen nicht gefiel, das weißt du ja selbst. Aber du weißt auch genau so gut wie ich, daß er sehr pflichtbewußt war und sich noch niemals vor unangenehmen Arbeiten gedrückt hat. Es wäre mir verständlich gewesen, wenn er aus diesem Grunde sein Amt aufgegeben hätte, wenn der Aufbau der Provinz einen gewissen Erstabschluß, wenn ich das einmal so sagen darf, erreicht hätte. Nun sind wir zwar auf gutem Weg, aber soweit sind wir noch nicht."

„Du meinst also, es muß etwas anderes dahinter stecken ?" wollte nun Agathe wissen.

„Ja, ich gehe davon aus. Sei jetzt bitte nicht eingeschnappt, wenn ich das jetzt so frei daher sage. Aber ich habe den Eindruck, es hängt mit dir zusammen."

Agathe schaute ihn entgeistert an, sagte nur:

„Mit mir ?"

„Ja", fuhr Christian fort, „aber verstehe das jetzt bitte nicht falsch; du hast nichts Schlechtes getan. Aber er hat sich sehr bald sehr stark verändert, nachdem er dich eingestellt hatte. Er wurde viel mehr in sich gekehrt, fast schwermütig, wirkte schließlich immer düsterer. Ich hatte oft den Eindruck als bedrücke ihn etwas, über das er nicht reden konnte oder wollte. Und irgendwie muß das mit dir zusammenhängen."

„Ja, es war schon seltsam. Er hat mir ja auch als er mich einstellte einige Male gesagt, daß ich ihm gefalle. Anfangs hat er mich auch fast täglich eingeladen, privaten Kontakt gesucht, mir Geschenke gemacht. Ich hatte den Eindruck er war in mich verliebt. Und ehrlich gesagt, er gefiel mir auch und ich wartete darauf, daß er etwas in Richtung nähere Bekanntschaft, du verstehst, was ich meine, sagen oder unternehmen würde. Aber es kam nichts und nach einigen Wochen war dann plötzlich Schluß. Dieses Verhalten ist mir bis heute völlig schleierhaft geblieben. Ich kann doch nicht annehmen, daß er schüchtern ist wie ein kleiner Schuljunge."

„Nein, das ist er bestimmt nicht."

Agathe überlegte. Ihr fiel ein, was sie einst über Maria und Berger erfahren hatte.

„Vielleicht erinnere ich ihn an eine Frau, die ihm einmal nahestand."

Christian schüttelte den Kopf.

„Das kann ich mir eigentlich nicht vorstellen. Er war nie verheiratet gewesen. Es ist auch nicht bekannt, daß er je eine Freundin oder eine Geliebte hatte."

„Vielleicht war es eine unglückliche Liebe."

Christian schwieg eine Weile, dachte nach.

„Da fällt mir etwas ein", sagte er schließlich, „ich hatte dir ja einmal von unserem Kommandounternehmen während des Barosilo – Konfliktes erzählt. Wir hatten da einen Mann dabei, er hieß Harald, wenn ich mich richtig erinnere, den Nachnamen weiß ich nicht mehr. Der war für das Unternehmen absolut ungeeignet, ein schlechter Soldat, völlig unerfahren, weder physisch noch psychisch belastbar. Er wurde auch getötet. Ich habe mich damals gefragt, warum Ulrich ihn überhaupt mitnahm. Er war nur eine Last, die eher das Unternehmen gefährdete."

„Und was hat das mit einer Frau zu tun ?"

„Die Geschichte geht noch weiter. Einige Wochen später versuchte eine Frau Ulrich zu ermorden. Sie war, wie es hieß, Haralds Geliebte. Sie wurde zum Tode verurteilt und hingerichtet."

Agathe lächelte.

„Tut mir leid, mein Lächeln ist hier unpassend, aber es ist doch keineswegs ungewöhnlich, daß Vorgesetzte mißliebige Untergebene, meist Nebenbuhler oder Ehemänner begehrter Frauen für gefährliche Unternehmungen auswählen. So schickte ja bereits König David Urias, den Gatten der von ihm begehrten Batseba in den Tod."

„Du meinst, Ulrich kannte die Frau, sie gefiel ihm; er wollte sich an sie heranmachen und mußte deshalb ihren Liebhaber aus dem Weg schaffen ? Deswegen nahm er ihn auf ein Himmelfahrtskommando mit ? Das klingt nicht unvernünftig."

Agathe blickte nachdenklich.

„Ich will ihm ja jetzt nichts unterstellen, aber ich kann mir durchaus vorstellen, solche Kommandounternehmen bei Nacht und Nebel bieten auch Gelegenheiten, beim 'aus dem Weg schaffen' etwas nachzuhelfen."

Christian schüttelte den Kopf.

„Das ist jetzt wirklich ein harter Vorwurf; man hat zwar gehört, daß im letzten Krieg bei solchen Aktionen ab und zu mißliebige Leute von einer verirrten Kugel getroffen wurden, aber ich glaube nicht, daß Ulrich so etwas plante. Eine solche Niedertracht traue ich ihm nicht zu. Er hatte mit dem Tod Haralds auch nichts zu tun. Das war so: als wir angelangt waren und die Punkte zur Anbringung der Sprengladungen am westlichen Brückenpfeiler festgelegt hatten, teilte er den Trupp in zwei Gruppen; sechs Mann sollten bleiben und die Ladungen anbringen, zu denen gehörte auch Harald, die anderen vier, zu denen gehörte auch ich, die Ladungen auf der östlichen Seite anbringen. Das war die gefährlichere Aktion, da wir hierzu den Fluß überqueren mußten. Diese Gruppe übernahm er selbst. Die Aktion gelang, auf ein verabredetes Signal hin wurde die Sprengung ausgelöst. Wir zogen uns dann wieder über den Fluß zurück, marschierten zum vereinbarten Treffpunkt. Dort trafen wir nur noch zwei Kameraden an, der eine schwerverwundet, der andere leicht. Sie erzählten uns, die Gruppe sei auf dem Weg hierher in ein Gefecht mit einer madjarischen Streife geraten. Die anderen vier seien tot, die Streife sei allerdings auch erledigt worden, so daß uns niemand auf den Fersen wäre. Der Schwerverletzte starb dann auf dem Rückmarsch."

„Aber trotzdem scheiterte sein Plan", bemerkte jetzt Agathe, „der Rivale war zwar ausgeschaltet, aber die begehrte Frau wandte sich nicht ihm zu, sondern versuchte ihren Freund zu rächen. Und Ulrich stand nun vor einem Scherbenhaufen. Er hatte zwei Menschenleben auf dem Gewissen und seine Liebe, vielleicht war es die 'große Liebe', verloren. Und es könnte durchaus sein, daß ich ihn an diese Frau erinnerte. Anfangs mochte er vielleicht noch darüber begeistert gewesen sein, in mir die Frau gefunden zu haben, die das Abbild der verlorenen großen Liebe war, aber so nach um nach kamen die üblen Erinnerungen in ihm hoch und ergriffen Besitz von ihm. Am Ende konnte er die seelischen Belastungen nicht mehr ertragen, er legte sein Amt nieder und zog sich in die Einsamkeit zurück, um dort in einer Art freiwilliger Verbannung zu sühnen oder in der Hoffnung seinen Seelenfrieden wiederzufinden."

„Nun ja", wandte Christian ein, „es ist aber auch keine Lösung, nun irgendwo untätig herumzuhängen und sich bis ans Lebensende in einem Schuldkomplex zu suhlen und sich einem Sühnewahn hinzugeben. Es ist nicht zu ändern, was nicht zu ändern ist. Und man tilgt seine Schuld besser, indem man etwas Gutes, etwas Positives leistet und nicht, indem man sich in Gram vergräbt. Wir sollten ihm helfen."

„Das ist leicht gesagt, dazu müssen wir ihn erst einmal finden. Er hat sich ja an einen unbekannten Ort zurückgezogen."

„Nun", erwiderte Christian, „dann werden wir eben mit der Suche beginnen."

„Das können wir machen. Aber ich denke", wandte Agathe nun ein, „wir sollten ihm einige Monate Zeit lassen. Alles was wir jetzt gesagt haben sind doch nur Spekulationen. Vielleicht hatte er ganz andere Gründe. Und selbst wenn wir Recht haben: wahrscheinlich sind seine Schuldgefühle im Moment noch so ausgeprägt, daß er gar nicht mit sich reden läßt."

Christian wiegte den Kopf hin und her.

„Vermutlich hast du Recht. Vielleicht kommt er auch bald zur Besinnung und kehrt freiwillig zurück. Dennoch, Nachforschungen sollten wir anstellen, um wenigstens seinen Aufenthaltsort in Erfahrung zu bringen."

„Dagegen spricht nichts."

Es kostete einige Mühe herauszufinden, wohin er sich zurück-gezogen hatte. Sie waren sich dann aber nicht schlüssig, ob sie ihn aufsuchen sollten, schoben die Entscheidung immer wieder hinaus. Es schien, als warteten sie auf ein Ereignis, welches ihnen die Entscheidung abnahm.

Die Rückkehr

Nachdem Ulrich seine Ämter niedergelegt hatte, zog er sich in ein kleines Anwesen in den Bergen zurück, lebte von der Pension, welche ihm der Staat als Anerkennung für seine Verdienste bezahlte. Er lebte nun im Einklang mit seiner Umwelt, begann nachzudenken, über das Leben, über die Menschen, über Gott, über die Gesellschaft, über den Staat. Allmählich fand er seine innere Ruhe wieder, sein seelisches Gleichgewicht. Irgendwann begann er, seine Gedanken zu ordnen und niederzuschreiben. Daraus entstand ein kleines Büchlein, das einige positive Beachtung im Volk fand, ihm aber heftige Kritik von gewissen Seiten innerhalb der politischen Führung, den Konservativen, einbrachte, da die in ihm niedergelegten Ideen einen radikalen Bruch mit der bisherigen Staatsideologie bedeuteten. Die Fortschrittlichen jedoch, sahen es jedoch als eine Art Bibel, die Zusammenfassung aller Ideen und Vorstellungen, die sie bewegten und die bisher in zahllosen Werken verstreut niedergelegt waren, zu einer konzentrierten Schrift.

Der Streit wurde in aller Öffentlichkeit ausgetragen, sehr zum Erstaunen der Bürger, die solch freimütige Diskussionen über politische Vorstellungen überhaupt nicht gewohnt waren. Der Autor des Buches mischte sich in diese Debatten nicht ein. Er erklärte lediglich einmal gegenüber einem Vertreter einer angesehenen Zeitung:

„Das Reich bedarf gewisser Reformen. Ich habe meine Vorstellungen hierzu niedergelegt, behaupte aber nicht, daß sie die sinnvollsten oder gar die einzig sinnvollen sind. Das müssen andere entscheiden."

Nur selten kamen Besucher. Er war daher über den Geländewagen erstaunt, der eines Vormittags unangemeldet vorfuhr. Ein Frau entstieg dem Fahrzeug. Es war Agathe. Sie lief auf ihn zu, umarmte ihn.

„Was führt dich zu mir ?" fragte er erstaunt.

„Christian und ich haben uns lange besonnen, sind schließlich zu dem Schluß gekommen, daß deine Entscheidung richtig war, damals vor mehr als einem Jahr. Nun kann man sich zwar für einige Zeit in die Einsamkeit zurückziehen, seine seelischen Wunden lecken, du hast doch zweifelsohne welche, wir haben da unsere Vermutungen, aber das darf kein Schlußpunkt für das Leben sein. Dein Buch hat gezeigt, daß du uns viel zu sagen hast. Du solltest zurückkehren, wieder Verantwortung übernehmen."

Er schüttelte den Kopf.

„Nein, ich muß für meine Sünden büßen."

„Welche Sünden ?"

Er erzählte nun seine Geschichte ausführlich, sagte schließlich.

„Aber ich bin nicht nur am Tode von Susanne und Harald mitschuldig, sondern auch am Tod der anderen vier Kameraden. Ich habe das bisher verschwiegen, auch nicht in meinem Bericht über die Aktion erwähnt, der Überlebende bat mich darum. Ich hätte Harald niemals mitnehmen dürfen, er war den Belastungen des Auftrags nicht gewachsen. Ihr Unternehmen war geglückt, sie waren auf dem Weg zum Treffpunkt, als diese Streife auftauchte. Sie gingen in Deckung. Die Streife bemerkte sie nicht, zog an ihnen vorbei. Da verlor Harald die Nerven, mißachtete den Befehl sich ruhig zu verhalten und begann zu feuern."

Sie schwiegen eine Weile.

„Was geschehen ist, das ist geschehen und läßt sich auch nicht mehr ändern. Und es hilft niemandem, wenn du den Rest deiner Zeit in Selbstmitleid verfallen in der Einsamkeit deine Schuldgefühle auslebst. Damit bewirkst du gar nichts. Und ich sage dir, du wirst nicht einmal auf Dauer deinen Seelenfrieden wieder finden. Denn du redest dir doch nur ein, daß diese freiwillige Verbannung notwendig oder gar dein Schicksal ist. Sie macht dich auf Dauer nur unglücklich. Du bist wertvoller für unser Land, wenn du unter uns weilst, gerade jetzt. Deine Schrift hat eine Entwicklung angestoßen, welche für Volk und Reich bedeutsam werden kann und ich bin überzeugt, daß sie bedeutsam werden wird. Du trägst hierfür eine Mitverantwortung, die du nicht abwälzen kannst. Du mußt bei der Gestaltung der Zukunft mitwirken, du mußt wieder Pflichten übernehmen. Das mußt du einsehen. Und du wirst das einsehen, da bin ich mir sicher. Ich habe zwei Wochen Urlaub genommen und ich werde bei dir bleiben und dir dabei helfen. Wir haben hier oben genügend Zeit für ausführliche Gespräche."

Sie schwieg kurz.

„Oder willst du mich etwa wegjagen ?"

Er schüttelte den Kopf.

„Nein. Natürlich nicht. Komm mit ins Haus."

Er nahm ihre Tasche. Sie folgte ihm, drehte sich unterwegs noch einmal um, rief dem Fahrer zu.

„Sie können das restliche Gepäck abladen."

131

Das Wochenende mit dem General

Die Einladung

Der Morgenappell war wie üblich verlaufen. Es gab keine besonderen Vorkommnisse. Die Frauen warteten auf das Kommando zum Wegtreten.

„Ach, beinahe hätte ich es vergessen", meldete sich der Hauptwachtmeister, welcher das Büro der Lagerkommandantur leitete und üblicherweise den Morgenappell abhielt, noch einmal, „Irina Muschowski soll sich im Anschluß bei mir im Büro melden."

Irina wunderte sich. Was hatte dies zu bedeuten ? Weshalb sollte sie ins Büro kommen ? Sie war sich keines Verstoßes gegen die Lagerordnung bewußt, erwartete auch keine Botschaften. Etwas beunruhigt begab sie sich zum Büro, klopfte an, trat ein, nachdem jemand 'Herein' gerufen hatte.

„Guten Morgen, Herr Hauptwachtmeister, Sie haben mich hierher bestellt ?"

Der Hauptwachtmeister erwiderte kurz den Gruß. Er musterte sie dann von oben bis unten, grinste.

„Na ja, einen schlechten Geschmack hat er jedenfalls nicht."

„Was meinen Sie ? Von wem sprechen Sie ?"

Der Hauptwachtmeister blickte sie an.

„Ach so, du weißt ja noch von nichts. Also, ich habe ein tolles Angebot für dich. Der General möchte das Wochenende mit dir verbringen."

Irina schaute den Mann entgeistert an.

„Welcher General ? Wochenende verbringen ? Was soll das heißen ? Wieso ich ? Wovon reden Sie ?"

„Ach stell dich doch nicht so dämlich an. Was soll das schon heißen !

Groß ausgehen ! Ins Theater oder so. Vornehm essen und dann bumsen. Das machen viele der Bonzen, sich übers Wochenende eine Maus aus einem Lager holen und mit ihr Spaß haben. Wir kriegen da regelmäßig Anfragen."

Er grinste.

„Wir haben da auch unsere Weiber, die so etwas gern machen."

„Und warum nehmen Sie keine von denen ? Dem General wird es doch egal sein mit wem er seinen Spaß hat. Und hübsch sind diese Nutten doch sicher auch."

Der Mann kratzte sich hinterm Ohr.

„Ganz so einfach ist die Sache nicht. Der General hat hier noch nie angefragt. Und ansonsten hast du Recht. Namen spielen üblicherweise keine Rolle. Aber er hat speziell deinen Namen genannt."

„Meinen Namen ? Ich kenne keinen General. Wie kommt er ausgerechnet auf mich ?"

„Das weiß ich doch nicht. Aber die Kerle haben Zugang zu allen Akten. Vielleicht ist ihm dein Photo aufgefallen. Willst du oder willst du nicht ?"

Er lächelte. Er kannte Irina, die in der Lagerverwaltung als Übersetzerin arbeitete, recht gut, schätzte sie auch. Dennoch konnte er es sich nicht verkneifen, sie ein bißchen auf die Folter zu spannen.

„Das kann ich so auf Anhieb nicht sagen. Wer ist dieser General eigentlich ?"

„Du kannst natürlich auch ablehnen. Aber ich denke, das wäre ein Fehler, wenn ich dir einen Rat geben darf."

Er schwieg kurz, sah Irina, die ihn noch immer verwirrt anblickte, freundlich an.

„Eigentlich brauche ich es dir nicht zu sagen, aber du erfährst es ja doch. Es handelt sich um General Hausinger. Er ist der Militärgouverneur, Oberbefehlshaber aller Streitkräfte in den neuen Provinzen, mein oberster Chef sozusagen."

„Und der will ausgerechnet mich ?"

„Was weiß ich warum ? Gezwungen wirst du nicht. Du kannst ablehnen, wenn du nicht magst."

„Ich werde es mir überlegen."

„Überlegen gilt nicht. Du mußt dich sofort entscheiden. Na ja, fünf Minuten kann ich dir geben. Magst du einen Kaffee ?"

Irina bejahte. Der Hauptwachtmeister schenkte ihr ein.

„Überlege nicht zu lange, Mädchen. Was ist schon dabei ? Und pervers ist er sicherlich auch nicht. Aber wenn du zusagst, mußt du natürlich schon tun, was er verlangt. Man weiß nicht, wie die Herren reagieren. Und am Ende schicken sie dich dann aus Rache in ein Straflager wenn du Zicken machst. Denn mit sich spielen lassen die Herren nicht. Das könnte böse enden. Aber ich kann mir nicht vorstellen, daß er irgendwelche ekligen Sachen von dir verlangt. Dazu ist er nicht der Typ. Wie gesagt, sei nicht dumm, hör auf mich und sage zu. Das wird am Ende für dich sicher von Vorteil sein."

„Sie verschweigen mir auch nichts ?" fragte Irina dann vorsichtig.

„Nein, du kannst mir glauben. Ich habe auch nichts weiter als die Anfrage und die Mitteilung, daß du heute Nachmittag um drei Uhr abgeholt wirst."

Irina atmete tief durch.

„Also gut, ich mache es."

„Das ist doch ein Wort", meinte der Hauptwachtmeister. Er reichte ihr ein Schriftstück.

„Das mußt du noch unterschreiben; es ist die Einverständnis-erklärung, daß du das freiwillig machst und dann sind da auch deine Pflichten und deine Rechte aufgelistet. Ordnung muß schließlich sein. Lies es dir aber vorher durch; soviel Zeit haben wir. Und dann brauchst du noch ordentliche Kleidung; in der Lagerkluft kannst du nicht zum General. Um zehn bringt dich ein Fahrer in die Stadt; spätestens um halb drei mußt du aber wieder zurück sein, da du um drei Uhr abgeholt wirst. Das sollte aber reichen. Unterwäsche bekommst du hier in der Kleiderkammer. Du brauchst übrigens nicht in die Unterkunft zurück. Hier ist der Schlüssel für eines der Gäste-zimmer. Dort kannst du baden, dich zurecht machen, warten bis der Fahrer kommt. Hast du sonst noch Fragen ?"

Er reichte ihr die Schlüssel.

„Ja, wovon soll Kleider kaufen ? Ich habe doch kein Geld."

„Mach dir deswegen keine Gedanken, du wirst genügend bekommen."

Irina las das Blatt durch.

„Also, auf irgendwelche perversen Spielchen brauche ich mich nicht einzulassen. Und er verpflichtet sich auch, sich mir gegenüber wie

einer Dame gegenüber zu verhalten. Was immer das zu bedeuten hat", sagte sie sich und unterschrieb.
„Ansonsten habe ich keine Fragen. Darf ich gehen?"
„Natürlich."

Irina begab sich zunächst zu dem Gästezimmer, schaute sich um. Es war eher eine Wohnung, bestand aus einem Wohnzimmer, einem Schlafzimmer, einem Bad, einer Kochzeile und einer kleinen Abstellkammer. In einer kleinen Schale neben der Kaffeemaschine in der Küchenzeile lagen ein paar Tütchen mit Kaffeepulver und einige Teebeutel. Sie ging davon aus sich bedienen zu dürfen, bereitete sich einen Kaffee zu.
Sie fühlte sich unbehaglich. Sie hatte sich prostituiert, an einen Chruskergeneral verkauft, an einen jener, denen sie ihre jämmerliche Lage, die keine Zukunftsperspektive bot, zu verdanken hatte. Das war ihr zuwider, sie schämte sich nun vor sich selbst. Aber war da nicht auch die Aussicht gewesen, wenigstens für ein paar Tage der Tristesse, dem Elend entfliehen zu können? Und das hatte natürlich seinen Preis. Und dann kam natürlich noch eine gewisse Neugier hinzu. Was steckte tatsächlich hinter dem Angebot? Wirklich nur ein Lustwochenende eines Generals? Oder gab es noch einen anderen Grund? Der General war offenbar der mächtigste Mann in den 'neuen Provinzen' und er hatte ausgerechnet sie ausgesucht. Das mußte doch einen Grund haben! Und nach Auskunft des Hauptwachtmeisters hatte er vorher noch nie eine Frau fürs Wochenende bestellt. Ein 'nein' hätte bedeutet, daß sie nie erfahren würde was gespielt wurde; also war die Entscheidung unter diesem Aspekt doch eher richtig. Was ihr aber auch noch Angst machte, war die mögliche Reaktion ihrer Lagergenossinnen. Wie würden sie sich ihr gegenüber verhalten? Sie am Montag wie eine Aussätzige behandeln, sie verachten? Was war sie denn dann für sie anderes als eine kleine Cheruskerbonzen – Hure? Aber nun war es zu spät, die Entscheidung war getroffen. Und sie wollte sie auch gar nicht zurücknehmen.

Sie trank ihren Kaffee aus, ging dann zur Kleiderkammer. Das Gebäude war ihr vertraut, da sie hier in einem Büro als Übersetzerin arbeitete. Die Frau an der Wäscheausgabe war freundlich. Sie hieß Helena, war Kaschurin, war auch Lagerinsassin. Irina kannte sie. Sie wußte schon Bescheid.

„Es sind feine Sachen, nicht das grobe Zeug, das wir sonst hier bekommen. Nimm dir was du willst, eher ein paar Sachen mehr als zu wenig. Und vergiß die Nachtwäsche nicht. Ein paar Kosmetika brauchst du doch sicher auch, bedien dich."

Sie gab ihr dann noch eine Reisetasche. Irina verstaute die Sachen, ging zurück in das Gästezimmer. Sie badete, wusch ihre Haare, schminkte sich, ließ sich dann auf dem Sofa im Wohnzimmer nieder. Es war jetzt etwa halb neun. Sie dachte nach.

Sie stammte aus dem östlichen Teil der ehemaligen awarischen Republik; sie war aber keine Awarin, sondern gehörte der Minderheit der Rauken an. Sie hatte eine kaufmännische Ausbildung absolviert, ein Universitätsbesuch war ihr verwehrt worden, arbeitete dann in der Hauptstadt in einer Maschinenbaufirma, die einem Cherusker gehörte, in der Versandabteilung. Die Firma hatte gute Geschäfts- verbindungen zum Cheruskischen Reich und so war es für sie vorteilhaft, daß sie bereits Kenntnisse der cheruskischen Sprache besaß, die sie ausbaute, so daß sie bald die Sprache perfekt beherr- schte. Irina war ehrgeizig. Die Stellung als kleine Büroangestellte befriedigte sie daher auf Dauer nicht; sie schaffte es schließlich einen Studienplatz in einer Lehrerakademie zu bekommen und fand nach Ende ihrer Ausbildung, die sie neben ihrer Berufstätigkeit absol- vierte, eine Stellung in einer cheruskischen Privatschule.

Nationale Minderheiten galten in Awaristan als Bürger zweiter Klasse. Sie besaßen nur geringe Bildungschancen, der Besuch einer Universität wurde nur wenigen gestattet, von höheren Positionen in der öffentlichen Verwaltung blieben sie ausgeschlossen und in awarischen Unternehmen wurden ihnen nur die schlechten Arbeits- plätze gewährt. Sie bildeten damit die Schicht der Ärmsten in dem ohnehin armen Land. Die Cherusker bildeten eine Ausnahme; ihnen waren größere Freiheitsrechte eingeräumt worden, schon aus poli- tischer Rücksicht gegenüber dem benachbarte Cheruskische Reich, das als Großmacht galt. Nach der mittlerweile mehr als fünfzehn Jahre zurückliegenden Wirtschaftsreform in Awaristan hatten insbesondere die Cherusker zahlreiche neue Betriebe geschaffen und waren zu Reichtum gekommen. Die Cherusker nahmen gerne Arbeitskräfte aus den nationalen Minderheiten, nutzten aber oft ihre Diskriminierung in der Gesellschaft aus, boten schlechte Arbeitsbedingungen und niedrige Gehälter. Der awarischen Regierung war solches nur Recht, gab diese Praxis dennoch besser ausgebildeten Personen die Möglichkeit zu einem erträglichen Einkommen und minderte so etwas die sozialen Spannungen zwischen den Awaren und den Minderheiten; zum anderen lenkte die schlechte Behandlung durch die cheruskischen Arbeitgeber etwas von ihrer eigenen Unterdrückungspolitik ab. Irina hatte allerdings Glück gehabt und in einem jener cheruskischen Unternehmen eine Stellung gefunden, welche die Minderheiten gerecht behandelten und ihnen die gleichen Arbeitsbedingungen und Gehälter boten wie Cheruskern und Awaren. Irina lernte ihre cheruskischen Vorgesetzten und Kollegen, zunächst in der Maschinenbaufirma, dann in der Schule, als anständige, ehrbare und aufrichtige Menschen kennen, die sich allerdings in einer etwas verzwickten Lage befanden, denn sie schätzten einerseits das Schutzmachtsgehabe der cheruskischen Regierung, die ihnen die gesellschaftliche Sonderstellung in Awaristan ermöglichte, andererseits lehnten sie das rassistische, diktatorische System im Cheruskischen Reich ab. Irina erkannte aber auch, daß diese Menschen, wie auch die in ähnlich geführten cheruskischen Unternehmen, nur eine Gemeinschaft der Minderheit bildete, die sich von der Mehrzahl der Cherusker in Awaristan abgrenzte, welche mit dem Regime in Cheruskien, wie das Cheruskische Reich oft auch genannt wurde, sympathisierte. Irina fühlte sich in dieser Gemeinschaft wohl, nahm Anteil an ihrem kulturellen Leben, fand auch zeitweilig engere Freunde, aber es war nicht der Mann ihres Lebens darunter, an den sie sich zu binden bereit war. Sie konnte zufrieden sein. Doch das angenehme Leben währte nur wenige Jahre.

Die sozialen Spannungen in Awaristan führten zu einem Umsturz und der Haß der Massen wurde auf die wirtschaftlich erfolgreiche cheruskische Minderheit gelenkt und entlud sich in einem blutigen Pogrom, der zum Eingreifen des Cheruskischen Reiches führte. Den Einmarsch cheruskischer Truppen in Awaristan nahm dann die

Sarmatische Regierung zum Anlaß einer Kriegserklärung an das Cheruskische Reich, welche zum Vierten Sarmatischen Krieg führte. Im Zuge der Pogrome gegen die Cherusker war auch die Schule geschlossen worden und Irina erhielt eine schlecht bezahlte Stelle als Fabrikarbeiterin in einem Rüstungsbetrieb zugewiesen.

Zu Beginn des Krieges hatten die Cherusker einen Großteil Awaristans besetzt, den Sturm auf die Hauptstadt dann aber nach Eingreifen der Sarmaten eingestellt und sich schließlich nach der verheerenden Niederlage in der ersten Schlacht von Nemersdorf, der Revolte der Elitetruppen und der Absetzung des Asgardors, dies war der Titel des cheruskischen Diktators, völlig aus dem Ostteil Awaristans zurückgezogen und die freiwerdenden Truppen an die Nordfront geworfen. Man spürte daher in der awarischen Hauptstadt nur wenig vom Krieg, abgesehen von dem zunehmenden Mangel an Gütern des täglichen Bedarfs.

Mitte des vierten Kriegsjahres marschierten Sarmatische Truppen im Osten Awaristans ein. Begründet wurde die Aktion mit der Vorbereitung zur Abwehr einer cheruskischen Offensive. Doch den Menschen wurde bald klar, daß es sich hierbei um eine Lüge handelte. In Wirklichkeit hatten sich das Cheruskische Reich und Sarmatien, durch einen dreieinhalbjährigen Krieg erschöpft, zu einem Friedensschluß, der später als 'Frieden von Tarunge' in die Geschichte eingehen sollte, geeinigt und Sarmatien hatte als Kompensation für die Abtretung der Nord- und Ostgebiete, die nun die neue cheruskische Provinz 'Pruzzorasien' bildeten, den größeren, östlichen Teil der awarischen Republik erhalten, während der westliche Teil nun zusammen mit drei östlichen Grenzbezirken Cheruskiens die Provinz 'Gepidien' bildete.

Hatte man in der Tat anfangs noch die Sarmatischen Soldaten als Beschützer gegen die vermeintlich anrückenden rassistischen, cheruskischen Bestien betrachtet, so wurde bald klar, daß sich die Sarmaten als neue Herrscher des Landes betrachteten, die sich gegenüber der einheimischen Bevölkerung, insbesondere den Angehörigen der nationalen Minderheiten, alles erlauben konnten. Willkür beherrschte das Leben. Raub, Plünderung, Beschlagnahme von Wohnraum und Vertreibung der Bewohner wurden zur Regel. Frauen wurden zu Freiwild, Sarmatische Soldaten durften mit ihnen machen was sie wollten. Bekannt wurde in dieser Zeit der Ausspruch des Sarmatischen Oberbefehlshabers gegenüber einer Abordnung von Frauen, die sich über die permanenten Vergewaltigungen beschwerten:

„Stellt euch nicht so an. Meine Soldaten haben jahrelang gegen die cheruskischen Untiere gekämpft um euch die Freiheit zu erhalten und nun wollen sie eben ein bißchen Spaß haben. Was ist schon dabei ? Jeder gesunden Frau macht das doch auch Spaß ! Ihr seid doch nur psychisch gestört !"

Irina hielt diese Gewalttaten nicht für Spaß, floh nach Westen, landete schließlich in einem Flüchtlingslager in der neuen Provinz 'Gepidien'. Das Leben dort war weder gut noch sehr schlecht. Die Cherusker versorgten sie mit dem Notwendigsten, behandelten sie ansonsten eher gleichgültig, ließen die Flüchtlinge bei jeder Gelegenheit spüren, daß sie ihnen im Grunde lästig waren. Dann wurde bekannt, daß die Cherusker eine rassische Begutachtung aller Bewohner der 'neuen Provinzen' Gepidien und Pruzzorasien durchzuführen gedachten. Wenig später bekamen sie Bögen vorgelegt mit Fragen zur cheruskischen Geschichte, der Geographie des Landes, der cheruskischen Kultur, sowie auch zu ihren politischen und religiösen Anschauungen. Die Fragen zur cheruskischen Geschichte, Geographie und Kultur bereiteten ihr keine Schwierigkeiten, ihre politischen und religiösen Vorstellungen legte sie offen und ehrlich dar. Dann folgten umfangreiche medizinische Untersuchungen. Den Abschluß bildete eine 'rassische Beschauung'. Irina erinnerte sich noch gut an diesen Tag, an dem sie vielleicht einen entscheidenden Fehler begangen hatte, wie sie heute vermutete. Gute zwölf Monate lag das jetzt zurück. Sie wurden in irgendein Verwaltungsgebäude gebracht, mußten sich in einem Wartesaal bis auf Büstenhalter und Unterhose ausziehen, wurden dann nach und nach einzeln in das Begutachtungszimmer gerufen. Die meisten kehrten bald in den Warteraum zurück, durften sich wieder anziehen. Etliche kehrten nicht wieder, niemand konnte ihnen sagen, was mit ihnen geschehen war. Die Berichte der Zurückgekehrten stimmten darin überein, daß dort ein Rasseninspektor, wie sie ihn nannten, saß, der sie aufforderte sich völlig auszuziehen; die meisten waren der Aufforderung gefolgt, manche hatten sich geweigert. Letzteres schien allerdings keine Konsequenzen zu haben. Der Mann war freundlich geblieben, hatte in einigen Fällen versucht, durch nette Worte die Frauen zu Befolgung seiner Anordnung zu bewegen und sie dann, wenn sie sich noch immer weigerten, lediglich ohne weitere Erklärung mit einem spöttischen Lächeln im Gesicht in den Warteraum zurückgeschickt. Von den anderen berichtete ein Teil, sie hätten diverse Positionen einnehmen müssen, seien auch an intimen Stellen angefaßt worden, wobei der Rasseninspektor allerdings Kunststoffhandschuhe trug, während ein anderer Teil aussagte, sie seien lediglich mehr oder weniger intensiv gemustert worden, manche mußten sich umdrehen, andere nicht. Für Irina hatte sich daraus kein klares Bild ergeben.

Dann wurde sie hereingerufen. Es schien ihr, als mache sie auf den Rasseninspektor einen eher gleichgültigen Eindruck. Er fragte sie nach ihrem Namen, verglich ihn offenbar mit dem auf einem vor ihm liegenden Schriftstück, als wolle er sich vergewissern, daß es sich auch um die richtige Person handelte, forderte sie dann eher beiläufig auf sich auszuziehen. Sie erklärte ihm, daß sie das nicht tun werde. Er blickte sie an, antwortete recht freundlich, sie solle vernünftig sein. Es besser für sie, seiner Anordnung Folge zu leisten, was er auf ihre Nachfrage aber nicht näher begründete, sondern er meinte eher gleichgültig:

„Entweder Sie ziehen sich aus oder Sie gehen in das Wartezimmer zurück."

Irina zog es vor ins Wartezimmer zurückzugehen.

Irina bereitete sich noch einen Kaffee zu.

Seltsam, es fiel ihr jetzt wieder ein, daß der Rasseninspektor sie mit 'Sie' angeredet hatte, ein Umstand, der ihr damals nicht so zu Bewußtsein gekommen war. Warum hatte er sie nicht einfach geduzt, wie es alle anderen getan hatten? Und dann fiel ihr ein, daß er manchen Frauen, die sich weigerten, gut zugeredet hatte, sich auszuziehen. Aber sie hatten sich trotzdem alle geweigert. Aber hatten sich wirklich trotzdem **alle** geweigert? Konnte es nicht auch Frauen gegeben haben, die dann der Aufforderung Folge leisteten? Und was war mit den Frauen geschehen, die nicht ins Wartezimmer zurückgekehrt waren? Niemand hatte bisher darauf eine Antwort gegeben.

141

Sie versuchte sich an wenigstens eine der Frauen zu erinnern. Es gelang ihr aber nicht. Alle waren ihr unbekannt gewesen. Aber es gab eigentlich nur zwei Möglichkeiten: entweder sie wurden gleich in ein Lager für Minderwertige abgeschoben oder sie wurden in die privilegierten Klassen 'A' und 'B' eingeordnet und gleich nach der Begutachtung besonders behandelt. Irina hatte bisher nie darüber nachgedacht, aber nun kam ihr der Gedanke, daß alle, die sich trotz freundlicher Ermahnung nicht entkleidet hatten und ins Wartezimmer zurückgeschickt wurden, vielleicht für eine privilegierte Klasse vorgesehen waren und aufgrund ihrer Weigerung herabgestuft wurden. Das konnte auch die Gleichgültigkeit erklären, mit welcher der Rasseninspektor auf ihre Weigerung reagierte. Er machte nur seine Arbeit, befolgte offenbar Vorschriften, und wenn sich einige nicht fügten, dann mußten sie eben die Folgen tragen. Was ging es ihn an ?

Nachdem nun alle Frauen dem Rasseninspektor vorgeführt worden waren, wurde eine Anzahl von Frauen aufgefordert in das Begutachtungszimmer zu kommen. Nach etwa einer Viertelstunde wurde eine zweite Gruppe aufgerufen, zu der auch sie gehörte. Der Rasseninspektor teilte ihnen lediglich mit, sie seien in die Kategorie 'D' eingestuft worden und sie würden nun ins Lager zurückgebracht. Er überreichte ihnen dann Ausweise, die ein Lichtbild, ihren Namen, ihr Geburtsdatum, ihren Geburtsort und ihre Kategorisierung enthielten.

„So, das sind jetzt eure offiziellen Personalien. Wenn ihr falsche Angaben gemacht habt, dann lauft ihr jetzt eben mit falschem Namen und falschen Geburtsdatum herum. Das ist für uns unwichtig. Das einzige, was interessiert, ist ohnehin eure Kategorie."

Sie fuhren ins Lager zurück, erhielten nun aber Quartier in einem anderen Bau, wurden auch neu auf die Zimmer verteilt. Alle ihre Zimmergenossinnen hatten die gleiche Kategorie. Ansonsten schien alles wie bisher, das Abendessen war auch nicht anders als an den Tagen zuvor.

Lediglich am nächsten Morgen stellten sie fest, daß zwischen ihrer Baracke und der dahinter gelegenen ein Stacheldrahtverhau angebracht worden war. Das beunruhigte sie zunächst, wenn auch der Weg zum Speisesaal frei war. Nach dem Frühstück mußten sie sich im Aufenthaltsraum versammeln. Der Stellvertreter des Lagerleiters erschien. Er erklärte ihnen, wegen des Stacheldrahtes müßten sie sich

keine Gedanken machen, der würde nur die Baracken der Kategorien
'E' und 'F', das seien die Minderwertigen und Asozialen, abtrennen.
Die Kategorie 'C' umfasse die rassisch mittelmäßigen Autochthonen,
sie würden, sofern noch anwesend, bald entlassen und könnten dann
in ihre Heimatorte zurückkehren oder würden vorläufig in
Gemeinschaftsunterkünfte verlegt. Kategorie 'D' umfasse die gedul-
deten Ausländer. Sie hätten keinen Anspruch auf eine freie Aufent-
haltswahl in den 'neuen Provinzen' oder gar im Altreich, sondern
müßten in den ihnen zugewiesenen Lagern leben. Sie seien aber
keine Gefangenen, hätten auch zu festgesetzten Zeiten Ausgang,
seien allerdings zur Arbeit verpflichtet und erhielten dafür auch eine
Entlohnung. Es stehe ihnen aber auch frei, in ihre Heimatländer
zurückzukehren oder in irgend ein Land auszuwandern. Die Unterbringung sei zur Zeit noch provisorisch, es seien allerdings Verbesserungen geplant. Das würde sich aber noch einige Wochen hinziehen.
Und so geschah es; aus einigen Wochen wurden allerdings vier
Monate.
Jeweils vier Frauen erhielten dann eine sogenannte Wohnung
zugewiesen, die aus Küche, Bad, Aufenthaltsraum und vier kleinen
Schlafkammern bestand. Es war aber immerhin eine Verbesserung
gegenüber dem bisherigen Schlafsaal für acht Personen.
Jede erhielt eine Arbeit zugeteilt, die meisten eine Stelle außerhalb
des Lagers, etliche aber auch innerhalb, in der Wäscherei, der
Kleiderkammer, der Lebensmittelausgabe, in der Lagerverwaltung.
Aufgrund ihrer hervorragenden Sprachkenntnisse fand Irina eine
Anstellung als Übersetzerin und Leiterin der Bibliothek. Als Entlohnung erhielten sie Lebensmittel- und Kleidermarken, sowie eine
geringe Summe Bargeld. Letztlich empfanden sie gerade die Aus-
gabe der Kleidermarken als Methode zur Stigmatisierung. Die Lager-
kleidung hatte Uniformcharakter und so waren sie auch außerhalb
leicht als Lagerinsaßen zu erkennen. Und Möglichkeiten außerhalb
des Lagers etwas zu kaufen waren eingeschränkt, da die Ausgangs-
zeiten außerhalb der Ladenöffnungszeiten lagen und sie so auf den
zweimal im Jahr stattfindenden Wochenendmarkt angewiesen waren,
auf dem aber nur billige Sachen angeboten wurden.
Der Ausgang beschränkte sich von Samstag Abend fünf Uhr bis
Montag Morgen sechs Uhr. Viel unternehmen konnten sie nicht; die

Stadt, sie hieß Tetzlow, lag eine knappe Stunde Fußmarsch entfernt, eine Busverbindung zum Lager gab es nicht. Für die Rückkehr nachts nahmen sich stets mehrere Frauen ein Taxi und teilten sich die Kosten. Sie konnten ins Kino gehen oder ins Theater, wo sie freien Eintritt erhielten, oder auch ein Tanzlokal aufsuchen. Aufgrund ihrer schlechten Kleidung waren sie allerdings als Lagerinsassinnen zu erkennen. Zahlreiche Männer nutzten das aus, versuchten sie durch Geldangebote zu sexuellen Dienstleistungen zu verleiten. Irina fand diese Männer und ihr Gehabe abstoßend. Sie hätte nichts gegen einen wirklichen Freund einzuwenden gehabt, doch einen solchen Mann hatte sie bisher nicht kennengelernt.

Auch ihre Mitbewohnerinnen hatten das nicht.

Und so erfuhren die Frauen im Laufe der Zeit, was Kategorie 'D' in der Praxis bedeutete: im Grunde unerwünschte Personen, die zwar nicht als rassisch minderwertig eingestuft wurden, aber auch nicht würdig waren in die Volksgemeinschaft aufgenommen zu werden. Letztlich also Menschen, die es gab, mit denen man aber nichts anfangen konnte oder wollte, für deren Eliminierung man allerdings auch keinen Grund hatte. Man gewährte ihnen eine Existenz, aber kein wirklich menschenwürdiges Leben.

Manche hatten das Glück, in irgendeinem Land Verwandte oder Freunde zu haben, die ihnen eine Aufenthaltserlaubnis dort verschaffen konnten und reisten aus, schrieben dann auch begeisterte Briefe aus der neuen Heimat. Manche beschlossen, in ihre Heimat, das heißt den ehemaligen Ostteil Awaristans zurückzukehren. Man hörte nie mehr etwas von ihnen. Es entstand das Gerücht, die Rückkehrer würden von den jetzt dort herrschenden Sarmaten ausnahmslos als Verräter und cheruskische Agenten betrachtet und in Straflager verbannt. Eine Rückkehr in ihre Heimat war für Irina daher keine Option. Und eine Ausreise in ein anderes Land schien ihr verwehrt. Sie hatte mehrere Anträge zur Einwanderung in verschiedene europäische Länder und auch in die Amerikanische Republik gestellt, aber entweder abschlägige oder gar keine Antworten erhalten.

In der Tat gab es im Laufe der letzten Monate einige Verbesserungen. Die ursprüngliche noch vorhandenen, scher bewaffneten Wachmannschaften waren mittlerweile abgezogen worden, es gab nur noch eine kleine 'Ordnungstruppe', die sich gegenüber den Frauen meist freundlich, höflich und sehr zurückhaltend zeigte. Ähnliches war auch im Umgang mit dem cheruskischen Personal der Lagerverwaltung zu spüren. Es herrschte eine recht entspannte, angenehme Atmosphäre, nicht mehr der rauhe Kasernenton wie zu Beginn. Dann war durch ein Dekret der Regierung vor drei Monaten ein Verbot der Verpflichtung von Frauen zu schwerer körperlicher Arbeit erlassen worden. Vorher waren zahlreiche Frauen zur Trümmerbeseitigung, dem Wohnungs- und dem Straßenbau einge- setzt worden. Überraschend, fast unverständlich war die letzte Anordnung, die es den Insassinnen gestattete, das Lager einmal pro Jahr für bis zu sieben Tage zu verlassen. Für beabsichtigte Aufenthalte in den 'neuen Provinzen' genügte eine Erlaubnis der Lagerleitung, die aber nach Beantragung formlos erteilt wurde; auch Reisen ins 'Altreich' waren prinzipiell gestattet, mußten aber von der Militärverwaltung genehmigt werden, was angeblich auch nur eine Formalität war wie man ihnen mitteilte. Interessant war diese Regelung allerdings nur für Personen, welche Verwandte oder Freunde außerhalb der Lager besaßen. Für die anderen war sie weniger von Bedeutung, da sie ohnehin nicht über das Geld für einen längeren 'Urlaub', wie man es scherzhaft nannte, verfügten. Sie wurde allerdings als einen Schritt zur Normalisierung, hin zur Freiheit empfunden. Und das hob die Stimmung.

Irina blickte zur Uhr. Es war zehn vor zehn, Zeit zur Schreibstube zu gehen.
Der Hauptwachtmeister überreichte ihr ein Kuvert und einen Brustbeutel.
„Das sind zweitausend Taler; verstaue sie gut und quittiere bitte den Empfang."
„Zweitausend Taler ? Ist das ein Witz ?" fragte Irina verstört, „darf ich nachzählen ?"
„Selbstverständlich", lachte der Hauptwachtmeister, „aber keine Angst, ich betrüge dich nicht."
Irina zählte nach, die Angaben stimmten.
„Verzeihen Sie, ich wollte Ihnen nicht mißtrauen. Aber das ist eine unglaublich hohe Summe. Kaum vorstellbar für mich."
„Ich verstehe das auch nicht. Na ja, es wird immer etwas Geld locker

145

gemacht, aber üblicherweise so um die hundertfünfzig. Das reicht für ein Kleid und ein Paar Schuhe fürs Wochenende. Im Winter gibt es ein bißchen mehr, wenn noch eine Jacke gebraucht wird. Aber zweitausend ? Nein, das habe ich noch nie erlebt. Soviel Geld kann man in der kurzen Zeit doch auch gar nicht ausgeben."

Irina lächelte.

„Eine Frau kann das schon. Aber im Ernst. Wie viel Geld davon darf ich ausgeben ?"

„Soviel du willst ! Hier im Auszahlungsbefehl steht nur drin, daß du den Erhalt quittieren mußt. Von Rückgabe ist da nichts erwähnt. Also darfst du den Rest behalten."

Irina blickte ihn groß an.

„Ist das wahr ?"

„Bei uns herrscht Ordnung. Und wenn im Auszahlungsbefehl nicht steht, daß du den Rest, wie hoch auch immer, zurückgeben mußt, dann mußt du ihn auch nicht zurückgeben, egal ob das Absicht war oder aus Versehen vergessen wurde."

Er schaute sie freundlich an.

„Vielleicht hat er etwas Besonderes mit dir vor. Aber da ist noch etwas."

Er reichte ihr eine Karte, eine Art Ausweis, die auch ein Lichtbild von ihr enthielt.

„Gib auf sie Acht, gib sie nicht aus der Hand. Das ist die Berechtigung, daß du einkaufen darfst."

„Eine Berechtigung zum Einkaufen ?"

„Jetzt stell dich doch nicht so dumm an, denk mal nach ..."

„Ich verstehe", unterbrach ihn Irina, „wenn ich in meiner Lagerkluft in einen Laden gehe und ein billiges Kleidchen kaufe, werden sie denken, die hat sich das Geld dafür vom Mund abgespart, wenn ich aber in ein teures Modegeschäft gehe, dann werden sie sich wundern und mißtrauisch werden, denken, ich hätte das Geld gestohlen. Der General hat offenbar an alles gedacht."

Sie schaute die Karte flüchtig an; sie war tatsächlich auf ihren Namen ausgestellt und von General Hausinger, Oberbefehlshaber der 5. Armee und 'Militärgouverneur der Neuen Provinzen Pruzzorasien und Gepidien', unterzeichnet. Es war auch bemerkt, bei Unklarheiten und Rückfragen solle man sich an den Stabschef der Armee wenden. Die Telefonnummer war auch angegeben.

Sie verstaute die Karte zusammen mit dem Geld im Brustbeutel.

Die Fahrt nach Tetzlow dauerte eine knappe Viertelstunde. Der Fahrer ließ sie am Bahnhof aussteigen.

„Viertel nach zwei hole ich dich wieder ab; sei bitte pünktlich."

Irina schlenderte ins Zentrum. Sie hatte fast vier Stunden Zeit. Sie betrachtete die Auslagen, überlegte. Sie konnte sich ein paar billige Sachen kaufen, den Rest des Geldes behalten. Dann besaß sie eine gewisse Rücklage. Sie konnte sich aber auch etwas teures, elegantes kaufen. Das hatte der General wohl mit der Karte beabsichtigt. Kaufte sie sich nun etwas billiges, so werde er das sicherlich erkennen und seine Rückschlüsse ziehen. War er nur auf ein Schäferstündchen aus, so spielte das keine Rolle; steckte hinter der Einladung allerdings mehr, so machte es einen schlechten Eindruck, wenn sie in Billigklamotten ankam, obwohl sie Geld für Hochwertiges erhalten hatte.

Vielleicht war er aber auch pervers und wollte sich mit dem Geld seine ekligen Spielchen erkaufen, zu denen sie gemäß des Vertrages nicht verpflichtet war. Aber, waren da zweitausend Taler nicht zu viel? Es gab doch sicher in den Lagern Weiber, die es billiger machten. Schließlich stand ihr Entschluß fest. Sie würde sich etwas teureres kaufen.

Ein Modegeschäft, das hochwertige Waren führte, war ihr bei den diversen Besuchen der Stadt schon aufgefallen. Sie betrat es nun.

Eine Verkäuferin kam auf sie zu, blickte sie etwas herablassend an.

„Entschuldigen Sie, aber ich glaube, Sie haben sich in das falsche Geschäft verirrt. Wir führen exklusive und teure Mode. Ich glaube kaum, daß Sie sich das leisten können."

Irina lächelte.

„Ich glaube das aber nicht. Ich besitze Geld und bin auch berechtigt hier einzukaufen. Sie können das gerne nachprüfen."

Sie zog die Karte hervor, reichte sie der Verkäuferin.

„Falls sie Zweifel haben, können Sie gerne beim Stabschef der 5. Armee nachfragen. Hier ist die Telefonnummer."

Die Verkäuferin wollte die Karte an sich nehmen, doch Irina schüttelte den Kopf.

„Nein, die darf ich nicht aus der Hand geben. Sie können sich aber gerne eine Photokopie machen oder die Telefonnummer abschreiben."

Die Verkäuferin brummte etwas, holte Zettel und Stift, notierte sich Name und die Telefonnummer. Sie war nun etwas verunsichert, meinte fast entschuldigend.

„Tut mir leid, aber da muß ich mit dem Chef reden. Schauen Sie sich inzwischen bitte um."

Sie begab sich dann zum Geschäftsinhaber, der in seinem Büro saß, berichtete kurz. Ohne zu antworten wählte der die Telefonnummer. Ein kurzes Gespräch folgte.

„Da hat sich ein Oberst Mercerius gemeldet und die Angabe bestätigt. Formal ist also alles in Ordnung", meinte er lakonisch.

„Ja, aber", wandte die Verkäuferin ein, „die Karte kann ja gefälscht und dieser Oberst Mercerius ein Komplize der Frau sein."

Der Chef lachte.

„Komische Geschichte, entweder ist die Sache wahr oder wir fallen auf den lächerlichsten Schwindel herein. Das macht doch keinen Sinn; eine Bankkarte oder Kreditkarte akzeptieren wir von ihr sowieso nicht, nur Bargeld. Da wird hierzulande zu viel Schwindel getrieben. Das steht ja auch groß an der Kasse. Und wenn das Geld gestohlen ist, dann hätte sie sich ja erst einmal ein einfaches, aber hübsches Kleid in einem Kaufhaus holen können bevor sie zu uns kam. Dann wäre sie hier überhaupt nicht aufgefallen und das Spielchen mit der Berechtigungskarte wäre gar nicht notwendig gewesen. Aber was solls ? Wenn sie bar bezahlt, dann kräht hinterher ohnehin kein Hahn mehr danach. Setze also ein freundliches Gesicht auf und bediene sie. Überprüfe aber die Scheinchen, ob sie echt sind."

Irina wählte zwei elegante und ein etwas einfacheres Kleid aus, zwei Blusen, zwei Hosen, drei Paar Schuhe und eine Sommerjacke.

„Macht sechzehnhundertfünfzig Taler."

Irina überreichte der Verkäuferin das Geld. Die legte die Scheine in ihr Prüfgerät. Sie waren echt.

„Ich habe noch eine kleine Bitte. Das eine Kleid möchte ich gleich anziehen. Darf ich noch einmal in die Kabine und könnten Sie mir bitte eine Schere geben um das Etikett abzuschneiden ?"

Die Verkäuferin nickte zustimmend.

„Keine Ursache, ich packe inzwischen die restlichen Sachen ein."

Irina verließ den Laden. Sie hatte noch knapp zwei Stunden Zeit. Sie fühlte sich wohl, war ein bißchen stolz auf sich. Dezent geschminkt, die Haare ordentlich zurecht gemacht, hübsch angezogen; sie sah gut aus, gar nicht mehr wie eine aus dem Lager. Männer drehten sich nach ihr um, keiner kam auf die Idee sie anzuquatschen und ihr ein paar Taler für Sex anzubieten, wie sie es an den Wochenenden so häufig erlebt hatte. Sie fühlte sich als ein völlig anderer Mensch. Es war sonnig, warm. Sie suchte ein Straßencafé auf, bestellte sich einen Cappuccino und ein großes Stück Torte, genoß den schönen Mittag. Sie fühlte aber noch immer ein leichtes Unbehagen. Doch bisher war alles gut gegangen. Gab es einen Grund den Lauf der Ereignisse aufzuhalten ?
Kurz nach zwei Uhr brach sie zum Bahnhof auf. Der Fahrer erschien pünktlich, brachte sie ins Lager zurück. Sie begab sich ins Gäste-zimmer, kochte sich einen Kaffee, machte sich noch ein bißchen frisch, packte dann die gekauften Sachen in die Reisetasche, ging kurz vor drei Uhr zur Schreibstube.
Ein junger Offizier saß mit dem Hauptwachtmeister beim Kaffee zusammen. Als Irina eintrat erhob er sich, grüßte, stellte sich vor.
„Ich bin Oberleutnant Max Beier, der Adjutant General Hausingers, und soll Sie in seinem Namen abholen."
Er geleitete sie zum Wagen, verstaute die Reisetasche im Kofferraum.
„Wir fahren erst einmal zum Hauptquartier. Das liegt in der Nähe von Radomir, etwa fünfzig Kilometer entfernt. Da bleiben wir aber nicht. Sie müssen nicht das Wochenende in einer Kaserne verbrin-gen. Sie können sich vorne oder hinten hinsetzen, wie Sie wollen."

Der Beschluß

Was Irina nur dumpf ahnte, hatte drei Wochen zuvor begonnen. General Hausinger, Militärgouverneur der 'Neuen Provinzen Pruzzorasien und Gepidien' und Oberbefehlshaber der 5. Armee, hatte den Leiter des Lagerwesens, Oberst Mannerbach, zu sich

149

einbestellt.

Der Oberst trat in das Büro des Generals ein, grüßte.

„Sie haben mich einbestellt, Herr General, einen Bericht zur Situation in den Lagern der Kategorie 'D' – Weiber angefordert. Was gibt es dort ? Den letzten Bericht habe ich vor knapp zwei Wochen abgeliefert. Mir sind in der Zwischenzeit keine Unregelmäßigkeiten, Übergriffe, Mißhandlungen oder dergleichen bekannt geworden."

„Setzen Sie sich, Oberst", entgegnete der General freundlich, „nein, um Unregelmäßigkeiten geht es auch gar nicht. Im Gegenteil, man ist in der Reichsvogtei mit der Situation den Lagern der Kategorie 'D' – Personen zufrieden; ja, Sie haben das vermutlich gar nicht mitbekommen, die Regierung hat vor zwei Wochen einer Kommission des Roten Kreuzes sogar eine Inspektion der Lager erlaubt um die Weltöffentlichkeit über die wahre Lage dort zu informieren und um die internationalen linken Hetzer zum schweigen zu bringen, die uns Mißhandlung, Folterung und so weiter unterstellen. Nein, es geht hier um etwas anderes. Ich habe gestern ein Schreiben aus der Reichsvogtei erhalten, in dem sozusagen gerügt wurde, daß die Kosten für die Lager der Kategorie 'D' – Frauen in den letzten Wochen sprunghaft angestiegen sind. Vorher hätten sie sich fast selbst getragen und nun seien es gewaltige Zuschußbetriebe. Sie verlangen eine Begründung hierfür."

Der Oberst geriet in Zorn, beherrschte sich aber, da er spürte, daß der General die Gründe genau kannte, von ihm jetzt nur eine Bestätigung erwartete.

„Das ist doch der Gipfel der Scheinheiligkeit", entgegnete er mit gespielter Gelassenheit, „da verbieten sie körperliche Schwerarbeit für Frauen, und das von heute auf morgen, wo sie doch genau wissen, daß achtzig Prozent beim Straßen- oder Häuserbau oder der Trümmerbeseitigung eingesetzt waren, aber alternative Arbeitsplätze stellen sie nicht zur Verfügung. Und wir müssen nun zusehen, wo wir die Weiber jetzt beschäftigen. Die Unternehmen haben das spitz bekommen, nutzen unsere Lage aus, und wir müssen sie zu Billigsttarifen vermieten. Und die Verwaltung nimmt zwar gerne Weiber, hat aber keine Planstellen und daher können wir auch nichts abrechnen. Wir machen das auch nur, damit sie nicht untätig herumlungern. Das heißt, wir haben kaum noch Einnahmen, aber die

Kosten bleiben, sie übersteigen die Einnahmen mittlerweile um ein vielfaches. Wir sind ja dabei, besser bezahlte Arbeitsplätze zu finden, aber es wird ein paar Monate dauern, bis alle unter sind. Aber unterbringen, ernähren und kleiden müssen wir sie unterdessen trotzdem. Wir können sie ja schließlich nicht verhungern lassen um die Kosten zu senken."

„Das habe ich auch gar nicht vor", gab der General zur Antwort.

„Und wem haben wir das alles zu verdanken?" fuhr der Oberst fort, „nur dieser Buschnegerin, die der Reichsvogt letzte Woche sogar zu Reichsverkehrsministerin ernannt hat. Sie hat die   Eingabe zum Verbot schwerer körperlicher Arbeit für Frauen schon noch als Assistentin des Vogtes für das 'Verkehrswesen in den Neuen Provinzen' oder wie er sich nennt, gemacht und außerdem den Reichsvogt bei seinem Besuch vor einigen Monaten so ziemlich becircst, wie es heißt; und dann hat er ihr nachgegeben und das Verbot erlassen; und jetzt sind wir Schuld, wenn die Kosten für die Lager die Einnahmen bei weitem übersteigen."

Der General lächelte.

„Sie ist keine Negerin, sie stammt aus der Südsee."

„Na ja", gab der Oberst zu Antwort, „da kommen die Kanaken her. Das ist auch nichts besseres."

„Regen Sie sich ab, Oberst, das steht hier nicht zur Debatte. Ich kenne Frau Duschwili. Sie ist eine sehr kluge, tüchtige und auch attraktive Frau, bündelt in sich alle positiven Eigenschaften. Und Recht hat sie auch. Harte körperliche Arbeit ist auf Dauer nichts für Frauen. Da bin ich ganz ihrer Meinung."

Der Oberst stöhnte.

„Herr General, das ist ja alles ganz schön, aber ich weiß noch immer nicht, wo ich dran bin. Weshalb haben Sie mich hierher beordert?"

„Nun ja, ich habe auf das Schreiben schon reagiert. Wissen Sie, diese Kategorie 'D' – Lager gefallen mir insgesamt nicht. Bei den Männern mag das ja noch einigermaßen angehen, da wir sie zum Straßen- und Eisenbahnbau einsetzen können. Doch auch die infrastrukturellen Großprojekte sind in spätestens zwei Jahren abgeschlossen. Und die Frauenlager sind doch jetzt schon obsolet. Was sollen wir den Unter-nehmen die Arbeitskräfte liefern und diese dann noch versorgen, damit die Firmen unter Tarif bezahlen können? Damit haben wir nur unsere Last. Die Firmen sollen den Frauen genug bezahlen und die sollen sich dann selbst versorgen. Das habe ich natürlich nicht so an die Reichsvogtei geschrieben. Ich habe lediglich die Ansicht geäußert, die Kostenexplosion sei durch die bekannten aktuellen Maßnahmen und deren Auswirkungen entstanden und das Problem sei kurzfristig, das heißt innerhalb von drei oder vier Monaten nicht lösbar; man sollte nun hinsichtlich der Lager eine langfristige Lösung suchen, dahingehend, daß man die Gründe für die Unterbringung in den Lagern überprüfe und die Anzahl der Lagerinsaßen soweit wie möglich reduziere. Eine Antwort habe ich bisher noch nicht erhalten. Und damit sind wir bei Ihnen. Um wie viele Frauen handelt es sich überhaupt, und aus welchen Gründen sind sie in den Lagern. Erzählen Sie mir aber jetzt nicht, was Kategorie 'D' bedeutet, das weiß ich selbst, sondern um was für Personen es sich handelt."

„Gern Herr General, ich habe einmal zusammengestellt, was ich in der kurzen Zeit an Informationen erhalten konnte. Also, insgesamt handelt es sich um etwa dreißigtausend Weiber. Die Kosten für Unterbringung, Verpflegung, Arbeitsentgelt und so weiter betragen etwa fünfhundert Taler pro Monat. Bisher standen da Einnahmen von etwa vierhundertfünfzig Talern dagegen; das ist nun auf etwa zweihundertfünfzig abgefallen, das ergibt also ein minus von etwa siebeneinhalb Millionen pro Monat. Es handelt sich überwiegend um Weiber aus dem östlichen Awaristan, also dem Gebiet, das wir den Sarmaten überlassen haben. Größtenteils sind es Weiber aus den nationalen Minderheiten, die nach dem Einmarsch der Sarmaten hierher geflohen sind, der Anteil der Awarinnen ist klein, vielleicht zehn Prozent. Dann kommen noch die Ausländerinnen dazu, die vor unserer Übernahme in den 'Neuen Provinzen' gelebt haben oder aus Ostawaristan zu uns geflohen sind und deren nationale Herkunft nicht geklärt werden konnte."

Er grinste.

„Die hatten nicht alle das Glück zur Ministerin aufzusteigen. Die machen auch nur etwa ein Prozent aus. Etwa neunzig Prozent wurden in Kategorie 'D' eingestuft, weil sie unattraktiv aussehen oder dumm sind oder beides."

„Was bedeutet dumm ?" wandte der General ein.

„Sie hatten weniger als siebzig Punkte bei der Fragebogenaktion.

Zugegeben, bei manchen war das auch durch mangelnde Sprachkenntnisse bedingt. Fragebögen gab es nur in cheruskisch und awarisch. Etwa zehn Prozent hatten mehr als neunzig Punkte. Die Hälfte davon wurde aber herabgestuft, weil eine cheruskerfeindliche Haltung festgestellt wurde, ein gutes Viertel, weil sie häßlich waren, der Rest, weil sie sich weigerten, sich vor dem Rasseninspektor nackt auszuziehen. Unter denen waren übrigens auch einige Spitzenkühe mit exzellentem medizinischen Befund und achtundneunzig bis hundert Punkten."

Der General lächelte.

„Achten Sie bitte ein bißchen auf Ihre Ausdrucksweise. Wir sind hier schließlich nicht auf einem Bauernhof."

„Entschuldigen Sie, Herr General, das war nicht so gemeint; aber da ist meiner Meinung nach wirklich etwas schief gelaufen. Die waren hoch intelligent, gebildet, sahen gut aus und wurden für minderwertig erklärt, nur weil sie sich weigerten, sich vor irgendeinem Gutachter nackt auszuziehen. Sie sind doch einer der Rassismusgegner. Halten Sie das für richtig?"

Der General wehrte ab.

„Ich weiß, die Ostvölker sind in dieser Beziehung etwas prüde, verklemmt. Gerade die Frauen, für sie gilt es als Schande sich vor fremden Männern auszuziehen. Das haben die im Westen nicht gewußt oder nicht beachtet. Bei den Männern hatten wir da weniger Probleme. Möchten Sie einen Kaffee?"

Der Oberst bejahte. Der General klingelte, eine Sekretärin erschien. Der General gab Order. Der Kaffee wurde gebracht.

„Na schön", fuhr er dann fort, „problematisch sind die intelligenten, die gegen uns sind, aber das sind weniger als zweitausend. Und einige können wir vielleicht für uns gewinnen; schließlich hat sich mittlerweile im Staat einiges geändert. Und dreißigtausend Dumme und Häßliche fallen bei hundert Millionen gar nicht ins Gewicht, die muß man nicht unbedingt absondern. Und welche im Lager zu halten, nur weil sie ein bißchen prüde sind, ist doch lächerlich. Da habe ich wenigstens einige gute Argumente, wenn die Antwort aus der Reichsvogtei kommt."

Sie schwiegen eine Weile, genossen den Kaffee.

„Sie sagten, unter den Prüden gab es einige gutaussehende mit

153

achtundneunzig bis hundert Punkten. Das waren doch die idealen Kandidatinnen für Kategorie 'A'. Da ist wirklich etwas schief gelaufen. Wie viele waren es denn ?"

„Ich habe die genaue Zahl nicht im Kopf, aber nicht so viele, ein Dutzend vielleicht."

„Na ja, das geht noch. Trotzdem eine Schande. Schicken Sie mir doch einmal die Unterlagen, vielleicht ist eine dabei, die wir brauchen können. Das wäre es dann für heute."

„Ich werde das sofort erledigen."

Der Oberst verabschiedete sich. Und er reagierte prompt. Bereits zwei Stunden später erhielt der General die Unterlagen. Es handelte sich um elf Frauen. Der General wurde neugierig.

Er bestellte noch eine Kanne Kaffee, einen Imbiß und teilte der Sekretärin mit, er sei heute für niemanden mehr zu sprechen. Dann begann er mit dem Studium der Akten. Eine Chemikerin war darunter, welche nun in einer Wäscherei arbeitete, eine Literaturwissenschaftlerin, die als Küchenhilfe diente. Dann stieß er auf eine Person, die ihn besonders interessierte. Eine noch einigermaßen junge, zweiunddreißig Jahre alte, hübsche Frau, mit lockigen, braunen Haaren. Sie gefiel ihm. Sie war Raukin, hieß Irina Muschowski; sie hatte einhundert Punkte erreicht, die charakterliche Begutachtung war exzellent, die medizinische Untersuchung war hervorragend ausgefallen, lediglich ihre Weigerung, sich auszuziehen hatte zur Herabstufung geführt. Er las die Beurteilung ihrer religiösen und politischen Ansichten. Sie war gläubig, aber nicht religiös im Sinne der Ostkirche, da sie die Ansicht vertrat, Gott habe den Menschen den Verstand gegeben um selbst zu erkennen was gut und was Sünde sei und in welcher Art Gott verehrt werden wolle. Die Reglementierungen der Kirche seien daher lediglich Willkür um Macht über die Menschen zu gewinnen, weshalb sie auch aus der Kirche ausgetreten war. Dem General gefiel diese Haltung. Problematischer erschienen ihm ihre Ansichten gegenüber den Cheruskern. Sie hatte einige Jahre in einem Unternehmen, das einem Cherusker gehörte, gearbeitet, später war sie dann Lehrerin an einer cheruskischen Privatschule gewesen. Sie hatte sehr viele Kontakte zu ihren cheruskischen Kollegen und Kolleginnen unterhalten, ihre Lebensweise, Sprache und Kultur gründlich kennengelernt, allerdings auch die Denkweise vieler Auslandscherusker übernommen. Die waren stolz auf ihr Volk, dessen Geschichte, dessen kulturelle, wissenschaftliche und technische Leistungen, lehnten aber das Herrschaftssystem im Cheruskischen Reich als totalitär und rassistisch ab, sahen im Reich einen Hort der geistigen Unfreiheit, der Unterdrückung. Das hatte sie ganz offen in den Fragebogen geschrieben, obwohl sie sich vollkommen bewußt sein mußte, welche Folgen für die Beurteilung das haben würde. Allerdings war sie, trotz dieser Abneigung, nach Einmarsch der Sarmaten ins Reich geflohen, was irgendwie widersprüchlich erschien. Dem Gutachter war das offenbar auch aufgefallen und er war wohl der Meinung gewesen, es handele sich eher um ein Vorurteil, das sich korrigieren ließ, und es daher nicht als Grund zur Herabstufung genommen.

Sie verfügte über einen hohen Bildungsstand, hervorragende Sprachkenntnisse, lebte in dem Lager bei Tetzlow, war als Übersetzerin und Leiterin der Bibliothek beschäftigt.

Sie erschien ihm als ideale Kandidatin für die Stelle der Leiterin der Übersetzungsabteilung in der Gauvogtei. Der Gauvogt, einer seiner früheren Divisionskommandeure, zu dem er guten Kontakt unterhielt, hatte ihm vor einigen Tagen mitgeteilt, er suche eine qualifizierte Kraft für diese Position, die nicht nur perfekte Kenntnisse der cheruskischen und awarischen Sprache verlangte, sondern auch der sarmatischen Sprache, sowie gute Kenntnisse mindestens eines Dialektes einer Minderheit, sowie einiger westlicher Sprachen und ihn gefragt, ob er nicht jemand kenne, der ihm geeignet erschiene.

Der General schrieb noch am Abend an den Gauvogt und auch an die Lagerleitung in Tetzlow, bat sie um ein Zeugnis. Der Gauvogt antwortete zwei Tage später, er habe volles Vertrauen in das Urteil des Generals, seines ehemaligen Chefs, werde sie einstellen, wenn er dies empfehle. Von der Lagerverwaltung erhielt er ein überaus positives Zeugnis. Das waren zwar alles gute Nachrichten, der General sagte sich aber, daß der ohne ein persönliches Gespräch mit ihr kein Urteil abgeben wolle. Er hielt es aber nicht für zweckmäßig, sie in sein Büro zu beordern, da er der Meinung war, daß dort die Atmosphäre zu gehemmt sei, sie sich vielleicht zu schüchtern verhielt, und er daher nicht zu einer Bewertung ihrer Persönlichkeit kommen könne. Das erschien ihm aber angesichts der Bedeutung der Position notwendig. Daher verfiel er auf die Idee, sie zu einem gemeinsamen Wochenende einzuladen, zumal all diese äußerst positiven Beurteilungen ihn beeindruckten und er ganz spontan den Wunsch verspürte, diese offensichtlich außergewöhnliche Frau näher kennenzulernen Dann kamen ihm allerdings Zweifel, ob das die richtige Handlungsweise sei und so dauerte es einige Tage, bis er einen endgültigen Entschluß faßte.

Der General

Irina nahm auf dem Beifahrersitz Platz. Der junge Offizier wirkte sympathisch. Vielleicht konnte sie ihn in ein Gespräch verwickeln und Näheres erfahren.
„Warum reden Sie mich eigentlich mit 'Sie' an. Im Lager duzen mich alle."
Der junge Mann lächelte.
„Ich bin Offizier und weiß, wie man sich Damen gegenüber zu benehmen hat. Außerdem, wir sind hier nicht im Lager."
Irina empfand diese Aussage als etwas zynisch, obwohl er das freundlich und ohne spitzen Untertöne gesagt hatte.
„Spielt das denn eine Rolle ?" entgegnete sie, „ich bin doch nur eine einfache Quasi-Gefangene, auch wenn ich ein hübsches Kleid anhabe und geschminkt bin. Das sind doch nur Äußerlichkeiten, die für Sie keine Rolle spielen dürften. Sie holen mich zu einem Wochenendbesuch ab und wissen doch genau, was das zu bedeuten hat."
Sie wollte noch hinzufügen 'Sie halten mich doch nur für eine kleine Hure', unterließ es aber dann um den den Mann nicht völlig zu verärgern. Er hatte bei ihren letzten Worten bereits leicht das Gesicht verzogen, schwieg allerdings, vielleicht weil er fürchtete sonst einen Streit auszulösen.
„Verzeihen Sie, ich wollte Sie nicht beleidigen. Aber ich habe Angst vor dem, was auf mich zukommt. Verstehen Sie das ? Ich bin doch auch ein Mensch und kein Gegenstand mit dem man mit Belieben verfährt."
„Und warum haben Sie dann die Einladung angenommen ?"

„Warum ? Ach wissen Sie, irgendwann steckt man so weit im Dreck, daß man nicht mehr tiefer sinken kann. Dann opfert man für ein paar angenehme Stunden sogar seine Würde, ignoriert den Ekel vor sich selbst. Man kommt darüber hinweg. Wissen Sie, als ich heute Mittag nach dem Einkauf in einem hübschen Kleid in einem Straßencafé in der Sonne saß, einen Cappuccino trank, ein Stück Torte aß, habe ich mich zum ersten Mal seit zwei oder drei Jahren wieder so richtig als Mensch gefühlt. Dieses Gefühl, diesen Augenblick kann einem niemand nehmen. Was bedeutet es schon, wenn man dafür seine Ehre wegwerfen muß ? Was ist mehr wert, ehrbar zu sein und immer unglücklich oder ehrlos und wenigstens ab und zu für einige Augenblicke glücklich ?"

Der Adjutant schien Mitgefühl zu zeigen.

„Was reden Sie da eigentlich ?" meinte er sanft, „wer will Ihnen denn Ihre Würde rauben ?"

„Nun ja, zweitausend Taler sind viel Geld. Dafür kann man einiges verlangen. Vielleicht hat Ihr Chef besondere Neigungen."

Der Mann blickte mitleidvoll zu ihr hinüber.

„Ach, darauf wollen Sie hinaus. Mein Gott, was haben Sie denn für Vorstellungen ? Niemand will Ihnen Ihre Würde, Ihre Ehre nehmen. Sie machen sich selbst klein und schlecht und schwelgen in dem Gefühl erniedrigt und gedemütigt zu werden. Wachen Sie auf ! Machen Sie sich nicht selbst klein und schlecht."

Er schwieg ein Weile.

„Wissen Sie, geben Sie sich dem General gegenüber so wie Sie sind oder wie sie waren, bevor Sie in ein Lager kamen. Machen Sie sich nicht kleiner und schlechter als Sie sind, aber machen Sie sich auch nicht größer und besser. Versuchen Sie, mit ihm auf Augenhöhe zu kommunizieren. Er mag das und er liebt aufrichtige Menschen. Sie können ihm ruhig sagen, was Sie denken; das ist ihm lieber als wenn man ihn anlügt. Aber plappern Sie nicht gleich ihre Gefühle heraus, warten Sie, bis Sie ihn ein bißchen kennengelernt haben. Dann denken Sie vielleicht anders über ihn. Was glauben Sie eigentlich, warum er Sie eingeladen hat ?"

„Wissen Sie es ?"

„Nein, natürlich nicht, aber sicherlich nicht aus dem Grund, den Sie sich einreden. Dafür stehe ich gerade."

„Und was macht Sie so sicher ?"

„Wissen Sie, ich diene ihm seit knapp zwei Jahren. Und er hat bisher noch nie aus dem Grund, den Sie fürchten, eine Frau übers Wochenende eingeladen. Das wüßte ich doch."

„Irgendwann ist immer das erste Mal", dachte Irina, hielt es aber nicht für ratsam das laut zu sagen, das hätte vermutlich nur zu einem unnützen Streit geführt, die Würfel waren ja ohnehin gefallen. Stattdessen fragte sie.

„Wer ist der General überhaupt ? Ich weiß von ihm praktisch gar nichts, außer, daß er Oberbefehlshaber einer Armee und Militärgouverneur ist."

„General Hausinger ist ein nationaler Held, der Sieger der zweiten Schlacht von Nemersdorf. Nach unserer Katastrophe in der ersten Schlacht hat er mit den Resten der 5. und 7. Armee die Front wiederhergestellt und gehalten, bis die Divisionen aus Awaristan und das Ersatzheer aus Burgund eintrafen und wir unter seinem Kommando die Gegenoffensive starten konnten. Ich habe ihn damals erlebt. Er war immer vorn mit dabei, hat die Soldaten angefeuert, ihnen Mut zugesprochen, hat selbst Stoßtruppunternehmen mitgemacht kund dabei eigenhändig fünf feindliche Panzer vernichtet, einen mit einer in den Turm geworfenen geballten Ladung, nachdem er aufgesprungen war und die Luke geöffnet hatte. Ich habe es miterlebt. Er war immer gerecht, hat von anderen nie etwas verlangt, was er nicht selbst zu tun bereit war, hatte aber auch Verständnis dafür, daß nicht jeder ein Held sein kann. Er ist ein aufrichtiger, ehrenhafter Mensch, dem man vertrauen kann. Ich weiß nicht, was er mit Ihnen vorhat, er läßt sich nie in die Karten schauen, aber ich kann Ihnen garantieren, mißbrauchen wird er Sie nicht. Das ist nicht seine Art. Haben Sie also keine Angst."

„Vielen Dank, das waren nette, beruhigende Worte. Ich fürchtete schon, daß Sie mir böse sind. Aber wissen Sie, wenn man lange Zeit nur Schlechtes erlebt hat, dann ist man mißtrauisch, wenn plötzlich Gutes auf einen zukommt."

„Ich verstehe Sie. Und was wir jetzt gesagt haben, das bleibt unter uns."

Sie erreichten das Hauptquartier. Der General empfing sie in seinem

Büro. Er trug Zivilkleidung.

„Guten Tag, Frau Muschowski, ich hoffe, Sie hatten eine gute Fahrt. Ich freue mich, daß Sie meine Einladung angenommen haben. Ich fürchtete schon, Sie würden ablehnen. Das wäre sehr bedauerlich gewesen, aber übel genommen hätte ich es Ihnen nicht. An Ihrer Stelle wäre ich auch mißtrauisch gewesen. Möchten Sie noch einen Kaffee bevor wir losfahren?"

Das waren merkwürdige Worte, fand Irina. Sie wagte aber nicht etwas zu erwidern, schüttelte nur den Kopf und sagte.

„Ach, nein, von mir aus können wir gleich aufbrechen, wenn Sie es wünschen."

„Gut, aber vorher möchte ich mich doch noch offiziell vorstellen: Ich heiße Wilhelm Hausinger. Titel spielen in den nächsten Tagen keine Rolle. Sie sehen, ich trage Zivilkleidung und bitte Sie daher auch, mich nicht mit 'Herr General' anzureden."

„Und ich heiße Irina Muschowski."

„Ach, Sie wissen ja noch gar nicht, wo es hingeht. Wir werden nach Reichenstadt fahren. Die Stadt liegt im Westen Gepidiens, gehörte auch schon vor dem Krieg zum Reich. Die Fahrt nimmt etwa zwei Stunden in Anspruch und wir werden dort bis Montag bleiben. Heute Abend werden wir ein Konzert besuchen; es beginnt um acht Uhr. Das wird alles ein bißchen knapp und hektisch, aber ich konnte leider nicht eher weg. Ich hoffe, es macht Ihnen nichts aus. Morgen wird es aber ruhiger."

Sie begaben sich zum Wagen. Die Fahrt verlief ohne nennenswerte Ereignisse. Der General knüpfte ein längeres Gespräch an, fragte Irina nach ihrem Leben vor dem Krieg, die jüngste Vergangenheit überging er diskret, erzählte einiges über sich. Es war eine zwanglose Unterhaltung. Irina wurde ruhiger. Vielleicht wird doch alles gut, dachte sie.

Kurz vor halb sieben erreichten sie ihr Ziel. Es war ein vornehmes Hotel im Stadtzentrum, aber dennoch ruhig gelegen. Sie bezogen eine größere Suite, Wohnzimmer, zwei Schlafzimmer, Bad und eine Küchenzeile.

„Welches Schlafzimmer ist Ihnen lieber? Sie dürfen wählen."

„Ein eigenes Schlafzimmer für mich?"

Sie schaute den General fragend an.

„Ja, Sie können doch nicht im Wohnzimmer auf dem Sofa schlafen", entgegnete er.

Die Antwort überraschte sie. So hatte sie das schließlich nicht gemeint.

„Es bereits spät, wir sollten uns beeilen. Möchten Sie zuerst das Bad benutzen ?"

„Ja, meinetwegen", war Irinas Antwort.

Kurz nach sieben waren sie zum Aufbruch bereit.

„Wie sieht es bei Ihnen mit Hunger aus ? Das Konzerthaus liegt zwar nur zehn Gehminuten entfernt, aber für ein Abendessen in einem Restaurant reicht die Zeit nicht mehr. Ist es Ihnen Recht, einen kleinen Imbiß im Konzerthaus – Bistro zu nehmen, dafür reicht die Zeit allemal, und mit dem richtigen Abendessen bis nach der Vorstellung zu warten ?"

Irina lächelte.

„Das geht in Ordnung. Ich habe nicht allzu viel Hunger. Und außerdem: wir haben ohnehin keine Alternative."

Der General lachte.

„Eine Alternative gibt es schon: einfach das Konzert ausfallen zu lassen. Sie sind der Gast und Sie dürfen Wünsche äußern und mitbestimmen. Wir sind schließlich nicht bei der Truppe, wo ich einfach befehle."

Irina schüttelte den Kopf.

„Nein, das wäre keine Alternative. Ich denke wir sind heute hauptsächlich wegen des Konzerts hierher gefahren. Ansonsten hätten wir ja auch erst morgen anreisen können."

Der General schmunzelte.

„Ich sehe, wir verstehen uns."

Sie suchten das Bistro auf. Lauter vornehm gekleidete Leute hielten sich dort auf. Irina fühlte sich in eine andere Welt versetzt, freute sich, daß sie sich Hochwertiges gekauft hatte. So mußte sie sich nicht bereits aufgrund ihrer äußeren Erscheinung als Außenstehende fühlen. Im Gegenteil, die Leute begegneten ihr freundlich, mit einer gewissen Achtung.

Das Konzert gefiel ihr. Kammermusik aus dem achtzehnten Jahrhundert, ruhige Musik, von der man sich zum Träumen hinreißen lassen konnte, die Holzblasinstrumente dominierten.

Sie begaben sich danach in ein Restaurant der gehobenen Klasse. Das Menue war hervorragend und sie setzten das Gespräch von der Fahrt am Nachmittag fort. Es ging aber nun weniger um die Lebensverhältnisse vor dem Krieg, sondern um kulturelle Dinge, speziell Musik und Kirchenausgestaltung. Irina wunderte sich ein bißchen, in dem General einen in der Kunst bewanderten Menschen zu finden. Das hätte sie von einem Soldaten nicht erwartet. Sie selbst liebte Musik, hatte sich mit Kirchenausstattungen bisher nicht so sehr beschäftigt. Doch was Wilhelm erzählte interessierte sie, sie fragte häufig nach, ließ sich erklären, was sie nicht so recht verstand. Es war eine freundliche, liebenswürdige Unterhaltung.

Gegen Mitternacht kehrten sie ins Hotel zurück.

„Mögen Sie noch ein Glas Sekt ? Sozusagen einen Gute – Nacht – Trunk ?"

„Jetzt kommt er zur Sache", dachte sie und da sie gespannt war, was nun geschehen würde, sagte sie : „Ja."

Der General schenkte ein. Sie tranken. Er machte aber keine Anstalten sich ihr zu nähern, schwieg eine Weile, meinte dann.

„Nach so einem Abend noch ein paar Minuten dazusitzen, bringt die richtige Entspannung. Man kann dann viel besser einschlafen. Finden Sie nicht auch ?"

Irina nickte. Sie fand das auch. Sie saßen noch kurze Zeit schweigend zusammen. Dann beugte er sich zu ihr hin, streichelte ihren Kopf, drückte ihr einen Kuß auf die Stirn, sagte zärtlich.

„Vielen Dank für den angenehmen Abend. Gute Nacht."

Er begab sich in sein Schlafzimmer. Irina suchte das ihre auf, legte sich zu Bett. Nichts von dem was sie erwartet oder befürchtet hatte war eingetreten. Der General hatte sie wie eine Dame, mit ihm auf gleicher Augenhöhe verkehrend, wie sich der Adjutant ausdrückte, wie eine liebe Freundin behandelt, sie weder bedrängt noch Anstalten gemacht sie zu mißbrauchen. Das Streicheln und den Kuß hatte sie nicht als Ausdruck sexueller Lust, vielmehr als Zeichen der Freundschaft und der Achtung empfunden. Aber das war ja erst der Anfang. Vielleicht verstellte er sich noch und zeigte erst morgen sein wahres

161

Gesicht. Sie war also keineswegs beruhigt, dachte noch einige Zeit darüber nach, was dieses Verhalten bedeuten könne, ohne daß ihr eine Lösung einfiel. Dann schlief sie ein.

Samstag

Wilhelm saß im Morgenmantel auf dem Sofa und las in einer Zeitung als sie nach dem Aufstehen aus dem Schlafzimmer ins Wohnzimmer trat.

„Guten Morgen", sagte sie, „Sie sind schon lange wach ?"

„Etwa eine Stunde vielleicht. Wissen Sie, ich stehe morgens recht früh auf und wollte auf Sie warten. Haben Sie gut geschlafen ?"

„Einigermaßen. Wissen Sie, ich bin etwas nervös."

Sie faßte all ihren Mut zusammen.

„Seien Sie mir nicht böse, aber mich quält eine gewisse Unruhe. Wissen Sie, ich bilde mir ein, ein geradliniger Mensch zu sein und ich möchte nicht, daß irgendwelche Unklarheiten zwischen uns bestehen. Der gestrige Abend war sehr angenehm, ich habe mich wirklich wohl gefühlt und ich danke Ihnen von ganzem Herzen deswegen. Aber trotzdem, mich quält eine gewisse Unruhe, da ich nicht weiß, welches Spiel Sie mit mir treiben."

„Welches Spiel ich treibe ?"

„Seien Sie mir um Gottes Willen nicht böse, aber wir sollten doch ehrlich zueinander sein. Auch wenn ich nur eine Kategorie 'D' – Frau bin, so bin ich doch ein Mensch. Und es ist ehrlicher, mich zu unterdrücken, zu demütigen als ein undurchsichtiges Spiel mit mir zu treiben. Halten Sie mich nicht für dumm. Als ich gestern Morgen Ihren Antrag erhielt, war mir schon klar, auf was das hinauslief. Und ich habe mich trotzdem darauf eingelassen. Fragen Sie mich nicht nach den Gründen, die vielleicht eher Abgründe offen legen. Aber glauben Sie mir, ich habe mich deswegen zeitweise vor mir selbst geschämt. Halten Sie mich bitte nicht für ein Flittchen, das sich für ein Trinkgeld jedem hergibt."

Der General schaute sie erstaunt an.

„Habe ich Sie denn wie ein Flittchen behandelt ?"

„Nein, nein", wehrte Irina ab, „ganz im Gegenteil. Sie haben mich wie eine Dame behandelt, die Ihnen im Rang gleich steht. Und gerade das ist es, was mich beunruhigt. Seien Sie mir nicht böse deswegen. Was bin ich denn ? Kategorie 'D' ! Nach eurer Einteilung also eher minderwertig. Und wie behandeln Sie mich ? Wissen Sie, Denken und Handeln sind oft unterschiedlich. Man kann edel denken und schlecht handeln, man kann aber auch schlecht denken und edel handeln ! Was ist übler ? Was ist weniger ehrlich ? Edel zu denken und schlecht zu handeln ist eine menschliche Schwäche, aber edel zu handeln und schlecht zu denken ist niederträchtig, menschenverachtend !"

Überraschenderweise erzürnte der General nicht, sondern lächelte, wenn auch etwas mühsam.

„Sicher, der Schritt von einer elenden Lagerinsassin, die jeder mißbrauchen kann wie er will, zu einer Dame, die ihrem Wert entsprechend behandelt wird, ist groß, zu groß um ihn in einem kleinen Zeitraum erfassen zu können, insbesondere für einen intelligenten Menschen, der über Entwicklungen nachdenkt und sie nicht einfach als gegeben hinnimmt. Aus Ihrer Perspektive konnten Sie auch niemand anderen erwarten als einen Wüstling, zumal es durchaus nicht selten vorkommt, daß sich einer der 'Bonzen' für ein Wochenendvergnügen eine Frau aus einem Lager holt. Und das wissen Sie sicherlich auch. Also, was konnten Sie anders erwarten als einen Wüstling, der Ihnen ein paar Annehmlichkeiten bereitet und als Gegenleistung seine Wollust an Ihnen austoben will. Ist es nicht so ?"

„Ja sicher, aber das verwirrt mich schon wieder. Sie nannten mich eine Dame, die Sie ihrem Wert entsprechend behandeln. Sie kennen mich doch gar nicht. Was bin ich denn wert ?"

Der General lächelte.

„Natürlich gibt es einen Plan. Ich weiß mehr über Sie als Sie vielleicht annehmen. Aber es ist noch zu früh Ihnen Einzelheiten mitzuteilen. Wir haben ja noch zwei Tage Zeit. Tun Sie nur eines; verhalten Sie sich natürlich, so wie sie wirklich sind, mit all Ihren Ecken und Kanten. Versuchen Sie nicht, eine andere Person darzustellen um einen positiven Eindruck in mir zu erwecken. Das wird keinen Erfolg haben."

Irina blickte ihn an.

163

„Nein, das werde ich bestimmt nicht tun. Ich gehöre nicht zu den Menschen, die sich anbiedern. Entweder man akzeptiert mich so wie ich bin oder man ignoriert mich eben. Ich gehöre nicht zu denen, die sich verbiegen."

„Das ist gut. Damit sind die Fronten erst einmal geklärt. Was anderes; vor dem Frühstück will ich noch eine halbe Stunde schwimmen gehen. Kommen Sie mit ?"

„Ich habe keine Badekleidung."

„Die brauchen Sie hierzulande auch nicht."

„Sie baden nackt ?"

„Selbstverständlich. Na ja, ihr Awaren seid da unbegreiflicher Weise etwas verklemmt. Das ist der schlechte Einfluß der Kirche und ihrer Morallehre. Sie behauptet, das fördere die Wollust, die Gier und erklärt es daher für sündhaft, sich vor anderen auszuziehen. Wir haben da ganz andere Erfahrungen gemacht. Schon von Kindheit an lernen wir den Körper des anderen Geschlechtes kennen und Achtung vor ihm zu haben. Und die Folge ist ein natürlicher Umgang miteinander. Es gibt bei uns weniger Ausschweifungen, sexuelle Übergriffe und auch weniger sexuell bedingte Psychosen als in anderen Gesellschaften."

„Ich bin aber keine Awarin, sondern Raukin."

„Ich weiß. Aber dann haben Sie auch keinen Grund verklemmt zu sein. Ich kenne aus den Akten auch Ihre Meinung zur Kirche. Aber ich will Sie nicht drängen. Sie können auch alleine frühstücken, wenn Sie möchten und dann in der Hotellobby oder hier auf mich warten. In der Lobby können Sie lesen, Sie finden dort alle möglichen Zeitschriften."

Irina überlegte kurz. Ihr fiel die Begegnung mit dem Rasseninspektor ein. Hatte sie da den entscheidenden Fehler begangen, weil sie die Gepflogenheiten der Cherusker nicht kannte, die Nacktheit als etwas Natürliches verstanden ?

„Nein, ich komme mit."

Der General lächelte.

„Sie werden sehen. Wenn Sie die erste Scheu überwunden haben, dann werden Sie alles als ganz normal empfinden."

Irinas Scheu blieb natürlich zunächst. Diese legte sich aber bald, nachdem sie festgestellt hatte, daß niemand sie lüstern anstarrte oder

Anstalten machte sie zu belästigen, was sie befürchtet hatte. Die Schwimmhalle des Hotels war trotz des frühen Morgens gut besucht. Irgendwann rempelte eine Frau Irina beim Schwimmen an. Sie entschuldigte sich kurz, wartete aber dann am Beckenrand bis Irina ankam.

„Es tut mir leid", sagte sie, „ich hoffe, ich habe Ihnen nicht weh getan. Aber bei dem Gedränge hier kann das schon einmal passieren."

„Das macht nichts", erwiderte Irina, „ich glaube, ich habe Sie auch getreten."

„Nicht der Rede wert", entgegnete die Frau, „es herrscht eben hier ein wirkliches Gedränge. Und in der Stadt herrscht an diesem Wochenende Hochbetrieb. Es sind viele Besucher gekommen wegen des Schloßfestes."

„Wegen des Schloßfestes? Was für ein Schloßfest?"

„Sie wissen nichts davon?"

„Nein, ein Bekannter hat mich fürs Wochenende zu einem Besuch der Stadt eingeladen. Von einem Schloßfest hat er mir aber nichts gesagt."

„Komisch. Vielleicht wollte er Sie überraschen. Und ich habe das jetzt verdorben."

„Macht nichts, schon gut. Ich werde mir nichts anmerken lassen."

„Wissen Sie, dieses Jahr ist das Schloßfest etwas Besonderes. Es hat eine lange Tradition. Aber die letzten fünf Jahre fiel es wegen der Kriegs- und Nachkriegsereignisse aus. Diese Jahr ist es nun ein echtes Friedensfest, ein Zeichen, daß wirklich Frieden herrscht."

Sie schwieg kurz, sagte dann.

„Der Krieg war eine böse Zeit. Ich wünsche Ihnen einen schönen Aufenthalt."

Dann schwamm sie in Richtung Ausstieg.

„Frieden", dachte Irina, „was weiß die von Frieden. Vielen hat der Frieden mehr Leid gebracht als der Krieg."

Sie sah die fremde Frau aus dem Wasser steigen. Auf ihrem Rücken trug sie mehrere kreuzförmige Narben, die offenbar von Messerstichen herrührten, sowie etliche Brandnarben, die wohl durch das Ausdrücken von Zigaretten auf der Haut verursacht worden waren. Der Krieg forderte vielerlei Opfer.

„Sie haben mir gar nichts von dem Schloßfest erzählt, das wohl eine lange Tradition hat. Was hat es damit für eine Bewandtnis?" wollte Irina den General beim Frühstück fragen. Doch dann überlegte sie sich, daß sie damit vielleicht eine geplante Überraschung verderben würde und zog es vor zu schweigen.

„Wir werden uns heute einmal ein bißchen die Stadt anschauen", meinte Wilhelm, „im Mittelalter war sie lange die westliche Residenzstadt der der Gepidenherzöge. Die ließen auch den großen Dom und das Schloß errichten. Es gilt heute noch als der prächtigste Palast im Osten Europas. Es war auch die letzte Bastion der Herzöge im Kampf gegen die Langobarden und Awaren. Stadt und Schloß wurden bei der Eroberung durch die Langobarden völlig zerstört."

Der General lachte.

„Und nach der Eroberung des Langobardenreiches durch die Cherusker mußten die Langobarden als Sühne Stadt und Schloß wieder aufbauen. Zur Einweihung des neuen Schlosses wurde ein großes Fest veranstaltet mit zahlreichen Theateraufführungen und Ritterspielen, welche die Geschichte der Gepiden zum Inhalt hatten. Es bürgerte sich dann ein, das Fest jährlich zu wiederholen. In den letzten fünf Jahren wurde es allerdings nicht veranstaltet, einmal wegen des Krieges und im letzten Jahr, weil noch nicht alle Schäden, welche der Bombenangriff der Sarmatischen Luftwaffe angerichtet hatten, beseitigt waren."

„Ich habe darüber gelesen", erwiderte Irina, „es heißt, der Wiederaufbau sei aus Dankbarkeit der Cherusker gegenüber den Gepiden erfolgt, für die Hilfe, welche die Gepiden leisteten als die cheruskische Residenzstadt Magodaburg von den Mongolen belagert wurde."

„Ja, ja, das ist richtig, mit den Gepiden verbindet uns eine lange Freundschaft. Die Tragik war, daß wir ihnen nicht helfen konnten. Langobarden und Awaren nutzten den Krieg zwischen Cheruskern und Franken aus um das Gepidenreich zu vernichten und das Volk fast auszurotten, weil sie wußten, daß wir ihnen keine Hilfe leisten konnten."

Sie beendeten das Frühstück, brachen dann bald auf, flanierten durch das Städtchen, das einen schmucken, alten Kern besaß.

„Das ist zwar nicht mehr das mittelalterliche Original, doch der Wiederaufbau vor gut zweihundert Jahren ist recht gut gelungen. Es war übrigens das erste Mal in unserem Reich, daß nach völliger Zerstörung das alte Stadtbild wieder hergestellt wurde. Man hätte ja auch einfach eine neue Stadt bauen können. Es wurden natürlich Zugeständnisse an die neue Zeit gemacht. Die Straßen wurden breiter und nicht mehr so verwinkelt angelegt, der Platz um den Dom vergrößert um das mächtige Bauwerk besser zur Geltung zu bringen. Haben Sie Lust ihn zu besichtigen?"

Irina nickte.

„Ich denke, deswegen sind wir doch hier."

Sie betraten den mächtigen Bau.

„Die Deckenmalereien wurden so getreu wie möglich nachgebildet. Es gab etliche erhaltene Beschreibungen und Zeichnungen von ihnen. Ansonsten hat man sich an den Stil der Malerei im fünfzehnten Jahrhundert gehalten, den man aus anderen Kirchen kannte. Das war die Zeit, als der Dom das letzte Mal umgebaut und neu ausgestattet worden war. Die Zerstörung erfolgte um 1600."

Irina faszinierte der Innenraum, der fast kahl wirkte, weiß getüncht war, außer dem Altar, der Deckenbemalung, der Darstellung des Leidensweges Christi an den Wänden und einer Marienstatue neben der Eingangstür keine Ausstattung enthielt. Das war völlig anders als in den prächtig ausgestatteten Wallfahrtskirchen aus der Zeit des Barocks und des Rokokos, die sie aus Bildbänden kannte oder in den mit Ikonen überreichlich versehenen Gotteshäuser der Ostkirche in Awaristan.

„Mich wundert die Kahlheit ein bißchen. Ich hatte mir vorgestellt, der Dom sei wesentlich prächtiger ausgestattet."

„Ja, es ist aber so: die alten Dome sollten allein durch ihre Größe wirken, dem Menschen zeigen, wie klein er gegen die Welt und die Allmacht Gottes ist. Zuviel Zierrat läßt große Räume kleiner wirken, aber ich glaube nicht, daß die Alten soweit dachten. Sie bauten, wie sie den Glauben so empfanden. Zuviel Ausstattung, zu viele Gemälde und zu viele Heiligenfiguren lenken nur von Gott ab."

Irina lächelte.

„Mir kam da eben ein seltsamer Gedanke; vermutlich hat da ein Wandel der Gesinnung stattgefunden, von der Darstellung der Macht

Gottes zur Darstellung der Pracht Gottes oder besser gesagt, der Pracht der Kirche."

„Das ist sicher ein Grund. Aber Sie müssen auch bedenken, daß die Gepiden ihre Kirche schon früh von Rom trennten und sich dadurch eine andere Vorstellung der Gottesverehrung ausbildete. Sie waren Arianer, wie auch die Goten. Das führte zu Jahrhunderte langen Auseinandersetzungen mit den Langobarden, nachdem diese die römische Lehre angenommen hatten und nun die Gepiden als Ketzer ansahen. Und dieser Streit verschärfte sich noch dadurch, daß die Langobardenherzöge im Grunde nur Marionetten der Bischöfe waren. Die Macht der Römischen Kirche wurde erst nach Unterwerfung der Langobarden durch die Cherusker gebrochen."

„Der Altar ist hübsch gestaltet", bemerkte Irina nun, „er ist aber sicherlich doch auch nicht original."

„Nein, der alte Altar wurde natürlich zerstört. Dieser stammt aus dem Gotteshaus von Frauenkirchen, einem ehemals kleinen Städtchen im Süden des Langobardengebietes. Es wurde im Krieg gegen die Cherusker weitgehend zerstört und, nachdem ein Großteil der überlebenden Bevölkerung einige Jahre später an der Pest starb, nicht wieder aufgebaut. Es heißt, man habe ursprünglich den Altar aus der langobardischen Residenzkirche in Municum hier aufstellen wollen, den Plan dann aber verworfen, weil man fürchtete, der Dom könne dann zu einer Art Wallfahrtsstätte der Langobarden werden."

Der General führte sie dann in die Krypta zu den Grabgelagen der gepidischen Herzöge.

„Es sind natürlich nicht mehr die originalen Grabplatten, die auch zerstört wurden, sondern Nachbildungen."

Sie verließen den Dom, liefen über den Marktplatz, der sich um den Kirchenbau herum streckte, zum alten Rathaus, einem prächtigen Gebäude, dessen Außenfassade mit Wandmalereien bedeckt war. Sie zeigten Szenen aus der Geschichte des Gepidenreiches, aber auch Darstellungen von sagenhaften Begebenheiten.

„Wir können es besichtigen. Es wird heutzutage nur noch zum Teil als Verwaltungsgebäude genutzt, ist größtenteils Museum. Am meisten beeindruckt mich immer wieder der Sitzungssaal, die Reichshalle, so genannt, weil die Gepidenherzöge hier ihre Reichstage abhielten. Er erinnert mich sehr stark an den Kaisersaal in der Kaiserpfalz in Werla, der ersten cheruskischen Residenzstadt. Berühmt ist auch die im Obergeschoß ausgestellte Gemäldesammlung."

Mittag war bereits vorüber als sie das Rathaus verließen. Sie schlenderten dann weiter zu dem prächtigen Herzogsschloß. Der Festbetrieb hatte schon begonnen, es herrschte bereits Gedränge im weiten Hof vor dem Schloß.
„Das schöne Wetter lockt die Menschen aus ihren Wohnungen heraus; ich hatte allerdings geglaubt, um diese Zeit sei es noch ruhiger, der Rummel würde erst am Nachmittag so richtig einsetzen", meinte der General fast entschuldigend.
„Ach, das macht nichts", antwortete Irina, „wenn man fast ein Jahr lang eingesperrt war, dann tut dieser Trubel gut, gibt so richtig das Gefühl frei zu sein. Verstehen Sie das ?"
Der General lächelte.
„Ja, ich verstehe das schon. Aber trotzdem, die Schloßbesichtigung sollten wir uns heute schenken, die kann man bei diesem Andrang gar nicht genießen. Wir können das ja ein andermal nachholen."
„Wir ? Ein andermal ?"
Irina blickte den Mann irritiert an.
„Warum nicht ? Was spricht dagegen ?" lautete die Antwort.
Irina fühlte sich wohl in dem Trubel; überall kleine Bühnen, auf denen Gaukler ihre Künste darboten; dazwischen Musikanten in historischen Kostümen, die auf altertümlichen Instrumenten, teilweise wohl selbst gebaut, spielten; daneben gab es Buden, in denen allerlei Tand, der oft von Marktschreiern angepriesen wurde, sowie auch Speisen und Getränke gekauft werden konnten. Alles durcheinander, ein buntes Treiben, oft war es so laut, daß man sein eigenes Wort nicht verstand. Die beiden unterhielten sich daher kaum, genossen vielmehr das Spektakel.
Weniger Gedränge herrschte im weitläufigen Park hinter dem Schloß, wo mittelalterliche Turnierspiele abgehalten worden.
Etwas erschöpft verließen sie nach etwa vier Stunden, die Zeit war wie im Fluge vergangen, das Schloßareal, suchten dann ein Straßencafé am Rande des Marktplatzes auf.

169

„Mir dröhnt der Kopf von all dem Lärm. Es war höchste Zeit, einen ruhigeren Platz aufzusuchen. Aber bei all diesem Trubel habe ich alles um mich herum vergessen. Erst jetzt merke ich, daß ich furchtbaren Hunger habe", begann Irina.

„Mir geht es genauso."

„Bekommen Sie jetzt einen schlechten Eindruck von mir, wenn ich zwei Stück Kuchen möchte ?"

„Tun Sie sich keinen Zwang an."

Sie blieben fast zwei Stunden. Irina konnte sich nicht bremsen. Sie mußte alle ihre Eindrücke schildern, redete fast die gesamte Zeit ununterbrochen. Der General hörte ihr geduldig und lächelnd zu. Ein aufmerksamer Beobachter hätte an seinen Gesichtszügen feststellen können, daß ihn die enthusiastischen Erzählungen der Frau faszinierten, die zudem von einem Strahlen begleitet wurden, welches ihr hübsches Gesicht noch hübscher erscheinen ließ.

Sie kehrten ins Hotel zurück, machten sich frisch, zogen sich um, brachen kurz nach sieben Uhr zum Theater auf.

„Was für ein Stück wird eigentlich gegeben ?" fragte Irina, nachdem sie ihre Plätze eingenommen hatten.

„Ach, es ist ein eher unbekanntes Werk eines unserer bekanntesten Dichter, es wird auch selten aufgeführt. Es heißt 'Der junge Gelehrte' und stammt von Gotthold Ephraim Lessing, eine Komödie."

Irinas Augen leuchteten auf.

„Das ist ja eine Überraschung. Ich mag das Stück sehr. Es ist ja schon fast keine Komödie mehr, sondern eine Satire. Herrlich, wie so richtig die Hochnäsigkeit der sogenannten Gelehrten den einfachen Leuten gegenüber, aber auch ihre Weltfremdheit charakterisiert wird. Und wie der junge Mann dann aus Frust darüber, daß seine Gelehrsamkeit, die er sich einbildet, in der Heimat nicht anerkannt wird, auswandern will ! Das erinnert mich so richtig an das Sprichwort 'Der Prophet gilt nichts in seinem Heimatland – man kennt ihn dort'. Und die verschiedenen, von reiner Geldgier geleiteten Verkupplungsversuche des Vaters, je nach der erwarteten finanziellen Lage der auserwählten Braut und die Reaktionen des Sohnes darauf, sind auch köstlich."

„Sie kennen das Stück ?"

170

„Ei, natürlich. Ich kenne mich in der cheruskischen Literatur recht gut aus. Wissen Sie, ich war doch Lehrerin, unterrichtete Sprachen, cheruskisch, fränkisch und angelsächsisch, gab auch Kurse in Sarmatisch.“

„Eine großartige Aufführung, vielen Dank !“ schwärmte sie als sie das Theater verließen.

„Und es gibt noch keinen Grund ins Hotel zurück zu gehen“, antwortete der General, „es sei den Sie sind zu müde.“

„Müde ? An einem solchen Tag, an dem nach langer Düsternis das Leben in voller Blüte auf einen einströmt. Nein, ich bin nicht müde.“

„Das ist gut, wir haben ja auch noch kein Abendessen eingenommen. Suchen wir ein Restaurant auf.“

„Aber eines, wo wir draußen sitzen können. Es ist noch herrlich warm und ich möchte die Nachtluft genießen.“

„Ja, und um Mitternacht findet das große Abschlußfeuerwerk statt. So lange sollten wir noch bleiben.“

„Natürlich, das Feuerwerk möchte ich schon gerne sehen.“

Und so kehrten sie erst gegen ein Uhr ins Hotel zurück. Der General holte eine Flasche Wein aus dem Kühlschrank, nahm zwei Gläser, öffnete die Flasche, goß ein.

„Ein wundervoller Tag braucht einen wundervollen Abschluß.“

Irina lächelte ihn an; sie war glücklich, zum ersten Mal seit langer Zeit. Und sie war bereit ihm alles zu geben, was er wollte, war gespannt darauf, was er nun tun würde. Sie beobachtete ihn scharf. Doch der General sah sie zwar verliebt an, wie sie empfand, plauderte freundlich, machte allerdings keinerlei Anstalten ihr zu nahe zu kommen. Das verwirrte sie etwas. Schließlich hatte er sie doch wohl genau aus diesem Grunde eingeladen. Warum hielt er sich heute wieder zurück ? Sie dachte an das Gespräch vom Morgen. Das hatte sie nicht wirklich beruhigt. Sie hatte die Worte Wilhelms teilweise schon für Ausreden, Abwiegelungen gehalten um seine wahren Ansichten zu verbergen. Denn so wirklich traute sie ihm noch immer nicht. Und hatte nicht auch der Adjutant gesagt, der General sei ein Mann, der sich nicht in die Karten blicken läßt ? Andererseits beruhigte sie sein Verhalten etwas. Denn offenbar hatte er gar nicht vor, ihr, der armen, erniedrigten Gefangenen einige Schönheiten des Lebens zu bieten um sie dann zur Belohnung nach seinem Belieben benutzen zu dürfen. Aber was hatte er dann vor?

Der General bemerkte, daß Irina ruhig und nachdenklich geworden war, konnte aber nicht erraten, was sie beschäftigte. Er schob ihr Verhalten daher einer gewissen Müdigkeit zu.

„Es ist schon spät geworden. Wir sollten uns zur Ruhe legen. Mir scheint, Sie haben es bitter nötig."

Irina nickte. Sie begaben sich in ihre Schlafzimmer.

Wilhelm lag noch eine Weile wach, dachte über das Gespräch am Morgen nach, das ihn eigentlich hätte erzürnen müssen. Es hatte ihn auch etwas erzürnt und er war nahe daran gewesen, den Aufenthalt abzubrechen und sie zurückzubringen. Er mußte sich sehr zusammennehmen um ruhig zu bleiben. Doch der wundervolle Tag mit ihr hatte ihn für die schon fast beleidigenden Vorwürfe entschädigt. Aber war ihr Verhalten nicht auch zu verstehen? Wie viel Unmut, wie viel Schmerz und Leid hatten sich infolge der Demütigen, denen sie im Reich ausgesetzt war, in ihrer Seele angesammelt. Nur ein dumpfes Wesen konnte dies alles unterdrücken, einfach vergessen. Aber zu dieser Kategorie Menschen gehörte sie nicht. Sie mußte das ausleben, ihre Seele von der Last befreien. Und er war gewillt, dies zu akzeptieren und sie nun nicht einfach wegzustoßen. Sie mußte Vertrauen zu ihm, seinem Volk, seinem Land gewinnen. Das erforderte Fingerspitzengefühl und sicher auch Zeit. Aber die Frau war die Mühe wert, die man für sie aufbrachte, da war er sich völlig sicher. Und er hatte sich zweifelsohne auch in sie verliebt.

Sonntagsausflug

Irina erwachte erst gegen neun Uhr. Der General war nicht anwesend.

„Vermutlich ist er wieder zum Schwimmen gegangen", dachte sie, ging ins Badezimmer, duschte, machte sich dann zurecht.

Wilhelm erschien kurz nach halb zehn.

„Ich habe Sie schlafen lassen, wollte Sie nicht aufwecken, und ich sehe, Sie haben heute auch gar keine große Lust schwimmen zu

172

gehen. Wir können dann frühstücken, es wird auch Zeit. Das Buffet schließt um zehn Uhr. Ich muß mich nur noch schnell umziehen."

„Haben Sie für heute einen besonderen Wunsch?" fragte er dann als sie bei Tisch zusammensaßen.
„Einen Wunsch?"
Irina war verwundert; bisher hatte der General den Tagesablauf bestimmt. Und nun fragte er nach einem Wunsch, fragte sie nach ihrer Meinung. Was hatte denn das schon wieder zu bedeuten?
„Das kommt jetzt überraschend. Ich habe noch nicht darüber nachgedacht. Habe ich ein bißchen Zeit?"
„Zumindest bis Ende des Frühstücks. Vielleicht auch länger."
„Ich habe einmal etwas über eine Burg Rothenstein gelesen", begann sie nach einiger Zeit, „sie soll ein alter Stammsitz der gepidischen Herzöge gewesen sein, ein prächtiger Bau aus dem elften Jahrhundert. Und soweit ich mich erinnere, müßte sie irgendwo hier in der Nähe liegen."
„So ganz in der Nähe nicht, etwa vierzig Kilometer entfernt. Aber das ist kein Problem. Wir haben ja ein Auto. Und ein Besuch lohnt sich wirklich. Sie sollten aber ein Paar feste Schuhe anziehen. Die Burg liegt auf dem Gipfel eines Hügels und kann von Besuchern nur über einen Fußweg erreicht werden."

Sie brachen nach dem Frühstück auf, erreichten Rothenstein gegen Mittag. Der Parkplatz lag in der Tat am Fuße des Hügels. Die Fahrstraße war für Besucher gesperrt, allerdings gab es einen Kleinbusverkehr nach oben.
„Das ist doch etwas für alte Leute und Fußkranke", sagte Irina, „wir können doch laufen."
„Sicher."

Sie verbrachten den Nachmittag auf der Burg. Die Anlage war weitläufig, es gab vieles zu besichtigen und zwischendurch kehrten sie auch in dem Burgcafé ein. Sie hatten ja auch keine Eile, ließen sich Zeit. Erst als es dunkelte kamen sie wieder am Parkplatz an.
„Suchen wir uns ein Gasthaus in der Nähe zum Abendessen bevor wir zurückfahren", schlug der General vor, „wir sind aber in einer

173

ländlichen Gegend, Spitzenrestaurants werden wir hier nicht finden, lediglich Bauernwirtschaften."

„Das macht doch nichts", erwiderte Irina, „da gibt es sicherlich noch so richtig deftige, ländliche Kost. Das ist doch etwas Feines. Das schmeckt besonders gut."

„Ja, das ist richtig; wenn Sie es mögen; mir ist das allemal recht."

Sie fanden eine einladende Gaststätte in einen nahen Dorf. Es herrschte Betrieb. Männer hockten herum, spielten Karten, Frauen saßen zusammen, plauderten. Es war ziemlich laut. Der Wirt wies den beiden einen Tisch in einer Nische zu.

„Hier sind Sie ein bißchen abgeschirmt und es ist auch etwas ruhiger."

„Macht doch nichts, vielleicht möchten wir gar nicht abgeschirmt sein", entgegnete ihm Irina.

„Wir sind ja schließlich auf dem Land", fuhr sie fort, nachdem der Wirt gegangen war, „ich hoffe, es stört Sie doch nicht."

„Nein."

Sie plauderten, beobachteten die Gäste, soweit dies aus der Nische heraus möglich war, machten auch einige spitzfindige Bemerkungen über das Treiben. Das Essen schmeckte hervorragend.

Sie hatten keine Eile, brachen erst nach zehn Uhr auf, erreichten das Hotel eine knappe Stunde später. Sie setzten sich auf dem Sofa zu einem Glas Wein zusammen, wie an den Abenden zuvor.

„Damit können wir das Wochenende ausklingen lassen. Ich hoffe, es hat Ihnen gefallen", begann dann Wilhelm, „ich jedenfalls habe mich in Ihrer Gesellschaft wohlgefühlt, habe sie genossen, wie man das sagen könnte."

„Ja, es war wirklich herrlich", erwiderte Irina, „ganz anders als ich mir das vorgestellt hatte. Vielen Dank dafür."

Der General lächelte, er verstand offensichtlich, was sie mit der Anspielung meinte. Er sagte aber nichts. Es lag ihr auf der Zunge zu fragen, was sein merkwürdiges Verhalten zu bedeuten hatte. Sie hatte fest damit gerechnet, daß er mit ihr schlafen wollte, aber er hatte diesbezüglich bisher keinerlei Anstalten gemacht und sein Verhalten gab auch keinen Anlaß anzunehmen, daß er es noch tun wollte. Er hatte sie die ganze Zeit über korrekt, wie eine Dame, oder auch wie eine vertraute Freundin behandelt, auch nie irgendwelche zwei-deutigen Reden geführt. Es lag ihr auf der Zunge zu fragen, was das alles bedeutete, aber sie traute sich dann doch nicht, auch eingedenk des Gesprächs vom Samstag Morgen, wo sie den Eindruck hatte, er sei zumindest kurzfristig böse auf sie gewesen. Sie war aber nur zu müde um eine solche Szene zu wiederholen, die beim zweiten Mal möglicherweise zu einem Eklat führte, welcher das Angenehme der letzten beiden Tage zerstörte.

Als sie in ihrem Bett lag, über alles nachdachte, erschienen ihr das Wochenende wie ein wundervoller Traum, der nun zu Ende ging. Morgen erwartete sie wieder der Lageralltag, einfache Baracken, ausgestattet mit unbequemen Möbeln, eine kleine Wohnung mit drei anderen zusammen, die nun vielleicht aus Neid auf sie herabblickten, Arbeit, Öde, Aufseher, die je nach Laune meist freundlich, des öfteren aber auch barsch waren, ein elendes Leben. Sie wäre am liebsten aufgestanden, sich aus dem Zimmer, dem Hotel geschlichen, davon gelaufen. Aber das war keine Lösung. Wo hätte sie hingehen sollen ? In ein fremdes Land, wo sie vielleicht ebenso unerwünscht war wie hier ? Die Freiheit winkte dort, aber was sonst ? Und mußte sie deswegen weglaufen ? Sie konnte ja ganz legal das Cheruskische Reich verlassen, wenn sie ein anderes Land aufnahm. Sie hatte ja auch Anträge gestellt, aber entweder keine Antworten oder nur Ablehnungen erhalten. Bis zur fränkischen Grenze waren es etwa tausend Kilometer; vielleicht schaffte sie es dahin zu gelangen und sich als Flüchtling auszugeben. Aber davor hatte sie auch Angst. Sie hatte sich gegen Ende des Krieges vom Osten Awaristans in Erwartung eines besseren Lebens nach Cheruskien durchgeschlagen, war dann in einem Lager gelandet. Würde ihr im Fränkischen Reich ein besseres Schicksal blühen ? Nein, sie hatte einfach nicht die Kraft dies zu tun. Das Glücksgefühl der letzten Tage wich, Verzweiflung machte sich breit. Sie weinte leise; irgendwann schlief sie ein.

Das Angebot

Der nächste Morgen begann ähnlich wie der an den Tagen zuvor. Sie wurde schon gegen sieben Uhr wach. Der General saß auf dem Sofa, las in einer Zeitung. Als er Irina erblickte legte er die Zeitung beiseite, wünschte ihr einen guten Morgen.

„Ich habe auf Sie gewartet. Haben Sie Lust mit zum Schwimmen zu kommen ?"

Irina blickte ihn ungläubig an.

„Eigentlich schon, aber ist dazu noch Zeit ? Ich muß doch ins Lager zurück."

„Da müssen Sie sich keine Sorgen machen. Den Zeitpunkt Ihrer Rückkehr kann ich bestimmen. Und Sie werden auch nicht ins Lager zurückkehren, es sei denn, Sie möchten es unbedingt."

Irina faßte sich nun ein Herz.

„Auch wenn Sie mir jetzt wirklich böse werden. Am Samstag Morgen waren Sie ja schon nahe daran. Was habt ihr mit mir vor ? Was wird hier gespielt ? Wissen Sie, als ich am Freitag zu Ihnen kam, ging ich davon aus, daß Sie sich mit mir vergnügen, mit mir schlafen wollten. Das war mir klar, das hätte ich auch akzeptiert. Ich hatte ja schließlich auch die Erklärung unterschrieben. Doch nichts dergleichen ist passiert. Was wollen Sie von mir ?"

Der General lächelte.

„Regen Sie sich doch nicht auf. Sie werden alles erfahren. Es kommt schon vor, daß höhere Offiziere Frauen übers Wochenende aus den Lagern holen um sich mit ihnen zu vergnügen, aber wir spielen mit offenen Karten, lassen die Frauen wissen, was wir vorhaben und sie müssen natürlich zustimmen, dann allerdings auch ihre Zusage einhalten. Und wissen Sie, es gibt zahlreiche, die das gerne tun. Aber sie harmlos einzuladen und dann zu überrumpeln, das bedeutet ja, die Frauen unter psychischen Zwang zu setzen. Ich spreche hier nicht von Gewaltanwendung, sondern von seelischen Druck, den man auf sie ausübt, ihnen sozusagen einredet, sie seien als Gegenleistung zur Einladung verpflichtet mit einem zu schlafen; nein, das ist unehrenhaft und widerspricht unserem Ehrgefühl. Wir sind keine Sarmaten, für die Frauen, insbesondere feindliche, Freiwild sind. Für einen Soldaten ist es notwendig, auch den Gegner zu achten, ihn nicht blindwütig zu hassen. Natürlich gab es auch im Krieg von unserer Seite aus Übergriffe, Vergewaltigungen. Das will ich gar nicht beschönigen. Aber solche Fälle wurden geahndet, wenn sie bekannt wurden; zugegeben, es waren nicht allzu viele Fälle, denn die Dunkelziffer war hoch. Aber lassen wir das Geschwätz. Ehrlich gesagt, ich hatte schon vorgehabt, mit Ihnen zu schlafen. Aber ich wollte Sie verführen, so daß Sie es aus eigenem Antrieb wollten, nicht aus Vertragserfüllung. Ich habe mich dann aber anders besonnen. Sie hätten da sicher mitgespielt, hatten ja wohl auch nichts anderes erwartet, wie Sie selbst sagten. Es hätte in mir allerdings den Eindruck hinterlassen Sie mißbraucht zu haben und Sie hätten sich sicherlich auch mißbraucht gefühlt. Ich habe Sie schätzen gelernt und konnte deswegen Ihnen das nicht antun. Ich wünsche natürlich, daß wir uns wiedersehen, allerdings unter anderen Vorzeichen, als Menschen, die auf gleicher Höhe stehen. Aber lassen wir das erst einmal, gehen wir schwimmen; hinterher, beim Frühstück, werden Sie alles erfahren."

Irina blickte ihn leicht verwirrt an. Was sollte dieses Gerede ? Sie hatte doch die Erklärung unterschrieben.

Der General schien ihre Gedanken zu erraten.

„Die Erklärung ist nur eine juristischen Absicherung, ersetzt nicht ein persönliches Gespräch", er lächelte, „es wäre feige, Ihnen an die Wäsche zu gehen und dabei zu sagen, Sie haben ja die schriftliche Einwilligung gegeben."

Irina verstand nicht so recht, was er damit meinte. Es mochte wohl eine Eigenschaft der Cherusker sein. Und sie hatte auch keine Lust, sich diesbezüglich auf irgendwelche Diskussionen einzulassen.

Sie gingen in die Schwimmhalle, später dann zum Frühstück. Sie begaben sich aber nicht in den Speisesaal wie an den Tagen zuvor, sondern in einen kleinen Nebenraum. Sie brauchten auch nicht selbst zum Buffet zu gehen, denn ein Kellner bediente sie.

„Ich glaube, es ist an der Zeit, Sie über die Umstände unseres gemeinsamen Wochenendes aufzuklären", begann Wilhelm dann, „hier in den Ostprovinzen ist vieles im Umbruch. Wir brauchen fähige Leute, auf die wir uns verlassen und denen wir vertrauen

177

können, wenn der Aufbau gelingen soll. Letztlich war das der Sinn unseres Wochenendes, das Spiel wie Sie es am Samstag Morgen genannt haben. Daß ein bißchen mehr daraus geworden ist, war nicht beabsichtigt."

„Ich verstehe nicht, worauf Sie hinaus wollen."

„Sie erinnern sich doch sicher noch an die Begutachtung vor gut einem Jahr. Wissen Sie, die gesamte Aktion war von unserer Seite gut geplant und wurde auch ordentlich durchgeführt. Allerdings ergaben sich da auch zahlreiche Fehler, insbesondere bei der sogenannten visuellen rassischen Begutachtung, da viele der Inspektoren die Leitlinien nicht so richtig verstanden. Sie kannten die Befindlichkeiten der verschiedenen Volksgruppen nicht und deuteten daher das Verhalten der Menschen falsch. So wurde die Weigerung, sich vor dem Inspektor nackt auszuziehen, von vornherein als Ablehnung unserer Lebensweise und Gesellschaftsordnung angesehen und führte zur Herabstufung, unabhängig davon, wie die sonstige Begutachtung ausgefallen war. Formal war dies wohl richtig, aber man kann nicht alle Menschen in ein Schema pressen."

„Das sind aber jetzt ganz andere Worte als das, was ich seit mehr als einem Jahr gehört habe."

„Ich habe nicht behauptet, daß die Kategorisierung grundsätzlich falsch war. Sie hatte den Sinn, die herauszufinden, die zu uns passen und auch die, welche auszusondern sind. Für die Mehrheit, mehr als neunzig Prozent, war dies alles ohne praktische Bedeutung. Aber ich muß zugeben, daß es bei der Einteilung auch zahlreiche Fälle gab, welche bei näherer Betrachtung als Fehlentscheidungen gewertet werden müssen. Aber läßt sich das vermeiden, wenn mehrere Millionen überprüft werden? Vermutlich nicht, so tragisch die Schicksale in den einzelnen Fällen auch sein mögen."

„Warum müssen Menschen denn überhaupt überprüft werden? Wozu dient überhaupt euer ganzes rassistisches Gehabe? Sind denn nicht alle Menschen gleich viel wert?"

„Es wäre schön, wenn es so wäre. Schon innerhalb eines Volkes gibt es gewaltige Unterschiede; deswegen gibt es in unserem Staat auch keine Gleichheit aller, ich rede jetzt nicht von der Gleichheit vor dem Gesetz, sondern eine strukturierte Gesellschaft. Das ist aber nichts Neues, es wird schon seit Jahrzehnten so praktiziert, ist also ein eingespieltes Verfahren. Unsere Gesellschaftsstruktur ist allerdings durchlässig. Wer sich bewährt kann aufsteigen, und wer sich nicht bewährt und sich auch nicht bewähren will, der fällt. In den neuen Provinzen ist das anders, das stehen wir Fremden gegenüber, die wir irgendwie in unseren Staat eingliedern müssen. Das war der Sinn hinter der Einteilung. Es ging vornehmlich darum, herauszufinden, wer in unsere Gesellschaft paßt und wer nicht, drastischer ausgedrückt, wen wir in unsere Volksgemeinschaft aufnehmen konnten, nicht erst in ein paar Jahren, sondern zeitnah und wen wir aussondern mußten. Die meisten dort sind allerdings Autochthone, von denen wir nur verlangen, daß sie sowohl unsere Herrschaft als auch die Gültigkeit unserer Vorstellungen und Werte im öffentlichen Leben anerkennen. Ansonsten lassen wir sie weitgehend unbehelligt, sofern sie sich nicht gegen unseren Staat auflehnen und uns bekämpfen. Am Anfang gab es in der Tat in einigen Gegenden Widerstand und wir mußten hart durchgreifen; mittlerweile hat sich die Situation aber entspannt. Bei euch lagen die Dinge anders. Ihr wart Flüchtlinge, ihr seid in unser Reich geströmt, nicht weil ihr uns liebtet, sondern weil unsere Herrschaft, verglichen mit dem Regierungssystem der Sarmaten, euch als das kleinere Übel erschien. Hier mußten wir intensiver prüfen."

„Und bei mir war es dann so, daß meine Weigerung, mich vor dem Rasseninspektor nackt auszuziehen, zur Abwertung geführt hat. War das ein sinnvolles Kriterium? Ich erinnere mich noch genau: er hat auf meine Weigerung gar nicht wirklich reagiert, mich nur gelangweilt angeblickt, seine Forderung wiederholt und mich dann hinausgeschickt."

„Nun ja, es ist mir unlängst aufgefallen, daß es in Ihrem Fall Ungereimtheiten gab und eine erneute Überprüfung notwendig schien. Es war ja in der Tat so, daß Ihre Weigerung den Ausschlag gab. Ihre Antworten im Fragebogen zu unserem Staat und unserer Gesellschaft entsprachen zwar ganz und gar nicht unseren politischen Vorstellungen, aber daran wurde kein Anstoß genommen."

„So? Und warum nicht?"

„Der Begutachter begründete es damit, daß Sie viele Ihrer Ansichten von unseren Volksangehörigen in Awaristan übernommen hätten und zwar von der Gruppe, welche sich dort als Elite fühlte. Und Ihre

Ansichten über unseren Staat entsprach deren Meinungen, die auf früheren Zuständen im Reich beruhten und die Wandlungen ignorierten, die sich vollzogen hatten oder im Begriff waren sich zu vollziehen. Aber das konnten Sie ja nicht wissen. Und Sie wurden als hochintelligent und fähig zum eigenen Denken eingestuft. Es erschien dem Gutachter daher selbstverständlich, daß Sie nicht in Ihren Vorurteilen verharren, sondern Ihre Meinung ändern würden, wenn Sie erst die Realität kennen lernten."

Irina errötete ein bißchen.

„Und warum mußte die Nachbegutachtung nun auf diese Art und Weise erfolgen ? Das hätten Sie doch auch anders lösen können."

Der General lachte.

„Natürlich. Sie sind ja bei weitem nicht der einzige Fall, und wollte ich jede zum Wochenende einladen, so wäre ich auf Jahre beschäftigt. Üblicherweise wurde, beziehungsweise wird es auch anders gelöst. Und die Hälfte aller Fälle betraf auch Männer. Aber manchmal verbindet man eben Notwendiges und Angenehmes, insbesondere, wenn die Angelegenheit von äußerster Bedeutung ist. Wissen Sie, aus Ihren Unterlagen schloß ich, daß Sie ein außergewöhnlicher Mensch sein müssen und daher wollte ich Sie kennenlernen, einen Eindruck von Ihrer Person gewinnen."

„Ich verstehe nicht so richtig; was ist jetzt die Konsequenz ?"

Der General lächelte verschmitzt.

„Ich denke, ich habe lange genug um den heißen Brei herumgeredet. Ich habe ein Angebot für Sie: es besteht hier im Osten ein gravierender Mangel an wirklich Sprachkundigen. Ich rede jetzt nicht von Leuten, welche cheruskisch, awarisch oder den einen oder anderen Dialekt der Minderheiten einigermaßen beherrschen. Wissen Sie, es gibt eine Unmenge von Verordnungen, Verträgen, Dokumenten, Urkunden, die übersetzt werden müssen, in die eine oder andere Richtung und wir brauchen Leute, die fähig sind, die Übersetzungsbüros zu leiten. Ich rede jetzt nicht von kleinen Büros, sondern von der zentralen Übersetzungsabteilung in der Gauvogtei. Damit Sie das richtig verstehen. Sie ist zwar dort untergebracht und untersteht zur Zeit auch noch dem Gauvogt, tatsächlich ist es aber eine Institution des Reiches. Es geht dort nicht um Kleinigkeiten, sondern um offizielle Dokumente, Verordnungen der Reichsregierung, sowie auch innenpolitische oder auch außenpolitischen Verpflichtungen der ehemaligen Awarischen Republik, die wir übernehmen müssen, um Versicherungsabkommen, Grundbesitzbeurkundungen und so fort, also Sachen, die jetzt in die Verantwortung des Reiches oder der Provinz fallen. Auch Gesetze müssen übersetzt werden. Als Leiterin müssen Sie nicht selbst übersetzen, sondern im wesentlichen die Übersetzungen auf Korrektheit überprüfen. Hierzu bedarf es nicht nur reiner Kenntnisse der Sprache, sondern auch einen hohen Grad an Bildung um die Formulierungen auch richtig zu verstehen um Mißverständnisse zu vermeiden. Und man muß auch in der Lage sein, mit unseren Juristen über Formulierungen zu diskutieren, was nicht immer einfach ist. Sie werden auch mit Vertretern der Reichsregierung konferieren müssen. Aufgrund Ihrer letztjährigen Begutachtung und dem Zeugnis über Ihre Arbeit im Lager, sind wir zur Ansicht gekommen, daß Sie die geeignete Kandidatin für dieses Amt sind. Und das Wochenende mit Ihnen hat mich davon überzeugt, daß dies auch der Fall ist."

Irina schaute ihn groß an.

„Das ist sicherlich eine hohe Stellung. Und die kann ich so ohne weiteres erhalten ?"

„Das ist in der Tat eine Führungsposition. Das Angebot an Sie liegt schon im Detail vor. Es fehlt nur noch meine Befürwortung."

„Und von was ist die abhängig ?"

„Nur noch von Ihrer Bereitschaft das Angebot anzunehmen. Verstehen Sie mich nicht falsch, ich meine damit nicht, daß Sie jetzt schon einen Arbeitsvertrag akzeptieren müssen, den Sie noch gar nicht kennen, sondern bereit sind ihn ernsthaft zu prüfen. Anders ausgedrückt: für morgen ist ein Vorstellungsgespräch beim Gauvogt angedacht. Ich muß den Termin nach unserem gemeinsamen Wochenende noch bestätigen, sozusagen mein Urteil über Sie abgeben. Und den Termin bestätige ich nur, wenn ich sicher bin, daß Sie mitkommen. Ich will mich ja nicht blamieren."

Irina schaute ihn groß an.

„Sie können den Vertragstext morgen einsehen. Und wenn Sie kleinere Änderungen möchten, dann werden die sicher auch akzeptiert. Ich habe da allerdings keinen Einfluß darauf. Das ist die Angelegenheit des Gauvogtes."

„Und wenn ich ablehne ? Nicht mitkomme ?"

„Im Grunde genommen haben Sie gar keine wirkliche Alternative: dann erhalten Sie eine Stelle in der Militärverwaltung; das wird aber dann keine Führungsposition sein, sondern etwas ähnliches wie Ihre Stelle im Lager. Es steht Ihnen dann natürlich frei, sich eine andere Arbeit zu suchen, vorerst allerdings nur innerhalb der Provinz Gepidien, da Sie einer Aufenthaltsbeschränkung unterliegen und Ihr Wohnsitz vorerst auf Gepidien beschränkt sein wird. Ins Lager werden Sie auf keinen Fall zurückkehren."

„Was heißt vorerst ?"

„Nun ja, nehmen Sie die Stelle in der Gauvogtei an, dann haben Sie auch das Recht sich im Reich frei zu bewegen, sonst dürften Sie ja gar nicht ohne Genehmigung zu Besprechungen in die Hauptstadt fahren. Sie erhalten dann auch bald die Staatsbürgerschaft. Ansonsten brauchen Sie natürlich eine schriftliche Erlaubnis, wenn Sie die 'Neuen Provinzen' verlassen wollen und sei es nur für Besuche oder eine Besichtigungsreise. Die Dinge sind aber im Fluß. In zwei Jahren kann das ganz anders aussehen."

„Und meine Arbeit im Lager kann ich nicht behalten ?"

„Im Prinzip schon, aber es wäre keine gute Lösung, und ich würde das auch nie genehmigen. Sie wären dann zwar nicht mehr der Lagerordnung unterworfen, würden sozusagen als normale Angestellte in der Lagerverwaltung arbeiten, aber außerhalb des Lagers wohnen. Das würde nur den Neid Ihrer ehemaligen Mitinsassinnen nach sich ziehen, und von den cheruskischen Lagerangestellten würden Sie niemals als gleichberechtigt angesehen werden, sondern immer nur als Lagerinsassin. Sie würden nur unglücklich werden. Es wäre auch keine Dauerlösung, denn ich bin sicher, daß die Lager sehr bald aufgelöst werden. Hierfür gibt es gute Gründe."

Er schwieg kurz.

„Aber, wenn Sie gar nicht im Reich bleiben wollen, unser Militärattache in Lutetion, Oberst Markstein, war im Krieg einer meiner Regiments - Kommandeure. Der würde Ihnen sicher eine Stelle geben, falls ich mit ihm rede. Sie beherrschen ja auch die fränkische Sprache perfekt."

Irina überlegte kurz.

„Ich sehe, ich habe eigentlich keine echte Wahl. Da gibt es nicht viel zu überlegen: ich nehme an. Es wäre ja dumm aus Trotz abzulehnen. Ich könnte natürlich auch abzulehnen um damit zu zeigen, daß ich mich nicht unterwerfe, lieber klein bleibe als mich zu beugen und euch zu dienen. Wissen Sie, es ist schwierig, nach mehr als einem Jahr der Demütigung plötzlich so in die Höhe zu steigen. Habe ich das verdient ?"

„Was heißt verdient ? Es widerfährt Ihnen nur Gerechtigkeit."

„Das macht keinen großen Unterschied. Gerechtigkeit ist nichts Selbstverständliches, oft nur eine Wohltat. Wissen Sie, wenn man mich am Freitag vor die Entscheidung gestellt hätte, hätte ich vermutlich abgesagt, wäre lieber klein geblieben als mich eurer Herrschaft zu unterwerfen. Doch das Wochenende mit Ihnen hat meine Denkweise geändert, meine Voreingenommenheit, meine Abneigung gegen euer Volk und euer Herrschaftssystem abgebaut. Aber das ist für mich nun auch ein Problem. Soll ich all das andere jetzt einfach vergessen ?"

„Vergessen ? Nein, das können Sie sicher nicht, das verlangt auch niemand von Ihnen. Aber Sie können, besser gesagt Sie sollten, Ihr Leben neu ausrichten, neu gestalten wenn sich neue Aspekte ergeben, wenn sich neue Wege öffnen. Im Grunde genommen bleibt Ihnen doch auch gar nichts anderes übrig. Ihr Leben in Awaristan ist Vergangenheit. Das kommt nie mehr. Das Alte spielt dann keine Rolle mehr und Sie sollten sich auch nicht daran klammern. Was nützt es, sich in Haß und Jammer zu vergraben ? Man sollte die Veränderungen annehmen; dies bedeutet weder vergessen noch vergeben."

„Ich sehe, ich bin geschlagen. Ich werde morgen mitgehen. Ehrenwort."

„Das freut mich ungemein, denn im Rückblick hatte das Wochenende nicht nur einen dienstlichen Aspekt. Ich habe Sie als Mensch und als Frau schätzen gelernt und ich würde mich freuen, wenn wir in Kontakt bleiben und wäre glücklich, wenn wir unsere Beziehung zueinander vertieften. Vergessen Sie meinen Titel und meine Position. In Ihrer Stellung dort sind Sie unabhängig von mir. Und bezüglich Intelligenz und Bildung stehen wir ohnehin auf gleichem

Niveau. Unter diesen Umständen braucht sich keiner dem anderen untergeordnet fühlen. Darauf kommt es an."

Irina atmete tief durch.
„Es stürzt so viel auf mich ein. Freiheit, eine gute Position, ein ernsthafter Verehrer. Ich denke, daß ich alles auf die Reihe bekomme. Aber, bitte, drängen Sie mich nicht."

Sanara – über die Berge

Die ehrlose Frau

Arthur Lebowskis Dienstzeit bei den 'Kämpfern für die Gebote Gottes' näherte sich ihrem Ende. Bereits am Vortag war sein Nachfolger eingetroffen. Arthur war nicht unglücklich darüber. Neun Monate in der unwirtlichen, abgelegenen Provinz Kalanhar unter einem Bergvolk, das seiner Ansicht nach noch fast unter archaischen, zumindest aber ihm wesensfremden Regeln lebte, waren ihm genug.

Der Bürgerkrieg in Grojanistan tobte mittlerweile an die sechs Jahre, in einem Land, das in den letzten zweihundert Jahren nur wenige kurze Friedenszeiten unter einer zentralen Führung erlebt hatte. Meist tobten Kriege zwischen den einzelnen, oft seit undenklichen Zeiten verfeindeten Stämmen und Clans.

Zuletzt hatte eine Sammelbewegung namens 'Sozialistische Initiative', welche in den wenigen großen Städten entstanden war, die Zentralregierung gestürzt und die Macht übernommen. Mittels ausländischer Hilfe, insbesondere seitens der Amerikanischen Republik, des Angelsächsischen Königreiches und des Fränkischen Reiches, gelang es allerdings regierungstreuen Truppen nach wenigen Monaten die Empörer aus der Hauptstadt zu vertreiben und den alten Präsidenten wieder in sein Amt einzusetzen. Die Sozialisten zogen sich in die Provinzen zurück, gewannen einige Stämme als Verbündete und kämpften nun, großzügig von Sarmatien und China unterstützt um die Vorherrschaft im Land. Dabei spielten bei den Stämmen weniger politische oder religiöse Ansichten eine Rolle, sondern alte Gegnerschaften. Schloß sich nun ein Stamm der Zentralregierung an, so ging der verfeindete Nachbarstamm konsequenter Weise ein Bündnis mit den Sozialisten ein. Man kann daher zurecht sagen, daß in den Provinzen der Konflikt zwischen der

Zentralregierung und den sozialistischen Rebellen lediglich den Rahmen bildete, innerhalb dessen die Stämme ihre alten Fehden austrugen.

Das Cheruskische Reich hatte nun nach Ende des Vierten Sarmatischen Krieges eine Politik zur Verständigung mit den westlichen Großmächten eingeleitet und bemühte sich um eine Verbesserung der Beziehungen. Man hatte den westlichen Regierungen daher das Angebot unterbreitet, den Kampf gegen die Sozialistische Initiative zu unterstützen. Das Angebot war nach längeren Diskussionen und Verhandlungen angenommen worden. Die cheruskische Hilfe beschränkte sich allerdings auf ein kleines Militärkontingent von einigen hundert Soldaten, sowie die Lieferung von Waffen, Munition und Ausrüstungsgegenständen.

Ein Teil der Männer war den Stammeskämpfern in den Provinzen als Berater zugeteilt worden. Ihre Aufgabe bestand allerdings nicht darin, die Führer in Militärstrategie und Taktik zu beraten, da man davon ausging, daß sie ihnen für die Kämpfe in dem zerklüfteten Bergland ohnehin keine wertvollen militärischen Ratschläge geben konnten, zumal eine derartige Kriegsführung in den cheruskischen Militärakademien auch gar nicht gelehrt wurde. Ihre Aufgabe bestand vielmehr darin, die Kämpfer im Gebrauch der modernen cheruskischen Waffen und Ausrüstung auszubilden und sie beim effektiven Einsatz dieser Waffen unter spezieller Berücksichtigung des Kampfraumes zu beraten. Hierzu waren natürlich erfahrene Offiziere mit einem hohen Bildungsstand erforderlich, welche eine gründliche Kenntnis der Kultur dieser Völker und ihrer religiösen und gesellschaftlichen Vorstellungen besaßen und auch willens und in der Lage waren, Verständnis für die besonderen Sitten und Gebräuche der Menschen in ihrem Einsatzgebiet aufzubringen und sie zu respektieren. Arroganz und Überheblichkeit ihnen gegenüber, so sah das die cheruskischen Regierung, würden eine erfolgreiche Durchführung dieser Mission verhindern. Einer der Offiziere, welche für die höchst verantwortliche Aufgabe eines Beraters ausgewählt wurden, war Arthur Lebowski; er war Anfang dreißig, Major, hatte am Vierten Sarmatischen Krieg teilgenommen, für seine Leistungen das Ritterkreuz mit Eichenlaub erhalten.

Sein Einsatzgebiet in der Provinz Kalanhar gehörte zum Territorium des Stammes der Darwanen, welche auch den Kern der 'Kämpfer für die Gebote Gottes' bildete. Im Osten schloß sich das Gebiet der Kuschbeken an, welche den Kern der Kämpfertruppe 'Vollstrecker des himmlischen Willens' ausmachten. Wie gesagt, trotz der klangvollen Namen bestanden keine nennenswerten religiösen Auseinandersetzungen zwischen den beiden Stämmen, die auch beide der gleichen geistigen Ausrichtung ihrer Religion, dem Dsibadismus, angehörten; es waren vielmehr alte Feindschaften, welche, nachdem sich die Darwanen zur Unterstützung der Zentralregierung entschlossen hatten, die Kuschbeken in die Arme der Sozialisten trieben. In den Regionen nördlich des Gebietes der Darwanen herrschten unklare Verhältnisse, die Stämme und Clans bekämpften sich untereinander, wechselten auch nicht selten die Fronten. Im Nordwesten dagegen herrschten die Sozialisten unumschränkt, während die südwestlich gelegene Provinz Molbar, in der auch die Hauptstadt lag, und der Süden des Landes, von der Zentralregierung kontrolliert wurde.

Die einzige Verbindung der von den 'Kämpfern für die Gebote Gottes' beherrschten Gebiete mit der Hauptstadt war eine für die Verhältnisse des Landes gut ausgebaute Straße, die allerdings auf einer Länge von etwa fünfzig Kilometern durch einen schmalen von den Regierungtruppen gehaltenen Geländestreifen zwischen dem Gebiet der Sozialisten und dem südlichen Gebirge führte.

Die Amtszeit Arthurs war recht ruhig verlaufen; die Sozialisten richteten ihre Militäraktionen gegen die Hauptstadtprovinz Molbar, ließen die 'Kämpfer für die Gebote Gottes' in Ruhe; im Norden waren die Milizen untereinander so sehr in Gefechte verwickelt, daß sie keine Angriffe in Richtung Kalanhar unternahmen. Nur nach Osten hin mit den 'Vollstreckern des himmlischen Willens' gab es einige, zum Teil verlustreiche Scharmützel, die aber keiner Seite strategische Vorteile oder nennenswerte territoriale Gewinne brachten. So hatte er sich im wesentlichen auf die Ausbildung konzentriert, nur dreimal an kürzeren Gefechten teilgenommen. Trotzdem war er froh endlich abgelöst zu werden. Das Leben als Fremder, Angehöriger einer völlig anderen Kultur, in einer Gegend, in welcher die meisten Dörfer weder über Elektrizitätsanschlüsse noch über fließendes Wasser oder eine Kanalisation verfügten, war auf die

187

Dauer unbefriedigend, unangenehm und eintönig.

„Du solltest zusehen, daß du hier verschwindest", meinte Hans Dobratschek, sein Nachfolger, am Tag nach seiner Ankunft, „es scheint da eine Militäraktion gegen die Verbindungsstraße zur Hauptstadt vorbereitet zu werden. Verläuft sie erfolgreich, dann sind wir hier abgeschnitten, dann sitzt du hier fest."

„Als Soldat muß ich das in Kauf nehmen", lachte Arthur, „ich kann meinen Posten nicht vorzeitig verlassen. Meine Dienstzeit läuft erst in fünf Tagen ab."

„Wie du willst. Aber von mir aus könntest du heute schon weg."

„Das geht sowieso nicht. Die Überlappung unserer Dienstzeiten dient ja auch dazu, dich im Detail mit deinen Aufgaben vertraut zu machen und dich den Führern der einzelnen Kampfgruppen vorzustellen."

„Wie dir befohlen ist."

Die Tage strichen dahin.

Am Abend vor der Abreise suchte der Gehilfe des Obersten des Dorfes, in dessen Nähe sich das Militärlager befand, Arthur auf.

„Ich soll Ihnen Grüße meines Herren ausrichten und Ihnen eine gute Reise zurück in Ihre Heimat wünschen. Er bittet Sie zum Abschied lediglich, ihm einen geringfügigen Gefallen zu erweisen."

„Welchen Gefallen?" wunderte sich Arthur, „und warum ist er nicht selbst gekommen? Wir kennen uns doch recht gut. Warum schickt er dich."

Der Gehilfe wich der Frage aus, fuhr fort:

„Ach Herr, der Anlaß ist zu unwichtig für ihn um sich selbst herzu-bemühen; er bittet Sie nur, eine bestimmte Person mitzunehmen. Sie ist in unserem Dorf unerwünscht."

Arthur blickte den Diener skeptisch an.

„Um wen handelt es es?"

„Es ist eine ehrlose Frau."

Arthur kannte die Sitten und Gebräuche der Menschen mittlerweile recht gut. Frauen waren zweitklassige Wesen, weit von einer Gleich-berechtigung entfernt, wie es in Europa der Fall ist. Sie hatten sich den Männern völlig unterzuordnen und ohne Widerrede zu gehor-chen. Ehrlose Frauen waren Ausgestoßene; die Gründe hierfür waren vielfach, meistens die Weigerung sich ihrem Ehemann bedingungslos unterzuordnen, grobe Verletzung ihrer Pflichten gegenüber ihrem Ehemann oder ihrem Clan, Unfruchtbarkeit, manchmal handelte es sich um Ehebrecherinnen, an welchen aus irgendwelchen Gründen nicht die übliche Strafe, Tod durch Steinigung, vollzogen werden konnte. Als Ehebruch galt dabei in den Provinzdörfern vielfach bereits ein unerlaubtes Gespräch mit einem Mann in der Öffentlichkeit, der nicht dem näheren Familienclan angehörte. In der Regel war die Ausstoßung also eine Art Willkür gegenüber Frauen, welche die elementaren Menschenrechte für sich in Anspruch nehmen wollten.

„Es ist nicht meine Aufgabe, mich in eure Rechtsprechung einzumischen. Es ist mir sogar von meiner Regierung verboten", wandte Arthur nun ein.

„Das sollen Sie auch gar nicht", entgegnete der Gehilfe nun, fuhr dann mit leicht spitzbübischem Lächeln fort, „aber die Frau muß das Dorf unbedingt verlassen, ebenfalls morgen, und der Dorfoberste bittet Sie lediglich, ein Auge auf sie zu werfen, damit sie nicht heimlich umkehrt und Unglück über das Dorf bringt."

Arthur wußte natürlich sofort, daß dies nur eine Ausrede war, denn falls sie zurückkehrte würde sie sogleich getötet. Aber er verstand das Anliegen. Er kannte die Art der Dorfbewohner sich auszudrücken. Im Grunde bat ihn der Dorfoberste damit nur, die Frau auf ihrer Reise zu begleiten, sozusagen zu beschützen. Arthur empfand Mitleid mit der Unbekannten; das durfte er allerdings nicht offen bekennen.

„Also gut", antwortete er nach kurzem Besinnen, „ich werde ihm den Wunsch erfüllen. Morgen früh um acht bringt mich ein Militärfahrzeug zur Busstation. Sie muß pünktlich sein. Wir warten nicht."

Der Gehilfe bedankte sich, ging.

Er sollte also während der Reise in die Hauptstadt auf die Frau aufpassen. Das erschien nicht problematisch. Es war doch offensichtlich so: als Ausgestoßene mußte sie das Zeichen der Unehrenhaftigkeit tragen, war Freiwild. Üblicherweise hätte sie der Dorfoberste aus dem Dorf jagen können; dann hätte sie zu Fuß gehen müssen, wäre vollkommen schutzlos gewesen, überall wie ein Stück Dreck behandelt worden. In einem Bus durfte sie nur mitfahren, wenn er nur wenig gefüllt war, Unterkunft konnte sie nur in einem Stall oder einem Schuppen finden; jedermann im Land durfte sie nach Belieben mißbrauchen, lediglich in der Hauptstadt genoß sie einen gewissen Schutz, da es dort, meist ausländische, Organisationen gab, die sich diesen armen Wesen annahmen. Es war aber fraglich, ob sie allein die Hauptstadt überhaupt erreichen würde und nicht unterwegs von irgendeinem üblen Subjekt aufgegriffen und als Sklavin gehalten wurde. Der Dorfoberste hatte also offensichtlich auch Mitleid mit ihr und wollte sicherstellen, daß sie die Hauptstadt erreichte.

Kurz vor acht Uhr am nächsten Morgen erschien eine schwarz gekleidete, völlig verschleierte Frau, die lediglich eine kleine Tasche trug.
„Wie heißt du ?" fragte Arthur.
„Sanara", lautete die Antwort.
Wortlos übergab sie ihm ein Briefkuvert. Er kannte das Verhalten der hiesigen Frauen. Sich in der Öffentlichkeit mit einem fremden Mann zu unterhalten war Tabu. Sie mußten auch stets einige Schritte hinter dem Mann gehen, in Verkehrsmitteln gesonderte Plätze einnehmen. Eine Reisebegleiterin konnte er sie daher schwerlich nennen.
Er bat sie dann in dem Militärfahrzeug Platz zu nehmen. Während der Fahrt öffnete Arthur das Kuvert. Es enthielt Sanaras offizielle Identitätskarte und ein kleines Schreiben. Er las es mit einigem Kopfschütteln durch. Es besagte lediglich, daß der Major Lebowski den Auftrag übernommen hatte, die Frau in die Hauptstadt zu bringen, die Frau während der Reise ordnungsgemäß zu überwachen und sie dann bei einer zuständigen Stelle, über die keine näheren Angaben gemacht war, abzuliefern. Daher habe man auch auf das 'Zeichen der Unehrenhaftigkeit' verzichtet. Versehen war das Schreiben mit diversen Stempeln und Unterschriften.

In Kalanhara

Der Bus in die Hauptstadt hatte zwei Stunden Verspätung, was nach den Begriffen dieses Landes noch äußerst pünktlich war. Sie saßen getrennt, er vorne im Bus, sie hinten auf einem der Frauenplätze, welche durch eine Plastikscheibe von den Männerplätzen abgetrennt waren. Gegen Abend erreichte der Bus die Provinzhauptstadt Kalanhara. Die Passagiere wurde aufgefordert auszusteigen, da der Bus nicht weiterfahren werde. Arthur wunderte sich darüber, da es sich um einen Fernbus mit der Hauptstadt als Endziel handelte. Es gab ihm aber niemand nähere Auskunft. Er lief daher, Sanara einige Schritte hinter ihm, zu Milizstation. Er kannte den Kommandeur, der auch zu den 'Kämpfern für die Gebote Gottes' gehörte, recht gut. Er hieß Mahmud, er war anwesend. Arthur trat ein, grüßte.

„Was gibt es ? Warum fährt der Bus nicht weiter ?"

„Schlechte Nachricht, Herr Major. Die Rebellen haben westlich von hier die Straße auf einer Länge von dreißig Kilometern besetzt. Es gibt im Moment kein Durchkommen."

„Werden sie auch die Stadt angreifen ?"

„Es sieht im Moment nicht danach aus. Sie machen keinerlei Anstalten hierher vorzurücken."

„Ich vermute, die Regierungstruppen bereiten schon einen Gegenstoß vor."

„Das kann ich Ihnen nicht sagen, ich dürfte es auch gar nicht."

Arthur brummte vor sich hin.

„Selbst wenn der Gegenstoß erfolgreich ist; es kann Wochen dauern bis die Straße wieder frei ist. Dreißig Kilometer sind aber keine Strecke. Ich werde mich zu Fuß durchschlagen."

„Davon muß ich Ihnen dringendst abraten. Über mehrere Kilometer ist eine Engstelle, nur ein kleiner Landstreifen, teilweise nur hundert Meter breit, zwischen den Bergen im Süden und dem Tal im Norden. Ich gehe einmal aus, daß gerade dort die Wachen dicht auf dicht stehen. Da kommen Sie nicht durch, auch nachts nicht. Und die Berge und das Tal sind unpassierbar. Und wenn man sie erwischt, wir haben gehört, daß sie ausländisches Militärpersonal sofort erschießen. Sie müssen wohl oder übel hier bleiben oder zurück auf die Militärstation."

Arthur schüttelte den Kopf.

„Gibt es sonst keine Möglichkeit durchzukommen?"

Mahmud schüttelte den Kopf.

„Hier im Hochland nicht. Es sei denn, Sie gehen über die Berge."

„Das klingt doch nicht schlecht. Was ist das für ein Weg?"

„Ein Saumpfad, der zu einem Paß in viertausend Meter Höhe führt. Im Sommer für einen geübten Mann kein Problem; aber jetzt, im Frühherbst, muß ich Ihnen dringend abraten. Vermutlich herrscht da oben bereits bittere Kälte und es liegt Schnee."

„Und wenn; bevor ich hier herumsitze und warte oder auf die Militärstation zurückgehe, wage ich es. Ein cheruskischer Offizier tritt nur dann den Rückweg an, wenn es sonst gar keinen Ausweg gibt."

„Warten Sie doch wenigstens ein paar Tage. Vielleicht schicken sie irgendwann einen Helikopter vorbei, der Sie auf dem Rückweg mitnehmen kann."

„Das ist mir zu unsicher."

Mahmud lächelte.

„Wie Sie wollen. Ich habe Ihnen nichts zu befehlen. Aber ich habe Sie gewarnt."

„Ich gehe", sagte Arthur nun fest entschlossen, „wenn ich die nötige Ausrüstung bekommen kann."

„Und das wäre?"

„Zu meinen Sachen brauche ich noch warme Kleidung, Stiefel, eine Karte, Proviant, ein oder zwei Seile. Wie lange dauert der Marsch?"

„Mit vier bis fünf Tagen müssen Sie rechnen."

„Gut, soviel kann man tragen. Kann ich die Sachen bei Ihnen bekommen. Ich bezahle auch."

„Das ist kein Problem."

Arthur schwieg kurz.

„Ach, da fällt mir ein, der Dorfoberste hat mich gebeten, eine ehrlose Frau mit in die Hauptstadt zu nehmen. Die muß ich natürlich hierlassen. Können Sie ihr Essen und Trinken geben und ein Dach über dem Kopf bis es weitergeht? Wissen Sie, wenn ich Aufträge übernehme, dann führe ich sie auch aus."

„Nein", ertönte es da von hinten.

Arthur drehte sich um und erblickte Sanara, die bisher schweigend an der Tür gestanden hatte.

„Was heißt hier 'nein'. Du hast zu gehorchen und nur zu reden, wenn du gefragt wirst", donnerte Mahmud sie jetzt an.

Sie ließ sich nicht beirren.

„Das heißt, daß ich mitkomme."

„Du willst mitkommen ? Das ist doch unmöglich !"

Die Verschleierte blickte Arthur scharf an. Man sah nur ihre Augen, doch von ihnen ging ein stechender Blick aus.

„Sie haben den Auftrag angenommen, mich in die Hauptstadt zu bringen. Und ich erwarte von Ihnen, daß Sie ihn auch durchführen. Oder soll ich überall herumerzählen, daß cheruskische Offiziere ihr Wort brechen, man ihnen nicht trauen kann ?"

Zu Arthurs Überraschung hatte Sanara cheruskisch gesprochen.

„Was hat sie gesagt ?" wollte Mahmud nun wissen, „soll ich sie auspeitschen lassen ?"

„Nein. Sie hat gesagt, ich soll meinen Auftrag ausführen. Ein cheruskischer Offizier habe sein Wort zu halten."

„Und was heißt das, Herr Major ?"

Arthur überlegte nicht lange.

„Ich nehme sie mit."

„Was ?"

„Ich nehme sie mit."

„Ich habe Ihnen nichts zu befehlen", meinte nun Mahmud, „aber wissen Sie, was Sie da tun ? Alleine zu gehen ist schon Wahnsinn."

„Ich weiß es."

Er schwieg kurz.

„Dann brauche ich noch eine Ausrüstung für sie, aber ein bißchen mehr als für mich. Denn sie hat nichts. Kleidung vor allem, einen Schlafsack, ein Zelt, Klettergurte und so weiter."

Mahmud stöhnte.

„Weiber dürfen mitreden, ungefragt. Zustände herrschen bei euch in Europa. Aber gut, weil Sie es sind. Ich werde die Sachen beschaffen."

Arthur erhielt ein Zimmer in der Kommandantur, Sanara eine Pritsche in einer leer stehenden Arrestzelle. Sie nahm das alles wortlos hin.

Am nächsten Morgen, nach dem Frühstück, ließ Mahmud die Ausrüstungsgegenstände nebst zwei großen Rucksäcken herbeischaffen.

Arthur prüfte alles, verstaute dann die Sachen zusammen mit seiner eigenen Ausrüstung in den Rucksäcken, fragte nach dem Preis.

„Herr Major", lächelte Mahmud, „haben Sie sich die Sachen nicht angeschaut ? Das sind doch alles Cheruskerwaren, gehören im Grunde genommen Ihnen. Die kosten nichts."

„Vielen Dank. Eine Bitte habe ich noch; der große Seesack hier, enthält die Sachen, die ich nicht mitnehmen kann. Bewahren Sie ihn bitte vorerst auf, Major Dobratschek wird ihn irgendwann abholen lassen."

Mahmud führte Arthur dann in einen Stall.

„Herr Major, hier habe ich noch etwas für Sie, einen Esel. Der kann Ihre Ausrüstung tragen ?"

„Auch über den Paß ?"

„Nein, das ist selbst im Sommer kaum möglich. Aber heute Abend erreichen Sie eine Hütte. Dort wohnt mein Vetter Achmed. Er gibt Ihnen Quartier und bei ihm können Sie auch den Esel lassen."

Dann brachen sie auf. Ein seltsames Paar verließ die Stadt.

Der Weg ins Gebirge

Sanara blieb stets fünf Schritte hinter Arthur. Als die Stadt aus ihrem Gesichtsfeld verschwunden war, winkte Arthur sie zu sich her.

„Jetzt ist Schluß mit der Maskerade. So kannst du nicht mit über den Paß. Du wirst dich jetzt umziehen."

Er nahm eine am Tragegestell des Esels befestigte Tasche ab, reichte sie der Frau.

„Hier sind eine Uniform, Wäsche und Stiefel für dich."

Sanara nahm die Tasche, begab sich hinter einen Strauch.

Kurze Zeit später trat eine junge, hübsche Frau aus dem Gebüsch hervor, dunkle Augen, schwarzes Haar, eine recht helle Gesichtsfarbe, feine Züge, eine eher kleine Nase. In der etwas zu großen Uniform wirkte sie ansonsten nicht sehr weiblich.

„So, jetzt sind wir Kameraden. Ich heiße Arthur."

Sie lächelte.

„Gut", antwortete sie ohne Umschweife und mit einer Selbstsicherheit, die er ihr gar nicht zugetraut hätte, „meinen Namen kennst du ja bereits."

Der recht breite, im allgemeinen nicht steile Pfad führt stetig bergauf. Meist schweigend liefen sie nebeneinander her, führten abwechselnd den Esel. Gegen Mittag legten sie eine Rast ein, aßen und tranken.

„Ich habe bemerkt, daß du dich darüber wunderst, weil ich mit dir Schritt halte", begann Sanara, „aber es ist doch so: bedenke, wir sind ein Bergvolk. In diesem Land gelten Frauen nichts. Sie werden klein gemacht, unterdrückt, müssen ihren Männern unbedingt gehorchen, ihnen dienen. Aber die Männer führen meistens Krieg und wir Frauen müssen die schwere Arbeit verrichten. Wir können nicht nur Kinder gebären. Wir müssen die Schafe und Ziegen auf die Bergweiden treiben, Holz schlagen und in die Dörfer schaffen, das Wasser herbeischleppen und vieles andere mehr. Wir Frauen sind nicht schwach, sondern zäh und ausdauernd."

Arthur lächelte.

„Wenn das so ist, dann war es eine gute Entscheidung dich mitzunehmen."

Am späten Nachmittag erreichten sie eine Hütte. Arthur klopfte an.

Ein grimmig aussehender Mann öffnete die Tür.

„Was wollt ihr ?"

„Bist du Achmed ?"

„Was geht dich das an ?"

„Wir kommen von Mahmud, wir wollen über den Paß ?"

„Von meinem Vetter ?"

„Ja."

„Über den Paß wollt ihr ? Das schafft ihr nie !"

„Ich bin cheruskischer Offizier und muß zum Hauptquartier. Durch die Hochebene kann ich nicht, da dort die Rebellen sitzen."

Der Mann musterte ihn scharf.

„Das mußt du wissen. Mich geht das nichts an."

„Mahmud sagte, bei dir können mein Kamerad und ich ein Nachtquartier bekommen."

„Hier im Haus ist kein Platz. Aber drüben im Schuppen könnt ihr schlafen."

„Den Esel sollen wir auch hier lassen."

„Gut."

Arthur und Sanara begaben sich zu dem Schuppen, legten ihr Gepäck nieder. Die Unfreundlichkeit des Mannes erstaunte sie nicht. Es ist eben ein rauhes Volk, mißtrauisch Fremden gegenüber, da man von ihnen nichts Gutes erwarten kann.

Es war trotz der Höhenlage noch einigermaßen warm in der Nachmittagssonne. Sie saßen eine Weile schweigend hinter dem Schuppen. Dann begann Sanara zu erzählen:

„Bei uns ist es nicht schicklich, wenn Frauen reden ohne gefragt zu werden. Und bei deinem Volk ist es nicht schicklich zu fragen, wenn man glaubt, daß die Fragen dem anderen unangenehm sind, ihn verletzen könnten. Nun gut, ich werde anfangen. Du willst doch sicher wissen, warum ich eine ehrlose Frau bin ?"

Arthur nickte.

„Du mußt wissen", fuhr Sanara jetzt fort, „ich bin nicht das, was ihr ein Bauerntrampel zu nennen pflegt. Mein Großvater stammte aus dem Dorf. Er ging als junger Mann in die Hauptstadt, arbeitete dort, lernte lesen und schreiben, eröffnete irgendwann ein kleines Geschäft, das gedieh. Er kam zu Wohlstand. Mein Vater durfte studieren, wurde Ingenieur. Er verließ die Hauptstadt, ging nach Pochara, in der Provinz Belschunar, die nördlich an Molbar grenzt. Er baute dort eine Fabrik auf. Ich durfte die höhere Schule für Mädchen besuchen, so etwas gab es in größeren Städten. Dort lernte ich auch eure Sprache. Danach arbeitete ich in der Fabrik meines Vaters, natürlich streng von den Männern getrennt, führte die Buchhaltung. Die Stadt, vermutlich weißt du es, liegt auf dem Gebiet der Belschunen, daher auch der Name der Provinz, die mit uns Darwanen seit alters her verfeindet sind. Das spielte aber damals keine Rolle, da Frieden herrschte und die traditionelle Feindschaft zwischen beiden Stämmen ruhte. Sie brach erst wieder nach der Rebellion aus, nachdem sich die Belschunen der 'Sozialistischen Initiative' angeschlossen hatten. Wir mußten fliehen. Der Weg in die Hauptstadt war uns versperrt und so gelangten wir in das Dorf meines Großvaters. Mein Vater erkrankte und starb bald und so wurde sein ältester Vetter mein Gebieter. Der hatte nur einen kränklichen Sohn, mit dem er mich verheiratete. Er hoffte wohl, daß ich ihm noch einen Erben schenken würde bevor sein Sohn starb. Doch ich wurde nicht schwanger. Als kinderlose Witwe war ich nun

wenig geachtet, mußte hart arbeiten. Nach etwa drei Jahren lernte ich Hamad kennen. Er stammte aus dem Dorf, fiel bereits als Kind durch eine ungewöhnliche Intelligenz auf, durfte dann auch in die Hauptstadt auf die Universität. Nach Ausbruch des Bürgerkrieges schloß er sich den 'Kämpfern für die Gebote Gottes' an, kam nach einiger Zeit ins Dorf zurück. Ich traf ihn zum ersten Mal zufällig als er alleine auf Streife war und ich die Ziegen meines Schwiegervaters von der Weide ins Dorf zurücktrieb. Wir waren völlig alleine und wir wagten es ein kurzes Gespräch miteinander zu führen. Du wirst das alles nicht verstehen. Wir waren junge Menschen, die ein Teil ihres Lebens in der Stadt verbracht hatten, wo die Traditionen der Stämme nicht so sehr galten, wo auch das Leben etwas freier war. Im Dorf fühlten wir uns fremd, ich mehr als er. Er war verständnisvoll, ich fand Gefallen an ihm und er auch an mir, zumal ich auch den Gesichtsschleier ablegte, wenn wir zusammen waren und uns unterhielten. Mehr spielte sich zwischen uns nicht ab, glaube es mir. Wir mußten uns natürlich heimlich treffen und das ging auch einige Zeit gut, wir befanden uns aber immer in Lebensgefahr, da schon ein Treffen ohne Aufsicht zwischen einem Mann und einer Frau, die nicht verheiratet waren, in unserem Dorf ein todeswürdigen Verbrechen war. Aber irgendwann entdeckte man uns. Wir wurden ins Gefängnis gebracht. Ich sollte vielleicht erwähnen, daß wir verschiedenen Clans angehörten, die einander nicht freundlich gesinnt waren. Ihr würdet sagen, sie waren verfeindet; es herrschte allerdings keine Blutfehde zwischen uns. Unsere Verhaftung wurde bekannt und es drohte eine Rebellion der Garnison, denn nach den Gesetzen unseres Dorfes waren wir beide dem Tode verfallen. Hamad stand als vorbildlicher Soldat und wegen seiner Tapferkeit bei seinen Mitkämpfern in hohem Ansehen, war auch Führer einer Hundertschaft, vermutlich kanntest du ihn noch."
Arthur dachte kurz nach.
„Ja, ich erinnere mich. Er war wirklich ein exzellenter Mann."
Sanara lächelte.
„Seine Kameraden waren natürlich nicht bereit tatenlos zuzusehen, wie er hingerichtet wurde, zogen vor das Gefängnis und verlangten seine Freilassung. Andernfalls würden sie ihn gewaltsam befreien und das gesamte Dorf auszulöschen. Der Dorfoberste gab ihn frei.

Und nun verlangte mein Clan auch meine Freilassung, andernfalls sollte Hamads Clan die Blutfehde erklärt werden. Der Dorfoberste schlug nun vor, einen weisen Schriftenausleger als Richter zu ernennen, was die beiden Clans und auch die Krieger schließlich akzeptierten. Hamad und ich wurden vor den Richter geladen, getrennt natürlich. Der Schriftenausleger war ein milder Mann. Nachdem wir unabhängig voneinander beschworen hatten, daß wir keinen geschlechtlichen Kontakt miteinander gehabt hatten, was auch stimmte, sah er den Fall als minder schwerwiegend an und urteilte entsprechend. Hamad wurde die Strafe erlassen, da er als Soldat sein Leben dem Kampf gegen die ungläubigen, gottlosen Sozialisten gewidmet hatte. Ich erhielt zehn leichte Peitschenhiebe. Allerdings wurde uns bei Todesstrafe verboten jemals wieder miteinander zu sprechen. Damit waren die Clans zufrieden. Für mich war die Sache damit allerdings noch nicht abgetan. Man Clan stieß mich aus. Ich wurde eine ehrlose Frau. Der Dorfoberste war jedoch barmherzig, nahm mich als geringe Magd in seine Dienste auf. Ich mußte die niedrigsten Arbeiten tun, aber ansonsten war er gut zu mir. Das Verbot miteinander zu sprechen verursachte natürlich Herzeleid. Ich fiel in Betrübnis, bei ihm schlug der Kummer in Tollkühnheit im Kampf um. Er fiel vor drei Wochen in einem Scharmützel mit den 'Vollstreckern des himmlischen Willens'."

„Ich erinnere mich", nickte Arthur.

„Nun, nach Ende Trauerfeierlichkeiten schlug die Trauer um ihn in Haß gegen mich um. Der Clan brachte hervor, ich hätte ihn verhext, trage die Schuld an seinem Tod, verlangte meine Bestrafung, einige sogar meine Verbrennung auf dem Scheiterhaufen. Der Dorfoberste lehnte das natürlich mit dem Hinweis auf das Urteil des Schriftenauslegers ab; er fürchtete auch, obwohl ich von meinem Clan verstoßen worden war, daß neue Feindseligkeiten entstehen könnten, woraus sich dann eine Blutfehde entwickeln würde, wenn man mich verbrannte. Er versuchte die aufgeheizte Stimmung zu beruhigen, was ihm aber nicht so recht gelang. Daher beschloß er mich aus dem Dorf wegzuschicken. Er wußte natürlich genau, daß mir Hamads Clan auflauern und mich ermorden könnte; das erschien ihm bedenklich. Und da kam es ihm gerade recht, daß ein fremder Offizier das Dorf verließ. Denn gegen ihn würde der Clan nichts unternehmen, da die Männer sonst die Rache der Kämpfer fürchten mußten."

Sanara pausierte.

„Schon gut", meinte Arthur, „aber wir mußten doch weit getrennt sitzen; dann hätten sie doch Gelegenheit gehabt dich heimlich zu ermorden, insbesondere nachts, wenn wir schlafen würden. Und wenn kein Mörder gefunden wird, dann droht auch keine Blutrache."

Sanara atmete tief durch.

„Genau das habe ich auch befürchtet. Daher war es mir auch gar nicht unrecht als der Bus in Kalanhara anhielt und du zur Miliz gingst. Mich aus dem Gefängnis zu entführen oder dort zu ermorden, das trauten sie sich doch nicht. Dennoch, wer weiß was passiert wäre, wenn ich in der Stadt geblieben wäre. Deshalb wollte ich ja auch unbedingt mit dir gehen."

„Aber sie könnten uns doch auch jetzt noch immer verfolgen?"

Sanara lächelte.

„Nein, du kennst die Mentalität der Menschen hier nicht. Das ist nur gewöhnlicher Haß, keine Blutfehde. Sie sind einfache Männer, Heißsporne, leicht erregbar, aber sie beruhigen sich dann schnell wieder, wenn ihnen die Sache zu mühselig wird. Nach ein paar Tagen ist alles vergessen. Und hierher in die Berge verfolgen sie uns mit Sicherheit nicht. Nur, ins Dorf kann ich nie wieder zurückkehren. Dann würde der alte Haß erneut aufkeimen."

„Das willst du doch auch sicherlich nicht."

„Auf gar keinen Fall."

Die Sonne war mittlerweile untergegangen. Es wurde kühl. Sie gingen in den Schuppen zurück, nahmen das Abendbrot ein, krochen dann in ihre Schlafsäcke.

Die Erzählungen Sanaras hatten Arthur beunruhigt. Er traute dem Frieden nicht so recht, rechnete damit, daß vielleicht doch einer der Rächer den Weg hierher finden könnte. Er schlief daher schlecht, erwachte des öfteren. Doch alles blieb ruhig.

Der Marsch zum Paß

Kurz nach Sonnenaufgang erwachten sie, nahmen ein paar Bissen als Frühstück. Plötzlich hörten sie Schritte. Arthur nahm seine Pistole, entsicherte sie, schlich zur Tür. Sie wurde geöffnet, Achmed trat herein, ein Paket in der Hand. Arthur ließ seine Pistole sinken.

„Hier, das ist für euch. Ich schenke es euch, nehmt es als Wegzehrung. Es ist nur Käse. Etwas anderes habe ich nicht."

Arthur uns Sanara bedankten sich, brachen dann auf.

Der Weg zum Paß führte in Serpentinen bergauf, war zunächst noch recht gut begehbar. Gegen Mittag erreichten sie die Schneegrenze. Sie legten eine Rast ein. Nachdem sie gegessen hatten öffnete Arthur seinen Rucksack, nahm eine Pistole nebst Gürtel und Tasche heraus, reichte sie Sanara.

„Hier hast du eine Waffe, schnalle sie dir um. Man weiß nie, vielleicht brauchst du sie."

Er erklärte ihr ausführlich, wie sie gehandhabt wurde, ließ sie auch Probeschießen, war höchst befriedigt als bereits der zweite Schuß das avisierte Ziel traf.

„Ich sehe, du kannst mit Waffen umgehen. Wo hast du das nur gelernt ?"

Sie lächelte, schwieg.

Dann reichte er ihr noch ein Messer, das in einer Scheide steckte.

„Befestige es auch am Gürtel, am besten links."

„Brauchst du die Waffen nicht selbst ?"

„Ich bin Soldat, ich habe Waffen, zwei Pistolen, drei Messer und dazu noch eine Maschinenpistole. Die lasse ich aber im Rucksack. Sie ist beim Klettern eher hinderlich."

Danach brachen sie wieder auf. Nach etwa einer Stunde gelangten sie an eine Schlucht, über die eine Seilbrücke führte. Arthur zog ein bedenkliches Gesicht.

„Ich fürchte, der Holzbelag ist ziemlich glatt. Ich denke, wir sollten uns an der Brücke anseilen."

„Wie meinst du das ?"

„Ich zeige es dir."

Er holte seinen Klettergurt hervor, schlüpfte hinein. Dann nahm er eines der Seile, schlang es so um den Gurt, daß die beiden Seilenden

200

etwa zwei Meter lange Stücke bildeten. Er legte nun Sanara ihren Gurt an, verfuhr mit einem zweiten Seil ebenso. Dann legte er das eine Ende seines Seiles um das Spannseil der Brücke und knotete eine Öse.

„Siehst du", sagte er jetzt, „nun bin ich mit der Brücke verbunden, kann nicht abstürzen, wenn ich ausrutsche. Wenn ich ein Querseil erreiche, nehme ich das zweite Ende, schlinge es vor dem Querseil um das Spannseil, knote ebenfalls eine Öse und löse dann die andere. So bin ich immer mit der Brücke verbunden. Das ist zwar etwas zeitraubend, kann uns aber das Leben retten."

Arthur betrat dann die Brücke; trotz aller Vorsicht glitt er aus, als er etwa die Mitte erreicht hatte, rutsche nach der Seite weg. Das Seil hielt ihn, aber er hing über dem Abgrund, konnte sich allerdings noch mit beiden Händen an den Laufbrettern festhalten.

„Halte aus, ich helfe dir."

Vorsichtig kroch nun Sanara auf allen Vieren heran, bekam das Halteseil zu fassen, zog es langsam hoch. Arthur erstaunte über ihre Kraft. Dadurch wurden seine Arme etwas entlastet und er konnte sich weiter hochstemmen, bis er schließlich in Hüfthöhe die Laufbretter erreicht hatte. Nun konnte er die Beine hochziehen und sich mit dem gesamten Körper auf die Brücke drehen. Sanara wollte nun aufstehen, glitt aber aus. Geistesgegenwärtig umfaßte Arthur ihre Beine und verhinderte so, daß sie über die Laufbretter hinaus in die Tiefe glitt. Die Brücke hatte nun zu schaukeln begonnen und so blieben beide still liegen, sich krampfhaft an den Brettern fest-klammernd, bis die Bewegung einigermaßen abgeklungen war. Dann standen sie vorsichtig auf, erreichten ohne weitere Zwischenfälle die andere Seite.

Sie lächelten einander an, umarmten sich schweigend, setzten dann den Weg fort.

Es wurde kälter, der Weg wurde steiler, steiniger, an manchen Stellen sehr schmal und die Bodenbeschaffenheit war wegen des Schnees oft nicht zu erkennen. Häufig rutschte der Fuß beim Auftreten weg. Sie beschlossen sich anzuseilen.

„Nun ja", erwog Arthur, „fünf Meter sollte das Seil schon lang sein, damit bei einem Absturz der andere nicht gleich mit in die Tiefe gerissen wird, sondern einen Augenblick Zeit hat zu reagieren."

Sie marschierten weiter, eine gute halbe Stunde. Dann rutschte Arthur aus, glitt seitlich über den Rand des Saumpfades in die Tiefe. Geistesgegenwärtig warf sich Sanara auf den Boden, suchte nach Halt, konnte sich an einem Stein mit den Händen festklammern, an einem anderen Stein mit den Füßen abstützen. Das Seil zog sich stramm. Sie blickte um sich, konnte Arthur nicht sehen.

„Bist du verletzt?" rief sie aus.

„Ich glaube nicht", ertönte eine Stimme aus dem Abgrund, „ich konnte mich auch an einem Felsvorsprung festhalten und dicht unter mir scheint eine Felsnase zu sein. Ich kann sie mit den Fußspitzen spüren. Ich denke, dort finden meine Füße Halt. Kannst du das Seil ein bißchen nachlassen."

Sanara kroch langsam zur Seite.

„Gib Bescheid, wenn es genug ist."

Wenige Augenblicke später rief Arthur 'Halt'.

Sekunden danach meldete er sich erneut.

„Ich habe jetzt Boden unter den Füßen. Es gibt hier einige Felsvorsprünge. Ich werde versuchen hochzuklettern. Du mußt nur stets das Seil straff halten."

„Das wird gehen", antwortete Sanara, „ich werde auch ziehen um dich beim Klettern zu entlasten."

„Ich bin doch viel zu schwer für dich."

„Keine Angst, ich habe Kraft. Das habe ich dir doch bewiesen. Ich habe dich schließlich schon einmal hochgezogen."

Und in der Tat, Sanara zog so kräftig, daß Arthur das Hochklettern deutlich leichter fiel als er angenommen hatte. Natürlich mußten sie des öfteren pausieren, Sanara nutzte die Pausen um das nun lose Ende des Seiles straff zu ziehen und erneut zu befestigen. Nach etwa einer Viertelstunde hatten sie es geschafft, Arthur erreichte den Pfad. Beide waren erschöpft, gönnten sich erst einmal eine Pause.

„Danke, jetzt hast du mir zum zweiten Mal innerhalb von drei Stunden das Leben gerettet."

Sanara lächelte.

„Tja, ohne mich hätte dein Land jetzt einen Kriegshelden weniger. Du solltest in Zukunft vorsichtiger sein. Es heißt bei euch zwar 'die Besten sterben jung', aber das hier ist sicherlich nicht die angemessene Art. Du mußt wissen, in den Bergen ist es gefährlich, auch ohne

202

wilde Tiere. Du bist wohl im Flachland aufgewachsen?"

„Schon gut", antwortete Arthur, „ich weiß, was ich an dir habe."

Er küßte sie auf die Stirn.

„Ja, aber wir sollten jetzt weiter", gab Sanara zu bedenken, „es wird bald dunkel und wir brauchen ein Nachtlager."

Sie stiegen weiter, erreichten nach einer knappen Stunde ein Felsplateau.

„Hier sind wir einigermaßen vor dem Wind geschützt und der Platz ist groß genug um ein Zelt aufzuschlagen", meinte Sanara.

Sie machten sich ans Werk; es war schon fast dunkel als sie fertig waren. Mittels des Esbitkochers wärmten sie zwei Konserven auf, bereiteten sich Tee, aßen und tranken. Dann rollten sie ihre Schlafsäcke auf, begaben sich ins Zelt.

„Mir ist furchtbar kalt", bemerkte Sanara nach einiger Zeit.

„Wir können uns ja gegenseitig wärmen", schlug Arthur vor.

„Wie sollte das gehen?"

„Krieche einfach in meinen Schlafsack. Er ist groß genug. Und deinen können wir dann als Unterlage nehmen."

Sanara zögerte etwas.

„Hab keine Scheu bei einem fremden Mann zu liegen. Es sieht uns ja niemand."

Sanara kroch zu ihm; sie schmiegten sich eng aneinander, schliefen bald ein.

Als sie erwachten war es bereits hell. Sie krochen aus dem Zelt, bereiteten das Frühstück zu.

„Mir träumte heute Nacht, ein Schneewesen sei erschienen und habe uns geholfen", begann Sanara während sie aßen.

„Ein Schneewesen?"

„Ja, es heißt, es treiben sich seltsame Wesen im Gebirge herum. Manche wollen sie sogar gesehen haben. Aber niemand kann mit Sicherheit sagen, ob es sich um Menschen oder Affen handelt."

Arthur lächelte.

„Vielleicht handelt es sich um eine Art Urmenschen, halb Mensch, halb Affe, die sonst auf der Welt ausgestorben sind."

Sanara schaute ihn skeptisch an.

„Verspotte mich doch nicht."

Arthur schüttelte den Kopf.

„Nein, ich spotte nicht. Ich habe einige Berichte darüber in Zeitungen gelesen und habe nur gesagt, was man so in Europa munkelt."

Sie brachen auf. Sie seilten sich wieder aneinander an, Arthur ließ das Seil heute aber länger. Der Weg erschien nicht so gefährlich und das längere Seil ließ ihnen mehr Bewegungsfreiheit. Sanara bestand darauf, auch zeitweilig die Führung zu übernehmen und den Weg durch den Schnee zu bahnen. Das war etwas mühselig, da nicht nur der Steig vom Schnee freigeräumt werden mußte, sondern auch die größeren Steine, denn sie hatten festgestellt, daß der Pfad durch rote Farbmarkierungen an Felsbrocken gekennzeichnet war, die nun aber zum Teil von Schnee bedeckt waren. Plötzlich rief sie aus:

„Hier ist ein Weg gebahnt."

Arthur bezweifelte das. Er sagte aber nichts, da ihre Stimme freudig klang. Er erinnerte sich an ihren Traum. Ihre Stimmung hatte sich verbessert und er wollte sie nicht trüben. Er hätte allerdings gerne die Führung übernommen um nachzuprüfen, ob Sanaras Angaben tatsächlich stimmten. Aber er sagte sich dann, sie könne dies als Mißtrauen auslegen. Daher unterließ er es, blieb hinter ihr.

Plötzlich polterten ihm Steine entgegen. Instinktiv warf er sich hinter einen nahe stehenden größeren Felsbrocken, konnte sich aber nicht vollständig hinter ihm verbergen, da das Seil sich gestrafft hatte und ihn zurückhielt. Glücklicherweise wurde er nur von wenigen kleineren Geröllstücken an den Beinen getroffen, die aber offensichtlich keine nennenswerte Verletzungen hervorriefen. Er dachte an Sanara, die vornweg kletterte und das plötzlich so straff gespannte Seil. Hoffentlich war ihr nichts passiert. Das ganze hatte sich innerhalb weniger als einer halben Minute abgespielt. Als nun keine weiteren Steine folgten, erhob er sich vorsichtig, folgte dem Seil. Sanara kauerte unter einer Felsnische. Sie zitterte.

„Beruhige dich", redete ihr Arthur zu, „die Gefahr ist vorbei."

„Es war unheimlich", brachte sie nun hervor, „ich hatte solche Angst."

„Ja, das hätte übel ausgehen können. Ich habe, Gott sei Dank, nur ein paar paar unbedeutende Treffer an den Beinen erhalten. Ist dir etwas passiert ?"

„Nein", sagte Sanara, die sich noch immer nicht beruhigen konnte, „es war unheimlich."

„Was war unheimlich ?"

„Plötzlich erfaßte mich eine Hand und zog mich mit aller Kraft unter diese Felsnische. Und dann prasselte die Steinlawine herunter. Ich wäre ohne diese Hilfe verloren gewesen."

Arthur war verwirrt.

„Wer hat dich da hochgezogen ?"

„Ich weiß es nicht. Das hat sich alles so schnell abgespielt. Ich konnte niemanden sehen, spürte nur eine gewaltige Hand, sah einen stark behaarten Unterarm und hörte ein seltsames Grunzen."

„Ein Schneewesen ?" entfuhr es Arthur, „gibt es sie doch ?"

„Daran habe ich auch gedacht."

Sie setzten den Weg fort, Sanara ging weiterhin voran. Gegen Mittag blieb sie plötzlich stehen, zeigte nach oben.

„Ich glaube, wir haben es fast geschafft. Da vorne scheint die Paßhöhe zu sein."

Arthur kletterte zu ihr heran.

„Ja, es sieht ganz so aus. Aber zwei Stunden werden wir wohl noch brauchen."

„Ja, das denke ich auch. Aber nicht weit voraus scheint eine einigermaßen ebene Stelle zu sein. Da können wir eine kurze Rast einlegen und etwas essen."

„Ein guter Vorschlag."

Sie setzten sich. Jeder holte eine Konservenbüchse und ein Brocken Brot aus dem Rucksack.

„Du glaubst, ein Schneewesen hat den Weg gebahnt und dich vor dem Steinschlag gerettet ? Warum sollte es das tun ?" begann Arthur. Sanara schaute ihn an.

„Du glaubst mir nicht ?"

„Das habe ich nicht gesagt. Ich habe doch gespürt wie sich das Seil spannte. Irgend jemand muß dich also gezogen haben. Aber seltsam ist das schon."

Er wollte ihre gute Stimmung nicht verderben. Deshalb fuhr er nach kurzer Zeit fort.

„Vielleicht hat Gott das Schneewesen beauftragt."

„Gott ? Dein Gott oder mein Gott ?"

„Unser beider Gott. Er hat es getan, weil er mit uns ist."

„Mit dir vielleicht. Aber ich bin doch ehrlos. Wieso sollte Gott da mit mir sein ?"

„Bei den Menschen, das heißt, bei deinem Clan, deinem Stamm bist du vielleicht ehrlos, nicht aber bei deinem Gott. Er ist noch immer mit dir."

„Meinst du wirklich ?"

„Da bin ich mir völlig sicher. Du hast doch nichts getan, was deinen Gott erzürnen könnte. Du hast doch nur willkürliche Regeln der Menschen mißachtet, aber kein Gebot Gottes. Und sei unbesorgt, er wird weiterhin mit dir sein und dich beschützen."

„Ja, aber diese Regeln sind doch die Gebote Gottes; er hat sie dem Propheten offenbart."

„Was hat er offenbart ? Daß es ein todeswürdiges Verbrechen ist, wenn sich eine Frau und ein Mann unterhalten oder wenn sie ehrliche Liebe für einander empfinden. Nein, nein, das sind die Regeln der Clans. Weißt du, wenn sie den Menschen die Freiheit geben sich ihre Lebenspartner frei zu wählen, dann lösen sich die Clans bald auf und die Clanführer verlieren ihre Macht. Weißt du, ich denke das ist keine elementare Regel der Religion, das heißt, nicht der Wille Gottes. Die Religion hier hat nur alte Traditionen in sich aufgenommen. Das war bei uns in Europa nicht anders. Denke doch nur an unser Weihnachtsfest, das auf die Zeit der Wintersonnenwende fällt oder an das Osterfest, das sogar noch den Namen der alten heidnischen Frühlingsgöttin trägt."

Sanara überlegte kurz.

„Da hast du wahrscheinlich Recht. Aber ich muß das auch verteidigen. Wir leben in einem noch wilden Land. Und in den Hochtälern und Bergen brauchten die Menschen von Alters einen starken Verband, der ihnen Schutz und Hilfe bot, als kleine Familie konnten sie nur schwer überleben. In den Städten ist das heute nicht mehr notwendig und auf dem Land mittlerweile auch nicht mehr so sehr. Doch die gesellschaftliche Struktur ist geblieben, auch wenn sich die Lebensumstände geändert haben. Aber das Denken hat sich noch nicht verändert."

Arthur lächelte.

„Siehst du. Und bei allen Widrigkeiten, die du bisher ertragen mußtest: Gott hat dich beschützt und wird dich auch weiterhin beschützen.“

Sie glaubte es. Und dieser Glauben gab ihr die Kraft die Strapazen durchzustehen. Denn wenn auch die Paßhöhe in greifbarer Nähe schien, so waren doch noch nach Arthurs Schätzung etwa dreihundert Höhenmeter zu bewältigen. Und der Marsch nahm längere Zeit in Anspruch als bei der Rast angenommen. Erneut ließ es sich Sanara nicht nehmen streckenweise voranzugehen.

Die Hütten in den Bergen

Nach drei Stunden erreichten sie endlich die Paßhöhe, legten eine kurze Rast ein.

„Nutzen wir das Tageslicht aus um noch ein Stück nach unten zu kommen“, schlug Sanara vor, „keine Angst, ich bin noch nicht erschöpft.“

Der Abstieg erwies sich fast noch schwieriger als der Aufstieg. Es lag zwar kein allzu hoher Schnee, jedoch war es darunter glatt. Jeder Schritt mußte sorgfältig gewählt werden um nicht auszurutschen und nach vornüber zu stürzen. Sie kamen daher nur recht langsam voran, erreichten aber als die Dämmerung hereinbrach eine Hütte, welche etwa zweihundert Meter unterhalb der Paßhöhe lag.

Sie war nicht verschlossen, bestand aus einem einzigen Raum, der zwei rohe Bettgestelle und zwei Stücke aus einem Baumstamm, die als Sitz dienen konnten, enthielt. Außerdem gab es eine Feuerstelle.

„Weit kommen wir heute ohnehin nicht mehr und hier haben wir wenigstens eine angenehmere Unterkunft als es ein Zelt in einer Felsnische ist“, meinte Arthur, „wenn wir jetzt noch Holz hätten, dann könnten wir ein Feuer anzünden und uns wärmen.“

„Es wird schwierig sein Holz zu finden“, entgegnete Sanara, „wir befinden uns noch oberhalb der Baumgrenze.“

„Ich werde mich einmal umschauen, vielleicht findet sich etwas.“

Er holte das Beil aus dem Rucksack hervor, ging nach draußen.

Sanara breitete derweil die Schlafsäcke auf den Bettgestellen aus, kramte zwei Konservendosen, welche das Abendessen abgeben sollten, sowie einen Blechnapf hervor, stellte den kleinen Esbitkocher daneben, nahm dann den kleinen Blechtopf um etwas Schnee von draußen zum Aufbereiten von Tee zu holen.

Arthur hatte sich mittlerweile umgesehen, dabei unweit der Hütte einen bereits halb vermoderten Baumstamm entdeckt. Er schob den Schnee beiseite; das Holz war fast trocken, als Brennmaterial geeignet. Er begann nun den Stamm zu zerkleinern, bemerkte die Gefahr nicht, die auf ihn zukam.

Als Sanara die Hütte verließ hörte sie in der Nähe ein leises Fauchen. Sie drehte den Kopf in Richtung des Geräuschs, gewahrte einen Schneeleoparden, der auf Arthur zuschlich. Geistesgegenwärtig zog sie ihre Pistole aus dem Halfter, entsicherte sie, schoß viermal. Arthur, der in seine Arbeit vertieft war, schreckte beim Knall der Schüsse auf, drehte sich um, gewahrte die Raubkatze, die gerade zum Sprung ansetzte, warf sich blitzschnell zur Seite. Der Schneeleopard verfehlte ihn, stürzte. Einige der Schüsse hatten getroffen und das verwundete Raubtier konnte sich nur langsam aufrichten und umdrehen. Arthur nutzte dies aus, hieb ihm mit aller Kraft das Beil in den Nacken, trennte so den Kopf vom Rumpf. Dann lächelte er Sanara freundlich an.

„Danke !"

Sie lächelte zurück. Ein Strahlen lag in ihrem Gesicht.

„Eigentlich schade", meinte er, „ein schönes Fell, aber wir können es nicht auch noch mitschleppen und genießbar ist das Fleisch auch nicht."

Er fuhr dann mit der Arbeit fort. Sanara kehrte ins Haus zurück, nahm das bereits zerkleinerte Holz mit, zündete ein Feuer an. Und so war es bereits einigermaßen warm in der Hütte als Arthur mit dem restlichen Holz hereinkam. Sie wärmten die beiden Konservenbüchsen, bereiteten Tee zu, nahmen das Abendbrot ein.

„Es ist merkwürdig", begann dann Arthur während sie noch aßen, „ich meine diese Hütte hier; sie ist aus Balken zusammengezimmert. Die kann man doch nicht über einen Saumpfad hier hoch schleppen. Dazu braucht man doch Pferde oder zumindest Maultiere. Das heißt, der Weg nach unten muß also besser sein. Trotzdem: wenn man hier

oben eine Hütte gebaut hat, dann mußte der Paß doch eine Bedeu-
tung gehabt haben. Was meinst du ?"
Sanara lächelte.
„Bei uns haben Frauen nichts zu meinen. Aber weil du mich gefragt
hast: als Mädchen erfährt man nicht allzu viel. Aber ein bißchen
etwas weiß ich schon. Am Südrand des Gebirges, also dort, wo wir
hinwollen, verlief einst eine Karawanenstraße von Indien nach
Persien. Ihr verdankt auch die Hauptstadt ihre Existenz. Es gibt alte
Erzählungen, nach denen Stämme aus dem Norden Pässe über das
Gebirge anlegten um Karawanen zu überfallen. Es gibt eine Menge
solcher Geschichten von tollkühnen Räubern, die natürlich bei uns
als Helden verehrt werden. In jüngerer Zeit wurden dann über die
Berge Waffen geschmuggelt. Du kennst ja die Zustände hier. Die
Stämme bekriegen sich untereinander und wehren sich auch gegen
die Bevormundung durch die Zentralregierung. Wie du weißt, gibt es
nur zwei Straßen in die Ostprovinzen, die eine, die jetzt von den
Rebellen blockiert ist und eine im Norden verlaufende. Diese Straßen
lassen sich leicht kontrollieren. Es war daher für unseren Stamm, die
Darwanen, in Konfliktzeiten sehr schwierig an moderne Waffen zu
kommen, zumal unser Stammesgebiet nicht an ein anderes Land
grenzt, wie zum Beispiel das der Kuschbeken, die über die turk-
menischen Fürstentümer Waffen aus Sarmatien und China bezogen.
Aber von denen bekamen wir nichts, da unsere Stämme meist verfeindet waren. Und so blieb unseren Männern nichts anderes übrig
als die Waffen über das Südgebirge heranschaffen. Ich glaube, der
Paßweg und auch die Hütte stammen aus jener Zeit. Aber mache dir
nicht zu viel Hoffnung hinsichtlich der Beschaffenheit des Weges;
Wind, Wasser, Steinschläge und kleine Erdbeben, die hier häufig
sind, haben ihm sicher über weite Strecken mittlerweile arg zuge-
setzt. Ich glaube nicht, daß er am Südhang viel besser ist als im
Norden."
Sie beendeten das Gespräch. Sie waren müde, begaben sich bald zur
Ruhe, schliefen ungestört.

Der Weg nach unten erwies sich in der Tat nicht allzu viel besser. Sie
kamen nur langsam voran, beschlossen bald, sich wieder anzuseilen.
Das erwies sich kurze Zeit später als guter Entschluß, denn Sanara

rutschte einmal aus als sie voranging. Geistesgegenwärtig gelang es Arthur ihren Sturz zu bremsen und sie davor zu bewahren über einen seitlich Abhang in die Tiefe zu stürzen. Zum Glück blieb sie unverletzt.

„Das war knapp", bemerkte sie als sie wieder festen Boden unter den Füßen hatte, „vielen Dank."

„Was gibt es hier zu danken, der eine steht für den anderen ein. Wir sind aufeinander angewiesen, wir gehören zusammen."

Arthur grinst bei den letzten Worten.

„Was ist?" Sanara schaute ihn fragend an.

„Ich könnte jetzt ergänzen, 'ob wir wollen oder nicht'."

Sanara verstand nicht so recht, was er damit meinte, blickte irritiert.

Arthur lächelte.

„Es war nur ein Scherz. Wir wollen doch zusammengehören."

Nun lächelte Sanara. Sie sagte aber nichts.

Am Nachmittag, sie hatten mittlerweile die Waldgrenze überschritten, tauchte nicht weit vor ihnen eine Wildziege auf; sie hatte es wohl nicht eilig, blieb sogar stehen, gab Arthur Zeit, die Maschinenpistole aus dem Rucksack zu nehmen und sie zu erlegen.

„Das Fleisch können wir gebrauchen, unsere Vorräte gehen allmählich zur Neige", sagte er.

„Gut, zerlegen wir das Tier und nehmen mit, was wir tragen können. Das Fleisch können wir in mein abgelegtes Gewand wickeln, ich will es sowieso nicht mehr anziehen. Zerschneiden wir es also", antwortete Sanara, „Holz gibt es hier ja, und sicherlich können wir heute Abend ein Feuer anmachen und das Fleisch braten."

Kurz vor Sonnenuntergang erreichten sie wieder eine Hütte, vielmehr die Ruine einer Hütte. Sie war nicht mehr bewohnbar. Doch konnten sie aus den herumliegenden Trümmern rasch einen windgeschützten Unterschlupf bauen. Holz gab es zur Genüge. Sie entfachten ein Feuer, brieten das Fleisch, aßen, packten den Rest wieder ein. Dann krochen sie gemeinsam in einen ihrer Schlafsäcke um sich gegenseitig zu wärmen, denn es war noch immer empfindlich kalt.

Am nächsten Morgen zogen sie weiter. Der Weg wurde allmählich besser, wenn er auch noch mit Schnee bedeckt war. Aber der gefährlichste Teil der Strecke lag wohl hinter ihnen.

Am frühen Nachmittag gelangten sie erneut an eine Hütte; sie lag dicht oberhalb der Schneegrenze.

„Wir könnten noch drei bis vier Stunden weitermarschieren", meinte Arthur, „aber eine bessere Unterkunft werden wir wohl kaum finden bevor es dunkel wird."

„Ja", erwiderte Sanara, „die letzten fünf Tage waren wirklich anstrengend. Da können wir uns einmal eine längere Rast gönnen."

Arthur blickte sie an. Sie wirkte erschöpft.

„Du hast Recht. Auf ein paar Stunden kommt es nicht an und durch die gestern erlegte Ziege haben wir auch genug zu essen."

Nachdem sie sich ein bißchen eingerichtet hatten, sammelten sie Holz, kochten Tee, setzten sich dann vor das Feuer.

„Es ist seltsam", begann dann Arthur, „wir kennen uns jetzt gerade sechs Tage, wissen wenig voneinander, aber ich habe das Gefühl, daß wir schon so miteinander vertraut sind, als seien wir alte Freunde, alte Kameraden."

„Du benutzt das Wort 'Kamerad' sehr häufig", bemerkte nun Sanara, „was bedeutet es eigentlich genau?"

„Es bedeutet einen vertrauten Umgang miteinander zu haben, der Gestalt, daß sich einer auf den anderen verlassen kann, daß einer für den anderen einsteht, auch unter Einsatz seines Lebens. So verstehe ich es jedenfalls."

„Es ist also nicht einfach Freundschaft?"

Arthur wiegte den Kopf.

„Es ist eine andere Art Bindung zu einander."

„Und du meinst, uns haben die gemeinsam durchlebten Gefahren nahe gebracht."

„Allemal, ohne dich würde ich nicht mehr leben", sagte Arthur.

„Und ich ohne dich auch nicht."

„Aber da müssen wir jetzt keinen Punkt daraus machen. Das Schicksal hat uns zusammengeführt und wir haben die Gefahren gemeinsam gemeistert. Das bedeutet aber auch, daß wir jetzt auf gleicher Höhe miteinander verkehren, ohne Rangunterschiede."

Sanara blickte erstaunt auf.

„Was bedeutet das? Ich bin doch nur eine Frau, eine ehrlose Frau."

„Das magst du so sehen, aber für mich bist du vornehmlich eine

211

Kameradin."

„Eine Kameradin?" Zweifel lag in ihrer Stimme, „eine Frau hat sich dem Manne unterzuordnen, ihm zu gehorchen, ihm zu dienen."

„Das gilt doch nicht zwischen uns wie die letzten Tage gezeigt haben. Solche Ansichten spielten für mich ohnehin nie eine Rolle; ich komme diesbezüglich auch aus einer anderen Welt. Du kennst die Unterschiede in den Ansichten vom Hörensagen und aus Büchern und nun erlebst du sie."

„Du meinst, du siehst mich als dir ebenbürtig an?"

„Genau das und nichts anderes."

Sanara wurde traurig, Tränen traten ihr in die Augen.

„Was hast du?" fragte Arthur.

„Hier in den Bergen ist es unwirtlich, kalt; wir waren ständig in Lebensgefahr, sind nun erschöpft und dennoch: könnten wir nicht ewig hier bleiben? Denn hier bin ich frei, bin ein Mensch. Aber vielleicht schon morgen sind wir wieder unter Menschen, ich meine, unter meinem Volk. Du wirst dann zu deiner Militäreinheit zurückkehren und ich bleibe zurück, muß den Schleier wieder überwerfen, bin geächtet, ausgestoßen, im Elend. Du siehst, die Tage der Gefahr waren für mich die Tage des Glücks. Das ist nun vorbei."

Arthur lächelte. Er hatte das Wort 'Kameradin' gebraucht, da es ihm unverbindlicher erschien als 'Freundschaft' oder 'Liebe'. In der Tat spürte er mittlerweile eine starke Zuneigung zu ihr, dachte sogar bereits daran, sie mit nach Hause, nach Cheruskien, zu nehmen, sie zu heiraten, gegen alle Widerstände. Aber er wußte natürlich nicht, welche Gefühle sie ihm entgegenbrachte. Er war sich daher noch nicht darüber im Klaren, was er eigentlich wollte, abgesehen davon, daß er alles was in seiner Macht stand tun würde um sie vor dem elenden Leben einer 'ehrlosen Frau' zu bewahren.

Er wollte daher noch nicht mit ihr über all diese Dinge reden, ihr keine falschen Versprechungen machen; sie waren ja auch noch nicht Sicherheit, deshalb schwieg er, meinte bloß.

„Du kannst beruhigt sein. Ich werden für dich sorgen."

Es war mittlerweile dunkel geworden, sie waren auch müde. Sie nahmen daher das Abendessen zu sich, tranken noch Tee, krochen dann in ihre Schlafsäcke.

Die Streife

Am nächsten Morgen ging es weiter. Sie erreichten bald die Schnee-grenze. Der Weg wurde immer besser, sie kamen rascher voran. Kurz nach der Mittagsrast erblickten sie in der Ferne rechts von ihnen eine Gruppe Menschen. Sie schienen aus den Bergen zu kommen. Arthur nahm sein Fernglas hervor.

„Erkennst du etwas ?" fragte Sanara.

„Nein, sie sind noch zu weit weg. Aber sie sind schwer bepackt und scheinen Waffen zu tragen."

„Dann sollten wir vorsichtig sein, ihnen möglichst aus dem Weg gehen."

„Ja, aber ich möchte schon gern wissen um wen es sich handelt. Es könnte ein Rebellenkommando sein, das an einer Stelle westlich von uns das Gebirge überquert hat. Es gibt ja offensichtlich noch mehr Pässe."

Ihr Weg war von Buschwerk gesäumt, während die anderen durch offenes Gelände marschierten.

„Das ist unser Vorteil", meinte Arthur, „so können wir sie beobachten ohne selbst gesehen zu werden."

Nach etwa achthundert Metern endeten allerdings die Buschreihen, der weitere Weg führte über eine ausgedehnte Wiese.

„Am besten, wir warten hier bis sie weg sind", schlug Sanara vor.

„Vernünftig, aber ich möchte mir die Männer schon noch einmal anschauen."

Er nahm wieder sein Fernglas in die Hand, spähte hinter dem vordersten Busch hervor; er brummte dann leise vor sich hin, ließ es sinken, hob es dann wieder, blickte erneut durch.

„Was ist ?" fragte Sanara.

„Es sind Soldaten. Es ist kaum zu glauben, aber es sind cheruskische Soldaten. Was suchen die hier ? Unsere Militärbasis ist doch so an die hundert Kilometer entfernt."

„Vielleicht täuschst du dich ?"

„Nein, sie tragen eindeutig cheruskische Uniformen und cherus-kische Rangabzeichen. Ich kann sie bei einigen erkennen. Wir gehen hin zu ihnen."

Sanara schaute ihn ängstlich an.

213

„Sei vorsichtig, wir sind so kurz vorm Ziel."

Arthur ließ sich aber nicht beirren.

„Gut, halte dich hier versteckt. Wenn alles in Ordnung ist, dann winke ich dir."

Er lief auf die Gruppe zu, die noch etwa fünfhundert Meter entfernt war. Die Soldaten bemerkten ihn, erhoben ihre Waffen.

„Nicht schießen, Kameraden", rief er ihnen zu, „ich bin Major Lebowski."

„Major Lebowski?" lautete die Antwort, „das werden wir gleich feststellen. Kommen Sie her. Nehmen Sie aber bitte die Hände hoch."

Arthur gehorchte. Einer der Soldaten kam ihm entgegen.

„Der Ausweis steckt in der rechten Brusttasche, ganz nach Vorschrift. Das sollten Sie ja auch wissen."

„Darf ich ihn herausnehmen, Herr Major?" fragte der Soldat höflich.

„Bitte."

Der Soldat nahm den Ausweis heraus, warf einen kurzen Blick darauf, lief dann zu seinem Vorgesetzten zurück. Der nahm ihn an sich, blickte einige Male abwechselnd auf Arthur und den Ausweis. Dann schritt er auf Arthur zu, nahm Haltung an, grüßte militärisch.

„Entschuldigen Sie, Herr Major. Aber man muß vorsichtig sein. Die Rebellen haben die Nordseite des Gebirges auf einer Strecke von etwa dreißig Kilometern erreicht und es muß damit gerechnet werden, daß kleine Kommandotrupps hierher einsickern. Ein einzelner Mann, noch dazu, entschuldigen Sie, etwas verwildert aussehend, das ist doch verdächtig. Ich bin übrigens Hauptmann Maierbauer."

„Schon gut, Herr Hauptmann, ich hätte an Ihrer Stelle auch nicht anders gehandelt. Sie werden sich etwas über meinen Aufzug wundern. Ich bin auf dem Rückmarsch von meiner Einsatzstelle in Kalanhar zur Militärbasis und mußte leider den Weg durchs Gebirge nehmen, weil die Straße von den Rebellen besetzt wurde. Ich bin allerdings nicht alleine."

Er winkte Sanara. Zögernd trat sie heran.

„Sie heißt Sanara", sagte Arthur.

„Eine Frau?" wunderte sich der Hauptmann.

„Ja", lachte Arthur, „obwohl man es ihr in diesem Aufzug nicht so sehr ansieht. Und was führt Sie hierher? Oder ist es ein militärisches

214

Geheimnis ?"

Der Hauptmann schüttelte den Kopf.

„Nein, nicht unbedingt. Wir betreiben hier in der Nähe eine kleine Wetterstation. Wir haben einige Wartungsarbeiten durchgeführt und die Batterien gewechselt. Jetzt sind wir auf dem Rückmarsch zur Militärbasis."

„Na, dann haben wir das gleiche Ziel. Ich hoffe, sie können meine Kameradin und mich mitnehmen."

„Selbstverständlich, Herr Major."

In der Militärbasis

Nach etwa einer Stunde gelangten sie zu dem Platz, wo die Fahrzeuge abgestellt waren. Kurz nach Einbruch der Dunkelheit erreichten sie die Militärbasis.

„Vielen Dank fürs mitnehmen", rief Arthur dem Hauptmann zu, nachdem sie abgesessen hatten, „ich werde mich gleich beim Kommandanten melden."

„Da werden Sie mit dem Offizier vom Dienst Vorlieb nehmen müssen, der Oberst ist zu einer Besprechung in die Hauptstadt gefahren, er wird erst morgen früh zurückkommen", lautete die Antwort.

„Na, schön, dann werde ich eben zu dem gehen."

„In Ihrem Aufzug ? Wollen Sie sich nicht vorher ein bißchen zurecht machen ?"

„Nein, ich gehe sofort."

Arthur und Sanara liefen zum Kommandanturgebäude. Arthur kannte sich aus, er hatte schließlich vor seinem Einsatz in der Provinz vier Wochen hier verbracht. Er bat Sanara vor dem Dienstzimmer zu warten. Dann klopfe er an, trat ein. Er grüßte militärisch.

„Major Lebowski meldet sich von seinem Einsatz in Kalanhar zurück."

Der Offizier vom Dienst, ein junger Oberleutnant, blickte ihn böse an.

„Sie wagen es, in diesem Aufzug vor mich zu treten ? Eine Unverschämtheit."

Arthur blieb gelassen. Er reichte ihm seinen Dienstausweis.

„Ihnen scheint wohl nicht klar zu sein, wen Sie vor sich haben, Herr Oberleutnant", fuhr er ihn an.

Der sah nur die Eintragung der Auszeichnung: Ritterkreuz mit Eichenlaub.

„Verzeihung, Herr Major", stammelte er bloß.

Arthur lächelte.

„Sie waren wohl nicht an der Front?"

„Nein, Herr Major, dazu war ich damals noch zu jung."

„Dann merken Sie sich bitte eines: beim Einsatz wird zuerst Meldung erstattet, egal wie dreckig man ist. Und erst dann wird geduscht und die Uniform gewechselt. Wir sind hier schließlich im Krieg und an der Front und nicht auf einer Militärakademie oder in einer Kaserne in der Heimat."

„Sehr wohl, Herr Major."

„Gut, ich denke meinen ausführlichen Bericht werde ich dem Herrn Oberst geben. Oder legen Sie darauf Wert?"

„Nein, Herr Major, ich werde dem Herrn Oberst eine Nachricht hinterlassen. Er wird Sie dann zu sich befehlen."

Arthur lachte.

„Dazu werde ich mich allerdings etwas zurecht machen müssen. Ich brauche also sofort eine frische Uniform, frische Wäsche und so weiter und natürlich auch ein Quartier. Außerdem habe ich eine Kameradin mitgebracht, die braucht das gleiche."

„Eine Frau?"

„Ja, so kann man sie auch bezeichnen. Aber das werde ich alles dem Herrn Oberst berichten."

Der Offizier vom Dienst griff zum Telefon, meinte dann nach kurzem Gespräch.

„Es ist alles in die Wege geleitet, Herr Major. Sie erhalten ein Zimmer im Offiziersbau, die Dame bringen wir in einem Schwesternzimmer im Krankenrevier unter. Und dann gehen Sie bitte zunächst zur Kleiderkammer und suchen sich aus, was Sie brauchen. Dort erhalten Sie auch die Schlüssel für Ihre Räume. Draußen wartet ein Wachsoldat, der wird Sie geleiten."

Arthur bedankte sich, verabschiedete sich.

„Ach übrigens, Herr Major. Das Offizierskasino hat bis zehn Uhr offen. Sie brauchen sich also nicht zu beeilen."

216

Sie begaben sich zur Kleiderkammer. Der zuständige Stabs-unteroffizier war sehr höflich, er gab ihnen, was sie wünschten, Arthur erhielt außerdem den Teil seiner Ausrüstung, den er bei seiner Abreise in die Provinz hier zurückgelassen hatte. Dann befahl er dem Wachsoldaten zuerst Sanara zu ihrem Quartier zu geleiten und ihre Sachen zu tragen, dann zu ihm zurückzukommen um ihm zu helfen.
„Ich werde dich in eineinhalb Stunden zum Abendessen abholen, werde vor dem Eingang des Krankenreviers warten."

Zu angegebenen Zeit trafen sie sich, gingen ins Casino.
„Angekommen sind wir jetzt", fragte Sanara beim Essen, „aber was wird jetzt aus mir ?"
„Ich denke, vorerst kannst du hier bleiben. Der Oberst wird mir einen entsprechenden Wunsch kaum abschlagen. Ich denke, wir können dich derweil auch hier als Übersetzerin beschäftigen. Und lang-fristig ? Das hängt von uns ab."
„Was meinst du damit ?"
„Nun ja, wie sich unser Verhältnis zueinander weiterentwickelt. Es kommt auch darauf an, was du möchtest. Ich könnte dich auch mit nach Hause ins Reich nehmen. Aber dann müßtest du in einer fremden Welt leben. Möchtest du das ?"
„Das wäre möglich ?"
Arthur lächelte.
„Ich denke schon, wir müßten aber vorher heiraten."
Sanara schaute ihn mit großen Augen an.
„Heiraten ?"
„Ja, heiraten. Du mußt dich nicht jetzt gleich entscheiden, denk darüber nach. Notfalls finden wir auch eine andere Lösung. Auf die Straße wirst du jedenfalls nicht gesetzt. Keine Angst. Das ist nicht unsere Art."

Sanara lag in dieser Nacht lange wach. Die Worte Arthurs hatten sie ergriffen, insbesondere die Gelassenheit, mit der er sie ausge-sprochen hatte.
„Heiraten ?" sagte sie sich, „mich ? Eine ehrlose Frau ? So kann nur ein Fremder denken."
Wenn sie es recht überlegte, all die Traditionen und Bindungen, in

denen sie bisher gefangen war, zählten bei ihm nicht, vermutlich kannte er sie nicht einmal. Was hatte er damals gesagt als sie außer Sichtweite Kalanharas waren: „Schluß mit der Maskerade". Den Schleier abzuwerfen und die Uniform anzuziehen war ihr als die große Befreiung erschienen. Aber das waren Äußerlichkeiten. Ihre Denkweise und ihre Verhaltensmuster konnte sie nicht so einfach abstreifen. Und wer war nun der Mann, der anders lebte, anders fühlte, anders dachte ? Würde er sie je verstehen ? Empfand sie Zuneigung zu ihm ? Ihren Mann hatte sie heiraten müssen. Sie wurde gar nicht gefragt, ob sie das wollte, ob sie ihn mochte, ob sie Zuneigung zu ihm empfand. Das war auch nicht der Fall gewesen. Zuneigung empfand sie zu Hamad. Sie waren aber Menschen aus dem gleichen Volk, dem gleichen Kulturkreis, die gleichermaßen unter den Zwängen der Tradition und der Lebensregeln litten. Sie waren einander nicht fremd. Und Arthur war ein Mann aus einer anderen Welt. Sie hatten gemeinsam zahlreiche Gefahren überstanden, er hatte sie als gleichwertigen Menschen behandelt, ohne sich darüber zu erklären. Seine Handlungsweise war für ihn ganz selbstverständlich. Und für sie, die es gewohnt war sich unterzuordnen, war es schwierig gewesen, plötzlich neben ihm als gleichwertiger Mensch handeln zu müssen. Er hatte sie gar nicht gefragt, ob sie das wolle, sondern es einfach von ihr verlangt, vorausgesetzt, daß es eben so zu sein hat. Er wäre wohl nie auf den Gedanken gekommen, daß er sie damit überfordern könnte. Was empfand sie nun für ihn ? Dankbarkeit ? Zuneigung ? Liebe ? Alles zusammen ? Sie fand keine Klarheit, hätte jetzt auch weder 'ja' noch 'nein' sagen können. Sie konnte, wie sie war, ihm nicht einfach in ein fremdes Land folgen. Sie brauchte Zeit um mit sich sich selbst in Reine zu kommen.

Auch Arthur dachte lange nach. Er kannte Sanara sehr wenig. Doch der Marsch durch das Gebirge hatte, so sah er es, beide zusammengebracht, man konnte auch sagen zusammengeschweißt; jeder hatte sein Leben ohne zu zögern für den anderen eingesetzt. Gab es etwas, das mehr verband ? Gut, das war eine Extremsituation gewesen, der Alltag sah ganz anders aus. Aber es hatte sich doch gezeigt, daß jeder dem anderen blind vertrauen konnte. War das nicht eine gute Grundlage für ein gemeinsames Leben ? Und dann war da noch etwas anderes. Er hatte sich in sie verliebt. Er sah in ihr mehr als bloß eine Kameradin. Ihr Verhältnis zueinander war tiefer gewesen als das zwischen zwei Menschen, welche äußere Zwänge verbindet. Er hatte mehrfach einen Gleichklang ihrer Herzen, die Verbundenheit ihrer Seelen gespürt. Gut, sie waren sich noch fremd, jeder von einer anderen Kultur geprägt, doch diese Fremdheit ließ sich überwinden. Darin war er sich sicher. Nicht so sicher war er sich allerdings, ob sie auch genau so empfand.

„Na, von Ihnen hört man ja schöne Sachen. Wir glaubten schon Sie seien tot", begrüßte der Oberst lachend Arthur als er am nächsten Vormittag dessen Büro betrat.
„Tot ? Warum ? Was ist geschehen ?"
„Tun Sie doch nicht so scheinheilig. Dieser Milizkommandeur von Kalanhara hat Major Dobratschek Meldung erstattet, ihm auch mitgeteilt, daß Sie über das Gebirge wollten. Und der hat uns benachrichtigt. Ich habe ihm natürlich gesagt, daß er Ihnen in meinem Namen befehlen solle zu bleiben, aber da waren Sie schon weg. Was war eigentlich in Sie gefahren, daß Sie so handelten ?"
„Ich hatte den Befehl, in die Militärbasis zurückzukehren. Auf welche Art und Weise das geschehen sollte war nicht festgelegt. Daher mußte ich als Offizier vor Ort eine eigene Entscheidung treffen. Leider habe ich mich verspätet, aber eine schnellere Reise war nicht möglich. Ich bitte, dies nicht zu meinem Nachteil auszulegen."
Der Oberst blickte ihn säuerlich an.
„Wollen Sie mich wohl auf den Arm nehmen, Herr Major ?"
„Keinesfalls, Herr Oberst; anders ausgedrückt, ich stand vor der Entscheidung zu bleiben, nichts zu tun oder mich durchzuschlagen. Da gab es nicht viel zu überlegen."
„Typische Ansichten von Frontsoldaten, lieber krepieren als kapitulieren. Aber es war doch Wahnsinn, in **der** Jahreszeit bei Kälte und Schnee das Gebirge zu überqueren."
Arthur lächelte.
„Herr Oberst, an der pruzzorasischen Front hatten wir auch eisige Temperaturen und meterhohen Schnee. Außerdem hatte ich eine entsprechende Ausrüstung und war auch nicht allein."

Der Oberst brummte, meinte dann etwas abfällig.

„Ich weiß, diese 'ehrlose Frau'."

„Herr Oberst", sagte nun Arthur mit strenger Stimme, „ich bitte Sie, das nicht so zu sagen. Nach den hießigen Begriffen ist sie vielleicht ehrlos, nach unserer Begriffen ist sie höchst ehrenhaft, ein Musterbeispiel an Tapferkeit, Einsatzbereitschaft, Zuverlässigkeit und Pflichterfüllung. Einen besseren Kameraden hätte ich für dieses Unternehmen nicht finden können. Das werden Sie im Detail in meinem Bericht nachlesen können."

„Gut, gut", wiegelte der Oberst jetzt ab, „seien Sie nicht so empfindlich. Ich habe das ja auch nur so gesagt, wie es mir berichtet wurde. Reden wir jetzt nicht mehr darüber."

„Ganz im Gegenteil, Herr Oberst. Wir müssen darüber reden. Ich habe die Verantwortung für sie übernommen und sie muß ja irgendwo bleiben. Nach alldem, was geschehen ist, kann ich sie nicht einfach auf die Straße setzen. Das verbietet mir nicht nur meine Offiziersehre."

Der Oberst lächelte.

„Ich verstehe; so weit ist es schon ? Haben Sie Vorschläge, was mit ihr geschehen könnte ?"

„Ja, einen guten und einen weniger guten."

„Und die wären ?"

„Zunächst der weniger gute: wir verschaffen ihr hier eine Stellung in der Militärverwaltung oder der Botschaft. Sie spricht unsere Sprache perfekt, könnte als Übersetzerin oder Dolmetscherin arbeiten."

„Und der gute ?"

„Ich heirate sie und nehme sie mit nach Hause."

Der Oberst lachte.

„Ich denke, Sie werden das zweite tun. Meine Unterstützung haben Sie."

„Vielen Dank, Herr Oberst; jetzt wäre nur noch ein Detail zu klären. Ich werde ja vorerst hier Dienst tun, ich werde erst am 1. Dezember, also in etwa sieben Wochen ins Reich zurückkehren. Wir müßten die Frau so lange hier unterbringen und auch beschäftigen."

„Das ist keine Sache, ich werde mich drum kümmern und Sie benachrichtigen. Den anderen Kram müssen Sie erledigen."

Bereits drei Stunden später erhielt Sanara die Benachrichtigung, daß sie bis auf weiteres in dem Schwesternzimmer im Krankenrevier wohnen könne und ihr in der Verwaltung eine Stelle als Übersetzerin zugewiesen worden sei, für die sie auch eine kleine Vergütung erhalte.

Einerseits wollte Arthur Sanara Zeit zum Überlegen lassen, andererseits gab es für ihn einen festen Termin: am 30. November endete seine Dienstzeit hier. Bis dahin mußte die Angelegenheit geklärt sein. Er ging natürlich davon aus, daß Sanara in eine Heirat einwilligen würde und daher genügend Zeit zur Beschaffung der notwendigen Papiere zur Verfügung stehen mußte.

Er sprach sie daher wenige Tage später auf ihre Zukunftsvorstellungen an, ohne, natürlich, ihr gleich einen Heiratsantrag zu machen.

„Ach, ich werde schon irgendwie überleben", begann sie, „Ächtung spielt in der Hauptstadt nicht die Rolle wie in der Provinz. Aber als alleinstehende Frau ist es schier unmöglich eine menschenwürdige Wohnung zu finden, es sei denn, man ist sehr reich."

„Ja, aber es leben doch auch alleinstehende Frauen hier ?"

„Ja, schon, man schickt oft Witwen in die Stadt zum Arbeiten. Das hat sich in den letzten Jahren wegen des Krieges eingebürgert. Viele Männer sind gefallen und man kann die Witwen oft in den Dörfern nicht miternähren. Aber sie müssen dann fast alles Geld, das sie verdienen, von einem kleinen Taschengeld abgesehen, an ihren Clan abliefern. Es gibt auch wenige Mädchen, die zum Studieren herkommen, meist werden sie Lehrerinnen oder Ärztinnen für Mädchen und Frauen. Aber weißt du, die Clans leben weit verzweigt. Die größeren unter ihnen haben Wohnungen oder Häuser in den Städten, wo diese Frauen wohnen können, unter Aufsicht der Männer natürlich. Ich bin aber ausgestoßen, für mich kommt das nicht in Frage. Für mich bleibt nur ein Massenquartier, in denen Arbeiterinnen, Huren, Diebinnen und Bettlerinnen leben. Und man muß auch nicht unbedingt als Hure oder Bettlerin enden. Man kann auch Arbeit finden, als Näherin zum Beispiel in kleinen Fabriken, bei schlechten Arbeitsbedingungen und schlechter Bezahlung. Sie nutzen es eben aus, wenn man eine Ausgestoßene ist."

„Woran erkennt man eine Ausgestoßene ? Gibt es hierfür ein

bestimmtes Zeichen, das man tragen muß ? Ich habe so etwas in dem Brief des Dorfobersten gelesen. Da stand aber auch, daß er in deinem Fall darauf verzichtet hat. Es scheint also nicht obligatorisch zu sein ?"

„Es ist üblich, aber nicht gesetzlich vorgeschrieben. In den Dörfern erhält man eine Prügelstrafe, wenn man es nicht trägt. In den Städten herrscht da eine gewisse Willkür; manche werden bestraft, wenn sie es nicht tragen, in der Regel mit einer Geldstrafe, Prügelstrafen gibt es aber auch. Ob man bestraft wird und in welchem Maße, das hängt vom Polizeichef des Distrikts ab, in dem man aufgegriffen wird."

„Und wie stellen sie das fest ?"

Sanara lächelte.

„Ganz einfach, anhand der Identitätskarte. Es gibt bei uns Clannamen, ähnlich wie bei euch die Familiennamen. Und Ausgestoßene dürfen den Namen ihres früheren Clan nicht mehr tragen. Bei ihnen steht dann auf der Identitätskarte in der betreffenden Zeile 'namenlos'."

„Und wie steht es mit den internationalen Hilfsorganisationen ?"

„Mit etwas Glück findet man Hilfe bei ihnen. Die vermitteln auch Arbeitsplätze in ausländischen Unternehmen. Die nutzen die Lage der Frauen natürlich aus und bezahlen sie schlecht. Aber sie unterhalten in der Regel Wohnungen, meist in den Obergeschossen ihrer Bürogebäude. Die sind dann zwar auch ärmlich, aber halbwegs menschenwürdig. In der Hauptstadt kann man auch als Frau alleine ausgehen. Aber das ist nicht üblich, meist sind die Frauen in Gruppen unterwegs. Es gibt sogar einige Restaurants, die über spezielle Frauengastzimmer verfügen; in Theatern und Kinos gibt es eigene Frauenplätze. Man kann in der Hauptstadt einigermaßen leben, aber wirklich lebenswert ist das nicht. Die meisten kennen allerdings nichts Besseres und sind mit ihrem Schicksal zufrieden. Verglichen mit dem Leben in den Dörfern ist es ja auch paradiesisch. Und wenn ihr mir wirklich eine Stelle in der Botschaft gebt, so bin ich trotzdem noch eine Geächtete. Das ist ein Makel, den ich nicht mehr los werde."

„Dann ist es wirklich das Beste, wenn du das Land verläßt."

„Ich weiß, worauf du hinauswillst. Ich soll mit dir gehen. Aber muß ich dir dann nicht immer dankbar sein und mich deswegen dir unter-

werfen ? Würdest du es nicht als Undankbarkeit auffassen, wenn ich dir widerspreche, eigenen Willen, eigene Interessen bekunde. Sei mir nicht böse, aber du könntest meine Gefühle auch ausnutzen."
Arthur schüttelte den Kopf.
„Nein, das tue ich bestimmt nicht. Wir haben so viel gemeinsam durchgemacht, daß ich mich selbst verachten müßte, wenn ich so dächte. Du mußt dir nur über eines im Klaren werden. Die Stellung einer Frau in der Gesellschaft und das Verhältnis zwischen Männern und Frauen ist in unserem Volk völlig anders als hier. Ein Frau muß sich nicht ihrem Mann unterwerfen, unterordnen; sie darf widersprachen, darf ihren eigenen Willen haben, ihre eigenen Interessen bekunden. Unterwerfung, Unterordnung zu verlangen, dieses Denken ist mir völlig fremd. Und was Dankbarkeit betrifft, weil du mir das Leben gerettet hast: egal, wie du dich entscheidest; wenn du unbedingt hier bleiben möchtest: du wirst nicht in ein Elendsquartier und in eine miserable Fabrik abgeschoben, sondern eine ordentliche Stellung und eine ordentliche Wohnung erhalten. Damit wäre meine 'Dankbarkeit' dir gegenüber abgegolten, wenn das Punkt wäre und ich könnte guten Gewissens nach Hause zurückkehren. Auf die Stellung einer Frau in der Gesellschaft hier habe ich keinen Einfluß. Und wenn diese Stellung akzeptierst, dann ist das deine Angelegenheit."
Er pausierte kurz.
„Das heißt aber, wenn ich dich heiraten und mit nach Cheruskien nehmen möchte, dann tue ich das nicht um mich dir gegenüber dankbar zu zeigen, sondern weil ich dich liebe, mit dir zusammenleben möchte. Und du mußt dich lediglich fragen, ob du mich auch liebst und mit mir zusammenleben möchtest. Wir müssen nur offen und ehrlich zueinander sein. Ich weiß, daß wir verschiedenen Welten entstammen. Aber wir sind doch intelligent genug um den kulturellen Graben zwischen uns zu überbrücken."
Sanara blickte ihn liebevoll an.
„Das hast du schön gesagt. Ich mag dich, ich empfinde schon eine tiefe Zuneigung zu dir. Aber was Liebe ist, das weiß ich nicht. Das muß ich erst lernen. Wirst du genügend Verständnis und Geduld für mich aufbringen ? Nimmst du mich trotzdem ?"
Arthur lächelte,
„Ich muß auch noch lernen, was Liebe ist. Aber ich bin sicher, der

Weg stimmt. Und wir werden das schaffen. Wir haben schon schwierigere Situationen gemeinsam gemeistert."

In der Hauptstadt

Am nächsten Tag fuhren Arthur und Sanara in die Hauptstadt um die Heiratsformalitäten abzuklären.
Arthur suchte den Botschaftssekretär auf, Sanara wartete derweil im Aufenthaltsraum.
Der Mann empfing Arthur freundlich.
„Guten Tag, Herr Lebowski. Ich habe schon Ihre Heldentat vernommen. Was führt Sie zu mir ?"
„Welche Heldentat ? Sie meinen wohl den Marsch über das Gebirge ? Da habe ich schon andere Dinge erlebt. Und außerdem war ich nicht alleine. Deswegen bin ich ja auch hier."
Er trug ihm sein Anliegen vor, schilderte natürlich die jüngsten Erlebnisse ausführlich, hob selbstverständlich Sanaras Leistung deutlich hervor.
„Nun ja", meinte der Beamte dann, „Sie wissen, solche Ehen sind zwar schon seit längerer Zeit nicht mehr verboten, aber noch nicht sehr beliebt, auch wenn sich da in den letzten sieben Jahren vieles geändert hat. Aber angesichts der Lage der Dinge werden wir in Ihrem Fall sehr wohlwollend verfahren. Da können Sie unbesorgt sein."
Er schrieb ihm dann auf, welche Unterlagen für eine Eheschließung benötigt wurden, bemerkte dann.
„Ihre Dokumente werden wir anfordern, Sie brauchen sich nicht darum zu kümmern. Und was Ihre Braut betrifft, nun ja, wir werden ein Auge zudrücken, wenn sie nicht alle Papiere beibringt."
„Und wie lange wird das dauern ?"
„Wie es hier läuft, weiß ich nicht. Von unserer Seite aus etwa sieben Tage. Dann können Sie das Aufgebot bestellen. Das muß dann zwei Wochen ausliegen, dann kann die Trauung stattfinden."
„Also etwa Mitte November ?"
„Ja, das ist gut gerechnet."

„Im Prinzip brauchst du nur eine Geburtsurkunde und eine Bescheinigung, daß du nicht verheiratet bist. Wegen der Bescheinigung werde ich Dobratschek schreiben. Die kann er sicher vom Dorfobersten bekommen. Das mit der Geburtsurkunde wird schwieriger. In Pochara sitzen die Rebellen."

„Nein", wandte Sanara ein, „ich wurde hier geboren, bevor mein Vater nach Pochara zog."

„Na, dann können wir ja gleich zur Stadtverwaltung gehen. Ich werde aber vorher noch Geld besorgen müssen, sie verlangen sicherlich Gebühren und ohne Bestechung läuft bestimmt auch nichts."

Sie suchten erst eine der Internationalen Banken auf, begaben sich dann zum Bau der Stadtverwaltung. Sanara hatte nach Verlassen der Botschaft wieder den Schleier übergezogen, das gelb-rote Bändchen, das Zeichen der Ehrlosigkeit an ihrem rechten Ärmel befestigt, lief drei Schritte hinter Arthur. Er nahm dann im Warteraum für Männer Platz, begann in einem Buch zu lesen, während sie am Empfangsschalter ihr Anliegen vorbrachte und sich anschließend im Warteraum für Frauen niederließ. Arthur hatte ihr reichlich Geld zugesteckt. Sanara spürte bald ihren Status. Obwohl nur wenig Betrieb herrschte mußte sie vier Stunden warten; erst als sonst niemand mehr im Warteraum anwesend war, wurde sie aufgerufen. Eine tief verschleierte Frau empfing sie unfreundlich.

„Was willst du ?" herrschte sie Sanara herablassend an.

„Ich brauche eine Geburtsurkunde."

„Wozu brauchst du eine Geburtsurkunde ?"

„Ich suche Arbeit", log Sanara. Sie hatte gehört, daß zahlreiche ausländische Firmen aus ihr unbekannten Gründen solch ein Dokument bei der Einstellung verlangten. Daß sie heiraten wollte, durfte sie nicht sagen. Sie war ja schließlich ehrlos.

„Und dazu brauchst du eine Geburtsurkunde ?"

„Ja, sie verlangen das."

„Wer verlangt das ?"

„Es ist eine cheruskische Firma."

„So ?" brummte die Frau, „mir soll es Recht sein wenn du bezahlst. Es kostet fünfhundert Dollar."

„Und wie lange dauert es ?"

„Vier Wochen, sechs Wochen, Gott weiß es."

225

„Geht es nicht schneller? Eine Woche?"

„Ansprüche stellst du auch noch!"

Sanara schwieg. Die Frau fuhr fort.

„Schneller geht es schon. Es wird aber dann teurer."

„Wie teuer?"

„Achthundert."

„Gut, einverstanden."

„Hast du überhaupt Geld."

„Ja."

„Hurengeld?"

Sanara schwieg.

„Nun ja, Geld stinkt nicht. Hauptsache, du bezahlst. Die Hälfte bekomme ich jetzt, den Rest, wenn du die Urkunde abholst."

Sanara gab ihr das Geld, erhielt dann eine Quittung, allerdings nur über zweihundert Dollar, sowie eine Bescheinigung, daß sie die Urkunde in einer Woche abholen könne.

Auf der Rückfahrt im Militärbus sagte sie dann zu Arthur:

„Ich hoffe, du bist mir nicht böse wegen des vielen Geldes."

„Nein", lachte der, „in eurem Dorf konnte ich wenig ausgeben. Ich habe den Sold von neun Monaten aufgespart."

Unmittelbar nach der Rückkehr ins Quartier schrieb Arthur dann an Dobratschek. Und der schaffte es tatsächlich, ihm innerhalb von zwei Tagen die erforderliche Bescheinigung zuzuschicken. Kostenlos.

Acht Tage später fuhren sie erneut in die Hauptstadt; Arthurs Befürchtungen, daß Sanara einfach nur abkassiert worden war, erwiesen sich als unbegründet. Sie erhielt die Geburtsurkunde, nachdem sie, ohne eine Quittung zu erhalten, den restlichen Betrag gezahlt hatte.

Dann suchten sie die Botschaft auf.

„Na, das klappte ja wie am Schnürchen", lachte der Botschaftssekretär, „Ihre Papiere sind auch schon vorhanden. Wir können dann das Aufgebot erstellen."

Sie füllten einige Formulare aus.

„Hier ist noch ein Antrag auf einen Paß. Dafür brauchen wir noch ein Photo. Kommen Sie bitte mit."

Sie verließen kurz den Raum. Nachdem sie endlich alle Formulare unterschrieben hatten, meinte er.

„Die Trauung können wir auf den 15. November, 14:00 Uhr ansetzen, wenn es Ihnen Recht ist."

Dann verabschiedeten sie sich.

„Wir haben noch vier Stunden Zeit bis der Bus zur Militärbasis abfährt. Was fangen wir an?" fragte Sanara, „draußen können wir nichts zusammen unternehmen."

„Sie haben hier einen schönen Aufenthaltsraum in der Botschaft. Dort können wir uns unterhalten, lesen, fernsehen. Und etwas zu essen bekommen wir dort auch."

Sie begaben sich in den Aufenthaltsraum, kauften belegte Brötchen, Kaffee, setzten sich dann in eine Ecke. Sie waren alleine im Raum.

„Noch zwei Wochen", begann Arthur, „dann sind wir Mann und Frau. Dann gehören wir zusammen. Dann gibt es keine Unterschiede mehr zwischen uns, kein Gefühl zur Dankbarkeit verpflichtet zu sein, dann gibt es nur gegenseitige Treue."

„Was meinst du damit?" fragte Sanara.

„Nun, wir hatten doch darüber gesprochen. Du hattest befürchtet, daß ich dich aus Dankbarkeit heiraten wolle, weil du mir das Leben gerettet hast, oder aus Mitleid, weil du drohtest im Elend zu landen."

„Ja, und daß ich dich nur heirate, weil ich dadurch ein besseres Leben erhoffte."

„Was immer es sein mochte, wenn wir verheiratet sind, unsere Ehe ernst nehmen, gibt es hinterher kein 'du' und kein 'ich' mehr, sondern nur noch 'wir'. Bei uns ist es Sitte, daß bei der Heirat noch ein Priester hinzukommt, der uns vor Gott schwören läßt, daß wir uns lieben und ehren werden, in guten und in schlechten Tagen, bis der Tod uns scheidet."

Arthur grinste.

„Bei vielen ist es allerdings ein Meineid. Ein Priester wird bei uns nicht dabei sein, da dein Gott nicht mein Gott ist."

Sanara lächelte.

„In den Bergen hast du ganz anders geredet; da sagtest du 'Gott ist mit uns, unser beider Gott'. Warum sollte er in unserer Ehe nicht mehr mit uns sein? Auch unser Gott verlangt, daß ein Mann seine Frau liebt, sie ehrt. Sie muß sich ihm unterordnen, ihm gehorsam sein. Ist sie das, so ist es ihm verboten sie zu züchtigen oder zu verstoßen. Da kann doch jeder vor seinem Gott schwören, daß er dem anderen treu ist und ihn ehrt. Wir schwören ja nicht bei dem Priester. Und der braucht nicht zu wissen, vor welchem Gott wir uns Treue geloben."

„Das sehe ich ein. Ich werde dem Botschaftssekretär eine Nachricht schicken. Aber ich kann nicht versprechen, daß der Botschaftsgeistliche sich darauf einläßt."

Sie schwiegen eine Weile.

„Mich wundert ein bißchen, daß du bisher nicht versucht hast mich zu berühren. Du verstehst wie ich das meine. Ich meine jetzt nicht, daß du mich nicht angefaßt hast. In den Bergen haben wir ja auch ganz eng beieinander geschlafen."

„Wir sind noch nicht verheiratet", gab Arthur als Antwort.

„Ist das in deinem Volk so Sitte ? Das kann ich nicht glauben. Da habe ich ganz anderes gehört und gelesen."

„Ich habe auch nicht gesagt, daß dies bei uns Sitte ist; ich habe nur von dir und mir gesprochen."

„Macht das einen Unterschied ?"

„Es ist aber doch bei euch Sitte. Das war für mich allerdings nicht der Grund. In den Bergen habe ich dich eine Kameradin genannt. Aber mittlerweile ist mehr daraus geworden, das was man Liebe nennt. Ich achte dich, ich wertschätze dich. Ich wollte nicht, daß du mir deinen Körper schenkst, aus Pflichtgefühl, aus Dankbarkeit oder welchen Gründen auch immer. Denn letztlich würdest du dich doch schlecht dabei fühlen, dich vor dir selbst schämen. Ist es denn wirklich ein großer Unterschied, ob man sich einem Mann aus Dankbarkeit oder Pflichtgefühl hingibt oder weil er dafür bezahlt ?"

„Wenn ich das richtig verstehe, dann fallen diese Bedenken bei dir weg wenn wir verheiratet sind, weil wir dann zusammengehören ? Ist das wirklich so ?"

„Genau, so meine ich es. Dann ist es nicht mehr Lust oder Triebbefriedigung, sondern ein Zeichen dafür, daß wir eine Einheit bilden, daß Mann und Frau zu einem Menschen verschmelzen."

Arthur lächelte.

„Natürlich werden wir nicht immer beide hierfür in Stimmung sein. Dann sollten wir es unterlassen. Nie sollte einer von uns beiden das

Gefühl haben, benutzt zu werden, zu dienen, seine Pflicht zu erfüllen oder auch den anderen zu mißbrauchen."

„Und dazu braucht man eine Urkunde? Seltsame Sitten habt ihr."
Arthur lächelte.

„Nein, natürlich nicht. Dazu braucht man nur gegenseitige Liebe."
Er blickte sie an.

„Das verwirrt dich vermutlich alles. Verstehe mich jetzt auch nicht falsch. Vielleicht habe ich das alles nicht richtig gemacht. Aber ich bin davon ausgegangen, daß es in deinem Volk so Sitte ist und daß du es so siehst. Und ich wollte deine Gefühle nicht verletzen."
Sanara wurde nachdenklich.

„Das ist schon so. Aber ich bin doch eine Ausgestoßene, eine ehrlose Frau. Da gelten solche Regeln nicht."
Arthur beugte sich zu ihr hin, küßte sie auf die Stirn.

„Für mich bist du keine ehrlose Frau. Ich liebe dich von ganzen Herzen. Das klingt jetzt vielleicht etwas kitschig. Aber es ist so."
Sanara lächelte.

„Ich verstehe das. Und es macht mich glücklich, daß du mich achtest. Und ich liebe dich auch."
Und sie fügte dann etwas spitzbübisch hinzu.

„Es besteht kein Grund unseren Prinzipien untreu zu werden. Die zwei Wochen werden wir auch noch überleben."
Sie schwiegen eine Weile. Sanaras Miene trübte sich ein.

„Trotzdem, ich habe ein bißchen Angst vor dem, was mich in deinem Land erwartet", begann schließlich Sanara.

„Vor was hast du Angst?"

„Nun ja, was mich erwartet. Ich habe mich in den letzten Tagen auch über euer Land und den Geist, der dort herrscht, informiert. Und das klang nicht gut. Bei euch herrscht doch die Vorstellung, daß es auf der Welt unterschiedliche Rassen unterschiedlicher Qualität gibt. Ihr gehört der wertvollsten Rasse an, während andere Rassen minderwertig sind. Und ich gehöre doch wohl einer eher minderwertigen Rasse an? Ich möchte nicht in ein Land, in dem ich als minderwertig gelte, minderwertig bin ich auch hier. Da kann ich auch hier bleiben."

Arthur schwieg betroffen. Er dachte an die Worte des Botschaftssekretärs bei seinem ersten Besuch. Er hatte gesagt, solche Ehen seien zwar nicht verboten, aber auch nicht beliebt. Gut, daß Sanara damals nicht anwesend war.

„Es ist schon richtig, daß es solch eine Ideologie in unserem Land gibt, aber sie ist schon lange nicht mehr staatstragend. Vor fünfzehn Jahren wäre es schwierig gewesen eine Heiratsgenehmigung erhalten. Heute ist das anders, du hast ja gesehen, wie schnell die Formalitäten erledigt wurden. Nein, du brauchst dir keine Sorgen zu machen. Aber auch damals waren die Verhältnisse nicht ganz so, wie sie heute oft dargestellt werden. Staatsideologie hin, Staatsideologie her. Das waren Vorstellungen, die sich Leute, die sich für gelehrt hielten, in ihren Studierstuben an ihren Schreibtischen zusammengereimt hatten. Und Politiker griffen sie auf um damit ihr Feindbild zu begründen und weil sie davon ausgingen, daß das Volk ihnen Glauben schenken würde, wenn sie ihre Propaganda nur intensiv genug betrieben und sie dadurch Einfluß beim Volk, damit auch im Staat gewinnen würden. Denn es ist doch so: wer immer die gleiche Lüge hört, wird sie irgendwann für wahr halten, weil er nicht begreift, daß man eine Lüge auf Dauer aufrecht erhalten kann. Das gilt zumindest für die geistig Dumpfen. Das mag auch oberflächlich so erschienen sein, denn die Volksmasse läßt sich gern von Demagogen mitreißen und dann zu Handlungen verleiten, die sie im Grunde in ihrem tiefsten Innern gar nicht billigt."

„Das sagst du so gelassen dahin. Das Volk läßt sich also zu Taten hinreißen, die es im Grunde genommen verabscheut ? Widerspricht sich das nicht ?"

„Hm, es ist schwierig, dies verständlich zu erklären. Letztlich kommt es ja nur darauf an, daß das Volk die Taten oder Untaten der Regierung hinnimmt, es muß sie nicht einmal billigen. Es kommt lediglich drauf an, daß das Volk keinen Widerstand leistet, sich nicht widersetzt. Die Gewalttaten, welche damals geschahen, wurden nur von relativ wenigen begangen. Die einen waren Männer, die ohnehin keine Skrupel hatten Verbrechen zu begehen; sie hatten keine Beziehungen zu den Opfern, die waren ihnen vollkommen gleichgültig. Sie töteten, weil es ihnen befohlen war und weil sie dafür bezahlt wurden. Die anderen waren Männer, welche aus irgend einem Grund, es konnten durchaus über Generationen vererbte Feindschaftsgefühle sein, die mit der Rassenlehre nichts zu tun hatten, Haß gegen

230

die Gruppe der Opfer empfanden. Haß auf einzelne Personen empfanden sie nur aufgrund ihrer Zugehörigkeit zu einer feindlichen Gruppe, nicht weil sie mit der Person schlechte Erfahrung gemacht hatten. Die waren die natürlichen Werkzeuge der Regierenden. Verstehst du, was ich meine ?"

„Sicher verstehe ich das, auch bei uns gibt es Stämme und Clans, die seit Jahrhunderten verfeindet sind; oft leben sie Jahrzehnte lang friedlich nebeneinander, aber dann gibt es Ereignisse, welche den schlafenden Haß wieder aufleben läßt."

„Im Volk sah das ganz anders aus", fuhr Arthur dann fort, „in meiner Heimatstadt lebte ein dunkelhäutiger Mann; er stammte aus unseren ehemaligen Kolonien in der Südsee, hatte im Dritten Sarmatischen Krieg gekämpft, hatte sogar das Eiserne Kreuz erhalten. Er betrieb eine kleine Schusterwerkstatt, war beliebt, er gehörte dazu, wie man bei uns sagt. Eines Tages erhielt die Stadt einen neuen Bürgermeister. Er kam aus einer anderen Provinz. Die Staatspartei hatte ihn eingesetzt. Am Heldengedenktag, an dem traditionsgemäß eine Feier in der Stadthalle abgehalten wurde, wies er den Mann mit der Begründung 'er gehöre nicht zu uns' aus dem Saal. Der Mann ging hinaus und fast alle Anwesenden, auch viele Parteigenossen, folgten ihm. Der Bürgermeister war konsterniert, ließ fragen, was dieses ungehörige Verhalten bedeute. Daraufhin trat der Direktor des Gymnasiums vor ihn und sagte, es sei unsinnig, der toten Helden zu gedenken, wenn man die lebenden Helden ausschließe. Der Bürgermeister blieb starrsinnig, sagte, es verstoße gegen die Grundprinzipien des Staates, wenn man Angehörige einer niedereren Rasse den Asawanen gleichsetze und forderte die Bürger auf in den Saal zurückzukehren. Doch niemand folgte seiner Aufforderung und so mußte er schließlich die Heldengedenkfeier bei einem knappen Dutzend Anwesender abhalten."

„Und was geschah dann ?"

Arthur lächelte.

„Einige Tage später wurde ihm, wie es offiziell hieß, eine andere Aufgabe zugewiesen. Er verließ die Stadt."

Er trank einen Schluck Kaffee.

„Daher brauchst du dich nicht zu fürchten. Es gibt zwar heute auch noch einige, die in dem Rassenwahn verhaftet sind, aber die fallen kaum ins Gewicht. Und bei dir kommt noch eines hinzu", Arthur lachte, „unsere Staatsideologen waren gründliche Leute, sie haben ein umfangreiches Rassenverzeichnis angelegt; die Darwanen gelten danach als Indogermanen, also auch als Abkömmlinge der Asen. Du gehörst damit einer 'Vetternrasse' an. Schon deswegen wird dich keiner der noch vorhandenen Anhänger der Rassenlehre wirklich scheel ansehen oder diskriminieren."

Sanara schaute ihn groß an.

„Ist das wirklich so ?"

„Sicher, aber ausschließen kann man nicht, daß jemand dumm daher redet. Aber das darfst du dir nicht zu Herzen nehmen. Man darf nicht an den einen denken, der schlecht ist, sondern man muß an die neunundneunzig denken, die nett sind."

Sanara lächelte.

„Das hast du jetzt sehr schön gesagt. Aber das ist mir schon klar; die Welt ist überall nicht völlig gut."

Arthur schaute zur Uhr.

„Ich denke, wir müssen nach draußen gehen. Der Bus wird bald abfahren."

Gespräch am Abend

Etwa eine Woche später saßen sie abends zusammen.

„Verzeih mir die Frage, es ist nicht böse gemeint, aber wenn ich in dein Land gehe, dann möchte ich auch auch das Volk, die Sitten und auch eure politischen Vorstellungen verstehen lernen. Warum habt ihr eigentlich solche Vorstellungen bezüglich der Rassen. Auch bei uns gibt es Feindschaften zwischen den Stämmen und den verschiedenen Ausrichtungen der Religion. Die Feindschaften zwischen den Stämmen sind oft alt, entstanden vielfach durch Streit um Weideplätze, Wasserstellen, manchmal auch wegen Ermordung Angehöriger eines Stammes durch Angehörige eines anderen Stammes, aus welchen Gründen auch immer. Aber Feindschaft aus reiner Rassenzugehörigkeit, das ist bei uns unbekannt. Rasse, das ist doch ein Begriff aus der Biologie um Individuen anhand genetischer Verwandtschaft zu Gruppen zusammenzufassen, deren Untergruppen nicht einmal eine gemeinsame Sprache, eine gemeinsame Kultur oder eine gleiche soziale Struktur haben müssen. Wieso konnte man einen so schwammigen Begriff nicht nur zu einer Basis für eine politische Ordnung, sondern auch als Basis für die Zuweisung des Wertes von Menschen machen? Kannst du mir das erklären?"

„Schwerlich. In unserem Land hat die Rassenfrage keine lange Tradition. Das lag auch daran, daß wir kein Seefahrervolk waren wie die Angelsachsen, Franken oder Iberer. Wir trieben Handel oder führten Kriege mit unseren Nachbarvölkern. Und die waren alle weiß. Kontakte zu fernen Kontinenten und den Völkern gab es kaum. Der entwickelte sich erst vor etwa einhundertfünfzig Jahren als die ersten cheruskischen Kolonien in Afrika, Asien und in der Südsee gegründet wurden. Kaum jemand hatte so rechte Vorstellungen von Menschen, die anders aussahen, von fremden Kulturen und Zivilisationen. Alles, was unsere Gelehrten wußten, hatten sie aus Büchern von Angehörigen der Seefahrervölker erfahren. Bei den anderen europäischen Völkern war es wohl so, ich vermute das nun, weiß es nicht genau, daß man wohl eine Rangordnung schaffen und mit dem Begriff 'Rasse' eine Unterscheidung zwischen den europäischen Völkern und den Afrikanern, Asiaten und Indianern treffen wollte. Andere Rassen galten als minderwertig, ihre Angehörigen durften deshalb beherrscht, ausgebeutet, versklavt werden. Und damit rechtfertigten sie ihre Kolonialisierungspolitik."

„Das Schlechte, scheint mir", unterbrach ihn Sanara, „ist wohl nicht die Einteilung der Menschen in verschiedene Rassen, sondern die Zuordnung eines Wertes jeder Rasse, wodurch eine Rangordnung der Rassen erstellt wurde."

„Ja, und die Lankardtan-Bewegung in Cheruskien verfolgte genau diese Strategie mit äußerster Konsequenz. Sie definierte die Asawanen, der auch die Cherusker angehören, als höchstwertige Rasse."

„Hat man dies irgendwie begründet?"

„Eigentlich nicht, es war sozusagen ihr Dogma. Es ging am Ende auch gar nicht so sehr um Afrikaner oder Asiaten, sondern um Rangordnungen innerhalb der eigenen Rasse. Zwar wollte man die eigene Rasse rein erhalten, daher auch das Verbot der Eheschließungen. Das betraf aber nur wenige, wesentlich Angehörige

233

von Völkern aus den ehemaligen Kolonien und Kinder aus Verbindungen zwischen Cheruskern und Angehörigen dieser Völker."
„Und was bedeutete die 'Rangordnung' innerhalb einer Rasse ?"
„Dazu mußt du wissen, daß die Lankardtan-Bewegung, die Trägerin dieser Rassenlehre, einige Jahre nach dem unglücklich verlaufenden Dritten Sarmatischen Krieges an die Macht kam. Nach dem Krieg lag das Land am Boden; der Krieg hatte einen ungeheuren Blutzoll gefordert und das Reich finanziell ruiniert, aber die beabsichtigte Befreiung der Gebiete im Osten war mißlungen. Die Kolonien mußten aufgegeben werden, verkauft werden, wie man das beschönigend nannte, die Wirtschaft lag am Boden, überall herrschte Not. Und irgend jemand mußte dafür verantwortlich sein. Und so kam man auf die Idee die Rasse der Asawanen in einen guten und einen schlechten Teil aufzuspalten."
Sanara blickte ihn etwas scheel an.
„Na ja, die Grundlage dieser Rassentheorie war, daß in alten Zeiten die Götter auf die Erde niedergestiegen seien und durch Verbindung mit Menschentöchtern eine neue Rasse, die Asawanen, hervorgebracht hätten. Sie war damit zwar die wertvollste Rasse, aber es gab natürlich nicht nur gute Götter, sondern auch böse, die natürlich auch Kinder gezeugt hatten und von denen nun die schlechten unter den Asawanen abstammten. Und da als der böseste und verschlagendste Gott Loki galt, bezeichnete man diese als 'Lokiristen'. Diese wurden für das nationale Unglück verantwortlich gemacht und man erarbeitete Kriterien um die Lokiristen zu identifizieren."
„Ich verstehe", unterbrach ihn Sanara, „es ging gar nicht um das, was man landläufig als Rasse bezeichnet, sondern darum unliebsame Volksangehörige, Andersdenkende, lästige Konkurrenten, politische Gegner auszumerzen."
„Ja, das war der zentrale Punkt. Aber dem Volk wurde es so verkauft, daß die Schlechtigkeit, die man ihnen anhing, ein Rassemerkmal war und so hatte man die Begründung, nicht nur die Gegner und unliebsame Personen selbst, sondern auch ihre Familien zu liquidieren. Und sich damit natürlich ihr Vermögen anzueignen. Ja, und um die tatsächlichen Absichten auch weiterhin zu verschleiern, behielt man die übrigen Rassenverordnungen bei."
„Und warum gelten sie jetzt nicht mehr."

„Ich will es kurz machen. Durch Fehlentscheidungen des Asgardors, wie unser Diktator genannt wurde, stand das Cheruskische Reich im Vierten Samatischen Krieg schließlich vor einer militärischen Katastrophe. In dieser Situation wurde der Asgardor durch eine Gruppe junger Offiziere der Elitetruppen gestürzt und die Lankardtan-Bewegung wurde weitgehend entmachtet. Sie hielten diese Rassenideologie zwar für Unsinn, konnten sie aber mit Rücksicht auf die militärische Situation nicht einfach abschaffen, denn das hätte zu diesem Zeitpunkt den inneren Frieden im Reich gefährdet, da die Rassenlehre sehr viele Anhänger hatte. Vornehmlich mußte der Krieg gewonnen werden. Und erst nach dem Friedensschluß begann die Regierung die Rassenverordnungen nach und nach außer Kraft zu setzen. Formal sind, glaube ich, auch heute noch nicht alle aufgehoben, aber keiner nimmt sie mehr ernst."

Sanara lächelte.

„Ihr dürft uns keine Vorwürfe machen wegen unserer Stammes- und Clan-Regeln. Eure Regeln sind doch Zeichen geistiger Beschränkungen, nur eben anderer Art."

„Da gebe ich dir völlig Recht."

Es war mittlerweile spät geworden. Sie verabschiedeten sich, jeder begab sich in sein Quartier.

Die Hochzeit

Die Trauung fand am vereinbarten Termin im Büro des Botschaftssekretärs statt, eine kurze Zeremonie, zu der sich auch der Botschaftsgeistliche eingefunden hatte. Der Beamte und der Geistliche gratulierte ihnen hinterher, der Sekretär überreichte ihnen dann die Heiratsurkunde und anschließend Sanara einen Paß. Sie blätterte darin.

'Sanara Lebowski', 'Staatsbürgerschaft: cheruskisch (H)'.

„Was bedeutet das 'H' ?" fragte sie dann den Mann.

„Es bedeutet, daß sie die Staatsbürgerschaft durch Heirat erworben haben, sozusagen zur Probe. Sie kann Ihnen wieder entzogen werden, wenn sie sich scheiden lassen."

„Das habe ich nicht vor."

235

Der Beamte lächelte.

„Das sagen alle bei der Hochzeit."

Er schwieg kurz.

„Das bedeutet aber auch, daß Sie nun die gleichen Rechte wie alle unsere Staatsbürgerinnen haben, auch hier. Dazu gibt es Vereinbarungen mit der Regierung."

„Und was bedeutet das?" wollte sie nun wissen.

„Alle speziellen Frauenpflichten in diesem Land gelten nicht mehr für Sie, zum Beispiel, die Kleidungsvorschriften; Sie dürfen jetzt auch neben ihrem Mann laufen, müssen keine drei Schritte Abstand halten."

Sanara lächelte, gab ihm den Schleier.

„Nehmen Sie ihn als Andenken. Ich brauche ihn ja jetzt nicht mehr. Ein Kopftuch genügt."

„Jetzt müssen wir unsere Hochzeit feiern", meinte Arthur nachdem sie das Büro verlassen hatten, „ich habe ein Hotelzimmer reserviert. Und heute Abend gehen wir in ein Konzert, wenn es dir Recht ist."

„Warum sollte es mir nicht Recht sein?"

„Vielleicht hast du andere Pläne. Du bist jetzt eine Cheruskerin und darfst mitentscheiden."

Sie lachte.

„Was ich vorhabe, das können wir hinterher auch noch erledigen."

„Es ist eine geschlossene Veranstaltung für Ausländer. Da dürfen die Frauen neben ihren Männern sitzen. Aber vorher gehen wir noch Essen. Du hast doch sicher auch Hunger."

Sie suchten ein Restaurant für Ausländer auf, in dem es keine Geschlechtertrennung gab, genossen dann den restlichen Nachmittag, den Abend, die Nacht. Sie waren glücklich miteinander.

Am nächsten Tag fuhren sie in die Militärbasis zurück. Zwei Wochen später flogen sie nach Cheruskien, Sanaras neuer Heimat.

Die Sklavin

Die Ankunft

Heiß brannte die Sonne vom afrikanischen Himmel; es war etwa ein Uhr am Nachmittag; Sonntag.

„Große Hitze haben wir das ganze Jahr über, aber im Januar regnet es normalerweise nicht, hat mir Martin geschrieben", dachte Markus Wißberger, ein junger Cherusker, Anfang dreißig, während sich der Geländewagen durch das Verkehrsgewühl Marburtas, der am Indischen Ozean gelegenen Hauptstadt der Republik Mosambala, quälte. Fünfundreißig Grad Celsius zeigte das Thermometer an.

„Im Landesinnern ist es noch etwas heißer, Herr Doktor", meinte der Fahrer, „hier an der Küste bringt heute ein frischer Wind etwas Linderung."

„Wie lange dauert die Fahrt eigentlich?"

„In einer halben Stunde haben wir uns durch die Stadt gequält und dann noch etwa zwei Stunden. Der Flughafen liegt im Norden Marburtas und die Farm liegt im Südwesten. Wir müssen durch die Stadt. Es gibt keine andere Straße."

Es dauerte etwas länger, erst nach fünfzig Minuten erreichten sie freies Gelände.

„Noch ist die Straße gut, Herr Doktor, aber nach zwanzig Kilometern, hinter der Abzweigung nach Raguma wird sie schlecht. Wir kommen dann nur noch langsam voran. Es wird daher doch noch zwei Stunden dauern bis wir die Farm erreichen", erklärte der Fahrer, „Herr Orlender bittet um Entschuldigung für die Unbequemlichkeit. Aber wir besitzen für unseren Helikopter keine Landerlaubnis für den Flughafen von Marburta."

„Das macht nichts", entgegnete der Angesprochene, „so habe ich wenigstens Zeit, mir die Landschaft ein bißchen anzuschauen."

Das war aber nur so daher gesagt, denn Markus war müde, hatte aus diesem Grunde gar keine große Lust sich umzuschauen. Viel gab es gab es ohnehin nicht zu sehen; das Land erstreckte sich eben nach Westen hin, eine öde Savanne. Noch war das Land grün, mit üppiger Vegetation bedeckt, doch je weiter sie sich von der Küste entfernten, desto spärlicher wurde sie. In der Ferne war schemenhaft die Silhouette eines Gebirges zu erkennen, an dessen Fuße das Ziel, die Wilhelms - Farm lag. Dort sollte das Land auch wieder vegetationsreicher sein. Die Straße war gar nicht so schlecht, breit, geteert, in ordentlichem Zustand, das heißt, ohne große Schlaglöcher. Markus döste vor sich hin, aber nicht lange, denn hinter der genannten Abzweigung war sie in der Tat nur noch ein besserer Feldweg; erst zehn Kilometer vor der Farm konnte man wieder von einer Straße sprechen. Hier begannen auch die ersten Felder.

„Die sind neu", erklärte der Fahrer, „sie wurden erst vor zwei Jahren angelegt, weil wir jetzt Wasser haben."

Sie erreichten die Farm kurz vor halb fünf, hielten vor dem Hauptportal des palastartigen Herrenhauses. Ein uniformierter Diener erschien, begrüßte den Gast freundlich. Er winkte zwei Jungen zu, befahl ihnen, das Gepäck des Ankömmlings ins Haus zu schaffen. Viel war es nicht, ein Koffer mittlerer Größe und ein Rucksack. Dann wandte er sich wieder Markus zu.

„Der Herr erwartet Sie im Salon. Bitte folgen Sie mir."

Sie betraten das Haus, den Salon. Ein junger, schmaler Mann, Anfang dreißig, kam dem Gast entgegen.

„Hallo Markus, wie gehts ? Schön, daß du da bist, es endlich einmal geschafft hast zu kommen. Wie war die Reise ? Möchtest du etwas trinken ?"

„Hallo Martin", antwortete Markus, „fangen wir mit der letzten Frage an. Ja, am liebsten ein großes Glas Wasser, mit Kohlensäure, wenn es das hier gibt."

Martin wies den Diener entsprechend an, fügte hinzu:

„Die Boys sollen das Gepäck auf das Zimmer bringen, sie wissen ja, wohin."

Sie setzten sich.

„Na, wie geht es so ?" wiederholte Martin seine Frage.

238

„Nicht schlecht", erwiderte Markus, „vor drei Wochen habe ich es endlich geschafft, die Promotion abzuschließen; ich habe auch schon ein Stellenangebot am Nationalen Beschleunigerzentrum in Königsburg, aber ich werde es wohl nicht annehmen, bestenfalls als freier Mitarbeiter mit Gaststatus."

„Und warum nicht ?"

„Ach, weißt du, meine beiden Bücher, insbesondere das erste, waren ein großer Erfolg; die Tantiemen geben mir finanzielle Unabhängigkeit. Warum sollte ich dann irgendwelchen eingebildeten Professoren als Assistent dienen, für sie die Arbeit tun, während sie hinterher den Ruhm einsacken. Da arbeite ich lieber für mich selbst, bleibe unabhängig. Und wie geht es dir ?"

„Das siehst du ja; vor knapp zwei Jahren habe ich von meinem Vater die Farm übernommen, nach Abschluß des Wasserbauprojektes, das hatte ich zur Bedingung gemacht."

„Tut mir leid, ich verstehe nicht ganz."

„Ich sollte mich klarer ausdrücken. Also, nach Abschluß des Studiums in Cheruskien fand ich eine Stelle beim Wasserbauprojekt in der Provinz. Es beinhaltete den Bau einer gigantischen Meerwasserentsalzungsanlage an der Küste und eines Röhrensystems zur Leitung des Wassers ins Landesinnere zur Bewässerung, einschließlich Verteilerstationen, Pumpstationen und so weiter."

Er lächelte.

„Tja, unsere Ingenieure haben gute Arbeit geleistet; eure übrigens auch, die Anlage und die meisten Maschinen stammen aus Cheruskien. Weißt du, vorher waren wir auf das Wasser aus den Bergen angewiesen, doch mit der neuen Anlage konnten wir unsere Anbaufläche mehr als verdoppeln; nicht nur ich, auch die Farmer in der Umgebung. Die ersten Ernten waren gut. Im vergangenen Jahr mußten wir zum ersten Mal keine Lebensmittel mehr importieren, konnten sogar Überschüsse exportieren. Und dabei arbeitet die Anlage noch gar nicht mit voller Leistung. Aber sie ist schon so ein Erfolg, daß wir bereits eine zweite Anlage nördlich der Hauptstadt planen. Und in zwei Monaten werden wir beginnen, die Straße bis zur Abzweigung ordentlich auszubauen. Aber jetzt bin ich ein bißchen abgewichen. Also, die Farm sollte ursprünglich mein älterer Bruder übernehmen; er arbeitete auch bereits ein paar Jahre bei der

Verwaltung mit. Doch dann entschloß er sich Priester zu werden. Und so blieb die Sache an mir hängen. Ich sagte aber dem Vater, daß ich die Farm erst nach Fertigstellung der Anlage übernehmen würde. Weißt du, ich hatte da meine Aufgabe und wollte sie erfüllen. Ich mache nicht gern halbe Sachen, fange nichts an, was ich nicht auch zu Ende führe. Übrigens, seit einem halben Jahr bin ich verheiratet. Wir passen schon vom Namen her zusammen. Sie heißt Martina. Du wirst sie beim Abendessen kennenlernen. Und wie sieht es bei dir aus ?"

„Ich bin nicht verheiratet."

„Und eine Freundin ?"

„Auch nicht."

„Das ist gut."

„Wieso ?"

„Das sage ich dir morgen. Aber ich denke, du willst dich nach der Reise etwas frisch machen. Der Diener wird dir dein Zimmer zeigen. Abendessen gibt es um halb acht. Ein Diener wird dich abholen."

Der Diener führte Markus auf sein Zimmer, eigentlich ein Appartement, bestehend aus Wohnraum, Schlafraum, Kochnische, Bad, Toilette und großer Terrasse. Es lag nicht im Herrenhaus, sondern im etwa fünfzig Meter entfernten Gästebau. Er duschte, zog sich frisch an, schaute in den Kühlschrank, fand dort eine Flasche Limonade, nahm sie, setzte sich auf die Veranda, dachte nach. Allmählich wurde es dunkel.

Sie hatten sich vor knapp zehn Jahren während ihres Studiums an der Technischen Universität in Friedrichstadt kennengelernt, sie waren Wohnungsnachbarn gewesen. Markus studierte Physik, Martin Maschinenbau. Sie freundeten sich an, blieben auch in Kontakt als Martin dann nach dem Diplom in seine Heimat zurückkehrte.

Markus war Cherusker, Kindheit und Jugend waren ohne Höhen oder Tiefen verlaufen; er war ein guter Schüler gewesen. Im letzten Jahr seiner Schulzeit brach der Vierte Sarmatische Krieg aus. So wurde er nach dem Abitur Soldat, verbrachte knapp drei Jahre an der Front, zuletzt im Rang eines Oberleutnants. Für seine Verdienste in der Zweiten Schlacht von Nemersdorf, wurde er mit dem Eisernen Kreuz Erster Klasse mit Schwertern und Eichenlaub ausgezeichnet. Nach

Kriegsende begann er ein Studium der Physik, verfaßte nebenbei einen Roman, in dem er seine Fronterlebnisse verarbeitete. Das Buch wurde ein großer Erfolg, gilt heute im Reich als das Heldenepos des Krieges, ist mittlerweile Pflichtlektüre an allen Schulen.

Martin Orlender stammte aus Mosambala. Sein Großvater war in die damalige fränkische Kolonie Neu-Austrasien eingewandert, hatte dort Land erworben, eine Farm aufgebaut, die sein Vater dann erweiterte. Als Zweitgeborener war Martin nicht als Erbe vorgesehen, konnte daher seinen Beruf frei wählen. Er entschied sich für ein Ingenieur – Studium. Nach einem Jahr an der Technischen Hochschule in Marburta ging er dann nach Cheruskien; das war kurz nach Ende des Vierten Sarmatischen Krieges. Als Ingenieur hatte er anschließend an dem großen Bewässerungsprojekt mitgearbeitet, vor knapp zwei Jahren von seinem kränkelnden Vater die Farm übernommen, sich allerdings nicht völlig aus dem Projekt zurückgezogen, denn ihm oblag die technische Verantwortung für das Wasserverteilungssystem im Bezirk Rogo, in dem die Farm lag. Verheiratet war es seit einem halben Jahr mit Martina Oglubu, der Tochter Maurice Oglubus, eines Stammesfürsten der Mosaris, der dominierenden afrikanischen Volksgruppe im Land. Oglubu war Kongreßabgeordneter, Inhaber des größten Transportunternehmens im Lande; ihm gehörte auch eine der wichtigsten Eisenbahnlinien. Martina war hübsch, gut aussehend, intelligent, gebildet, eine liebevolle Frau. Sie war sich aber auch bewußt, der gesellschaftlichen Oberschicht, der Elite anzugehören, war stolz, allerdings nicht eitel, behandelte daher Bedienstete und Sklaven mit äußerster Herablassung, als Menschen zweiter oder dritter Klasse.

In der Tat herrschte in dem Land noch offiziell Sklaverei. Das wurde zwar seit Jahren von den Vereinten Nationen ständig beanstandet und verurteilt, doch zu Konsequenzen hatte es bisher nicht geführt. Sanktionen waren nicht verhängt worden. Und die Resolutionen der Vollversammlung hatte die Regierung bisher großzügig ignoriert. Die Republik Mosambala war der einzige stabile Staat in der Region, die strategische Lage machte das Land zu einem interessanten Partner der Großmächte und keine von ihnen wollte es durch Boykotte destabilisieren oder in die Arme der einen oder anderen Macht treiben. Trotz der nach außen hin scheinenden Stabilität war Mosambala allerdings ein fragiles Gebilde und seine Existenz hing von einem guten Verhältnis der drei wichtigsten Bevölkerungsgruppen, Europäer, Araber und Mosaris ab. Sklaverei hatte bei allen dreien eine lange Tradition und es hatte sich bisher noch keine gemeinsame Antisklaverei – Bewegung gebildet. Bewegungen innerhalb einer Gruppe, in der Regel innerhalb der Europäer, wurden sehr schnell als Feindseligkeiten gegen die anderen Gruppen und Versuch den Staat zu destabilisieren bewertet und daher von der Regierung mit drastischen Mitteln bekämpft.

Die Europäer waren nach Inbesitznahme des Landes durch das Fränkische Reich ins Land gekommen. Die dort herrschende Sklaverei übernahmen sie gerne, da sie billige Arbeitskräfte für ihre riesigen Latifundien benötigten.

Die Araber hatten sich im Laufe der Jahrhunderte an der Küste angesiedelt, trieben Handel, Sklavenjagd und Seeräuberei; letzteres hatte schließlich vor etwa einhundertfünfzig Jahren zur Besetzung und Kolonialisierung des Landes durch die Franken geführt, welche der Piratenplage ein Ende setzte.

Die Mosaris waren die einzige afrikanische Volksgruppe im Lande, der es gelang, zur Abwehr der Sklavenjäger sich zu einem größeren Stammesverband zusammenzuschließen, der dann von einer Gruppe Vornehmer, man könnte sie als Adel bezeichnen, unter Führung eines Königs regiert wurde. Dies brachte eine militärische Stärkung der Volksgruppe, der es nicht nur gelang, die arabischen Menschenjäger aus ihrem Gebiet fernzuhalten, sondern andererseits Nachbarstämme zu überfallen und zu versklaven. Die mosarische Oberschicht begriff nach der Kolonialisierung sehr schnell die zivilisatorische Überlegenheit der Franken und reagierte entsprechend. Die Knaben, später auch Mädchen, wurden in Schulen geschickt, dann auf Universitäten, und so entstand, noch vor Ende der Kolonialzeit eine intellektuelle Elite, die nun sogar den überwiegenden Teil der Führungsschicht des Landes bildete.

Die Kolonialherren hatten nicht die Macht und auch nicht so recht den Willen besessen, die Sklaverei zu unterbinden oder gar abzuschaffen, und so wurde sie Teil der postkolonialen Gesellschaft. Die Regierungen hatten aber im Laufe der Jahrzehnte nach der Unabhängigkeit eine Reihe von Gesetzen erlassen, welche die Sklaven-haltung regelten, den Sklaven gewisse Rechte und auch Schutz gaben. So bestand ihre wesentliche Einschränkung darin, daß sie Eigentum ihrer Herren waren, sich nicht frei im Lande bewegen, ihren Wohnort, ihre Tätigkeit und ihren Ehepartner nicht frei wählen durften. Letzteres hatte allerdings zumindest bei den Sklaven der Europäer und Mosaris kaum noch praktische Bedeutung. Eigentum der Herren zu sein, bedeutete aber auch, daß diese die Gerichts-barkeit über die Sklaven ausübten, was zur Folge hatte, daß Strafen für Vergehen von der Volkszugehörigkeit ihrer Herren und natürlich auch von deren Gemüt selbst abhingen.

Öffentliche Sklavenmärke, Sklavenjagden und Import von Sklaven waren verboten, letzteres wurde aber nicht so sehr kontrolliert, spielte aber auch keine nennenswerte Rolle. Von der Sklaverei aus-genommen waren Europäer, Christen, Mohammedaner und Mosaris. Versuche der Kirche, die Sklaverei durch Taufen zu unterlaufen scheiterten allerdings, da nach dem Gesetz Taufen nur gültig waren, wenn die Herren sie vorher genehmigten. So bildeten die Kinder von Sklaven den wesentlichen Nachschub. Tatsächlich betrug ihr Anteil allerdings nur etwa vier Prozent der Bevölkerung.

Ferner mußte für jeden Sklaven ein Sklavenschein geführt werden, auf dem Name, Geburtsort, Geburtstag, Besitzer, Blutgruppe, eine Registrierungsnummer, sowie eventuelle Krankheiten oder Gebre-chen verzeichnet waren. Außerdem mußten die Sklaven ein sogenanntes Sklavenhalsband tragen, das aus einer dünnen eisernen Kette mit einer runden, etwa acht Zentimeter im Durchmesser, Scheibe bestand, auf welcher auf der Vorderseite der Buchstabe 'E' (für das fränkische Wort 'esclave') und auf der Rückseite der Name des Besitzers eingraviert waren. Reichere Besitzer ließen für ihre Lieblingssklaven oder auch Lieblingssklavinnen Kette und Scheibe aus Silber anfertigen, manchmal sogar aus Gold.

Da die Herren per Gesetz verpflichtet waren ihre Sklaven gut zu behandeln und zu versorgen, ging es denen oft besser als den freien, einfachen Arbeitern aus der proletarischen Unterschicht, die keinerlei soziale Absicherung besaßen. Dies führte natürlich zu Haß und so waren es auch die Angehörigen des niederen Proletariats, welche in der Öffentlichkeit ihre Verachtung der Sklaven am deutlichsten zum

Ausdruck brachten und Sklaven mißhandelten, wenn sie nicht schnell genug ihrer Pflicht nachkamen, ihnen auf der Straße oder in öffentlichen Verkehrsmitteln Platz zu machen. Bestraft wurden diese Attacken nicht, sofern die Sklaven keine ernsthaften Verletzungen davontrugen, wobei natürlich 'ernsthaft' ein sehr dehnbarer Begriff war, der üblicherweise zugunsten der Mißhandler ausgelegt wurde.

Es gab allerdings noch eine andere, illegale, inoffizielle Form der Sklaverei. Betroffen waren hiervon Wirtschaftsflüchtlinge aus anderen afrikanischen Ländern, die Sklavenhändlern in die Hände gefallen waren und nun als Quasi-Sklaven unter elendsten Bedingungen dahinvegetierten, jeder Willkür ihrer Herren ausgesetzt waren. Diese waren natürlich nicht registriert, trugen auch keine Kette. Der Staat unternahm nichts dagegen, wohl in der Hoffnung, daß eine solche Behandlung andere abschrecken würden ins Land zu kommen.

Kurz vor halb acht erschien ein Diener, führte Markus in den Speisesaal. Es hatten sich neben Martin, seiner Frau, seinen Eltern auch noch der ältere Bruder Johannes, der angehende Priester, eingefunden. Markus wurde freundlich empfangen. Es entspann sich eine nette Unterhaltung, die in fränkischer Sprache, welche er fließend beherrschte, geführt wurde. Er fühlte sich bald in der Gesellschaft wohl. Besonders interessierten die Anwesenden, vom Priester abgesehen, seine Kriegserlebnisse, seine Heldentaten. Insbesondere imponierten sie Martina, der stolzen Fürstentochter. Er hatte auch auf Bitten Martins seinen Orden mitgebracht. Martina wunderte sich darüber, daß er ihn nicht trug, sondern in einem Etui bei sich führte und daß er so klein und eher unscheinbar war. Markus lächelte.

„Es ist in unserem Reich Sitte, daß militärische Orden nur an der Uniform getragen werden. Und dann ist es so, daß wir sie natürlich im Kampf tragen, da dürfen sie nicht hinderlich sein. Und es ist auch Sitte, daß sich Soldaten nicht schmücken. Ihr einziger Schmuck sind ihre Tapferkeitsauszeichnungen."

„Sie haben auch ein Buch über Ihre Heldentaten geschrieben", fuhr Martina jetzt fort, „leider konnte ich es bisher noch nicht lesen, da es keine fränkische Übersetzung gibt."

Markus lächelte.

„Das ist nicht ganz richtig; ich habe nicht ein Buch über meine

Heldentaten geschrieben, sondern über die Heldentaten unserer Soldaten, meiner Kameraden. Ein Einzelner entscheidet den Krieg nicht. Jeder Soldat muß seine Pflicht tun."

„Es ist furchtbar mit euch", warf nun Johannes ein, der bisher geschwiegen hatte, „ihr könnt nur über Heldentaten, Krieg und Mord reden und dabei eßt und trinkt ihr gut. Die armen Menschen, die ihr tötet und verstümmelt, die ihr ausbeutet, die unterdrückt und versklavt werden, interessieren euch gar nicht. Dabei hat Gott alle Menschen gleich erschaffen. Krieg und Sklaverei sind gotteswidrig."

„Und warum läßt er dann beides zu?" stichelte Martina.

„Warum? Er hat uns den freien Willen gegeben und den Verstand zu entscheiden, was gut und böse ist. Aber am Tag des Gerichts müssen wir alle Rechenschaft ablegen. Aber das wollt ihr nicht kapieren. Ihr widert mich an. Ihr liebt es euch in euren Sünden zu suhlen."

„Sünden?" spottete Martina nun, „die sind doch nur eine Erfindung eurer Kleriker um die Menschen zu beherrschen und um sie auszunehmen."

Johannes blickte sie wütend an.

„Ach, ihr Gottlosen, ihr seid doch alle der Hölle verfallen. Ich bereue zutiefst, daß ich wieder einmal zu euch gekommen bin."

Aufgebracht verließ er die Tafel.

„Es ist spät geworden", meinte nun der Vater, dem die Szene ziemlich peinlich schien, „wir ziehen uns auch zurück."

Die anderen drei blieben noch.

„Ich hoffe nicht, daß du jetzt einen schlechten Eindruck von mir bekommst", meinte Martin entschuldigend, „Johannes ist eben ein bißchen seltsam, seit nun etwa vier Jahren."

„Damals hatte ihn ein Pferd an den Kopf getreten", fügte Martina bissig hinzu, „und dann beschloß er Priester zu werden; er fühlt sich schon als solcher. Die Weihe hat er allerdings noch nicht. Aber so redet er immer, so kann man es natürlich ausdrücken. Dieser Gott läßt die Menschen gewähren; die Strafe erfolgt dann irgendwann im Jenseits. Und keiner weiß, ob es diesen Gott und dieses Jenseits überhaupt gibt. Und da sich das 'Jüngste Gericht' im Jenseits abspielt, muß Gott seine Existenz nie beweisen. Das heißt, selbst wenn er nicht nur eine Erfindung der Theologen und Religionsstifter wäre, niemand würde merken, daß es ihn gibt. Das ist bei den Christen das

Gleiche wie bei den Mohammedanern. Ich denke, Männer sollten sich nicht mit solchen nutzlosen Vorstellungen beschäftigen. Habt ihr eigentlich andere Götter ?"

„Nein, bei uns herrscht das Christentum vor. Und leider haben sich jahrhundertelang die Menschen in Europa gegenseitig die Köpfte eingeschlagen, weil die Gottesvorstellungen der einen nicht denen der anderen entsprachen. Die Verkünder dieser unterschiedlichen Gottesvorstellungen und Deuter des göttlichen Willens nannten sich 'Gelehrte'. Ich bin allerdings der Überzeugung, daß sie allesamt Dummköpfe waren. Aber es gibt in der Tat noch die Erinnerung an die alten Götter. Diese waren Helden, bekämpften das Böse. Besonders beliebt war Thor, der mit seinem Hammer durch die Welt zog um die Riesen zu töten, deren einziges Ziel es war, die Menschen ins Verderben zu stürzen."

Martina lächelte.

„Solche Götter gefallen mir. Götter müssen stark sein, das Böse bekämpfen. Tun sie das nicht, dann braucht man sie auch nicht. Mit einem Gott, der sich ans Kreuz nageln läßt, kann ich nichts anfangen."

Damit traf sie einen wunden Punkt.

„Ich denke, wir haben genug geredet, sollten jetzt schlafen gehen", mischte sich Martin daher nun ein, „morgen früh sehen wir uns ein bißchen die Gegend an, steh also nicht zu spät auf."

„Keine Sorge", beruhigte ihn Markus. Er war nun doch sehr müde. Er lief zu seiner Unterkunft, legte sich gleich schlafen.

Das Geschenk

Markus erwachte zeitig. Nachdem er sich fertig gemacht hatte, begab er sich in den Speisesaal. Ein Diener eilte herbei, fragte nach seinem Frühstückswunsch, brachte dann das Verlangte.

Martin erschien eine halbe Stunde später.

„Bist du fertig ? Ich habe schon gefrühstückt."

Sie fuhren los. Das weite, flache Land bot keine Schönheiten; Felder, einige Weiden, auf denen Rinder oder Schafe grasten. Aber der Hauptzweck der Ausfahrt bestand ja auch darin, Markus das neue

Bewässerungssystem zu zeigen, die Pumpstationen, die Verteiler-stationen, die mächtigen Rohrleitungen, die von der Küste hier-herführten.

„Das ist erst der Anfang", schwärmte Martin, „in zehn Jahren wird die gesamte Gegend von der Küste bis zum Gebirge ein riesiger Garten sein."

Am frühen Nachmittag fuhren sie zur Farm zurück; Markus war während der Fahrt ein etwas merkwürdiges Verhalten seines Freundes aufgefallen. Es schien ihm, als wolle er ihm etwas sagen, traue sich aber nicht mit der Sprache herauszurücken.

Sie ließen sich auf der Terrasse auf der Rückseite des Herrenhauses nieder. Ein Diener brachte einen Imbiß und eine große Kanne Kaffee.

„Du sagtest, du bist nicht verheiratet", begann Martin nach einigem Zögern, „du hast auch keine Freundin?"

„Ja, das habe ich dir gestern schon gesagt. Wieso?" wunderte sich Markus.

„Ich wollte es nur noch einmal bestätigt wissen, damit ich keinen Fauxpas begehe. Aber wenn es so ist, dann wird dich mein Angebot nicht kompromittieren. Ich habe nämlich ein 'Geschenk' für dich."

Dabei betonte er das Wort 'Geschenk' etwas merkwürdig.

„Ein Geschenk, das mich kompromittieren könnte? Etwa eine Gesamtausgabe von Karl Marx? Aber was hätte dies mit einer Frau zu tun?" entgegnete Markus, grinste dabei breit, „oder willst du mir etwa eine Frau schenken, eine Sklavin?"

Martin wirkte etwas verlegen.

„Ja", brachte er gedehnt hervor.

Markus schaute ihn kritisch an.

„Ist das wirklich dein Ernst? Was soll ich denn mit einer Sklavin? Ich kann sie doch nicht mit nach Hause nehmen. Im Cheruskischen Reich gibt es keine Sklaverei."

„Du kannst sie ja auch freilassen. Ich werde auch aufs erste für die Kosten aufkommen. Ehrlich, du würdest mir wirklich einen großen Freundschaftsdienst erweisen."

„Also rücke schon mit der Sprache raus, wir sind doch schließlich alte Freunde. Worum geht es?"

„Es geht um Monica, eine Sklavin. Weißt du, sie war meine Geliebte.

Es ist in unseren Kreisen üblich, daß sich junge, unverheiratete Männer eine Sklavin als Geliebte halten. Und meist haben die Ehefrauen auch nichts dagegen, wenn die Männer nach der Heirat die Geliebte behalten. Bei Martina ist das anders. Das liegt vermutlich daran, daß ich Weißer bin und sie der schwarzen Oberschicht entstammt. Sie duldet keine Mätresse neben sich, fühlt sich dadurch herabgesetzt. Das hat sie mir klipp und klar gesagt. Sie verlangte nicht nur von mir, daß ich sie aufgebe, sondern, um dessen sicher zu sein, daß ich sie von der Farm weise."

Er schwieg kurz.

„Weißt du, Monica ist keine Afrikanerin. Sie stammt vermutlich von irgendwo aus der Südsee, wurde offenbar als Kind geraubt. Mein Vater kaufte sie im Alter von etwa vier Jahren in Marburta. Sie mußte im Haus mithelfen, wuchs zu einer hübschen jungen Frau heran; sie gefiel mir. Das erste mal habe ich mit ihr geschlafen kurz bevor ich zum Studieren nach Cheruskien ging; sie war damals etwa fünfzehn. Und ich habe sie dann behalten, auch dafür gesorgt, daß sie während meiner Abwesenheit nicht verheiratet wurde, ihr auch nur leichte Arbeiten auferlegt wurden. Sie war aufgeweckt, intelligent, wißbegierig, hat lesen und schreiben gelernt, beherrscht arabisch, und nachdem ich nach Cheruskien gegangen war, hat sie sogar cheruskisch gelernt, weil sie glaubte, einmal mitgenommen zu werden. Aber das ging natürlich nicht."

Er seufzte.

„Und nun muß sie weg. Was soll ich tun ? Ich kann sie doch nicht einfach verkaufen. Wer weiß, in welche Hände sie gerät, vermutlich an einen, der sich mißbraucht, sie in ein Bordell steckt."

„Könntest du sie nicht freilassen?"

„Du hast keine Vorstellungen von den Gepflogenheiten hier. Natürlich könnte ich das. Aber dann wäre sie auch nur Freiwild. Freigelassene Sklaven besitzen keine Staatsbürgerschaft, erhalten nur dann Arbeit, wenn es keine einheimischen Bewerber gibt, egal wie schlecht die sind. Da landet eine junge, hübsche Frau unweigerlich im Bordell, ob sie will oder nicht."

„Hast du keine Freunde, denen du sie geben könntest ?"

„Keine, denen ich trauen könnte. Ich habe schon alle gefragt. Aber es ist doch so: es ist verdächtig, wenn ein Herr seine Mätresse einem

Freund gibt."

„Warum?"

„Du bist wirklich fremd hier: da denkt doch jeder, das stinkt zum Himmel; daß er die Liebschaft beibehalten will und der Freund die Sache deckt. Nein, da hat Martina schon vorgesorgt, daß es dies nicht gibt. Und den anderen traue ich zu, daß sie Monica nehmen und dann nach Marburta verkaufen."

„Und wenn du sie vorher freiläßt?"

„Das hilft bei den Kerlen nichts; entweder sie fügt sich, läßt sich verschachern oder sie fliegt auf die Straße. Selbst freigelassene Sklaven werden hier nicht als wirkliche Menschen betrachtet. Du bist meine letzte Hoffnung."

„Oh Gott, ich habe dir schon gesagt, was soll ich mit einer Sklavin? Im Reich gibt es so etwas nicht, hat es das nie gegeben. Und außerdem brauche ich einen Paß, eine Einreise- und Aufenthaltsgenehmigung wenn ich sie mitnehmen will? Wie soll ich die bekommen für eine Frau, die keine Papiere hat, deren Herkunft ungeklärt ist?"

„Verstehe mich bitte nicht falsch. Ich möchte doch nur, daß sie in guten Händen ist. Und dir kann ich trauen. Schau sie dir wenigstens einmal an."

Markus schwieg einen Moment.

„Also gut", stieß er schließlich hervor.

Martin wies einen Diener an Monica zu holen, befahl ihm ihr auftragen, ihren Sklavenschein mitzubringen.

Zehn Minuten später erschien eine junge, hübsche, schlanke Frau, dunkler Teint, schwarzes, lockiges Haar. Sie trug ein bunt gemustertes Kleid, das bis zu den Knien reichte, vorn geknöpft war. Sie wirkte betrübt.

Martin grinste.

„Meinst du wirklich, ich könnte eine solche Perle vor die Säue werfen? Aber das tollste an ihr siehst du noch gar nicht."

Er wandte sich der Frau zu.

„Zieh dich aus. Mein Freund möchte dich in natura sehen, bevor er sich entscheidet."

Sie begann ihr Kleid aufzuknöpfen.

Markus fand den Freund auf einmal widerlich. Ihn störte der herablassende Ton seiner letzten Worte, sah es als entwürdigend an, daß sie sich nun vor ihm als Ware präsentieren sollte, hier draußen auf der Terrasse, zumal auch noch zwei Diener in der Nähe standen und die Szene beobachteten.

„Nein, das ist nicht notwendig", sagte er.

Monica unterbrach ihre Tätigkeit, sie hatte Markus' Worte verstanden, schaute nun Martin unsicher an.

„Herr, soll ich weitermachen ?"

„Wenn der Herr es nicht wünscht, dann laß es", fuhr er sie mürrisch an. Er war sichtlich ungehalten, weil ihm jemand in Gegenwart einer Sklavin und zweier Diener widersprochen hatte. Markus bemerkte die Veränderung seines Blickes und seiner Stimme, ignorierte das aber.

Er schaute Monica ins Gesicht; dunkle, aber klare Augen, die ein offenes und ehrliches Wesen andeuteten; weiche, milde Gesichtszüge, ohne Härte und Verbissenheit. Solch ein anmutiges Wesen hatte er in seinem Leben noch nie gesehen.

„Gut, ich gehe auf deinen Vorschlag ein."

„Na, das ging aber schnell, ohne daß du sie dir genau angeschaut hast. Hoffentlich machst du da keinen Fehler."

Das war grob, fast beleidigend, aber wohl das übliche Verhalten der Herren in diesem Lande. Offensichtlich wollte er damit seine Autorität wiederherstellen. Am liebsten hätte Markus ihm jetzt seine Meinung gesagt, aber er wollte einen offenen Streit vermeiden, der letztlich seine Abreise ohne Monica zur Folge gehabt hätte. Und es widerstrebte ihm, ihr weiteres Schicksal diesem Menschen zu überlassen. Er schwieg daher, blickte auffällig auf das Dokument, das Monica bei ihrem Eintritt auf den Tisch gelegt hatte. Martin merkte dies.

„Ach so, der Sklavenschein, den brauchst du ja auch noch."

Er wandte sich zu Monica.

„Und du holst deine Sachen, wartest dann am Eingang des Gästebaus. Den Weg kennst du ja."

Er wandte sich dann dem Sklavenschein zu, machte eine Notiz, schob ihn dann Markus hin.

„Er gilt auch als Besitzurkunde. Du mußt nur noch unterschreiben, daß du sie in Empfang genommen hast."

250

Markus unterschrieb wortlos.

„Ich laß noch für mich eine Kopie anfertigen. Das Original bekommst du."

Er gab dem Diener eine Anweisung; der führte den Auftrag durch, reichte das Blatt dann Markus.

„Und das reicht? Wie will man einen Sklaven eigentlich wieder finden, wenn er entläuft. Das Halsband läßt sich doch leicht abstreifen."

„Ganz einfach, durch die Registrierungsnummer. Unter dieser Nummer ist sein genetischer Fingerabdruck gespeichert. Entläuft ein Sklave, so muß man der Polizei nur diese Nummer angeben. Sklaven haben keine Ausweise. Und wenn einer ohne Papiere oder mit gefälschten erwischt wird, wird er genetisch überprüft. Und dann sieht man schnell, ob er ein entlaufener Sklave ist."

„Mir fällt da noch etwas auf: da steht 'Monica Marburta', 'Geburtsdatum: 1. 1. 1993', 'Geburtsort: Marburta'. Ich denke ihr Alter ist nicht so genau bekannt und ihre Herkunft auch nicht."

Martin war mittlerweile wieder etwas freundlicher geworden.

„Du hast das nicht genau gelesen. Hier steht noch die Bemerkung 'per behördlicher Festsetzung'. Das heißt, man hat ihr irgend einen Namen und ein Geburtsdatum gegeben. Irgend etwas muß ja in dem Papier stehen. Das geschah wohl auf Antrag meines Vaters durch die Meldebehörde. Da war natürlich eine kleine Bestechung notwendig um den Sklavenschein zu bekommen, er hatte sie ja illegal gekauft. Aber das interessiert ohnehin niemanden. Wichtig ist die Registrierungsnummer."

„Aber damit kommt sie nicht nach Cheruskien. Ich brauche doch einen Paß um sie mitzunehmen."

„Das wird doch für einen Kriegshelden nicht so schwierig sein. Mit euren Leuten kann man doch sicher reden. Von unseren Behörden bekommst du nichts, es sei denn durch mehrfache Bestechung und selbst dann erst in ein paar Monaten."

„Ich denke, unter diesen Umständen fahre ich gleich morgen mit ihr zum Konsulat. Kann ich ein Auto bekommen?"

„Klar, sogar mit Chauffeur, ich rate dir nicht, selbst in Marburta herumzufahren. So, jetzt gehört sie also dir und du kannst mit ihr machen was du willst oder es auch bleiben lassen, wenn du keine Lust dazu hast. Das Appartement ist ja groß genug. Ich habe nur eine

Bitte: vermeide, daß Martina mit ihr zusammentrifft. Das könnte Ärger geben."

Sie verabschiedeten sich.

„Also, sehen wir uns wieder zum Abendessen um halb acht; der Sklave, der dich abholt, bringt Monicas Essen mit."

Markus horchte auf.

„Eine Frage noch: bisher hast du immer von Dienern gesprochen; warum sagst du jetzt Sklave."

Martin lachte.

„Die meisten Diener sind Freie. Und ein Freier würde niemals einem Sklaven das Essen bringen. Übrigens, was ich noch sagen wollte, du brauchst nicht aufzupassen. Sie hat erst letzte Woche ihre Dreimonat – Spritze bekommen."

„Dreimonat – Spritze?"

„Bist du schwer von Begriff? Damit sie nicht schwanger wird."

Im Gehen wandte er sich noch einmal um.

„Ach, das hatte ich ganz vergessen. Hier ist der Schlüssel für das Schloß der Sklavenkette."

Markus nahm ihn entgegen, steckte ihn in die Hosentasche.

Er ging zum Gästebau. Monica wartete bereits; neben ihr stand ein kleiner Koffer.

„Du sprichst cheruskisch?"

„Ja, Herr."

„Das ist gut, dann können wir uns ja leicht unterhalten. Gehen wir erst einmal hinein."

Sie betraten das Appartement.

„Stell den Koffer ins Schlafzimmer. Auspacken kannst du später."

Sie tat es, er folgte ihr.

„Das Bett ist groß genug. Du kannst auf der linken Seite schlafen."

Markus verließ das Schlafzimmer, legte den Sklavenschein auf den Tisch, begab sich zum Kühlschrank, nahm eine Flasche Wasser heraus und zwei Gläser aus dem Schrank, ging auf die Terrasse, winkte Monica ihm zu folgen, stellte Flasche und Gläser auf dem dort stehenden Tisch ab, rückte zwei Sessel zurecht. Sie setzten sich. Markus öffnete dann die Flasche, schenkte in beide Gläser ein, schob ihr dann ein Glas hin."

„Bitte !"

Monica schaute ihn groß an, rührte das Glas nicht an.

„Warum tun Sie das, Herr ?"

„Du hast doch sicher auch Durst ?"

„Ja schon, Herr, aber warum haben Sie mir eingeschenkt ?"

„Ich verstehe deine Frage nicht. Möchtest du lieber aus der Flasche trinken ?"

Monica schaute ihn noch erstaunter an.

„Nein, Herr. Warum haben Sie mir nicht befohlen einzuschenken ? Das war doch meine Arbeit. Warum bedienen Sie mich ? Ich bin doch nur eine Sklavin, Ihre Sklavin."

Markus atmete tief durch.

„In meiner Heimat gibt es keine Sklaverei. Aber es ist dort ein Ausdruck von Höflichkeit, wenn ein Mann eine Dame bedient."

„Ich bin aber keine Dame."

„Noch nicht."

„Was meinen Sie damit ?"

„Ach, nichts besonderes."

Er überlegte kurz wie er mit dem recht scheu wirkenden Wesen ein Gespräch beginnen sollte.

„Und du weißt wirklich nicht, woher du kommst ?"

„Nein, Herr, ich war viel zu klein. Ich erinnere mich nur an eine Insel und daß mich Männer auf ein Schiff brachten, das lange über das Meer fuhr. Der alte Herr Orlender hat mich dann hierher gebracht Es war eine völlig fremde Welt, die Menschen sahen völlig fremd aus, ich verstand ihre Sprache nicht, sie hatten auch entweder eine viel hellere oder eine viel dunklere Haut als die auf der Insel. Das weiß ich noch genau. Ich hatte anfangs so viel Angst."

„Und bald kommst du wieder in eine fremde Welt, in der fast nur Menschen mit heller Haut leben. Ihre Sitten werden dir am Anfang fremd sein, aber du verstehst wenigstens ihre Sprache."

„Wie meint Ihr das Herr ?"

„Ich bin nur zu Besuch hier. Martin ist mein Freund. Wir haben uns auf der Technischen Universität in Friedrichstadt in meiner Heimat kennengelernt, wo er studiert hat."

„Ich weiß, Herr, er hat einige Male von Ihnen erzählt."

„Ich bleibe nur zwei Wochen, werde dich dann mitnehmen."

„In Ihre Heimat?"

„Ja, natürlich, wohin denn sonst? Es ist dort vieles anders, Menschen, die anders aussehen, viele Städte und Dörfer; wir werden nicht so abgeschieden leben wie hier auf der Farm. Es ist auch viel kälter dort, es gibt eine kalte und eine warme Jahreszeit, es regnet oft."

„Ich weiß, Herr, ich habe oft darüber gelesen."

„Gelesen?"

„Ja, ich habe viele Bücher gelesen. Der alte Herr hat eine große Bibliothek und ich durfte mir immer Bücher ausleihen. Ich war nicht zu harter Arbeit verpflichtet und ich hatte viel Zeit. Und ich wohnte damals auch im Herrenhaus."

Markus grinste.

„Das kann ich mir gut vorstellen. Du warst Martins Geliebte und er hat dich geschont. Er hat es mir erzählt."

„Mir ging es damals gut, bis die junge Frau kam. Sie haßt mich und macht mir das Leben schwer. Mir ging es nun schlecht und ich mußte in einer der Sklavenbaracken mit drei anderen Frauen im Zimmer schlafen. Die hassen mich auch, quälen mich, aus Neid, weil ich die Geliebte des Herren gewesen bin und es mir besser gegangen war als ihnen."

Markus schwieg kurz.

„Es wird nicht leicht werden für dich, du wirst viel Neues lernen müssen und vieles, was du hier gelernt hast, gilt dort nicht. Morgen müssen wir erst einmal nach Marburta zum Konsulat. Du brauchst ja Papiere, wenn ich dich mitnehmen will."

Es klopfte an der Tür. Der Sklave brachte Monicas Essen, sagte dann zu Markus.

„Der Herr erwartet Sie."

„Bis später, Monica", sagte dann Markus und ging mit dem Sklaven.

Sie waren heute nur zu viert beim Abendessen. Der Bruder war abgereist, Martina besuchte ihren Vater in der Stadt und wurde erst am nächsten Tag zurückerwartet. Schon bald nach dem Essen zogen sich die Eltern zurück.

„Na ja, mal sehen, was sich da morgen auf dem Konsulat ergibt und wie lange das dauern wird, bis ich die Papiere erhalte. Ich kann sie ja schließlich nicht im Handgepäck nach Cheruskien einschmuggeln. Und dann brauche ich natürlich noch einen Flug. Ich hoffe, zwei Wochen genügen. Vielleicht muß ich länger bleiben. Sei es drum. Ich versäume ja nichts zuhause."

„Mein Haus steht dir offen. Du kannst ja an einem neuen Roman arbeiten, wenn es dir langweilig wird."

„Noch etwas, kann uns ein Diener morgen das Frühstück ins Appartement bringen, so rechtzeitig, daß wir spätestens um acht Uhr losfahren können ?"

Martin lächelte.

„Soweit ist es schon ?"

Markus begab sich nachdenklich zu dem Appartement. Das Angebot war vielleicht gut gemeint, ihm stand das Haus offen, aber sicherlich nicht Monica. Das war keine Lösung.

Sie hatte inzwischen ihre wenigen Habseligkeiten eingeräumt, saß in einem Sessel, las. Im Kühlschrank stand eine Flasche Wein, er holte sie hervor, nahm zwei Gläser in die Hand, begab sich in das Wohnzimmer, setzte sich neben sie, schenkte ihr und sich ein.

„Morgen werden wir also in die Stadt fahren, wir haben da einiges zu erledigen."

„Ja, Herr, Sie haben das vorhin erwähnt. Wir ? Aufs Konsulat ? Muß ich da mit ?"

„Sicher ?"

Monica hatte wohl zwischenzeitlich auch geduscht, ihre Haare gewaschen, ihr bestes Kleid angezogen. Sie besaß wohl noch aus der Zeit als sie Martins Geliebte war einen Rest Parfüm, mit dem sie sich eingesprüht hatte und so umgab sie ein süßer, angenehmer Duft. Verführerisch hübsch und anmutig sah sie aus. Die Frau erregte ihn. Er konnte dem Drang sie zu berühren nicht widerstehen, begann ihren Kopf und ihr Gesicht zu streicheln. Dann glitt seine Hand zu ihrem Hals und ihren Schultern. Sie ließ sich das gefallen, zeigte aber keine Gefühlsregung. Er wurde nun unsicher. Daß sie sich zurecht gemacht und Parfüm verwendet hatte, war für ihn ein Zeichen gewesen, daß sie Berührungen nicht abgeneigt war, daß sie ihn anlocken wollte und nun zeigte sie sich kühl, eher abweisend. Er begann ihren Kopf, ihren Hals, ihr Gesicht, schließlich ihren Mund zu küssen, sie ließ es sich gefallen, zeigte aber keine Reaktion, als sich ihre Lippen berührten. Es erschien ihm, als würde sie sich zwingen nichts zu empfinden.

Nein, so fand er kein Gefallen an dem Spiel.

„Gefällt es dir nicht ?" fragte er zärtlich.

„Sie sind mein Herr und ich muß Ihnen zu Willen sein."

„Das habe ich nicht gefragt. Ich wollte wissen, ob dir meine Berührungen zuwider sind."

„Darüber zu befinden, steht mir nicht zu."

Er ließ sie los, schaute sie mit einem Lächeln an.

„Und warum hast du dich dann zurecht gemacht und parfümiert ? Doch sicher um mir zu gefallen, meine Lust zu wecken ?"

„Das habe ich doch auch getan, Herr ? Oder habe ich meine Sache schlecht gemacht ?"

„Nein, natürlich nicht, aber so kommen wir nicht weiter. Du bist doch keine Ware, die man nur benutzt. Du bist eine Frau, die vermutlich auch Gefühle hat und sie auch zeigen sollte. Und ich denke, du hast Gefühle, willst sie aber nicht zeigen."

„Herr, meine Pflicht ist es, Ihnen zu Willen zu sein, Ihre Lust zu befriedigen, nicht Gefühle zu empfinden. Eine Sklavin muß ihrem Herren dienen und wenn sie Lust empfindet, dann dient er ihr. Das darf nicht sein."

Markus schüttelte den Kopf. Dann lächelte er.

„Nun, wenn das der Grund ist, dann lösen das Problem gleich."

Er nahm den Schlüssel aus der Hosentasche, schloß die Sklavenkette auf, nahm sie ab, warf sie zu Boden.

„Nun bist du keine Sklavin mehr, jetzt darfst du Lust empfinden, sollst es sogar."

Er zog sie zu sich, streichelte, küßte sie erneut. Es dauerte nicht lange und sie begann heftig zu atmen, zu stöhnen. Er hielt inne.

„Nein, so habe ich es nicht gemeint. Das ist nicht echt. Du spielst mir etwas vor."

„Warum sind Sie mir jetzt böse ? Ich zeige doch Lust."

„Nein, nicht so. Du sollst das wirklich empfinden und mir deine Empfindungen zeigen. Entspanne dich, schließe die Augen."

„Ich werde es versuchen, Herr."

Er ging behutsam vor, streichelte sie sanft, küßte ihren Kopf, ihren Hals und endlich öffnete er ihr Kleid, berührte ihren Busen. Anfangs zitterte sie leicht, vielleicht aus Angst, beruhigte sich aber bald. Sie öffnete die Augen und er spürte, wie sie allmählich zu leuchten anfingen, ein Lächeln zeigte sich in ihrem Gesicht und sie begann lauter zu atmen, ungekünstelt. Sichtlich genoß sie nun seine Berührungen.

„Streichele mich auch", sagte er schließlich.

Anfangs noch zögerlich und vorsichtig, doch bald immer intensiver glitten ihre Hände über seinen Körper. Die Intensität der gegenseitigen Berührungen steigerte sich immer mehr, schließlich lagen sie unbekleidet auf dem Fußboden.

„Das ist kein guter Platz", meinte Markus; er hob sie auf, legte sie aufs Bett. Dann liebten sie sich ausgiebig, ihre Körper verschmolzen förmlich miteinander, bis sie sich nach langer Zeit erschöpft trennten, zueinander gewandt auf dem Bett lagen sich anlächelten. Markus erhob sich dann, holte zwei Gläser Wein.

„Der Liebestrank", hauchte er ihr zu, küßte sie. Sie tranken.

„Jetzt bin ich Ihre Geliebte, Herr", sagte sie dann.

Markus schaute sie lange an. Er war sich nicht sicher, ob er das Wort aussprechen sollte. Schließlich rang er sich durch.

„Nein, viel mehr, jetzt bist du meine Frau. Nenne mich auch nicht mehr 'Herr', ich heiße Markus und sage auch 'du' zu mir."

Monica blickte ihn stumm an, eine Mischung aus Freude und Ungläubigkeit lag in ihrem Gesicht.

„Laß uns jetzt schlafen, wir haben einen langen Tag vor uns."

Er zog sie zu sich, küßte sie noch einmal, sie erwiderte den Kuß, umarmte ihn. Er spürte ihren weichen Körper, ihre Wärme, ihren Herzschlag, ihren Atem und es tat ihm wohl.

Er lag noch eine Weile wach, während Monica bald einschlief.

Zweifelsohne hatte der Tag sein Leben verändert. Wie ein Blitz aus heiterem Himmel hatte ihn die Liebe zu dieser Sklavin getroffen, die ihm als Geschenk aufgedrängt worden war, über die er nichts wußte, die ihm aber schon nach wenigen Stunden als die lang ersehnte Lebenskameradin erschien. Es war ihm auch nicht bekannt, wie sie das Liebesspiel empfunden hatte, aber für ihn war es kein Akt der Lustbefriedigung gewesen, sondern die Vereinigung mit dem Menschen, mit dem er das Leben teilen wollte. Aber vielleicht war das auch nur ein einseitiger Wunsch, ein Traum. Die Zukunft würde es zeigen.

Markus schlief noch als Monica erwachte. Sie lagen noch immer umschlungen und sie wunderte sich, daß sie trotz dieser doch unbequemen Stellung so gut hatte schlafen können. Ungläubig schaute sie den Mann an. Sie war es gewohnt, von einem Mann benutzt zu werden. Martin hatte das oft genug getan. Aber letzte Nacht war das alles anders gewesen. Zum ersten Mal in ihrem Leben hatte sie empfunden, daß es schön sein kann, eine Frau zu sein. Markus war zärtlich, verständnisvoll gewesen, hatte ihr im Grunde einen neuen Weg gezeigt. Wohin würde der führen? Gab es ein Ziel oder war er schon bald wieder zu Ende? Das beunruhigte sie, sie begann leicht zu zittern. Markus erwachte. Er drehte sich zu ihr hin, nahm sie in die Arme, küßte sie.

„Guten Morgen, meine Liebe, du zitterst ja. Ist dir kalt?"

Sie lächelte ihn an, zögerte etwas. Dann sagte sie:

„Guten Morgen, mein Lieber; nein, mir ist nicht kalt, es ist nur … ich kann das alles noch nicht so richtig fassen. Hat sich das alles wirklich so abgespielt heute Nacht oder war es nur ein Traum?"

„Ich weiß nicht, was du geträumt hast. Aber die Wirklichkeit war wundervoll. Und die erste Lektion für dein neues Leben hast du gelernt."

Er blickte zur Uhr.

„Aber es wird Zeit, wir müssen aufstehen."

Sie erhoben sich, duschten, kleideten sich an. Die Sklavenkette lag noch immer auf dem Fußboden. Er hob sie auf, warf sie in den Mülleimer.

„Die wird nicht mehr gebraucht."

Dann setzte er sich an den Tisch im Wohnzimmer.

„War das eigentlich vor oder nach Mitternacht?"

„Was?" lautete die Antwort.

„Als ich dir die Kette abgenommen habe."

„Ich habe nicht auf die Uhr geschaut. Warum ist das wichtig?"

„Na ja, ich muß das doch hier eintragen. Ordnung muß sein. Egal, ich nehme das gestrige Datum."

Er trug ein: 'aus der Sklaverei entlassen am 8. Januar 2018'.

Der Sklave brachte das Frühstück, sie nahmen es auf der Terrasse ein. Die Welt schien verändert. Sie saßen beieinander, scherzten, lachten, wirkten wie ein normales Liebespaar.

Kurz nach acht Uhr holte sie der Fahrer ab. Nach zweieinhalb Stunden Fahrt erreichten sie das Konsulat.

In der Stadt

Das Konsulat war eine Außenstelle der Botschaft, welche im stark bewachten Regierungsviertel am Rande der Stadt angesiedelt war. Das Konsulat dagegen lag nahe am Zentrum, war daher wesentlich bequemer zu erreichen und für Paß- und Visums – Angelegenheiten zuständig. Es nahm allerdings nur einige Räume in dem Gebäude in Anspruch, welches das Cheruskische Krankenhaus beherbergte. In-folge der im letzten Jahrzehnt zunehmenden Bauprojekte cheruskischer Firmen in Mosambala waren zahlreiche Ingenieure und Tech-niker, teilweise mit Familien, ins Land gekommen und es war daher notwendig geworden, wegen der noch immer schlechten örtlichen Gesundheitsversorgung, ein eigenes Krankenhaus einzurichten.

„Haben Sie einen Termin ?" fragte der Portier, der sich über den noch recht jungen Mann und seine hübsche, exotische Begleiterin, die allerdings nur ein billiges Dienstbotenkleid trug, das nicht so recht zu ihr paßte, wunderte.

„Nein", antwortete Markus.

„Dann kann ich Sie nicht vorlassen ?"

„Ich denke schon", entgegnete Markus selbstsicher, „mein Name ist Dr. Markus Wißberger. Hier sind mein Paß und meine Identitätskarte. Melden Sie mich bitte an; es stört mich auch gar nicht, wenn ich eine halbe Stunde warten muß."

Die Identitätskarte wäre eigentlich nicht notwendig gewesen, auf ihr war allerdings die militärische Auszeichnung eingetragen, die nicht im Paß stand. Der Portier schaute sich die Ausweise an, sein Gesicht hellte sich auf.

„Wißberger ?" fragte er nach, „Sie sind doch nicht etwa der berühmte Schriftsteller ?"

„Doch, der bin ich."

„Na, dann werde ich sehen, was ich tun kann. Warten Sie bitte. Sie können sich ins Foyer setzen. Dort finden Sie auch einen Getränkeautomaten. Es kostet nichts."

Er griff zum Telefon. Eine knappe Viertelstunde später kam er zu ihnen.

„Herr Doktor, der Konsul erwartet sie."

Wenige Augenblicke später erschien ein Bediensteter und führte sie in das Büro des Konsuls. Der war ein kräftiger Mann, etwa fünfzig Jahre alt, wirkte freundlich. Markus und Monica grüßten beim Eintreten.

„Guten Morgen, Herr Doktor. Sie hätte ich am wenigsten hier erwartet. Ich wollte schon immer einmal unseren Nationalhelden kennenlernen. Was führt Sie denn zu mir ? Haben Sie Schwierigkeiten ? Wir können uns Zeit nehmen, es ist hier nicht viel los im Moment. Die meisten sind über die Feiertage in die Heimat gereist, kommen erst Mitte Januar wieder."

Markus lachte.

„Vielen Dank, Herr Konsul, loben Sie mich nicht nicht so sehr. Wir alle haben nur unsere Pflicht getan und so habe ich das in meinen Buch beschrieben."

„Das ist es ja gerade, 'seine Pflicht tun'. Und die oberste Pflicht ist es, seinem Vaterland zu dienen. Und wenn das jeder beherzigt, dann sind wir unbesiegbar. Und genau das ist es, auf was es ankommt. Und ihr Buch hält das jedem vor Augen. Aber das ist es ja gerade. Viele huldigen sich selbst, heben ihre Verdienste hervor, schmälern die der anderen, wollen der Größte, der Bedeutendste sein; das schafft aber Neid und schwächt die Volksgemeinschaft. Sie haben das gerade nicht getan. Deshalb ist Ihr Buch auch so wertvoll. Aber ich habe mich jetzt ein bißchen ereifert. Was führt Sie zu mir ? Und so dringend ?"

„Es geht nicht um mich, sondern um meine Begleiterin, Frau Marburta."

„Interessant, sie trägt den Namen der Stadt, sieht mir aber gar nicht wie eine Afrikanerin aus. Was ist ihr Problem ?"

„Wissen Sie, wir haben uns unter seltsamen Umständen kennengelernt und ich trage nun eine gewisse Verantwortung für sie. Daher möchte ich, das heißt, ich fühle mich verpflichtet, da ich sie nicht zurücklassen kann, sie mit ins Reich zu nehmen. Und hierzu braucht sie die notwendigen Papiere. Hier sind ihre Dokumente."

Er reichte dem Konsul den Sklavenschein, der aber schaute erst einmal Monica prüfend an.

„Ich verstehe. Ach, Ihr Anliegen ist nichts ungewöhnliches. Es kommt öfters vor, daß ein Techniker oder ein Ingenieur eine einheimische Freundin hat, sie heiraten oder in die Heimat mitnehmen will."

Er blickte das Papier an.

„Bißchen ungewöhnlicher Fall, aber kein Problem. Als erstes brauchen wir ein paar Photos."

Er klingelte; kurze Zeit später erschien eine Sekretärin. Der Konsul gab ihr leise Anweisungen. Sie ging, fertigte eine Photokopie des Sklavenscheins an, wandte sich dann, nachdem sie zurückgekommen war und Original und Kopie abgeliefert hatte, an Monica, sagte:

„Kommen Sie bitte mit."

Der Konsul wartete bis die Frauen den Raum verlassen hatten, blickte dann Markus an.

„So, jetzt können wir ungestört miteinander sprechen. Ich verstehe, daß Sie in ihrer Gegenwart nicht frei reden wollten um sie nicht zu kränken. Typisch Offizier, hart beim Feind, feinfühlig bei Damen. So, sie ist also Sklavin."

„Genau gesagt, sie war Sklavin, bis gestern. Ich habe sie freigelassen. Das geht ganz formlos. Ein Freund, den ich während seines Studiums im Reich kennengelernt habe, hat sie mir geschenkt. Er hat vor kurzem geheiratet und mußte sie loswerden. Sie verstehen?"

Der Konsul grinste.

„Das ist hier normal; aber daß man sie an einen Ausländer verschenkt, habe ich bisher noch nicht gehört. Fahren Sie fort."

„Nun ja, da gibt es nicht mehr viel zu sagen. Ich kann sie jetzt nicht hier zurücklassen, denn dann landet sie unweigerlich in kürzester Zeit in der Gosse. Das kann ich nicht verantworten. Und in knapp zwei Wochen reise ich zurück."

„Offiziersehre!" brummte der Konsul, „und wo liegen die Schwierigkeiten?"

„Gibt es denn keine? Na ja, da sind schon die Angaben zur Person:

261

ihre Herkunft, ihr Geburtsdatum sind unbekannt. In den Unterlagen stehen nur die Behördenangaben."

Der Konsul lachte.

„Sie und Ihre cheruskische Korrektheit. Sie sind hier in Afrika. Bei Personen aus den Städten geht das noch, aber auf Angaben, die vom Lande kommen, können Sie sich nicht verlassen. Aber, was rede ich von Afrika; was glauben Sie, wie viele ähnliche Fälle wir nach dem letzten Krieg in den Ostprovinzen hatten, da waren es aber in der Regel bewußte Falschangaben. Gut, die kamen erst einmal in ein Lager. Aber die sind mittlerweile auch alle längst aufgelöst. Also, wir werden das so beurkunden und hinterher interessiert das sowieso keinen mehr."

Er lächelte.

„Nein, in ein Lager sperren wir Ihre Freundin nicht. Sie dürfen sie wieder mitnehmen. Ich kann das alles hier erledigen, muß das dann allerdings an das Außenministerium melden, aber die machen keine Schwierigkeiten, wenn Sie für die Frau bürgen. Das müssen Sie auf jeden Fall. Sie müssen erklären, daß Sie für ihren Unterhalt aufkommen."

Er erhob sich, ging zu einem Aktenschrank, holte ein Blatt Papier hervor, reichte es Markus.

„Wir haben da ein Formblatt. Sie müssen nur Ihren Namen eintragen und unterschreiben. Und dann muß sie sich noch ärztlich untersuchen lassen. Ein Gesundheitszeugnis ist notwendig für die Bewilligung der Einreisegenehmigung. Das machen wir hier im Krankenhaus, das geht aber erst morgen, weil der zuständige Arzt heute nicht da ist."

Markus füllte das Formular aus, unterschrieb.

„Das ist kein Problem."

„Na, dann kommen Sie morgen um zehn Uhr mit Frau Marburta vorbei."

„Und dann brauche ich noch eine Flugbuchung für sie, für den zwanzigsten."

„Das erledigt die Sekretärin. Übrigens, wo logieren Sie eigentlich?"

„Auf der Wilhelms – Farm."

„Wo liegt die?"

„So zweieinhalb Autostunden südwestlich von hier."

„Dann lohnt es sich doch kaum zurückzufahren. Bleiben Sie über

Nacht in der Stadt. Die Sekretärin besorgt Ihnen ein Hotelzimmer. Kommen Sie heute Nachmittag nochmal vorbei. Der Portier gibt Ihnen dann die Adresse. Und falls es Probleme gibt, wir haben bis sechs Uhr offen."

„Vielen Dank, Herr Konsul."

Der lachte.

„Keine Ursache, es war mir ein Vergnügen einem unserer Nationalhelden zu helfen."

Dann zwinkerte er ihm zu.

„An der Front haben Sie sich aber besser ausgekannt."

Er klingelte dann; wenige Augenblicke später traten Monica und die Sekretärin ein.

Die beiden verließen das Konsulat. Markus gab dem Fahrer Bescheid, sagte ihm, daß er zurückfahren könne und Herrn Orlender ausrichten solle, die Regelung der Angelegenheiten auf dem Konsulat würde sich etwas hinziehen und sie daher vermutlich erst übermorgen zur Farm zurückkehrten.

„So, jetzt haben wir frei, können uns die Stadt anschauen", er küßte Monica auf die Stirn, „aber ich denke, als erstes kaufen wir dir ein neues Kleid. Sei mir nicht böse, aber du sollst nicht wie eine Dienstbotin rumlaufen. Und neue Schuhe brauchst du auch."

Es waren nur einige hundert Meter bis zur Innenstadt. Sie legten den Weg zu Fuß zurück. Monica suchte sich in einem besseren Kaufhaus etwas Hübsches aus. Dann schlenderten sie weiter, passierten irgendwann einen kleinen Juwelierladen.

„Ich denke, du brauchst einen Ersatz für deine Sklavenkette; komm wir gehen rein", grinste Markus.

„Was wünschen Sie ?" fragte die Verkäuferin.

„Eine Halskette für die Dame."

„Ich zeige Ihnen einige schöne Stücke."

„Auf jeden Fall muß sie dir gefallen", meinte er zu Monica, „such dir etwas Schönes aus und schau ja nicht auf den Preis. Die akzeptieren hier Kreditkarten."

Monica entschloß sich schließlich für eine silberne Rose mit einem blauen Stein in der Mitte.

„Sie brauchen das Kettchen nicht zu verpacken. Ich lege es gleich an."

Markus nahm das Schmuckstück, hängte es ihr um.

„Das ist die Kette der Freiheit", flüsterte er ihr zu.

Er bezahlte dann und sie verließen den Laden. Sie schlenderten Hand in Hand durch die Straßen und Gassen, besichtigten die Stadtkirche, die unweit einer Moschee lag, gelangten dann zum Alten Hafen, in dem zahlreiche kleinere Schiffe und Boote lagen und um den sich zahlreiche Kneipen und Kaffeehäuser gruppierten, die zwar malerisch, aber nicht sonderlich einladend wirkten. Sie liefen ins Zentrum zurück, vorbei am Rathaus zum ehemaligen Paradeplatz vor dem früheren Palast des Kolonialgouverneurs, der jetzt Museum war, da Regierung der unabhängigen Republik ihn nicht mehr als Verwaltungsgebäude nutzen wollte. Sie ließen sich dann in einem Straßenrestaurant auf dem Paradeplatz nieder, tranken Kaffee, nahmen einen Imbiß zu sich. Für Markus war das alles nichts Aufregendes, Monica aber fühlte sich in eine andere Welt versetzt und Markus stellte bei ihr einen merkwürdigen Gesichtsausdruck fest, eine Mischung aus Staunen, Freude und Trauer. Des öfteren kullerten Tränen aus ihren Augen.

„Verzeih mir, aber ich kann das alles noch gar nicht so richtig fassen. Ich war noch nie hier, ich meine in der Innenstadt. Manchmal durfte ich mitfahren, wenn Waren abgeliefert oder abgeholt wurden, weil ich lesen und schreiben kann, neben fränkisch, auch arabisch und den hier gesprochenen Mosaridialekt beherrsche; die meisten Arbeiter sind Analphabeten und arabisch verstehen weder die Herren Orlender noch der Verwalter. Nur wenige der Vormänner beherrschen diese Sprache ein wenig, aber meist nur sehr schlecht. Ich habe dann aber nur Fabriken und Lagerhäuser gesehen, eine Spelunke oder ein Café haben wir nie aufgesucht, selbst nicht, wenn Martin dabei war. Er ging dann zwar immer mit dem Verwalter oder einem Vormann, je nachdem, wer dabei war, weg und wir mußten warten. Mitgenommen hat er mich nie. Er hätte sich niemals mit mir in ein Café gesetzt. Nein, das wäre gegen seinen Standesdünkel gewesen und außerdem wäre es ihm auch peinlich gewesen, wenn ihn jemand, der ihn kennt, mit mir zusammen gesehen hätte. Verstehst du jetzt, warum ich manchmal denke ich träume und dann Angst habe, ich könnte erwachen und dann alles wieder beim Alten zu finden."

„Ich verstehe das und werde dir auch helfen zu begreifen, daß dies alles nun der Vergangenheit angehört."

„Und ich habe auch ein bißchen Angst, daß das alles nicht klappt und ich nicht mit in deine Heimat darf."

„Da kannst du beruhigt sein; vom Konsul aus geht das in Ordnung und das Außenministerium wird auch keine Schwierigkeiten machen. Und außerdem: ohne dich reise ich nicht ab."

„Danke, das ist lieb von dir. Aber trotzdem; meine Gefühle muß ich alleine ordnen. Und das wird einige Zeit dauern. Ich kann nicht von heute auf morgen alles was war vergessen und ein neuer Mensch werden."

Markus zuckte mit den Schultern.

„Das ist mir klar. Das verlangt auch niemand von dir. Wir haben ja auch Zeit. Wir müssen nur offen über alles reden."

„Weißt du", begann sie nach einer kurzen Pause des Schweigens, „gestern Abend habe ich anfangs geglaubt, daß du dich auch nur an mir befriedigen wolltest, doch allmählich begriff ich, daß du ein Mensch bist, der sich nach Liebe und Zärtlichkeit sehnt, genau wie ich. Deshalb wurde unser Zusammensein ja dann auch so wunderschön. Wir haben einander Liebe geschenkt und voneinander Liebe genommen, alles umrahmt von Zärtlichkeit und in einer wundervollen Harmonie. Ich habe so etwas noch nie erlebt."

„Ich auch nicht."

Markus blickte zur Uhr.

„Ich denke, wir müssen einmal langsam zurück zum Konsulat wegen der Hotelbuchung. Es ist nicht weit."

Der Portier grüßte freundlich.

„Sie kommen keine Sekunde zu früh. Die Buchung ist ganz frisch. Sie haben sie nochmals geändert. Bitte. Einen Stadtplan gebe ich Ihnen auch noch mit. Und die Flugreservierung geht ebenfalls in Ordnung, soll ich Ihnen ausrichten. Das Hotel liegt keine zweihundert Meter entfernt. Es lohnt sich nicht ein Taxi zu nehmen."

Er reichte Markus beides.

Sie bedankten sich, begaben sich zum Hotel. Sie erhielten zu ihrem Erstaunen eine Luxussuite.

„Ich möchte die Rechnung gleich bezahlen."

„Das ist nicht nötig, Herr Doktor Wißberger", erklärte die Empfangsdame, „die Rechnung wird von Ihrer Botschaft beglichen. Sie
müssen nur noch das Anmeldeformular ausfüllen. Und dann brauche
ich noch Ihre Pässe."

Markus reichte ihr seinen Paß und Monicas Sklavenschein. Die
Empfangsdame blickte letzteren irritiert an, schaute vom Schein zum
Paß, dann wieder zurück, mehrmals hin und her.

„Ist etwas nicht in Ordnung?" fragte Markus.

„Nein, nein", wehrte die Dame ab, „es hat alles seine Richtigkeit. Ich
muß nur noch Photokopien anfertigen. Hier sind die Schlüssel. Und
angenehmen Aufenthalt."

Sie entfernte sich kurz, gab ihnen dann die Dokumente zurück.
Monica und Markus begaben sich zu ihrer Suite.

Die Empfangsdame wandte sich ihrer Kollegin zu.

„So etwas habe ich in den zehn Jahren, die ich jetzt hier bin, noch
nicht erlebt. Ein Ausländer, ein Doktor, mietet sich mit seiner
Sklavin ein, in einer Luxussuite; und die Botschaft seines Landes
bezahlt die Rechnung. Das mag verstehen wer will."

„Vielleicht ist die Sklavin eine entführte Prinzessin, die nun befreit
wurde", entgegnete die Kollegin.

„Unsinn, der Farmer hat sie als kleines Mädchen gekauft. So stand es
jedenfalls im Dokument."

„Na ja, das paßt doch. Sie wurde als kleines Mädchen geraubt, an
einen Farmer verkauft und jetzt gefunden. Solche Fälle gibt es. Und
daß es sich um die richtige Person handelt, kann man heute mit
Gentests feststellen, habe ich einmal gelesen."

Die andere lachte.

„Du hast zu viele Kitschfilme gesehen. Vielleicht ist da etwas faul.
Ich informiere besser die Polizei."

„Laß das doch. Du kriegst Schwierigkeiten, wenn das eine falsche
Anschuldigung ist."

Doch die Empfangsdame ließ sich nicht beeinflussen. Sie griff zum
Telefon.

Der Polizeibeamte hörte sich gelangweilt ihren Bericht an.

„Hm", brummte er, nachdem sie geendet hatte, „merkwürdig ist das
schon. Sieht nach Agententätigkeit aus. Faxen Sie mir bitte mal die

Dokumente zu. Sie haben doch sicher Kopien angefertigt ?"
„Natürlich, das ist doch Vorschrift."
Keine fünf Minuten später erhielt er sie. Er ging damit zu seinem Chef, einem Hauptkommissar. Der hörte sich den Bericht seines Untergebenen an, warf einen Blick auf die Faxausdrucke, griff zum Telefon.
„Herr Polizeipräsident, wir haben da eine seltsame Anzeige oder besser, eine seltsame Information."
Und er schilderte die Angelegenheit.
„Also, bevor Sie da etwas unternehmen, gehen Sie erst einmal zu Al-Harzi, Abteilung IV, der sollte sich in so Sachen auskennen. Denn wenn wir jetzt das Falsche tun, gibt es Ärger."
Der Hauptkommissar gehorchte. Al-Harzi lungerte lässig in seinem Sessel, genoß gerade eine Zigarette und eine Tasse Mokka; er begrüßte ihn freundlich, jovial.
„Na, was gibt es denn, Watumba ?"
„Spionageverdacht. Der Polizeipräsident hat mich zu Ihnen geschickt."
„Ich weiß, er hat mich schon angerufen."
„Sie kennen sich doch aus. Was halten Sie von der Sache ?"
„Er hat mir nur gesagt, daß Sie kommen werden. Ich weiß noch gar nicht, worum es geht. Ich habe noch keine Dokumente oder Unterlagen gesehen. Wissen Sie, wir sind hier sozusagen die 'kleine' Staatssicherheit. Wenn irgendwelche Meldungen oder Anzeigen eingehen, dann informiert man erst einmal mich oder meinen Kollegen. Und wir prüfen die Sache, bevor wir sie an die Staatssicherheit weitergeben. Es kommt des öfteren vor, daß irgendwelche Möchtegern − Detektive falsch kombinieren oder daß einfach Verleumdungen eingehen. Das kann dann ziemlich peinlich werden, wenn das in die Hände der Staatssicherheit kommt, insbesondere wenn prominente oder einflußreiche Personen oder gar ausländische Gesandtschaften verwickelt sind. Denn die Geheimpolizei ist nicht zimperlich. Stellen Sie sich einmal vor, da wird ein prominenter Ausländer, Staatsbürger einer Großmacht, unschuldig in die Mangel genommen, ich sehe hier einen cheruskischen Paß. Das kann verdammten Ärger geben. Also worum geht es ?"
Watumba berichtete kurz, reichte ihm dann die Papiere. Al-Harzi sah

sie aufmerksam durch.

„Da haben wir es schon. Der Besitzer der Puppe war Martin Orlender, hat sie gestern einem gewissen Markus Wißberger übereignet. Also, den Orlender kenne ich, jetzt nicht persönlich. Er ist ein großer Pflanzer. Seine Farm, die Wilhelms – Farm, liegt so hundert Kilometer südwestlich von hier. Schauen wir mal nach, was wir über den sonst noch haben."

Er tippte etwas in seinen Computer ein, las dann, runzelte die Stirn. Er blickte den Hauptkommissar an.

„Schwiegersohn von Maurice Oglubu. Sie wissen sicher, wer das ist ?

Der Hauptkommissar nickte.

„Seit einem halben Jahr mit seiner Tochter Martina verheiratet. Hatte vorher die übliche Bumssklavin, Monica Marburta. Wahrscheinlich wollte oder mußte er sie loswerden, weil seine Alte Streß machte, sowas kommt häufig vor. Und da hat er sie einfach diesem Wißberger geschenkt."

Al-Harzi lachte.

„Aber wieso grade dem ?" fragte Watumba.

„Mal schauen. Also, Orlender hat in Cheruskien studiert. Vielleicht ist dieser Wißberger ein Freund von damals, der ihn gerade besucht. Wäre doch logisch ? Oder ? Mal sehen, ob wir was über diesen Wißberger haben."

Wieder tippte er etwas in seinen Computer ein.

„Aha, hochdekorierter Offizier, hat einen Roman über seine Kriegserlebnisse geschrieben, der nun als eine Art Nationalepos gilt; ansonsten ist er Physiker; ah ja, da steht noch, eingereist am 7. Januar, das war vorgestern, Aufenthaltsadresse ist die Wilhelms – Farm."

Er blickte den Hauptkommissar an.

„Ihr und eure Agentenphantasie. Wissen Sie was, ich denke: dieser Wißberger besucht seinen Freund, der nutzt die Gelegenheit und schenkt ihm seine Bumssklavin, die er loswerden muß, das war gestern, und dem Wißberger gefällt die Puppe, will sie mit nach Hause nehmen, geht gleich heute zum Konsulat wegen der Papiere, diese Cherusker sind sehr akkurate Leute, mußt du wissen. Das dauert aber wahrscheinlich ein bißchen und der Konsul spendiert dem Helden daher für zwei Tage oder so ein Liebesnest. Das klingt doch logisch. Oder ?"

Al-Harzi lachte.

„Es gab da mal einen cheruskischen Philosophen, eigentlich war er Gepide, der schrieb einmal 'die Männer sind für den Krieg da und Frauen zur Erholung des Kriegers'. Und der Held darf sich jetzt zwei Tage erholen. Kurz gesagt. An der Sache ist nichts dran. Vergessen Sie es. Und sagen Sie der Tussi vom Hotel sie soll die Klappe halten."

Der Hauptkommissar verabschiedete sich.

„Ach noch eins", rief ihm Al-Harzi nach, als er schon in der Tür stand, „wenn die wirklich eine Agentin außer Landes schmuggeln wollten, würden sie sich nicht so auffällig benehmen. Die können auf dem Konsulat Pässe ausstellen und die sind sogar echt. Und wenn sie wirklich was vorhaben, dann ist diese Auffälligkeit die Finte und es gibt keinen Grund sich weiter um sie zu kümmern."

Watumba kehrte in sein Büro zurück, rief die Empfangsdame an.

Monica und Markus hatten inzwischen ihre Suite bezogen, sich aus dem Kühlschrank ein Getränk geholt und sich auf dem Sofa im Wohnzimmer niedergelassen.

Von den Aktionen, die hinter ihrem Rücken abliefen, hatten sie nichts mitbekommen.

„Wir haben den ganzen Abend vor uns, könnten etwas unternehmen", meinte Monica.

„Ich habe gesehen, es gibt hier ein Opernhaus, gar nicht weit weg. Vielleicht gibt es heute Abend eine Aufführung. Hättest du Lust hinzugehen ?"

„Ich war noch nie in einer Oper, weiß nur aus Büchern, daß es so etwas gibt."

Markus lachte.

„Danach habe ich nicht gefragt. Ich wollte wissen, ob du Lust hast, eine Opernaufführung zu besuchen."

„Ja, schon, das wäre fein."

Markus griff zum Telefon, fragte bei der Rezeption nach, erhielt kurze Zeit später eine Antwort, fragte dann nach, ob sie zwei Karten besorgen könnten.

„Ja, es gibt eine Vorstellung", teilte er dann Monica mit, „das Stück heißt 'La Boheme', stammt von einem italienischen Komponisten namens Puccini. Ich habe zwei Karten bestellt."

„Fein, aber Titel und Komponist sagen mir nichts."

„Macht nichts, ich kenne es auch nur vom Hörensagen. Es wird bestimmt ein schönes Erlebnis."

Monica schwieg kurz.

„Da gehen doch sicher lauter fein angezogene Leute hin. Das habe ich zumindest einmal gelesen. Lassen die uns dort überhaupt rein, so wie wir angezogen sind ?"

„Vermutlich schon, aber ungern."

Er schaute auf die Uhr.

„Aber du hast Recht. Wir haben jetzt kurz nach vier Uhr. Die Vorstellung beginnt um acht. Wir haben noch genügend Zeit uns etwas ordentliches zum Anziehen zu kaufen. Am besten, wir brechen gleich auf."

„Ich habe da noch ein Bitte. Ich muß doch morgen zu dieser ärztlichen Untersuchung. Ich brauche daher noch frische Wäsche, wir haben doch nichts mitgenommen, weil gar nicht geplant war, über Nacht zu bleiben. Und ich kann doch da nicht mit schmutziger Wäsche hingehen."

„Richtig. Brauchen wir sonst noch etwas ? Waschzeug gibt es hier. Nachtwäsche auch. Strümpfe wären nicht schlecht."

„Deodorant sicher auch nicht und vielleicht … ein Fläschchen Parfüm ?"

Sie brachen auf. Die Empfangsdame teilte ihnen mit, die Karten seien reserviert, gab Markus ein Blatt Papier mit der Bestätigung und der Reservierungsnummer. Sie verließen das Hotel.

„Das wird immer merkwürdiger", meinte die Dame dann zur Kollegin, „jetzt geht er mit der Sklavin auch noch in die Oper; da war noch nicht einmal ich. Und der Hauptkommissar sagt, ich solle den Mund halten."

Die Kollegin lachte.

„Ich habe es dir ja gesagt. Die Frau ist eine entführte Prinzessin."

Monica und Markus besorgten die Sachen, kauften auch noch Schuhe. Viel Zeit zum Auswählen blieb allerdings nicht.

Normalerweise ziehen sich Kleiderkäufe von Frauen hin, da sie sich schlecht für etwas entscheiden können, aber Monica kannte solche Sperenzien gar nicht. Markus kaufte einen dunklen Anzug und ein weißes Hemd mit Krawatte, Monica suchte sich ein sehr hübsches Abendkleid aus. Die restlichen Sachen waren rasch besorgt. Auf dem Rückweg zum Hotel nahmen sie einen kleinen Imbiß ein, da die Zeit für ein großes Abendessen nicht mehr reichte. Sie zogen sich um, begaben sich zu Fuß zum Opernhaus. Es waren Plätze in der Loge reserviert worden.

Der Vorraum füllte sich allmählich. Die Leute standen herum, erzählten, tranken Sekt. Markus besorgte für Monica und sich auch je ein Glas.

„Es ist seltsam", sagte sie, „so viele vornehme Leute und ich bin mitten drin. Und alle halten das für normal. Keiner schaut mich komisch an. Schau, da vorne steht Herr Frascier mit seiner Frau. Er ist auch ein Farmer, ein Nachbar und guter Bekannter der Orlenders. Er kennt mich gut. Vorhin, als du Sekt holtest, kam er vorbei, ich grüßte kurz, er grüßte zurück, sagte aber nichts, verzog keine Miene, als kenne er mich nicht."

„Wahrscheinlich hat er dich gar nicht erkannt und nur aus Höflichkeit deinen Gruß erwidert. Er konnte doch gar nicht damit rechnen, dich hier zu treffen. Vielleicht hat er gedacht 'die sieht aber der Monica von der Wilhelms – Farm ziemlich ähnlich' und ist weitergegangen."

„Vielleicht hat er mich aber auch erkannt und gedacht 'was sucht die denn hier ?' Weißt du, ein bißchen ist mir schon unwohl. Ich denke noch immer, ich gehöre nicht so richtig hierher."

„Grüble nicht so viel darüber nach. Du lebst jetzt in einer anderen Welt und mußt dich da erst eingewöhnen. Das nimmt einige Zeit in Anspruch. Mach dir nicht zu viele Gedanken, genieße den Abend."

Als der Gong ertönte begaben sie sich auf ihre Plätze. Markus beobachtete Monica. Sie war ganz in sich versunken, genoß offensichtlich die Musik, lächelte oft vor sich hin. Sie schien glücklich. In der Pause begaben sie sich in den Vorraum um an der Bar für jeden ein Getränk zu kaufen. Auf dem Weg sprach ein älterer Herr Markus auf cheruskisch an.

„Entschuldigen Sie, sind Sie nicht der Herr Wißberger ?"

Markus drehte sich verwundert zu ihm hin.

„Ja, der bin ich, wenn Sie den Schriftsteller meinen."

„Natürlich, wen denn sonst ? Ich wollte Sie schon immer einmal kennenlernen. Das ist aber eine Überraschung, Sie ausgerechnet hier zu treffen. Ach entschuldigen Sie, ich habe mich ja noch gar nicht vorstellt. Ich heiße Moritz Breitwieser, bin Technischer Direktor des Borgos – Konzerns und mit einer Delegation zur Unterzeichnung des Vertrages zum Bau einer zweiten Meerwasserentsalzungsanlage hier. Und was treibt Sie hierher ?"

„Ich besuche einen alten Studienfreund."

„Ach wissen Sie, ich muß Sie unbedingt meinem Gastgeber, Herrn Nugumba, dem Industrieminister vorstellen. Meine Frau wird sich unterdessen um Ihre Begleiterin kümmern."

Er zog ihn förmlich fort.

Eine Frau mittleren Alters wandte sich Monica zu.

„Ich bitte Sie vielmals um Entschuldigung …".

Sie stockte, blickte Monica unsicher an.

„Verstehen Sie mich überhaupt ?"

Monica lächelte.

„Keine Sorge, ich spreche fließend cheruskisch. Ich heiße Monica Marburta."

„Das ist gut, ich spreche nämlich nur schlecht fränkisch. Ich heiße Hilde Breitwieser. Ich muß mich für das Benehmen meines Mannes entschuldigen. Aber er ist manchmal so ungestüm. Sie möchten doch sicher etwas trinken. Gehen wir zur Bar. Ich lade Sie ein."

„Gerne."

„Was möchten Sie ?"

„Einen Saft, nichts alkoholisches."

Kurze Zeit später reichte sie ihr ein Glas Orangensaft.

„Ist das in Ordnung so ?"

„Ja."

„Ich will ja nicht indiskret sein, aber leider bin ich sehr neugierig. Entschuldigen Sie die Frage", begann Frau Breitwieser dann, „sind Sie Herrn Wißbergers heimliche Verlobte ?"

„Heimliche Verlobte ?"

„Wissen Sie, Herr Wißberger ist ein bekannte Persönlichkeit in unserem Land. Aber mit einer Frau zusammen hat man ihn noch niemals in der Öffentlichkeit gesehen, außer mit seiner Mutter, natürlich."

„Oh je", dachte Monica, „jetzt muß ich mir ganz schnell einen Lebenslauf ausdenken."

Sie lachte.

„Nein, natürlich nicht. Wissen Sie, ich bin als Waisenkind auf einer Farm aufgewachsen und wurde praktisch als Kind in die Familie auf genommen, als Pflegetochter, weil sie keine eigene Tochter hatten, nur zwei Söhne. Einer von ihnen hat in Cheruskien studiert und ist ein guter Freund von Markus. Der kam vor ein paar Tagen zu Besuch, und nun habe ich ihn persönlich kennengelernt. Eine Brieffreundschaft unterhalten wir schon seit längerem."

Nun trat eine elegante, attraktive Negerin heran.

„Ach hier sind Sie, Frau Breitwieser, ich habe sie schon gesucht", sagte sie in einem etwas holprigen cheruskisch.

Monica erschrak. Sie kannte die Frau, es war Gloria Nugumba, die Gattin des Industrieministers. Ihr Herz begann heftig zu klopfen. Sie hatten vor einem knappen Jahr nach der Einweihung eines Pump-werkes die Farm besucht. Herr Orlender gab damals ein Festmahl, bei dem Monica aufgetragen hatte. Wenn sich die Ministergattin nun an sie erinnerte !

Nun bemerkte sie Monica.

„Guten Abend, ich heiße Gloria Nugumba", sagte sie freundlich und reichte ihr die Hand.

„Sehr liebenswürdig, Frau Ministerin", antworte Monica auf fränkisch, „ich heiße Monica Marburta."

„Interessant, wie unsere Hauptstadt."

Sie lächelte, blickte Monica intensiv an.

„Seltsam", meinte sie dann, „Sie erinnern mich an jemanden, an eine Frau, der sie sehr ähnlich sehen."

Monica Herz klopfte noch heftiger. Und Frau Breitwieser hatte trotz ihrer schlechten fränkischen Sprachkenntnisse den Satz offensichtlich verstanden, denn sie verschlimmerte ihre Lage noch mit der Bemerkung:

„Frau Marburta ist auf einer Farm aufgewachsen. Vielleicht haben Sie sie einmal bei einem Ihrer Farmbesuche gesehen."

Monica wäre am liebsten im Fußboden versunken. Doch die Ministergattin winkte ab.

273

„Nein, nein, es war auf einer Auslandsreise und die Frau war auch einige Jahre älter. Aber mir fällt es jetzt nicht ein, wo es war."

Zum Glück ertönte nun der Gong und sie mußten auf ihre Plätze zurück.

„Du zitterst ja am ganzen Leib, was ist denn passiert?" fragte Markus als sie sich sichtlich erschöpft in ihrem Sessel niederließ.

Monica blickte ihn mit einem Lächeln im Gesicht an.

„Ich glaube, ich habe die erste Feuerprobe bestanden."

Sie beruhigte sich rasch, nahm bald wieder die entspannte Haltung von vor der Pause ein.

„Ich weiß nicht, ob es eine gute Aufführung war, aber für mich war es ein außergewöhnliches, wundervolles Erlebnis. Ich danke dir von ganzem Herzen", sagte sie als sie das Opernhaus verließen.

Im Stadtzentrum herrschte noch reger Betrieb. Sie suchten ein Restaurant auf. Erst nach Mitternacht kehrten sie ins Hotel zurück. Im Kühlschrank stand eine Flasche Sekt. Markus öffnete sie, füllte zwei Gläser, dann setzten sie sich auf das Sofa.

„Lassen wir den Abend noch mit einem Glas ausklingen. Du mußt mir auch noch von der Feuerprobe erzählen."

„Stell dir vor, während der Pause kam die Frau des Industrieministers zu uns, sie gab mir die Hand und stellte sich vor. Und dann sagte sie, daß ich einer anderen Frau sehr ähnlich sehe. Mir ist ja das Herz in Hose gerutscht. Die waren im letzten Jahr bei uns auf der Farm zu Gast und ich habe beim Dinner aufgetragen. Kannst du dir vorstellen, wie mir zumute war? Ich dachte, sie erinnert sich an mich. Und dann wollte diese Frau Breitwieser ihr noch auf die Sprünge helfen und sagte, ich sei auf einer Farm aufgewachsen. Aber dann meinte die Ministergattin, die Frau sei ihr auf einer Auslandsreise begegnet und die sei auch einige Jahre älter. Gott sei Dank, dann ertönte der Gong, denn vielleicht wäre es ihr doch noch eingefallen."

„Beruhige dich. Stell dir mal vor, sie hätte sich tatsächlich an dich erinnert. Sie hätte doch dann sicherlich nicht einer Dame in der Oper gesagt, daß sie sie an eine Sklavin erinnert. Das wäre unhöflich gewesen. Das hätte sie bestimmt nicht gemacht."

Sie waren beide müde, legten sich zu Bett, schliefen eng aneinander geschmiegt ein.

Die kleine Schwester

Pünktlich um zehn Uhr erschienen sie im Konsulat. Die Sekretärin nahm Monica in Empfang, bat sie mitzukommen.

„Das wird einige Zeit dauern", sagte sie zu Markus, bevor sie mit Monica das Zimmer verließ, „macht es Ihnen etwas aus zu warten? Der Konsul möchte Sie sprechen, aber er hat gerade noch einen Besucher. Dort am Automaten können Sie Kaffee, Tee, Schokolade oder Wasser bekommen. Bedienen Sie sich. Wir haben auch zahlreiche Zeitungen und Zeitschriften."

Markus begann zu lesen. Etwa eine Stunde später erschien die Sekretärin erneut.

„Der Konsul erwartet Sie."

Sie führte ihn in dessen Büro.

„Guten Morgen, Herr Doktor! Sie bringen es noch zum General! Haben Sie die Zeit gut verbracht?" begrüßte er ihn lachend.

„Guten Morgen, Herr Konsul. Zunächst einmal herzlichen Dank für die Suite und vor allem dafür, daß Sie bezahlen."

„Ach was", wehrte der Konsul ab, „das Beste ist für Sie und vor allem für Ihre Freundin gerade gut genug. Wenn Sie wüßten, was noch alles auf Sie zukommen kann, vermutlich sogar zukommen wird."

„Was habe ich denn getan?"

„Ich darf nicht darüber reden, bevor die Sache hundertprozentig sicher ist. Das wird noch ein paar Stunden dauern. Aber ich muß Ihnen sagen, daß mein Bericht im Außenministerium, ja in der ganzen Regierung einen ziemlichen Wirbel hervorgerufen hat."

Markus unterbrach ihn.

„Was ist denn schlimm daran, eine dunkelhäutige ehemalige Sklavin mit ins Cheruskische Reich bringen zu wollen? Die Rassengesetze sind doch abgeschafft. Sie fällt auch niemanden zur Last, ich komme für alles auf. Das habe ich schriftlich erklärt. Und die Suite hier haben Sie doch freiwillig bezahlt, das habe ich gar nicht von Ihnen verlangt; und Sie haben gerade eben gesagt, nur das beste sei für sie gut genug."

Der Konsul lachte Tränen.

„Herr Doktor, Sie verstehen gar nichts. Der Außenminister persönlich hat mich heute morgen schon angerufen. Und wissen Sie, was er gesagt hat ?"

„Nein, woher sollte ich es wissen ?"

„Er sagte, das sind eben unsere Helden. Das Schlimme an Ihnen ist, daß sie genau wissen, was sie tun und meistens am Ende Recht behalten."

„Das verstehe ich jetzt wirklich nicht."

„Ist Ihnen an Ihrer Monica nichts aufgefallen ?"

Der Konsul lächelte.

„Tun Sie doch nicht so unschuldig. Oder wissen Sie wirklich nichts ?"

Markus zuckte mit den Schultern.

„Wie Sie wollen, in ein paar Stunden haben wir Klarheit. Die medizinische Untersuchung wird sich noch einige Zeit hinziehen. Sie können Ihre Zeit verbringen wie Sie wollen. Kommen Sie kurz nach drei Uhr wieder."

Markus verließ das Büro völlig verwirrt. Was sollte ihm an Monica aufgefallen sein ? Doch dann fiel ihm Monicas Erzählung vom Vorabend ein, die Bemerkung der Ministergattin, bezüglich der Ähnlichkeit mit einer Frau, die sie auf einer Auslandsreise getroffen hatte. Das war doch sicher ein Staatsbesuch gewesen und somit mußte diese Frau eine hochgestellte Persönlichkeit oder zumindest die Gattin einer hochgestellten Persönlichkeit sein. Und schließlich fiel ihm ein Photo in einer Zeitschrift ein, in der er während des Wartens gelesen hatte. Er ging in den Warteraum, blätterte die Zeitschriften der Reihe nach durch, fand das Photo. Er betrachtete es intensiv.

„Das gibt es doch nicht ! Das ist doch unmöglich !" dachte er.

Aufgeregt verließ er das Konsulat. Er ließ sich in einem Straßencafé nieder. Er versuchte nachzudenken, konnte aber keinen klaren Gedanken fassen. Was wurde hier gespielt ? Die Aufregung im Außenministerium wegen einer Sklavin die er mitbringen wollte ! Was sollte daran besonderes sein ? Und dann die Ähnlichkeit.

Wer war Monica ? Eine Sklavin unbekannter Herkunft, als Kind an Herrn Orlender verkauft. Sie war keine Afrikanerin, stammte vermutlich aus der Südsee. Südsee ? Unsere Verkehrsministerin stammt aus der Südsee. Aber die ist an die fünfzehn Jahre älter als Monica. Das Photo in der Zeitung. Gut, die beiden sehen sich ähnlich. Aber für uns Europäer sehen die doch ähnlich aus. Das hat nicht unbedingt etwas zu sagen. Oder doch ? Ein Putsch ? Für den eine Doppelgängerin gebraucht wird um sie gegen die Ministerin auszutauschen ? Das Alter kann man durch Schminke hinbekommen. Aber wer steckt dahinter ? Die Ministerin ist im Reich angesehen und beliebt ? Moment, sie ist auch Stellvertreterin des Reichsvogtes. Und der Reichsvogt ist zur Zeit auf Staatsbesuchen in Ostasien. Vielleicht wollen die alten Parteigänger des Asgardors die Gelegenheit nutzen ihn zu stürzen. Der existiert ja auch noch und wer weiß, was der auf seinem 'Alterssitz' ausheckt. Wir hätten ihn damals gleich erschießen sollen. Natürlich ! Diese alten Seilschaften wollen die Ministerin durch eine Doppelgängerin austauschen, die ihr Werkzeug ist, und es dann so hinstellen, daß die Ministerin einen Putsch gegen den Reichsvogt führt und sie dann zur Rettung des Vaterlandes stürzen und selbst die Macht übernehmen. Und noch bevor der Reichsvogt zurück ist, sitzt der alte Asgardor wieder fest im Sattel. Nein, dafür gebe ich Monica nicht her !

Er fand keine Ruhe, lief ziellos durch die Stadt, blickte ständig zur Uhr. Viel zu langsam ging es auf drei Uhr zu.

„Na, da haben Sie ja etwas Schönes angerichtet, Herr Doktor", begrüßte ihn lachend der Konsul als er das Büro betrat, „die Sache ist fast sicher, die machen nur noch die letzten Kontrollen."

„Ich ?" er mußte sich mit aller Kraft zusammennehmen um dem Konsul nicht zu sagen:

„Also, wenn hier Schweinereien ablaufen, dann spiele ich nicht mit. Im Gegenteil."

So sprach er mit gespielter Ruhe.

„Ich bin mir keiner Schuld bewußt. Klären Sie mich doch bitte endlich auf."

„Gemach, gemach", grinste der Konsul, „wir müssen nur noch auf Frau Du..."

Er stockte kurz.

„Auf Ihre Monica und den Endbericht warten. Machen sie sich auf einiges gefaßt."

„Mittlerweile bin ich auf alles gefaßt", antwortete er mit erzwungenem Lächeln, „hoffentlich sitzt sie nicht schon im Flugzeug nach

Magodaburg."
Der Konsul schaute ihn groß an.
„Nein, so schnell geht es jetzt auch wieder nicht."

Es dauerte noch mehr als eine halbe Stunde bis Monica in Begleitung der Sekretärin erschien. Markus und der Konsul führten derweil ein belangloses Gespräch. Markus versuchte dem Konsul immer wieder die eine oder andere Bemerkung zur politischen Lage im Reich zu entlocken, die seinen Putschverdacht bestätigen konnte. Aber er erfuhr nichts. Er wunderte sich nur, daß der Konsul so gelassen blieb und sich so viel Zeit für ihn nahm.
Monica stürzte ins Zimmer, fiel Markus um den Hals, küßte ihn, begann zu weinen.
„Es war furchtbar", stieß sie unter Tränen hervor, „sechs Ärzte haben mich gepiesackt, mir Blut abgezapft, Rückenmark und Gewebeproben entnommen. Und keiner hat etwas gesagt."
„Beruhige dich, Monica", versuchte Markus sie zu besänftigen, „ich denke der Konsul wird uns alles erklären."
Er schaute ihn dabei vorwurfsvoll an, als wollte er sagen 'da sehen Sie, was sie angerichtet haben.'
Doch der Konsul blieb gelassen, sagte nichts, ließ Monica, die sich nicht beruhigen konnte, weinen.
Nach einer guten Viertelstunde erschien die Sekretärin, überreichte dem Konsul ein Schriftstück. Er überflog es.
„Nun beruhigen Sie sich. Es ist ja alles gut und Sie werden bald verstehen, daß dies alles notwendig war. Aber eine Frage noch: woher haben Sie eigentlich Ihren Namen ?"
Monica blickte ihn verwundert mit verweinten Augen an.
„Aber das steht doch im Sklavenschein: meine Herkunft ist unbekannt, Name, Geburtsdatum und Geburtsort wurden mir von Amts wegen gegeben, per behördlicher Festsetzung, wie es im Schein heißt."
„Ja, der Nachname. Der Vorname auch ? Den hatten Sie doch sicher schon vor Ausstellung des Sklavenscheins, den hat Herr Orlender doch erst durch Bestechung bekommen, weil er Sie illegal gekauft hatte, wie mir Ihr Freund erzählte. Hat Ihnen Herr Orlender den Vornamen gegeben ?"

278

Monica blickte ihn erstaunt an.

„Nein, den haben mir sicher meine Eltern gegeben. Ich heiße wirklich Monica. Ich war zwar noch ein kleines Mädchen als ich geraubt wurde, aber meinen Namen wußte ich schon."

„Und wie hießen Ihre Eltern?"

„Mama und Papa, ihre Vornamen weiß ich nicht."

„Erinnern Sie sich an Geschwister?"

„Ja, ich hatte eine große Schwester."

„Erinnern Sie sich an ihren Namen?"

Monica überlegte kurz.

„Sie hieß Maria."

„Sicher?"

„Ganz sicher. Sie war immer so lieb zu mir."

Der Konsul runzelte die Stirn.

„Wissen Sie, ich traue diesen wissenschaftlichen Sachen nicht so recht, aber jetzt bin ich völlig überzeugt. Diese doppelte Namensgleichheit wäre ein Oberzufall."

Er nahm einen großen Schluck Kaffee.

„Möchten Sie auch Kaffee?"

Die Frage war an beide gerichtet. Beide bejahten. Der Konsul holte zwei Tassen und goß aus einer großen Kanne, die auf seinen Schreibtisch stand, ein.

„Also", begann er dann mit Blick auf Markus, „Sie werde ich streckenweise langweilen, Sie kennen das ja alles."

Er nahm noch einen Schluck Kaffee, fuhr dann fort.

„Gegen Ende des letzten Krieges, dem, in dem Ihr Freund seine Heldentaten vollbrachte, kam eine junge Frau als Flüchtling in unser Land. Sie stammte aus der Südsee, war ihrem Geliebten nach Awaristan gefolgt, hatte dort einige Jahre gelebt, mußte fliehen, nachdem ihr Geliebter als Angehöriger der cheruskischen Minderheit von den Awaren ermordet worden war. Sie kam für einige Zeit in ein Lager, fiel dann bei der rassischen Überprüfung durch außergewöhnliche Klugheit und Bildung auf, hübsch war sie auch noch. Und obwohl sie von äußeren Erscheinung her nicht gerade dem damaligen Rassenideal entsprach, wurde sie in Kategorie 'A', also Cheruskern gleichwertig eingestuft."

Er pausierte kurz, meinte mit Blick auf Markus.

„Sie wissen, von wem ich rede. Aber meine Anspielung heute Morgen haben Sie nicht verstanden ?"

„Doch, aber es hat ein bißchen gedauert. Aber Monica weiß es nicht."

Sie blickte Markus nun verwirrt an.

Der Konsul fuhr fort.

„Sie gewann bald die Achtung, das Vertrauen und die Zuneigung führender Männer im Reich, selbst die des Reichvogtes. Aufgrund ihrer Tüchtigkeit stieg sie rasch auf und wurde nach einiger Zeit Reichsministerin für das Verkehrswesen. Das Amt hat sie heute noch. Mittlerweile ist sie sogar Stellvertreterin des Reichsvogtes. Sie verstehen ? Sie ist nach dem Reichsvogt die mächtigste Person. Ihre Anordnungen sind Gesetz, es sei denn der Reichsvogt widerspricht. Das hat er aber bisher noch nie gemacht."

Monica unterbrach ihn.

„Und was habe ich damit zu tun ?"

„Gemach, gemach, Sie kommen gleich an die Reihe, junge Frau. Also, die Ministerin hatte eine kleine Schwester, viel jünger als sie. Die war als kleines Mädchen geraubt worden und seitdem spurlos verschwunden. Die Ministerin war aber stets fest davon überzeugt, daß sie noch lebt. Sie bat daher, nachdem sie Ministerin geworden war, das Außenministerium um Amtshilfe. Und nun fahnden seit fast neun Jahren unsere Diplomaten in aller Welt nach der Schwester. Bisher ohne Erfolg. Es gab zwar einige Kandidatinnen, aber die Ministerin reagierte stets gelassen, war aufgrund der Photos, die man ihr zeigte, nie davon überzeugt, daß es sich um ihre Schwester handeln könnte und die genetischen Untersuchungen belegten dann auch keine Blutsverwandtschaft. Bis gestern. Nachdem ich Ihre Unterlagen ins Außenministerium geschickt hatte, fiel einem Beamten die Ähnlichkeit zwischen Ihnen und der Ministerin auf. Der Name stimmte und auch Ihr ungefähres Alter. Er informierte den Außenminister, der sich gerade in einer Kabinettssitzung befand, die von der Ministerin geleitet wurde, da sich der Reichsvogt zur Zeit zu einem Staatsbesuch in Japan aufhält, noch während der Sitzung. Und das schlug wie eine Bombe ein. Die Ministerin erstarrte als sie Ihr Photo sah, sagte nur, 'das sind die Augen meiner Mutter'. Und dann ordnete sie eine sofortige Untersuchung an. Und 'sofort' bedeutete, daß drei Stunden später unsere fünf führenden Genetiker sich samt Ausrüstung und Assistenten auf den Flug hierher befanden. Tut mir leid, daß die sie so gepiesackt haben, aber sie mußten ihre Untersuchungen unabhängig voneinander machen. Und das Ergebnis ist eindeutig: Sie sind mit der Ministerin aufs engste blutsverwandt. Sie sind die lang gesuchte kleine Schwester."

Seine Augen waren feucht geworden.

„Entschuldigen Sie, ich bin ein bißchen sentimental."

Auch Monica hatte zu weinen begonnen. Es waren Tränen der Rührung und der Freude.

„Und Sie haben natürlich von alldem nichts geahnt?"

Er blickte Markus an.

„Nein, ich wußte nicht einmal, daß die Ministerin eine Schwester hat und nach ihr suchen ließ."

Er versuchte unschuldig zu blicken, nachdem seine Putschtheorie nun zusammengebrochen war. Er wollte natürlich auch nichts darüber erzählen.

Eine längere Pause trat ein.

„Haben Sie heute Abend schon etwas vor?" fragte der Konsul dann.

Monica schüttelte den Kopf.

„Nein, wieso?"

„Na, dann brauchen Sie auch nichts abzusagen. Der Botschafter gibt einen Empfang anläßlich Ihres Auffindens. Sie sind zum Abendessen eingeladen. Beide natürlich."

Er pausierte kurz.

„Sie müssen sich nur noch einkleiden. Der Fahrer steht zu Ihrer Verfügung. Er wird Sie auch um halb sieben zur Botschaft bringen."

Es wurde kein allzu großer Empfang, zumal die Veranstaltung sehr kurzfristig angesetzt worden war. Es waren nur wenige Vertreter des diplomatischen Korps und der mosambalischen Regierung anwesend. Für Monica war es ein bißchen unangenehm nun plötzlich im Mittelpunkt zu stehen. Die Diplomaten blieben auch alle zurückhaltend, sprachen nur einige unverbindliche Worte mit ihr, nur die Pressevertreter bedrängten sie. Sie sagte aber wenig, nichts zu ihrer Vergangenheit, verwies auf die Presseerklärung der Botschaft, die am nächsten Tag herausgegeben werden sollte. Gegen Photos, auch zusammen mit Markus, hatte sie nichts einzuwenden. Es ließ sich aber dennoch nicht vermeiden, daß ein bißchen etwas durchsickerte. Zu einem längeren Gespräch kam es nur mit Frau Breitwieser, die es irgendwie geschafft hatte, beim Dinner ihre Tischnachbarin zu werden.

„Es tut mir leid, daß ich Sie gestern Abend ein bißchen angeschwindelt habe, aber Sie müssen verstehen, ich habe mich geschämt Ihnen zu erzählen, daß nur ein am Tag zuvor verschenktes Sklavenmädchen war."

„Das verzeihe ich Ihnen gern. Und wissen Sie, Gloria sprach mich nach der Vorstellung an, sagte mir, ihr sei nun eingefallen, wem diese Frau so ähnlich sähe: nämlich Frau Duschwili, der Verkehrsministerin von Cheruskien."

„Und ich wäre am liebsten in den Boden versunken als sie sagte, ich sähe jemanden ähnlich. Wissen Sie, das Ministerehepaar war vor einem Jahr auf unserer Farm zu Besuch und ich mußte damals beim Bankett bedienen. Ich dachte, sie hätte mich wiedererkannt."

Gegen halb zehn wurde sie zum Telefon gerufen. Die große Schwester war am Apparat.

Frau Breitwieser sagte noch zu ihr bevor sie ging:

„Sie sind ja so sympathisch. Sie haben das Herz auf dem rechten Fleck. Besuchen Sie uns einmal, wenn sie im Reich sind."

Das Gespräch mit Maria dauerte mehr als zwei Stunden. Als sie zurückkam waren fast alle Gäste gegangen, nur Markus und ein Botschaftssekretär saßen noch zusammen und plauderten. Sie verabschiedeten sich bald.

„Ein Wagen der Botschaft steht Ihnen natürlich stets zur Verfügung" sagte der Sekretär, „Sie brauchen ihn nur abzurufen."

Er gab Monica eine kleine Karte.

„Hier ist die Telefonnumer. Der Fahrer bringt Sie jetzt ins Hotel und wird Sie morgen früh abholen. Sie brauchen schließlich noch Ihren Paß."

Lange nach Mitternacht kamen sie im Hotel an. Sie hatten auf der Fahrt kaum miteinander gesprochen. Zu erschöpft waren sie von all dem, was auf sie eingestürzt war. Sie tranken noch schweigend ein Glas Sekt, legten sich dann zu Bett. Monica schmiegte sich Markus.

„Halte mich fest, ich brauche dich dringender als zuvor."
Sie schliefen bald ein.

„Hast du heute morgen schon in die Zeitung geschaut?" fragte die
bereits anwesende Kollegin als die Empfangsdame morgens um
sieben zum Dienst erschien.
„Nein", knurrte die, „dazu bin ich noch nicht gekommen."
„Da, schau hin. Das ist doch unser Paar. Habe ich dir nicht gesagt,
daß unsere Sklavin eine geraubte Prinzessin ist."
Die Empfangsdame überflog kurz den Artikel.
„Prinzessin? Prinzessin ist sie nicht, nur Schwester einer
Ministerin."
„Das ist doch fast dasselbe."

„Was machen wir jetzt miteinander?" fragte Markus Monica beim
Frühstück.
„Was soll die Frage? Ich habe dir doch gesagt, daß ich dich brauche
und ich will auch nur dich. Zwischen uns ändert sich nichts. Oder
hast du etwa Minderwertigkeitskomplexe, großer Kriegsheld?"
Monica lachte.
„Ich bin trotzdem nur ein einfaches Mädchen aus der Südsee. Unsere
Eltern hatten ein kleines Geschäft, hat mir meine Schwester erzählt,
hatten ihr Auskommen, gehörten nicht zu den Armen, auch nicht zu
den Reichen, eben zu den Menschen, zu denen man weder aufblickt
noch auf die man herabblickt. Und daß meine Schwester fern der
Heimat zu einer mächtigen Frau geworden ist, das ist nicht mein
Verdienst. Weißt du, das macht mir sogar ein bißchen Angst. Ich will
nicht, daß man mir überall die Türen öffnet nur um meiner Schwester
zu gefallen. Du weißt, was ich meine?"
„Ja, du fürchtest, daß du keine geradlinigen Menschen mehr
vorfindest, sondern von Kriechern umgeben sein wirst."
„Weißt du, ich möchte mir die Achtung der anderen selbst
erarbeiten."
„Sieh das nicht alles so bedenklich. Du wirst jetzt ein bißchen
gefeiert, bevorzugt, weil du so lange benachteiligt wurdest. Aber das
wird sich bald normalisieren. Kriechertum ist in unserem Land nicht
so sehr verbreitet. Und du bist klug, besitzt einen wachen, kritischen

Verstand. Du wirst die paar kleinen Schleimer, die sich an dich ran machen, sehr schnell durchschauen."

„Aber du mußt mir beistehen, ich bin doch völlig unerfahren."

Sie schwiegen kurz.

„Ich glaube, du hast meine Frage von vorhin 'was machen wir jetzt miteinander' mißverstanden", sagte Markus dann, „vielleicht habe ich mich auch falsch ausgedrückt. Das war etwas anders gemeint. Ich denke, deine Schwester möchte dich doch baldmöglichst sehen. Müssen wir gleich abreisen ?"

„Wieso wir ? Dir hat sie doch nichts zu befehlen. Du könntest bleiben."

„Ich möchte aber bei dir sein, mit dir fahren, wenn du mußt."

„Das ist lieb von dir. Weißt du, ich bin in meinem Leben, abgesehen von den Besuchen in den Fabriken und Lagerhäusern hier, praktisch noch nie von der Farm weggekommen. Allein bin ich hoffnungslos verloren. Ich brauche jemanden, an den ich mich lehnen, dem ich vertrauen kann, der mich liebt und der mich nicht blind ins Unglück führt. Ich brauche dich ! Besonders jetzt."

„Das ist schön gesagt. Weißt du, ich liebe dich, mehr als als alles andere auf der Welt. Für dich gebe ich alles auf."

„Das wird nicht notwendig sein. Und was meine Schwester betrifft, sie hat gar nicht verlangt, daß ich sofort komme. Natürlich will sie mich so bald wie möglich sehen. Aber sie drängt mich nicht. Sie sagte auch, solange der Reichsvogt unterwegs ist habe sie nicht allzu viel Zeit für mich. Und in zehn Tagen fliegen wir ohnehin zurück. Sie sagte auch, der Rummel sei jetzt sehr groß, und es gibt bei euch sehr viele Frauenzeitschriften, die Stoff für rührige Artikel suchen und ich wäre natürlich Thema Nummer eins. Außerdem, du hast einmal kurz erwähnt, daß du eine Fahrt in den Nationalpark unternimmst. Ich war noch nie dort, obwohl er so nahe bei der Farm liegt. Ich möchte da liebend gern hin. Nimmst du mich mit ?"

„Selbstverständlich. Das heißt aber, wir könnten im Prinzip nach dem Besuch auf dem Konsulat zur Farm zurück ?"

„Nicht ganz. Für die Safari brauche ich noch die entsprechende Kleidung. Ich kann dafür doch nicht das Abendkleid für die Oper anziehen. Und sei mir nicht böse. Diese Sklavenkleider möchte ich nicht mehr tragen. Ich verschenke sie."

„Möchtest du überhaupt zur Farm zurück ? Oder möchtest du es nicht ? Die Safari können wir auch über die Botschaft organisieren. Die haben sicher Geländewagen und ortskundige Fahrer, können das zumindest beschaffen."

„Ein bißchen unangenehm ist es mir schon. Aber ich bin auch neugierig zu erfahren, wie sie reagieren, insbesondere Martina, die mich bisher stets als Dreck behandelt hat."

„Aber das wäre doch gerade ein Grund sie nicht mehr sehen zu wollen."

„Für manche schon, aber nicht für mich. Ich möchte wirklich sehen, wie sie sich mir gegenüber verhält, jetzt wo sie nicht mehr auf mich herabblicken kann. Und keine Angst, ich provoziere keinen Streit."

„Wenn sie klug ist, dann wird sie sich freundlich distanziert verhalten", dachte Markus, „und ich halte sie für klug. Aber das sind Weibersachen. Da mische ich mich nicht ein."

Sie fuhren zum Konsulat.

Der Konsul empfing sie.

„Hier haben Sie Ihren Paß, Frau Duschwili. Das ist ja ihr richtiger Name. Geburtsdatum und Geburtsort stimmen auch. Sie sind allerdings drei Monate älter als sie bisher galten. Ich hoffe, Sie haben kein Problem damit. Was ist eigentlich mit dem Abreisedatum ? Bleibt es dabei ?"

„Ja", entgegnete Monica, „das haben wir so vor. Wir werden aber schon einen Tag vorher in die Stadt kommen, dann haben wir am Abreisetag nicht so einen Streß mit der Fahrerei."

Sie blickte Markus an.

„Ich hoffe, es ist dir Recht. Ich habe dich noch gar nicht gefragt."

Der lächelte.

„Sicher."

„Gut, dann gebe ich Ihnen die Flugunterlagen. Eigentlich reichen die Abflugzeit und die Flugnummer. Sie brauchen dann am Schalter nur noch ihre Pässe vorzuzeigen. Ja, das wäre es dann fast von meiner Seite. Eines noch Frau Duschwili. Hier haben wir noch eine Kreditkarte für Sie und ein Kuvert mit Bargeld, damit Sie sich nicht ständig von unserem Helden aushalten lassen müssen. Sie können sich natürlich immer melden, falls Sie Schwierigkeiten haben."

285

„Ja, nochmals vielen Dank für alles, Herr Konsul", sagte Monica.
„Sie fahren mit dem Botschaftswagen zur Farm ?"
„Ja, er wartet schon. Unser Gepäck haben wir auch schon verladen."
„Also dann, gute Fahrt und noch einen schönen Aufenthalt. Und Sie bekommen dann für die letzte Nacht wieder die gleiche Suite. Oder hat sie Ihnen nicht gefallen ?"
„Doch, doch", meldete sich jetzt Markus zu Wort, der bisher geschwiegen hatte, „aber was ist mit der Einreisebewilligung und der Aufenthaltsgenehmigung ?"
Der Konsul lachte.
„Dann schauen Sie doch einmal richtig in den Paß ! Das wird nicht gebraucht. Frau Duschwili hat natürlich jetzt die cheruskische Staatsbürgerschaft."

Die Safari

Die Abfahrt aus Marbuta verzögerte sich dann doch noch um einige Stunden, da erst die Kleidung und einige andere Sachen, die sie für die Safari als notwendig erachteten, besorgen mußten. Monica kaufte auch noch eine Kamera. Dann fuhren sie zur Farm zurück. Die Nachricht hatte sich schon bis dorthin verbreitet. Man empfing sie freundlich, aber es war eine merkwürdige Freundlichkeit, keine herzliche, sondern eher eine aus schlechtem Gewissen.
„Es ist nur gut, daß die Fahrt in den Nationalpark geplant ist, eine Woche würde ich diese gespannte Atmosphäre hier nicht aushalten und du sicher noch weniger", meinte Markus, als sie schließlich in ihrem Appartement angelangt waren.
„Mach dir keine Sorgen, ich habe da keine Probleme. Ich finde es lustig, wie sie sich aufführen, sich Mühe geben müssen, gastfreundlich zu sein und trotzdem immer ein schlechtes Gewissen zu haben; und dann auch höllisch aufpassen müssen, nichts falsches zu sagen, stets bemüht sein mich nicht zu kränken. Das ist für sie schlimmer als für mich. Ich will deinen Freund nicht schlecht machen, aber ist dir aufgefallen, wie er mich angeblickt hat. Es schien ihm direkt peinlich zu sein mir ins Gesicht blicken zu müssen."
„Sei nicht so hart zu ihm. Er hat dich geschätzt, das hat er mir

286

gesagt.“

Monica lächelte, gab ihm einen Kuß.

„Du schätzt mich, nicht er. Du hast mir gezeigt, was Liebe ist, nicht er. Er hatte ein paar Gewissensbisse, das war es dann aber. Schön, er wollte mich nicht in die Gosse werfen. Aber hatte ich das verdient ? Was habe ich denn getan ? Er hat mich einfach genommen. Konnte ich etwas dafür ? Ich habe mich ihm doch nicht aufgedrängt. Ich bin kein Dreck. Soll ich es ihm hoch anrechnen, daß er nicht als völliges Schwein dastehen wollte ? Er hat mich dir geschenkt, weil es für ihn die einfachste Lösung war, die ihn nichts kostete. Er hat dir doch alles aufgebürdet, einem Ausländer eine Sklavin gegeben. Soll der doch zusehen, wie er zurecht kommt. Du hättest mich in die Gosse werfen können. Das wäre dann nicht sein Problem gewesen. Aber das hast du nicht getan. Du hast dich für mich eingesetzt.“

Sie fiel ihm um den Hals.

„Ach, ich bin so froh, daß ich damals … damals ? Das ist doch erst drei Tage her … mit dir geschlafen habe. Du hast mir gezeigt, was Liebe ist. Bist du mir deswegen jetzt böse ?“

„Nein, natürlich nicht, dazu habe ich auch gar kein Recht. Dein bisheriges Leben hat dich geprägt und bestimmt deine Gefühle. Das muß ich verstehen. Aber es gibt noch etwas, das du jetzt zu beachten hast. Dein Leben wird jetzt anders verlaufen. Und vieles, was du hörst und was man dir sagt hat nun nicht nur einen anderen Klang, sondern auch eine andere Bedeutung. Geschwollen ausgedrückt, die Kommunikation mit dir verläuft nun nicht mehr von oben nach unten, sondern auf gleicher Höhe. Du wirst dein Denken und Fühlen umstellen müssen. Aber wir schaffen das. Sei dir nur bewußt, daß ich immer zu dir stehen werde, dich niemals verletzen oder kränken will. Und wenn es einmal so klingen sollte, verschließe dich nicht, sondern sage es mir. Darum bitte ich dich.“

„Das ist schön gesagt und ich weiß, daß es nicht bloß leere Worte sind.“

Um halb sieben wurden sie zum Abendessen abgeholt. Die üblichen Personen waren anwesend, Martina, Martin und dessen Eltern. Man achtete auf jedes Wort, wollte sich nicht verplappern. Martina hielt sich sehr zurück, fragte nur Unverbindliches, etwa, wie es in der

Stadt denn so gewesen sei, blickte dann vorwurfsvoll auf Martin als Monica von dem Opernbesuch erzählte.

„In dem halben Jahr unserer Ehe ist er nicht einmal mit mir in die Oper gegangen, obwohl wir in einem der Häuser meines Vaters eine Stadtwohnung haben, also gar kein Hotelzimmer nehmen müßten."
Martin schwieg dazu.

Einen etwas breiteren Raum nahmen die Ausführungen des alten Herrn Orlender hinsichtlich der Safari ein. Die Fahrt sollte von Sonntag bis Donnerstag dauern, das war bereits am Tage nach Markus' Ankunft abgesprochen worden.

„Ich habe schon einmal eine Route festgelegt, Orte herausgesucht, die unbedingt besichtigt werden sollten und habe mir auch erlaubt schon Quartiere zu buchen. Wir können das ja alles morgen oder übermorgen nochmals in Ruhe durchgehen. Mit den Quartieren ist das allerdings so eine Sache, wissen Sie. Es gibt nicht viele Unterkünfte, die Ihren Vorstellungen von einem 'Hotelzimmer' genügen. Ich rate Ihnen daher dringend, die Vorschläge anzunehmen. Und ich habe schon Zimmer reservieren lassen, natürlich nur für Sie, nicht für die Begleitmannschaft, da die Nachfrage sehr stark ist und Sie kurzfristig kaum etwas bekommen werden."
Markus sagte hinterher zu Monica.

„Also, es war nicht so ganz klar zu erkennen gewesen, ob er mit 'Sie' uns beide gemeint hat. Vermutlich hat er nur ein kleines Zimmer für mich gebucht. Dann kuscheln wir uns eben ganz eng aneinander."
„Unter diesen Umständen wäre ich froh, wenn er ein kleines Zimmer gebucht hätte", lautete die Antwort.

Die Zeit bis zum Antritt der Fahrt vertrieben sie sich mit Schwimmen im Pool, Gesprächen, Entspannen. Nach den Aufregungen der letzten Tage hatten sie beide auch ein bißchen Ruhe dringend nötig. Es war nun Monica ein Bedürfnis sehr viel über sich zu erzählen, Markus die Orte auf der Farm zu zeigen, die sie geliebt oder gehaßt hatte, ihm die Menschen zu zeigen, die sie mochte. Sie zeigte ihm auch die Baracke, in der sie hausen mußte, nachdem sie auf Martinas Geheiß aus dem Herrenhaus verwiesen worden war.
Sie stellte ihm auch Pascal vor. Er war der Jagdaufseher der Farm.
„Weißt du", sagte Monica, „es treiben sich ja allerhand wilde Tiere in

der Umgebung herum, weniger sind es Löwen oder Leoparden, die schlimmste Plage sind die Tüpfelhyänen; sie dringen in die Weiden ein, reißen Schafe und Rinder. Gelegentlich, aber selten, verirren sich Elefanten und Nashörner hierher und zertrampeln die Felder; die größten Schäden richten Antilopenherden an, die alles kahl fressen. Wir haben daher einige Jäger, die ständig unterwegs sind und Pascal ist ihr Chef."

Sie lächelte.

„Pascal war der einzige der sogenannten Herren, der wirklich freundlich zu mir war, der mich wie ein gleichwertiger Mensch behandelt hat. Ich denke, er liebt mich. Aber, ehrlich, wir hatten nichts miteinander. Mir hätte es schon gefallen, aber er wagte es nicht mit der Geliebten seines Herren zu schlafen. Das war für ihn tabu. Er vermied es selbst mich zu berühren. Aber unser Verhältnis zueinander war ungezwungen. Wir konnten miteinander scherzen, zusammen lachen. Und wenn wir allein waren, bestand er sogar darauf, daß ich 'Pascal' zu ihm sagte. Er nahm mich auf seine Kontrollfahrten mit wenn Martin nicht anwesend war. Er brachte mir sogar das Schießen bei, was aber keiner wissen durfte."

Markus fand Pascal auf Anhieb sympathisch. Pascal war ehrlich und offen, ein Mann, der klare Worte sprach und über einen wachen Verstand verfügte. Aber er war auch geprägt von der Gesellschaftsstruktur des Landes. Er gehörte nicht zur Elite, zu den 'großen Herren', sondern lediglich zu den 'ganz kleinen Herren', wie er sich ausdrückte, eben zu denjenigen, die zu gehorchen hatten. Er war ein tapferer Kerl, der draußen in der Savanne seinen Mann stand, weder Tod noch Teufel fürchtete, blitzschnell eigene Entscheidungen treffen konnte. Aber auf der Farm wurde er klein, nahm die Anweisungen der Orlenders wortlos entgegen, widersprach nie, gehorchte. Aber wirklich demütig war er nicht, kein Kriecher, der versuchte, sich bei den Herren einzuschleimen. Bereits sein Vater war Aufseher auf der Farm gewesen, aber Pascal mochte kein Antreiber sein, der Sklaven auch manchmal prügelte oder auspeitschte. Das Amt des Jagdaufsehers entsprach eher seiner Natur. In gewissem Sinne war er allerdings an die Farm gebunden. Er kannte nichts anderes.

„Es ist schade, aber ich bezweifele, daß er sich in der Stadt alleine zurechtfinden würde", meinte Monica einmal.

Markus war daher erfreut als er erfuhr, daß Pascal die Safaritour führen werde.

„Auf ihn könnt ihr euch verlassen, er kennt sich aus, beschützt euch", sagte Martin beim Abschied als sie am Sonntag in der Frühe aufbrachen.

Sie durchquerten das Gebirge, erreichten am späten Nachmittag den Nationalpark, eine endlos wirkende Savanne ohne wirkliche Straße.

Ab und zu gewahrten sie Wasserlöcher, an denen Antilopen oder Gnus tranken, auch einige Giraffen sahen sie in der Ferne, aber keine Raubtiere, Nashörner oder Elefanten.

„Die gibt es hier nicht, erst weiter im Westen; da kommen wir morgen und übermorgen hin", sagte Pascal schließlich, „wir werden bald eine Station erreichen, wo wir übernachten können. Ein Zeltlager in der Savanne ist nicht vorgesehen; ich hätte es euch gegönnt, aber der alte Herr war strikt dagegen, wegen der Schlangen. Dabei gibt es hier kaum welche. Vor dreißig Jahren war das noch anders. Aber seitdem war der alte Herr nicht mehr hier."

Die Station bestand lediglich aus einer größeren Blockhütte an einer Wasserstelle. Sie war nicht bewirtschaftet.

„Wir müssen uns selbst versorgen", meinte Pascal, „die Jungs werden kochen. Es gibt aber nur Konserven."

Mit den 'Jungs' meinte er die vier Begleiter, Mosaris, die auf der Farm arbeiteten. Sie waren mit zwei Geländewagen unterwegs, Monica, Pascal und Markus fuhren in dem einen, etwas bequemeren, die Jungs in dem anderen.

Es dunkelte rasch; sie nahmen ihr Essen ein, dann begaben sich die Begleiter zu ihren Zelt, das sie zwischendurch in einigem Abstand von der Blockhütte aufgebaut hatten. Monica war müde, wollte gleich schlafen. Das Zimmer bot keinen großen Komfort, das Bett bestand aus einer hölzernen Pritsche. Decken hatten sie mitbringen müssen. Monica zog sich zurück.

Pascal und Markus ließen sich auf einer Bank etwa zehn Meter von der Hütte entfernt nieder. Pascal kramte ein Päckchen Zigaretten aus seiner Brusttasche.

„Magst du eine ?"

„Gerne."

Pascal lachte.

„Hier draußen ist man noch frei. Auf der Farm ist das Rauchen verboten, wegen Brandgefahr, wie es heißt. Weißt du, wir befinden uns hier im abgelegenen Teil des Nationalparks, dort wo keine Touristen hinkommen. Hier ist die Landschaft noch unberührt, keine Zäune, keine Aussichtstürme, aber eben auch keine bewirtschafteten Herbergen. Morgen werdet ihr eine ganz andere Welt sehen."
Er schwieg eine Weile, rauchte seine Zigarette zu Ende, kramte eine neue hervor, bot auch Markus eine an.
„Weißt du", begann er dann, er sprach nun leiser, „ich bin dir dankbar, daß du Monica genommen hast, wenn ich das jetzt einmal so sagen darf; nicht, weil dadurch ihre wahre Identität ans Licht gekommen ist, das wußtest du ja da noch gar nicht. Sei mir nicht böse, du brauchst auch nicht eifersüchtig zu werden. Aber ich mag sie, könnte sogar sagen, ich liebe sie. Herr Orlender weiß das auch, er hatte sie mir ja auch angeboten, als er sie loswerden mußte. Aber ich habe abgelehnt. Seine Frau wollte sie nicht mehr auf der Farm haben und so hätte ich gehen müssen, aber wohin ? Wissen Sie, auch wenn ich sie freigelassen und geheiratet hätte, sie wäre auf den anderen großen Farmen, die eigene Jagdaufseher beschäftigen, doch stets als Sklavin angesehen und entsprechend behandelt worden, sie wäre nur eine Ausgestoßene gewesen. Schau doch wie scheinheilig sie sich ihr gegenüber nun auf der Farm benehmen. Das tun sie doch nur gezwungenermaßen. Die großen Farmer kennen sich alle und hätten gewußt, wer sie ist. Wir hätten in eine Stadt gehen müssen, aber ich habe nichts gelernt, hätte eine schlecht bezahlte Stelle als Hilfsarbeiter auf dem Bau oder in einer Fabrik annehmen müssen. Die Löhne sind so niedrig, es hätte nur für eine elende Hütte in einem Armenviertel gereicht. Ich wäre immer unglücklich geblieben und Monica wäre es auch geworden."
„Du bist doch ein guter Mann. Eine Stelle als Jagdaufseher im Nationalpark. Wäre das keine Alternative gewesen ?"
„Selbst wenn eine frei wäre und ich sie bekommen hätte, da ist man viel unterwegs und ich hätte sie oft mehrere Tage allein lassen müssen. Weißt du, die Bediensteten des Nationalparks wohnen in eigenen kleinen Dörfern innerhalb des Parks, in denen es oft nicht einmal fließendes Wasser gibt. Dort hätten wir wohnen müssen. Und dann sind die meisten Bediensteten Mosaris; Monica wäre als

Fremde dort auch nur eine Ausgestoßene gewesen. So bitter es klingen mag. Ich konnte Monica kein menschenwürdiges Leben bieten. An meiner Seite wäre sie bald zerbrochen. Es ist eben so, wenn die äußeren Umstände zu widrig sind, kann selbst die größte Liebe nichts retten. Ich weiß nicht, ob du das versteht; du bist ein geachteter Mann und ich bin ein Nichts. Was du sagst und tust, das zählt. Und ich zähle nicht."

Früh am nächsten Morgen ging es weiter. Gegen Mittag erreichten sie dann die Touristenroute. Nach Befriedigung der ersten Neugier erfolgte für Markus eine Ernüchterung. Sie fuhren eine recht gut ausgebaute Straße entlang, das heißt, sie hatte keine Schlaglöcher; sie führte durch die Savanne; streckenweise befanden sich hohe Zäune oder Absperrgitter entlang der Straße. In der Ferne sah man dann Elefanten oder Nashörner.

„Damit will man vermeiden, daß die Tiere den Autos zu nahe kommen. Es ist nämlich erlaubt, auch mit Bussen oder Privatwagen hier zu fahren. Die sind nicht so stabil wie unsere Geländewagen", erklärte Pascal.

Aussteigen war nur an bestimmten Punkten erlaubt und es war nicht gestattet sich zu weit von der Straße zu entfernen. Dort befanden sich auch Aussichtstürme.

Am Abend erreichten sie dann eine bewirtschaftete Station, die gut besucht war. Für Markus und Monica war ein Zimmer reserviert, in der Tat ein eher kleines; also war es ursprünglich nur für Markus reserviert worden. Das Bett war schmal, dafür aber weich. Ein Stück weiter den Flur entlang gab es einen Duschraum und eine Toilette. Sie aßen auf der großen Terrasse, hatten auch Pascal eingeladen, doch der wollte sich nicht zu ihnen setzen. Für ihn war nichts reserviert worden, er mußte, wie die vier Mosaris abseits im Zelt schlafen. Die Terrasse war gut besetzt, es war daher recht laut, zumal auch noch aus einem Lautsprecher afrikanische Musik dröhnte. An eine Unterhaltung war kaum zu denken. Sie zogen sich bald auf ihr Zimmer zurück, legten sich aufs Bett. Sie mußten sich tatsächlich eng aneinander schmiegen.

„Irgendwie habe ich mir das anders vorgestellt", begann Markus, „Afrika – darunter stellt man sich bei uns weite, unberührte

292

Savannen vor, dichte Urwälder. Aber hier sieht es doch eher aus wie in einem Wildpark. Es fehlen nur noch die Kinderspielplätze mit Schaukeln und Rutschbahnen."

„Ach, sag doch so etwas nicht", erwiderte Monica, „ich bin froh, das alles einmal sehen zu dürfen. Eine Fahrt durch den Nationalpark ist für mich genauso ein Erlebnis wie ein Spaziergang durch Marburta oder der Opernbesuch letzte Woche. Das ist alles neu für mich. Du hast sicher schon viel gesehen, kannst vergleichen. Ich habe bisher nicht viel gesehen, für mich ist alles neu, alles interessant und daher schön."

Markus streichelte sie zärtlich.

„Entschuldigung, ich wollte dich nicht kränken."

„Nein, gekränkt hast du mich nicht. Ich wollte dir nur sagen, wie ich denke und fühle. Wir wollen uns doch immer alles sagen, offen zueinander sein."

„Ja, das wollen wir."

Der nächste Tag glich dem vorangegangenen. In der Ferne sah man heute auch Löwen und Leoparden, auch wieder Elefanten und Büffel; daneben natürlich die Antilopenherden. Sie übernachteten in einem ähnlichen Zimmer in einer bewirtschafteten Station, wie am Vortag. Dann traten sie die Rückfahrt an. Am frühen Donnerstag Nachmittag, zwei Stunden von der Farm entfernt, legten sie auf der Fahrt durchs Gebirge die letzte Rast ein. Während Pascal und die Mosaris im Schatten dösten, unternahmen Monica und Markus einen kleine Spaziergang in die Umgebung. Vorsichtshalber hatte Markus eines der Gewehre mitgenommen. Die Gegend war karg und felsig, keine Spur von Leben. Plötzlich tauchte, etwa zwanzig Meter entfernt, hinter einem Felsblock ein Leopard auf. Er schien die beiden noch nicht bemerkt zu haben, machte Anstalten langsam an ihnen vorbei zu schleichen.

„Ein herrliches Tier", schwärmte Monica, „ich möchte ein schönes Photo machen, muß aber ein bißchen näher ran."

„Bleib hier", warnte Markus, „das ist viel zu gefährlich."

„Ach was, der sieht doch ganz harmlos aus."

Beim Auftauchen des Leoparden hatten sie hinter einem Felsen Deckung gesucht. Monica schlüpfte nun hervor, die Kamera in der

Hand, näherte sich der Raubkatze. Und es gelang ihr tatsächlich ein Photo zu schießen. Doch dann bemerkte der Leopard die Frau, drehte sich um. Monica wollte sich vorsichtig, rückwärts gehend, hinter den Felsen zurückziehen, doch sie stolperte, fiel hin, schrie vor Schreck auf. Das Tier wandte sich nun zu ihr hin, kam langsam fauchend auf sie zu, während sie versuchte wieder aufzustehen. Unglücklicherweise konnte Markus nicht schießen, da nun Monica zwischen ihm und der Raubkatze stand. Er zögerte keinen Augenblick, sprang hinter dem Felsen hervor, rannte auf das Tier zu, das offensichtlich auf Monica fixiert war und ihn nicht bemerkte. Gerade als es zum Sprung anhob, versetzte Markus ihm mit dem Gewehrkolben von der Seite einen so heftigen Schlag, daß es halb betäubt zurücktaumelte. Markus hatte mit aller Kraft zugeschlagen, stürzte nun durch den Schwung nach vorn, das Gewehr entglitt ihm, rutschte einige Meter weiter, bis es zur Ruhe kam. Der Leopard erholte sich rasch, wandte sich dem neuen Feind zu, setzte zum Sprung an. Da Markus das Gewehr nicht mehr erreichen konnte, zog er sein Messer. Monica hatte die Szene beobachtet, nicht gezögert zum Gewehr hin zulaufen, es aufzuheben, anzulegen. Ihre Position war günstig und sie drückte dreimal kurz hintereinander ab, gerade als der Leopard hochsprang. Markus warf sich zur Seite, die Raubkatze verfehlte ihn. Zwar tödlich verletzt, erhob sich das Tier erneut, kam auf Markus zu. Monica traute sich nun nicht mehr zu schießen, drehte das Gewehr um, lief vorsichtig heran. Markus stürzte auf den Leoparden zu, stieß ihm blitzschnell das Messer in den Leib, während im gleichen Augenblick Monica ihm mit dem Gewehrkolben einen heftigen Schlag auf den Kopf versetzte. Nun sank die Raubkatze zusammen. Monica hastete auf Markus zu, der sich langsam erhob.
„Ist dir etwas passiert ?"
„Nein, ich bin in Ordnung, du hast mir das Leben gerettet."
Monica umarmte, küßte ihn.
„Nein, du hast mich gerettet. Es war meine Schuld. Ich habe uns in diese Situation gebracht. Verzeih mir bitte."
Markus lächelte.
„Was gibt es da zu verzeihen ? Das war doch viel mehr. Jeder hat ohne zu zögern, ohne Rücksicht auf sich selbst, sein Leben für den anderen eingesetzt."

Monica begann zu strahlen.

„Du meinst, wir können uns aufeinander verlassen, einer steht für den anderen ein."

„Genau."

Die Schüsse hatten Pascal und die vier Neger aufgeschreckt. Sie eilten herbei.

„Ein prächtiges Tier, wir ziehen ihm das Fell ab", meinte Pascal.

Sie taten es, verluden es dann auf einem der Geländewagen. Kurz vor Sonnenuntergang erreichten Sie die Farm.

„Na, wie war denn der Ausflug?" empfing sie Martin freundlich, „da habt ihr ja auch noch eine schöne Trophäe mitgebracht. Hoffentlich habt ihr den Leoparden nicht im Nationalpark geschossen."

„Nein", erwiderte Markus, „er hat uns im Gebirge angegriffen."

„Das könnt ihr ja dann beim Abendessen erzählen. Macht euch erst einmal frisch."

Sie trafen sich eine halbe Stunde später im Speisesaal. Markus schilderte ausführlich die Leopardenjagd, hob natürlich besonders Monicas Leistung und Tapferkeit hervor, scheute nicht davor zurück gehörig zu übertreiben. Das war natürlich Absicht. Er beobachtete dabei genau Martinas Gesichtsausdruck, die Monica neidische, giftige Blicke zuwarf, aber kein Wort sagte. Er blinzelte unauffällig Monica zu. Sie verstand.

„Ich muß Sie leider enttäuschen", warf dann der alte Herr Orlender ein, der ebenfalls den Lob Monicas eher unwillig angehört hatte, „aber Sie können das Fell nicht mitnehmen."

„Warum nicht?"

„Die Ausfuhr von Leopardenfellen ist nur erlaubt, wenn man eine Jagdlizenz hat. Und die haben Sie doch nicht?"

„Nein, aber das ist sehr schade. Wir würden es gerne mitnehmen, das war unser erstes großes gemeinsames Abenteuer; wir haben das Tier gemeinsam gejagt und besiegt, uns gegenseitig das Leben gerettet. Das Fell ist ein Symbol unserer Liebe."

Martina verzog das Gesicht als sie diese Worte hörte, Martin lachte.

Die Gesellschaft löste sich bald auf.

„Schade, daß ihr schon morgen abreist."

„Ja, wir wollen noch einen halben Tag in der Stadt verbringen, morgen Abend noch einmal ausgehen. Der Botschaftswagen holt uns um zehn Uhr ab."

„Kann ich dich noch einen Moment alleine sprechen?" fragte Martin dann.

„Ja."

Er blickte dabei Monica an. Sie verstand.

„Ich gehe schon einmal in unser Appartement."

„Es gibt eine Möglichkeit!" begann Martin, „also, ich stelle das so hin: der Leopard ist auf unsere Farm vorgedrungen, hat mehrere Rinder und Schafe gerissen, Pascal hat ihn gejagt und erlegt. Das ist legal. Keine Sau prüft das nach. Und Pascal wird mitmachen. Ich wollte das nur nicht im Beisein Martinas und meines Vaters sagen. Die können den Mund nicht halten und würden es ausplappern. Das Fell gehört dann mir und ich kann es ganz legal exportieren, muß lediglich Zoll bezahlen. Aber das tue ich gern für euch."

„Danke, das wäre schön von dir."

„Keine Ursache, wir sind doch alte Freunde und ich bin dir einiges schuldig."

„Wieso?"

„Na ja, wegen Monica. Du kanntest mich bisher nur aus unserer Studienzeit in Cheruskien her. Das ist dort aber eine völlig andere Welt. Hier gelten andere Regeln und Sitten. Und an die muß ich mich halten. Denke jetzt nicht, daß ich ein Feigling bin. Aber bei euch gelten doch auch Regeln; ihr habt auch eure politische und gesellschaftliche Ordnung, euer System, eine autoritäre Regierung, die in gewissem Sinn euch euer Denken vorschreibt. Ihr habt das aber alles schon so sehr verinnerlicht, daß ihr das gar nicht mehr merkt, sondern glaubt, ihr könntet euch in allem frei entscheiden. Aber einem Fremden fällt das schon auf. Natürlich muß ich mich nicht an diese Regeln halten. Aber tue ich es nicht, dann bin ich hier erledigt, dann frißt kein Hund mehr etwas von mir, dann kann ich hier alles aufgeben und auswandern. Verstehst du, was ich meine? Ich hatte Martina für toleranter gehalten. Es liegt in Wirklichkeit auch nicht daran, daß Monica meine Geliebte war, auch nicht daran, daß Martina eine Mosarin ist, eine Schwarze. Martina ist intelligent, gebildet, stolz. Aber Monica ist ihr überlegen. Und so eine Frau kann Martina nicht in ihrer Umgebung dulden. Ich habe genau gesehen wie sie reagierte als du Monica so hervorhobst und habe auch begriffen, warum du das tatest. Sie drohte sogar mich zu verlassen, wenn ich Monica nicht von der Farm weise. Und damit hätte ich mir die Feindschaft ihres Vaters und seines Clans zugezogen. Ich stand also vor der Entscheidung, meine Existenz hier aufzugeben oder Monica fallen zu lassen. Ich habe sie geliebt und geschätzt, aber so groß war meine Liebe jetzt auch wieder nicht. Verurteile mich nicht deswegen, halte mich nicht für ein Schwein, aber auch Edelmut hat seine Grenzen, es sei denn, man besitzt nichts und kann daher auch nichts verlieren. Nur dann ist man wirklich frei. Und bedenke auch noch folgendes. Ich war mir auch nie sicher, ob sie mich liebte. Muß man für einen Menschen alles aufgeben, dessen man sich nicht sicher sein kann ? Du hast es da leichter, du riskierst nichts. Wenn sie dich eines Tages verlassen sollte, hast du keine Nachteile, vielleicht ein bißchen Herzeleid, das sich bald wieder legt, aber du gibst nicht wirklich etwas auf."

Gerade die letzten Worte Martins zeigten Markus wie fremd ihm sein Freund und dessen Denken war, daß sie Welten trennte. Es machte aber keinen Sinn, nun ein Gespräch darüber zu beginnen. Sie würden vermutlich nur aneinander vorbei reden und möglicherweise in Streit geraten. Er entgegnete daher bloß:

„Ich verstehe, was du sagst. Ich mache dir auch gar keine Vorwürfe."

Abreise

Der Wagen der Botschaft holte sie pünktlich ab, brachte sie zum Hotel in der Stadt. Sie erhielten wieder die gleiche Suite.

„Wir können heute Nachmittag wirklich entspannen, keine Aufregungen, keine Einkäufe, einfach nur flanieren, irgendwo einen Kaffee und ein Stück Torte genießen. Weißt du, ich habe noch nie ein richtiges Stück Torte gegessen, immer nur den Abfall bekommen, der bei den Feiern der Orlenders übrig blieb. Was gibt es heute Abend eigentlich in der Oper ?"

„Keine Ahnung, wir können ja auf dem Weg zum Paradeplatz vorbei schauen."

Sie brachen auf. Es stand für den Abend ein Konzert auf dem Programm. Italienische Barockmusik.

„Das klingt interessant", sagte Monica, „ich kenne mich da ein bißchen aus. Herr Orlender besitzt mehrere Schallplatten, „die er oft abspielte, sehr zum Leidwesen seiner Frau, denn er drehte den Verstärker dann so weit auf, daß man die Musik im ganzen Haus hören konnte."

Die Verkaufsstelle hatte geöffnet und sie erwarben Karten.

„Wir sollten aber heute vorher zu Abend essen und nicht so spät ins Hotel zurückkommen, wie letzte Woche", schlug Monica vor.

„Ganz wie du möchtest. Niemand drängt uns."

Sie genossen die Aufführung.

„Möchtest du noch etwas trinken gehen?" fragte Markus als sie das Opernhaus verließen.

„Nein, gehen wir lieber ins Hotel zurück und nehmen uns Zeit für einander", antwortete sie mit süffisantem Lächeln.

Es wurde eine wundervolle Nacht, so wundervoll, daß sie erst um elf Uhr frühstückten. Bald darauf brachte sie der Botschaftswagen zum Flughafen. Sie wurden bevorzugt behandelt, erhielten Plätze in der Ersten Klasse. Als das Flugzeug abhob, blickte Monica noch einmal auf die Stadt und das Land bis alles hinter dem Horizont verschwand. Die Welt, die bisher ihr Leben bestimmt hatte, blieb zurück, eine neue, unbekannte, in der alles anders war, würde sich in einigen Stunden vor ihr auftun. Das beunruhigte sie etwas. Markus, der neben ihr saß, erriet, welche Gedanken sie bewegten. Er streichelte sie.

„Habe keine Angst, du bist nicht allein."